ヘブンメイカー

恒川光太郎

角川文庫
20585

ヘブンメイカー　目次

ヘブン・始まりの日 …… 8
サージイッキクロニクル Ⅰ …… 20
ヘブン・友人たち …… 78
サージイッキクロニクル Ⅱ …… 110
天国の冒険者たち …… 164
サージイッキクロニクル Ⅲ …… 201
バベルからきた生物 …… 275
サージイッキクロニクル Ⅳ …… 294
ニッカの地獄 …… 329
サージイッキクロニクル Ⅴ …… 376
到達 …… 404

レビの見た風景　1 …… 415
サージイッキクロニクル　Ⅵ …… 443
レビの見た風景　2 …… 467
断章　存在しない男 …… 498
サージイッキクロニクル　Ⅶ …… 502
手に入れたもの、失ったもの …… 523
帰還 …… 552
エピローグ　始まりの邂逅 …… 556
解説　大森　望 …… 569

ディヴァイン
レゾナ島
バーモス
カーシス
エルク
アルシア
N
W
E
S

トレグスレブ
シェーンヒナル
ラビワ湖
ギーナ
イストレイヤ
ギーナ湖
レイバード地方
大沙漠

ヘブン・始まりの日

部屋に飛び込んできた虻《あぶ》の羽音で、少年は眠りからさめた。
寝台の上で身を起こす。
窓から光が差しこんでいる。
少年は首を傾げた。
見知らぬ部屋だった。
足元を見るとなぜだか――靴は履いたままだった。
少年は部屋を出ると、無人の廊下を歩き、突き当たりの階段を下りた。
建物から通りに飛び出した。
ひっそりと人気《ひとけ》のない石畳の道が続いている。
「ここ、どこ？」
少年は呟《つぶや》いた。
見知らぬ家の外は見知らぬ町だった。

最初から考えよう。

ぼくの名前は鐘松孝平《かねまつこうへい》。

現在、高校二年生。このあいだ十七歳になった。

長崎《ながさき》で生まれ、小学六年生のときに親の転勤にあわせて神奈川《かながわ》県藤沢《ふじさわ》市にやってきた。以来、神奈川で暮らしている。

それが自分。の、はず。

今日は――二百五十ccのオートバイに乗って横須賀《よこすか》のほうに向かっていた。

アスファルトの道路は日光を浴びて光っていた。

運転中に、背後に気配を感じた。

バックミラーを見ると、トラックのフロントバンパーが、接触寸前というところまで迫っている。

いわゆる〈煽《あお》っている〉というやつなのか、それとも殺意があるのか、居眠りしているのか。

大慌てで、路肩に逃げた。

トラックは幅寄せをしてきた。

それから？

鐘松孝平は思う。

記憶はそこまでだった。

そのあとトラックにはねられたのかもしれない。

だがそれにしては身体に傷も痛みもないし、着ている服も、靴も、みな今朝の出発時のもので、汚れもない。

孝平はズボンの後ろポケットの財布をとりだした。現金その他、全てそのままあった。

そもそも、己の記憶は確かなのだろうか。

見渡す町は明らかに神奈川県ではない。日本《にほん》ですらないように感じる。

可能性としては、眠っている間に異国に輸送されたか、あるいは〈異国を模した〉施設なのか。

石畳の道を歩いていると、前方に人間が見えた。

一人は刈りこんだ髪が白い男だ。髪は白くとも肌に艶《つや》とはりがあり、全体として引きしまって健康そうだった。

もう一人は三十代後半あたりに見える女だった。

両方とも日本人に見える。

二人は街路樹のそばで立ち話をしていた。

女のほうが孝平に気がつくと、肩を叩《たた》いて男に教えた。

二人の視線が孝平にむく。

「こんにちはあ」

女がいった。

「こんにちは」孝平はぺこりと頭を下げた。

女は孝平がしようと思っていた質問を先に口にした。

「ここ、どこかわかりますか？」

「いいえ」孝平は面食らいながら答えた。「わかりません。どこなんですか」

女と白髪の男は顔を見合わせた。

「やっぱり。どういうこと」

孝平が何かいおうとしたところで、白髪の男がいった。

「気がついたらね、私は向こうにある建物の一室にいたんだ。で、なんじゃここはと思って外にでたら、この方にあって」

「そうそう、私も同じなの。ここはどこなんだろうって」

「ぼくもそうなんです」

「じゃあ、三人とも、さきほど、この町の建物で目が覚めたってことね」

女が確認するようにいった。

「誰か私たち以外の人にあった？」

孝平は首を横に振った。

「あなた若いねえ。高校生ぐらい？」

「はい、高校生です」

孝平はしばらく自分よりも年上の二人と話した。

神奈川県の高校二年生であること。記憶が曖昧《あいまい》だけれど、少なくともこんなところにきたおぼえは全くないこと。

「ここ日本じゃないよねえ？」

女が同意を求めるようにいった。孝平は頷《うなず》く。

「ほら、この樹とかさ、町並みもそうだけれど」

女が指差した樹は、確かに見たことのない樹木だった。緑の葉は正三角形で、枝は放射状に伸びて傘のようになっている。

「お、人だ」

白髪の男が手を振った。

道の先に視線を向けると、十人ほどの集団がこちらに歩いてくるところだった。大人たちのなかに数人の子供が交ざっている。行楽地の家族連れにみえなくもない。

「おおい、ちょっとすみません」

合流した集団も同じで、日本からきて、おぼえのない部屋で目覚め、外にでたという。

事情のわかるものは一人もいなかった。

とにかく歩いてみよう、ということになった。

午後、大きな時計台を前にした広場にたどりついた。

時計台は尖《とが》った青い屋根を持ち、文字盤の針は三時で止まっていた。

孝平はぎょっとした。

人が多い。

おそらく数百人が広場にいた。

口に手をあてて嗚咽《おえつ》している女たち。お互いに抱きあって泣いているものもいた。

広場の中央には、大きなプレートがあって人だかりができている。

孝平は人波をかきわけてプレートの前にたった。

どういう仕組みかわからないが、ぼうっと光る文字が浮かんでいた。

《ようこそ、死者の町へ》

あなたたちは死者です。

己の死を理解している者も、いない者もいるでしょうが、あなたたちは地球での生をいったんは終えたものです。

それ故、二度と地球に帰ることはできません。

今あなたたちは再び命を得てここに甦《よみがえ》りました。だから今のあなたたちは生者です。

私はこの町を、あなたたちのために作りました。この町に存在するあらゆるものは、現時点で所有者がいません。好きな家に入って、自分の家にしてしまうといいでしょう。ここにある全てはあなたたちのものであり、不用なものを廃棄するのも、建物を改築するのも、町を出ていくのも、全て自由です。

物資はわけあい、役割は分担し、あなたたちが、争いのない幸福な人生を送られることを、ここを《天国》にできることを私は切に望んでいます。

私は神ではありません。

そして、私はもう存在しません。

新しい命を大事にして生きてください。


孝平は文章を二度読むと、時計台を見上げて、息を吐いた。胸が苦しくなってくる。

自分は——死んだ？　あのトラックで。

広場の端にある石のオブジェに腰かけた。

なんとか息を落ちつけようとしていると、おじさんが寄ってきていった。

「あんちゃん読んだか。ショックだな。でも、いわなかったけど最初からそうじゃないかなあって、思っとったわ。だって俺乗ってた飛行機落ちたんだもの」

「飛行機事故」

「〈あんたは死んだ〉ってはっきりあそこに書かれていて、むしろすっきりしたな。ああ、やっぱりおれは死んでいたんだってよ」

　孝平は黙っていた。

　おじさんはしばらく話していたが、孝平の反応が鈍いのをみてとると、じゃあまた、と小さく呟き去っていった。

　気持ちの整理がつかない。

　孝平は自分の身体を撫《な》でた。

　本当に死んだのだろうか。服も身体もそのままあるのに。

　涙がでた。

「あっちに食べ物があるぞお！」

　広場の反対側で、誰かが叫ぶのが聞こえた。

　胸が重く、空腹は感じなかった。広場に歓声が起こり、何人かが応《こた》えてまた広場から去っていく。

　混雑していた広場は閑散としてきた。

それでも数人のグループが残っている。

孝平はずっと広場の端にうなだれて座っていた。

空に一番星が輝き始めた。

建物は長い影を落しつつある。

隣に誰かが座った。

見れば黒い帽子を被《かぶ》った十代後半ぐらいの少女だった。

「こんばんは」

「ああ、うん」孝平は小さくいった。

「さっきからさ、君、ずうっとここに座っているけど、大丈夫？　お腹減らない？」

孝平は考えた。減っているのだろうが、空腹感がない。だが――さきほど食べ物が向こうにあるとか誰かいっていなかったか。

「あの……向こうに食べ物あったの？」

「あったあった。食べてきたよ」

「何があった？」

「缶詰と芋。建物の中にごっそりとあって。それで焼き芋しようってことになって、みんなで向こうで焼いてる」

焼き芋か。

そこでようやく腹が減ってきた。

「君は誰？」

「トモミ。智恵の智に、美しい」

「いい名前だね」

智美《ともみ》は微笑んだ。

「ありがとう。で？　君の名前は？　で、何歳？　うん。で、どこからきたの？」

「で？　ばっかりだね。ぼくは十七歳。神奈川から。名前は鐘松孝平」

「私と同じ年だ！　私も十七歳。ねえ、鐘松君は、西暦何年からきたの？」智美はきいた。

孝平は訝《いぶか》しげに首を捻《ひね》った。西暦何年？

「さっき他の人と話してさ、それぞれ出身年代が違うんだってさ」

「本当に？　ぼくは七七年からだけど、まさか君は違うわけ？」

「私はその三年後。八〇年の北海道《ほっかいどう》から」

「八〇年！」未来ではないか、と孝平は呆然《ぼうぜん》とした。

「そう八〇年。あれ、でも、じゃあ私は年下ってこと？」

「え？」

ここでは同じ十七歳でも、七七年の十七歳と、八〇年の十七歳なのだから、地球では三歳の年の差があったはずだと智美はいっているのだ。

「八〇年ってどんな感じ？」

「どんな感じってきかれてもな～わかんない。ワクワクする感じかな。たとえば何が知りたい？」

「ニュースとか」

「大きな台風がきたぐらいかな」

しばらく智美と話した。

明るい子だが――この子は死者なんだよなと、孝平は思った。どのようにして死んだのだろう？　だがそれは軽々しく訊《き》いてはいけないような気がした。

「死んじゃったけどさ。でも、復活したんだから、ものすごいラッキーじゃない」

ラッキーとは考えもしなかったが、失われた命が戻ってきたのだからそうかもしれない。

「話したらお腹減ってきたな」

「焼き芋のところまで案内してあげるよ。一緒にいこう」

広場から出てすぐの路上に火がたかれていた。枯れ木が積まれている。その前にはサツマイモが山となっている。

みな集まってざわざわと喋《しゃべ》っていた。

「これ、食べていいんですか」

「いいよいいよ」おじさんがいった。「自分でどんどん焚火《たきび》にいれなよ」

芋は食べたい人が勝手に炎にいれて食べていいらしい。

孝平は炎に芋をいれた。

智美がいった。

「他にも高校生いてね。明日《あした》の朝、時計台前広場に集合って話になっているんだ」

さきほどのプレートがあった広場のことだ。

「ぼくも一緒にいいかな」

「もちろん。そのつもりで声かけたの」智美は頷いた。「他の子は司馬《しば》君に仲間《なかま》さん……あ、明日紹介するよ」

路上の炎はゆらめき続ける。

やがて夜が更けていくのにあわせて、人々は通りから姿を消していった。

こうして死者の町の一日目は過ぎていった。

サージイッキクロニクル　Ⅰ

ヘブンの諸君。

これはとあるインチキ聖人の放蕩《ほうとう》の記録である。

1

遥《はる》かな過去。

夏の予感を孕《はら》んだ五月の風が、開かれた窓から教室に舞いこんでカーテンを微《かす》かに動かしていた。

神奈川県藤沢市の中学校だった。

美術教師は〈日本〉か〈平和〉のどちらか、もしくは両方をテーマにした絵を描くようにいった。

それ以外に制約はなく、本人がこれは平和をテーマにしたのだといえば、どんな絵でも良《い》いのだった。

十四歳の私は、早速、熱心に絵に取り組み始めた。

時は一九七四年。ベトナム戦争が終結する一年ほど前の年だ。

教師によると、優秀なものは、いくつかスウェーデンの姉妹校に送られるのだという。かわりにスウェーデンの姉妹校から同様のテーマの絵がこちらに送られてくるとのことだった。

美術教師は、私語を注意することもなく、いつも緩い授業をしていた。課題を提示した後の制作時間には奥に引っ込んでしまうこともあり、そうなると教室はいつも騒がしくなった。

上手な絵や、ユニークな絵を描く者には、みなが注目した。

富士山《ふじ》や、鯨の絵を描く者もいたし、英語で〈NO・WAR〉とか〈LOVE&PEACE〉などと文字を入れる子もいた。

私は水彩絵の具で戦車の絵をかなり熱心に描いていた。

先生が奥に引っ込んでしまったので、みな立ち歩いていた。

ふいに私の隣に、クラスの少女――華屋《はなや》律子《りつこ》が座った。

立ち歩いて他の生徒の絵を見物しにきたのだろう。

身を寄せて絵をのぞき込んでくる。

彼女と私の肩は夏服のシャツを挟んで触れあっていた。

「たぶんこれがスウェーデンにいくな」

彼女は小さくいった。

「いくわけねーだろ」

私は小さく返した。

私は絵にこだわりがある人間でもなく、ただ課題をこなしているだけで、自分の絵がスウェーデンにいこうがいくまいがどうでもよかった。

それより華屋律子が——というか女子がここまで接近してきたことは一度もなかった。

シャンプーの匂いがした。

華屋はほとんど囁《ささや》き声でいった。

「今晩クラスのみんなで真夜中に集まろうって計画があるんだけど、家を出られる？」

「え？」

華屋は紙片を私に渡した。

「出られるならきて」

時刻と待ち合わせ場所が書いてあった。

待ち合わせ時刻は午前一時。場所は学校裏の公園。

真夜中に親に見つからないように家を抜けだす。

そして、待ち合わせ場所にいく。

そこには友人たちがいる。

別に目的などない。

あえていうなら深夜に家を抜けだすのが目的。ただそれだけ——。

自由に夜を歩ける大人になってしまえば決してやらない類《たぐい》のことだ。もちろん私は子供だった。紙片は冒険の招待状だった。

不思議なことだが、華屋律子は、特に私と親しかったわけではなかった。

それでも、〈からかわれているわけではない〉と直感した。

寝静まった住宅街を自転車で走り抜け、指定された場所——中学校の裏手にある公園にいった。

女の子は華屋律子と、同じく同級生の葛城裕子《かつらぎゆうこ》。そしてよく名前を知らない他のクラスの女子がいた(葛城の友人のようだ)。男のほうも末長《すえなが》や室岡《むろおか》、長谷川《はせがわ》といったクラスメートが三人いた。私をいれて全員で七名だった。なんとなく大勢のクラスメートが集まっているような気もしていたので少ないなと思った。

「おお、佐伯《さえき》、華屋が誘ったってきいていたけど、本当におまえもきたか」

ひょうきんな言動でよくクラスを笑わす小柄な少年——末長がいった。

「こんばんは」華屋がいった。

彼らはあっさり私を受け入れた。

小学校時代の私は嫌われ者だった。友人も少なく、中学にあがったらなんとか人気者になろうといろいろ試みたが、概《おおむ》ね失敗し、一年生のときからあまり友達もできなかった。二年生になってクラス替えをしてからは、だいぶましになったが、まだクラスの誰とも、本当の意味で仲が良いわけではなかった。

「いっつもこんなことしてんの？」

私はきいた。

「いや、今晩がはじめて」

「でもこのクラスでははじめてだけど、中一とか、小六のときもやったべ」

室岡が末長にいった。室岡と末長はいつもつるんでいる。

末長は煙草に火をつけた。箱を私にさしだす。

「佐伯吸う？」

「いや、いい」

末長は箱を引っ込めた。

「パトカーとかがきて、補導されそうになったら、ばらばらに逃げて解散ってルールだから」

「わかった」

「佐伯ってロッカーだべ」

「まあな。なんでわかった？」

「体育のとき、おめーがワイシャツ脱いだら、ジミヘンのTシャツを下に着ていた」

ファッション的に着ているだけで、さほどの思い入れがあったわけではなかったが、私は頷《うなず》いてみせた。

「移動すっか。どこいく？」

私たちは国道沿いの歩道橋にいった。

まずそこで暴走族が下を通過するのを見物した。三年生の先輩が交ざっているのだと長谷川がいった。

続けて肝試しに、切り通しにいこうかという話になった。

切り通しというのは、国道から奥に入った細い山道のことだ。苔《こけ》むした岩に、石仏が佇《たたず》んでいるような、昼でも薄暗い古道だ。

霊がでるという噂があり、本当に怖いらしく、女子連中が絶対に嫌だといい張った。

仕方なく、私たちは寺のそばの道を歩き、そこから野球グラウンドに抜けることにした。夜の野球グラウンドなら、外からの視線がないという。

まさに無目的だった。

思えば、みな何かを求めていたのだと思う。凄《すご》い速度で過ぎ去っていく青春のはじまりに、特別なエピソードになるものが欲しかったのだ。

末長たち男子三名が暴走族の話題に盛りあがりながら先を歩き、葛城裕子と名も知らぬ他クラスの女子は、男たちの話題に絡んだり、学校のことを話しながらその後ろを歩いた。

そしてそういう彼らのかたまりから数メートル後ろを、私は華屋と二人で並んで歩いた。

私たちは――ただなんとなく余って二人になってしまったという感じだった。

木々は黒く、梟《ふくろう》の鳴き声がした。

開けたところにでると、月光が彼女の頬を照らした。

「月が綺麗《きれい》だね」と彼女はいった。

私は何かで知った雑学知識を披露した。

「月は一年に四センチずつ地球から遠ざかっているんだ」

そうなの？　と華屋は感心したように溜息《ためいき》をついた。

「じゃあ、ものすごい未来には月は見えなくなっちゃうの？」

「わからないけど、そうなんじゃない？」

どのぐらい未来かはわからないが。

「それ、なんだか哀しいね」と華屋がいったので「一年に四センチずつ近づいてくる、というほうが絶望的な気持ちになるよ」と私はいった。

冗談のつもりではなかったのだが、おかしかったらしく、華屋は笑った。

野球グラウンドには観客席のフェンスが破けているところから侵入した。野球部である室岡が詳しかった。

夜のグラウンドは不思議な雰囲気だった。

妙にだだっぴろく見える空間に、月光が降り注いでいた。

私たちはグラウンドにおりて、はしゃいだり、ふざけたりした。

その頃になると、華屋は私から離れ、女子グループに戻っていた。

補導はされなかった。朝陽が昇る前に無事解散した。

「今晩のことはクラスの他の奴には話さないように」

末長がいった。


こっそり家に戻ると、僅《わず》かな時間、寝て、腫《は》れぼったい眼で学校にいった。みな何喰《く》わぬ顔で授業を受けていた。

華屋と目があうと、彼女は、昨日は楽しかったね、とでもいうように微笑み、そして目をそらした。

私は成長していく上で、様々なイベントを体験したが、この夜の記憶に勝るものはない。

夜の集会以来、私は末長や、室岡たちに遊びに誘われるようになった。

男だけの数人で映画を観にいったし、ボウリングやビリヤードにもよくいった。たまり場のようになっている室岡の家で、それぞれが持ち寄ったレコードをかけながら、だらだらとオチのない話を続けたりした。あの頃、レコードはとても高価なものだった。

友人とつきあうというのはこんなにも、かけがえのない楽しさと安心感を与えてくれるものなのか、と私は思った。

私たちのクラスは男女の仲が良く、クラスの女子が交ざるときもあった。男女十数名で江《え》の島《しま》にいったりもした。

私の知る限り、夜の秘密集会はもう開催されなかった。

華屋律子を観察していると、気品のようなものがあった。毒を吐かず、人を傷つけるようなリアクションを避け、我が道を歩む。

一度、隣どうしの席になった。

私はいつもひどくつまらなそうな顔をして授業を受けた。仏頂面で教師を眺め、わかる質問もわからないふりをしてみせ、ノートの端にギターの絵を落書きした。

なぜだかその頃私はそういうことが恰好《かっこう》いいと思っていた。

私が教師に当てられて、反抗心半分に困惑の態《てい》を見せていると、華屋はさりげなく、自分のノートに答えを書き、それを私から見える位置にさしだして、答えの場所をシャープペンシルで、コツ、コツ、と叩《たた》いて私に合図してくれた。

答えは、葉緑素！　よめる？〈はみどりそ〉ってよんでね！

そんなときの華屋はにこりともせず無表情に黒板を向いており、決して私に視線を向けなかった。

噴きだしそうになりながら「はみどりそ」と答えると、クラスがどっと笑った。末長が「本物のバカ」とつっこみを入れる。

華屋は声をださずに、机に突っ伏して苦しそうに身体を震わせて笑った。

彼女がそんな風にして、私をかまってくれるのがひどく嬉《うれ》しかった。

私は昼の教室では、華屋に軽口を叩いたり、幼稚なちょっかいをかけたりしながら、胸の奥底では、彼女とのやりとりの全てに一喜一憂するようになった。

翌年のクラス替えでは、彼女は別のクラスになってしまった。それ以来彼女と交流する機会はほとんどなくなった。

十五歳のある秋の日曜日、私は横浜《よこはま》に用事があり、電車に乗った。そのとき偶然座席に華屋を見つけた。

私は声をかけた。

華屋もまた横浜にいくところだった。

私は華屋の隣に座った。

「ミツコがさあ、急に熱だしたとかで」

諸々《もろもろ》の買い物予定があったのだが、友人の直前キャンセルにより一人でいくはめになったとぼやく華屋に「じゃあ、俺が一緒にいってやるよ」と思わずいっていた。

「ホントに？　ありがと」華屋はあっさりと承諾した。

七〇年代の中学生にとって、女子と二人で何処かにでかける、というのは、かなりませていることだった。しかし、偶然とあらば——よくあることだ。

「二年のときは楽しかったね」

彼女はいった。

「ほんとほんと」私は相槌《あいづち》を打った。「あのクラスに戻りたいよ、最高の奴らが揃っていたって思う」

横浜に到着すると、私たちはぎこちなく歩いた。沈黙が怖くて何かしら話そうとした。

華屋の買い物——高校受験の参考書に加え、なんでも福島《ふくしま》からくる従兄弟《いとこ》に渡す横浜土産も必要だとかで、それらも一緒に買いにいった。

用事があらかた済んでしまうと、私はたった今、なんとなく思いついたという風にいった。

「せっかくだから山下《やました》公園にいってみない？」

「ああ、うん。せっかくきたんだものね」

彼女はいった。

ほんの少し寒かった。

私と華屋は手を繋《つな》いだ。

ふと見ると華屋の頰は赤くなっていた。

「ずっと中学生だったらいいのに」彼女はいった。

華屋と別れて、家路につくときには、もう足が地についていなかった。

中学生の恋の哀しさは、記憶の中では永遠になりこそすれ、現実では決して永遠にはなりえないということだ。

その後私と華屋が「つきあったり」はしなかった。

翌日になると私たちは学校にいき、クラスが違うため、廊下ですれ違うだけの関係に戻った。

そうならざるをえなかった。

そしてまた翌日、翌週、翌月——あっという間だ。

卒業証書を片手に、桜並木を友人と歩く、華屋律子の後ろ姿。それが最後の風景だった。私たちは別々の高校に進んだ。

私は時間をかけて華屋律子に対する想いを消していかなくてはならなかった。

高校は横浜の進学校に通ったが、一年生の九月に、クラスメートから告白を受けた。ほとんど話したこともない女の子で、これまた一体自分のどこを気に入ったのか全くわからなかった。

夜だった。

私はその女の子の交際申し出に如何《いか》に返事をするか考えて眠れなくなってしまった。

ふらりと外にでて、気がつくと、華屋律子の家がある通りにきていた。

中学の卒業式から半年ほどしか過ぎていない。呼び鈴を押したら華屋はいるだろうか？　まさかそんなことをして、どうする。

薄気味悪い行為ではないか？

家の前に立ったとき、呆然《ぼうぜん》とした。

華屋の住んでいた家は、別人の表札がかかった別の住宅に建て替えられていたのだ。

信じられない思いでしばらく動けなかった。

華屋家は、おそらく彼女の卒業にあわせて別の土地に引っ越したのだ。

結局、私は、その子とつきあうことになったのだが、それはまた別の話だし、語るようなことは何もない。

高校卒業後は、都内の大学に進学した。

法学部に進み、将来は検事を目指すことにした。

あるときばったりとかつての中学校の同級生——末長に出会い、昼飯を一緒に食べた。

相変わらず彼は陽気で、また社交的な男だった。服装や言動から、ずいぶん遊び慣れている感じだった。彼もまた東京《とうきょう》の大学に通っているという。

「この野郎、テメー、賢くなりやがって、こいつ」末長は愛情たっぷりに私をけなした。

「不良がどのツラさげて法学部だよ、バカ」

同窓会に出席していなかった私には、彼が話す旧友の消息は興味深かった。

誰某《だれそれ》が結婚しただの、誰某は今、アメリカにいるだのといったものだ。

小学校のときの数少ない友人、鐘松孝平が、十七歳でオートバイ事故で死去していたこともそのとき知り、大いに衝撃を受けた。

「葬式はけっこう集まったってよ。親御さんかわいそうだべ」

「あいつ小六のとき転校してきてさ。当時の俺って友達いなかったんだが、あいつがなってくれて」私がいうと、末長は何度も頷いた。「いいやつだったよ、あいつは」

もっとも事故で死んだ鐘松孝平は、中学校では私と別の学区だったので、交流が途切れていたのだが、末長は使用するバス停が同じだったらしく、顔をあわせて話すことが何度もあったようだ。

ふと末長はいった。

「そういえば、華屋っていただろう。おまえ割と仲良かったんじゃない？」

「ああ、いたね。卒業以来あってないけどあの子元気かな」

私はさほどの関心はないという風を装っていった。

「この間、高円寺《こうえんじ》の、駅前にある玩具《おもちゃ》屋で偶然あっちゃってさ」

「どういうこと？」

「店員やってた」

ありがとう、末長。

私は胸中で呟《つぶや》いた。

翌日には高円寺に向かった。

駅前の「トイズ・キディング」という店だった。

果たして彼女は店のエプロンを着て立っていた。

パステル調の積み木や、海外から輸入してきた玩具が並ぶ店は、彼女にぴったりと似あった。

彼女は、客と話している最中であり、私に気がつかなかった。

私はそっと店をでた。激しい動悸《どうき》で息苦しいほどだった。

華屋律子は相変わらず美しかった。

私はちらりと思った。

私も彼女も、もう十四歳ではない。

私は車の免許だって持っている。男女が二人でいくのに適したレストランだって知っていた。そして——プロポーズをすることだって可能だった。

しかし、そう思いはしたが、そのときはそれほど何かを期待していたわけでもなかったと思う。懐かしい、話したい、そういう気持ちでいっぱいだった。

仕事が終わるまで外で待った。店をでて歩く彼女の後をつけた。

彼女は書店に入る。

そこで私は〈偶然の再会〉を果たした。

「佐伯君！ 何してるのよ、こんなとこで」

彼女はいった。

「私だって、時々佐伯君がどうしているかって思っていたもの」

彼女は私の手にしている本を見ていった。

「あ、けっこう難しい本読むんだね、ふむふむ法律？」

彼女はいった。

「K大法学部なの？ うそ、見かけによらない。ごめん、失礼だったね」

彼女はいった。

「そういえばこの間末長君に会ったんだ。あの人変わってないよね、本当いい意味で」

彼女はいった。

「中学のときの友達かあ。ミツコや、カナコとはたまに会うけど、みんな忙しいからかまってくれないなあ。あ、カナコ結婚したの知ってる？ そうそう二十歳で。早いよねえ。相手は銀行員だってよ」

彼女はいった。

「家？　ああ、お父さん転勤で引っ越したんだよ。福島のほうに。知らなかったの？　知るはずないか。三年のときはもう別のクラスだったものね。で、福島の高校卒業してから東京にでてきたの」

彼女はいった。

「これから？　すぐ近くの喫茶店？　あ、えっと……後で友達と会う予定あるから、でもまあ、三十分ぐらいなら、大丈夫かな」

彼女は喫茶店でいった。

「彼氏？　ああ、うん。そこは秘密。気になる？　え〜っ　いないよ、うん、いないよいない。やだ、なんでそんなこと教えないといけないわけ。いなかったらどうなの？」

私はその日ききだした華屋の電話番号に翌日には電話をかけ誘いだした。彼女は私の誘いに応じた。展覧会にいったり、浅草《あさくさ》を歩いたりした。

三度目の逢瀬《おうせ》で、私が自分の思いを告げると、華屋は、神妙な顔で私にいった。

自分には実は、あなたの他につきあっている男がいる。

恋人がいないというのは嘘だった。

その男は、ダイエットもかねて入会したダンススクールで知りあった二十二歳の男で、大学生だ。知りあったのはあなたと再会する前だ。

だから、あなたと会うことは、その男に対して不義を働いていることになる。その後ろめたさで今、気分がすぐれない。
実はその男のことは、あまり好きではない。あなたに会って、むしろ嫌いな
あなたに会う前からあまり好きではなくなっていて、あなたに会って、むしろ嫌いな
のだと思い始めた。
私はその男と別れるつもりだ。最近はなんだかんだとはぐらかして、喧嘩《けんか》をきっかけ
に一ヵ月ほどその男とは会っていない。
ただ、その男は、アパートの部屋の前で待っていたりとしつこく、別れ話をきりだす
と暴力的になる。
別れるときは、危険なので、あなたの暮らすアパートに少し身を隠したい。
私は答えた。
ああ、いいとも。いいとも。もちろんすぐにでもくればいい。
その話がでた二日後の朝のニュースで、私は華屋律子が殺されたことを知った。
事態がよく呑《の》みこめずに、呆然とした。
死んだ――？
信じられずに、彼女のアパートの固定電話にかけてみたが、誰もでなかった。
すぐに犯人が捕まった。

犯人は二階堂恭一《にかいどうきよういち》。二十七歳。無職。

華屋が話していた、別れ話をきりだすと暴力的になるという男である。

二階堂恭一は、華屋の言葉と違い、大学生でもなければ、年齢は二十二歳でもなかった。華屋が嘘をつく理由はないので、彼が華屋に嘘の履歴を話していたのだろう。

これは後に知ったことだが、華屋は私に恋人が存在する話をした翌日、二階堂に電話で別れを告げた。

二階堂は彼女のアパートの前にいくと、ドアの前で喚《わめ》き、ドアを十数回蹴《け》った。

これは付近の住人が目撃している。

華屋はドアを開くことなく、警察に電話をかけた。

だが、警官がやってきたときには、この二十七歳無職の男は、もうドアの前にはいなかった。

ひとまず警官に話をして、警官が帰った後、華屋は外にでた。夜の七時だった。おそらく夕食を買いにいくか食べにいくかするところだったのだろう。あるいは私のところにくる予定だったのかもしれない。

そこに電柱の陰から、サバイバルナイフを手にした二階堂がぬっと現れ、犯行に及んだのである。

その後二階堂恭一は、血塗《ちまみ》れの死体をそのままにして公衆電話に向かい、友人に「女を殺したのだけれども、どうしよう」という相談を震え声でした後「自首しろ」というすすめを受け、自首した。

華屋律子の死は、私の中の何かを破壊した。まさかここまでいかれた男とつきあっていたとは。暴力彼氏についての話の半分ぐらいは、〈私の家に泊まりにくる建前事情〉ぐらいに思っていた。もっと慎重にサポートしていればこうはならなかったのだから、私にその死の責任が全くないわけではない。

私はアパートを引き払い、藤沢に戻った。大学には休学届をだした。

何もしたくなかった。私が事件のことを話すと、実家の両親はしばしの休養を認めてくれた。

私はほとんど喋《しゃべ》らなくなった。家族とのコミュニケーションも面倒だった。

父親は説教体質で、一緒に夕食をとるのが苦痛だった。

——最近はどうだ。気分は落ち着いてきたか。若いんだから、いつまでもこだわっていたって仕方がないんじゃないか？　え？

話を振られるといつも曖昧《あいまい》に濁し、できるだけ早く席を立った。

一年たったら再び学校に通うという約束で日々は茫漠《ぼうばく》と流れていった。

二階堂にはとりあえず一審で懲役十五年の判決がでた。

世の中というのは容赦がない。誰が死のうと、何が壊れようと、くだらない日常スケジュールを消化し続けることができない者は、落伍者《らくごしゃ》として置いていかれてしまう。

私はじっと司法試験の参考書を眺めた。

一年で回復するか。元の日々に戻れるか。考えれば絶望的な気分になった。

真夜中に、世の犯罪という犯罪に対する憎悪が、私の心を怒りで真っ黒にするのだが、その怒りを勉強に向けようとすると、今度は全てが無意味だという虚無感が襲ってくる。

何もかもが叶《かな》わなくなる――私はおそらく司法試験には受からないし、結果として検事にも、何者にもなれない――そんな予感がした。

五月のある晩、私はふらりと外にでた。

なんだか夜風が懐かしかった。

まず母校の中学校にいき、その裏の公園にいった。

かつてここで幼き仲間たちと待ち合わせた。

古ぼけたブランコを動かすと、きいきいと音が鳴った。

誰もいない。何の気配もない。

少年時代の特別な夜が永遠に訪れないことなど知っている。

私は公園をでると、あの晩華屋と歩いた道を辿《たど》った。

寺の脇の森を抜ける道に入る。西洋シャクナゲが真っ白な花を咲かせている。

見上げると皓々《こうこう》と月が輝いていた。

彼女の幽霊を探した。

野球場のフェンスの隙間はもう塞《ふさ》がっていた。

私はそのまま道なりに歩き、公園の雑木林を抜け、住宅街にでた。

ひたすら歩き続けた。

まだ夜の明けぬ時間帯に、私は砂浜に座っていた。ひんやりとした砂を手に掬《すく》う。

波は寄せては引いていた。

海の向こうには江の島の灯《あか》りが見える。海はまだ黒かった。

浜には人気《ひとけ》がなかったが、一人だけ、妙な人物がいた。

身長二メートルはある白い男だ。顔から何から白塗りだった。足に何かつけているのだろう。

大道芸の練習だろうと思った。

私は見るともなしに、遠くから真っ白な男を見ていた。

いつのまにかその大道芸人が目の前にいた。

穴の開いた箱を持っている。

——運命の籤引《くじび》きでございます。地球人に宇宙最大のチャンスが与えられるのでございます。

ふざけているのだと思うが、笑ってあげようという気にもならなかった。

私の心は凍っていて、しばらく黙っていた。
案山子《かかし》のような男の白い服は、風にあおられてはためいていた。
籤の箱はずっとさしだされたままだった。
こんな時間に一体何を考えているのだ。
あるいはふざけているのではなく——少々いかれているのかもしれない。
私は舌打ちし、箱の穴に手を入れた。
そうしないと彼が去らないような気がしたからだ。

——一等、スタープレイヤアアア

男は籤を受け取ると、ベルを鳴らした。
ああ、引かなければ良かった。
一等が当たっただのなんだのといっている。スターなんとかだのといっている。
私は脱力し、顔の前で手を横に振った。
勘弁してくれ。
うるさい。
何もいらないのだ。もう何も。頼むからあっちにいってくれ。
全ての終わりであり、またはじまりを告げるベルが鳴り続けていた。

2

光。

私は目を細めた。

見渡す限りの眩《まばゆ》い青の中にいた。

海——。

藤沢市——江の島の見える浜、ではない。

振り返っても道路はなく、どの方向にも島はない。

さきほどの白い男もいない。

ここは？

午前中のものと思われる淡い光があたりに降り注いでいる。

足元に目を落とす。青い大地の上に立っている。

私はかがみ込む。

地表を手で触れてみる。

細かな青い粒子が指の隙間からさらさらと零《こぼ》れ落ちる。水晶か、ラピスラズリの粉末のようにも思える。

遥か彼方《かなた》まで青い粒子が砂丘を作っている。

〈青の沙漠《さばく》〉だった。

夢の中にいるのだろうか。

しばらく進むと、真っ青な沙漠の中に、白いパラソルがあった。

机の中央に空いた穴にポールがはまり、パラソルが開いている。

白い木製の椅子もあった。

私はとりあえず椅子に座った。

机の上に青色の板があった。縦二十センチ横十センチぐらいで厚さは一センチほど。

渦巻き模様がいくつかついている。

板を手にとると画面が明るくなった。


〈佐伯逸輝《いつき》さま〉


スタープレイヤーの世界にようこそ。

新しい冒険のはじまりに驚かれていることでしょう。

これは一生に二度はない、究極のチャンスのようなものだとお考えください。

私の名はフルムメアといいます。これが最初で最後の挨拶《あいさつ》になります。以後、いかなる形においても、私があなたの前に現れることはありません。

代理として「小百合《さゆり》」という案内人を派遣します。後のことはなんでも彼女にきいて

★★★★★★★★★★

ください。

佐伯逸輝は私の名だ。

続けて箇条書きが並んでいる。この板がスターボードという名であること、そしてスターボードは、水、雷、強い衝撃、何があっても壊れないこと。スターボードを使って十個の願いが叶えられるということ。紛失したらおしまいだということが書かれている。

画面を送ると☆マークが十個並んでいた。

指示の通りにアイコンに触れると、背後から、もしもし、という声がかかった。

女の声だった。

私は振り返った。

「佐伯様。初めまして。小百合と申します」

白く長いスカートに、花環《はなわ》の載った麦わら帽子。品の良さそうな女が立っていた。

私は小さくきいた。

「あなたは、誰ですか？」

「案内人プログラムのサユリでございます。小さい百合で、小百合。わたくし、フルムメアに代わって佐伯様の〈十の願い〉の全てをサポートする役割を仰せつかっておりますの」

私はじっと小百合を見詰めた。

「あなたがここに俺を呼んだのか？」

「いいえ」

いいえ？

「私は単なるプログラムです。呼んだのはフルムメアという方ですわ。さあ、他に何かご質問は？」

ありすぎて、言葉がでてこなかった。

「なければ、早速ですが、システムの説明のほうをさせていただきますね」

「システム？」

「ええ」

とりあえず〈システム説明用お試しの一回〉で、何か頼んでみろという。

「どうするの？」

「ボードに願いを文章にして打ち込めばいいのですわ。すぐに審査がなされますので、審査が通ったものは〈確定する〉をタッチすれば完了ですわ」

〈十億円が欲しい〉と私はボードの文字パネルで打ち込んだ。

小百合がむきだしの札束でもいいのかというので、コンテナをケースにすることにした。

〈審査が通りました〉と表示され、次に〈確定する、しない〉とでる。小百合に促され

★★★★★★★★★★

るままに確定した。

できるものなら、やってみろ。ふてくされた気持ちだったのだが、蜂の羽音に似た音がした後、札束が積まれた銀色のコンテナが現れたとき、私は概ね、全てが本当であると信じた。

十万枚の一万円札。

私は、コンテナの日陰に座り込んだ。

まさにおとぎ話だった。

籤に当たったから――この世界で十回、願いを叶えてもらえるのだという。

しかも、その願いは案内人プログラムの小百合によれば〈含める〉という文章上のテクニックによって、一回ごとにいくらでも大きなもの――事実上、複数の願いが混ざりあったものにしてしまえるのだという。

時間と共に太陽が上がっていき、日向《ひなた》の気温は四十度近くになってきていた。喉《のど》が渇いてくる。とりあえず日陰――コンテナの隣にいるが、日差しの中にいたらたまったものではない。

「水は？」

小百合にきいた。

「スターで呼びだしますか？」

「いや。さっき水も一緒に頼めば良かったな」

凍りついた私の心は急速に溶けだしていた。

やってみよう。ここが夢でもなんでもいい。

　私は小百合にきいた。

「この世界は全部青い沙漠？」

「違います。いろんな場所があります」

「じゃあ、とりあえずここから移動しよう。まずはそれからだ」

「歩いてですか？　それとも願いを使ってですか？」

「どちらがいい？」

「スタープレイヤーが選択すべきことですもの。私には答えられませんわ。私はこの惑星の全てが青い沙漠ではない、とお答えしましたけれども、この青い沙漠がどのぐらい続くのかってことは知りませんの」

　何でも叶う願いか――。

　ぱっと見た感じで地平線まで青い。歩いてどうにかなるようには思えない。

　とりあえず十あるのだから、まずは移動してしまおう。

「願いを使おう。風光明媚《めいび》な場所。綺麗な飲料水があるところがいい。泉や、川や、森のある場所に移りたい」

　そこで思いつく。

「その場所には大量の食料と、家も欲しい」

★★★★★★★★★★

小百合はにっこりと笑った。

「ではスターボードにそう打ち込んでみてください」

私は文字を打ち込んだ。普段キーボードで文章を打つこともないので、たっぷり三十分はかかった。

〈審査は通りませんでした〉

私が視線を向けると、小百合は微笑んでいった。

「願いが具体的でないと審査は通りませんのよ」

「充分具体的だったろう?」

「風光明媚などというものは、具体的にどんなものを指すのかわかりませんし、この世界の泉や川なんて、たくさんあってどこにいけばいいのやら。何よりも地図に記入されていない場所に瞬間移動することはできませんの」

「地図?」

「そのボードの地図機能のことです」

私は小百合にいわれるままにアイコンに触れ、地図をだした。現在位置らしき表示があるが、それ以外には何も書かれていない。

「歩けば歩いたぶんだけ、自分の周囲三キロが記録されますの。あとで開いてみてくださいね。内容にもよりますけど、ものを呼んだり、消したり、壊したり、移動したりは、地図の記入が済んだ範囲でのみ使えますの」

「そういうことは、はやくいってくれるか？」

「あら、それはごめんあそばせ」小百合はレースの黒い手袋に包まれた手を口元にやった。どうも笑っているらしい。「わたくし、実は審査が通らないってわかっておりましたけど、ちっとも悪意はありませんの。ほら、最初はいろいろ失敗したほうが、学習に良いかと思ったんですもの」


一見、無数の選択肢があるようでいて、その実、熟考していけば一つしかない。

家、食料、水、生活の拠点。

小百合によると〈家〉というだけで家が現れるわけではなく、どんな家なのか詳細を決定しなくてはならないという。

食料についても同じで、〈コシヒカリを十五キロ〉とか、〈夕張《ゆうばり》メロンを何キロ〉といったできる限り具体的な注文が必要だった。

「カタログみたいなものは見られないのか」

「欲しいものは、だいたいのところをいっていただければ、私がスターボードに表示させますわ」

「君に伝えれば、文章にしなくていいの？　ものによってはとてつもなく長い文面になるんじゃないか。家の設計図とかは文章にできないだろう？」

「事前に私と話して決定したことなら、佐伯様がその詳細の全てを文章化する必要はありません。たとえば家の設計図をスターボードでわたくしと一緒に作成し、この家を召喚すると決めていれば、文面は『小百合と一緒に設計した家を呼びだす』でOKですわ。詳細はわたくしからフルムメアに伝えますので」

そして私は最初の星を使った。


青の沙漠でいつまでも生活するつもりはない。

だが沙漠を脱出するにもまずは寝起きできる拠点が必要だ。

願ったのは、

〈家、その他設備のあるオアシスを作る〉


というものである。

半径三キロ内の青の沙漠の地表をそっくりそのまま豊かな土にして、こんこんと水が湧きでる泉と、熱帯雨林のジャングルにした。

そしてオアシス内に家を作った。

設計などは面倒なので〈逗子《ずし》市で建築費用が二億以上かかった個人邸宅の写真〉を見

せてほしいと小百合に頼むと、画面に表示してくれた。いくつかあり、気に入ったひとつに、いくらかの改変をくわえて召喚した。

家の前にはプール。泉の水が流れ込んでいる。

そして巨大ガレージも作った。

ガレージには4WD車がずらりと並ぶ。バギー。ダンプトラックに、ブルドーザー。更にはショベルカー。

おまけに家から五十メートル離れたところにガソリンスタンド。

含めるというのは恐ろしいものだ。なんでもできてしまう。サバイバルに必要なものはテントにしろガスストーブにしろ大量に揃えた。

小百合はボードのアイコンに触れると、いつでも消すことができた。呼びだすのも自由だった。


私はオアシスの邸宅でベッドに寝転がった。

静かだ。作ったばかりのジャングルには動物はいないので、鳥の鳴き声もしない。

時々風が吹き、ざあっと葉擦れの音がする。

寂しい。

誰かに会いたい。会えるのならば華屋律子に。

だが、もう死んだ人だ。さすがに叶わないだろう。

いや、叶わないのだろうか――なんでもできるのであれば――叶わないともいいきれないのでは？

私は小百合を呼びだした。

「願いは、死んだ人間を生き返らせることもできるのか？」

小百合は微笑んだ。

「もちろんできますわ。前に説明したように、この世界限定の話ですが。ここに呼びだすという形でなら」

私は呆然とした。

「どうやって」

「スターボードに文章を入力して、ですわ」

動悸が激しくなっていく。

スターボードに文章を打ち込んだ。

藤沢市で育ち、六〇年生まれの、華屋律子を生き返らせ、ここに呼びだす。

〈審査は終了しました。この願いを叶えることができます〉

指が〈確定する〉に向かうのを、慌てて自制し、震える指で〈確定しない〉に触れた。
スターボードをテーブルに置き、コップの水を飲み干す。
溜息をついた。
可能なのだ。
まるで超越者が全てを知っていて、私を地球から選んだような気がした。
彼女を生き返らせる。当然だ。それこそが使命といってもいいぐらいだ。
だが、それは先の見通しが全く立たない今ここで、ではない。

★★★★★★★★★

翌朝、私は拠点をでて、砂丘にのぼった。
壮観だった。
まるっきりどちらを向いても真っ青の沙漠が地平線まで続いている。
ここが地球ならば、世界的な観光名所になるにちがいない。
4WD車に、水、食料、キャンプ道具、ガソリンその他を積み込むと出発した。
青い砂を巻き上げる。
燃費は著しく悪い。ガソリンを積まない限り、百キロも走らない。
まず私は一つの方向にずっと進んでみた。
そして頃あいを見て給油のためにスタート地点まで戻る。
それを何十日も繰り返した。

スターボードの地図がどんどん記入されていく。

ここはちょっと駄目だろう、という砂だまりは、ブルドーザーを使って均《なら》した。

苦労の甲斐《かい》あって、オアシス拠点を中心に、半径五十キロほどの地図はできた。

拠点より西に七十キロほど進んだところで、ようやく沙漠の終わりと、遠くに霞む山脈が見えた。

次にガソリンを運搬して補給線を構築するという作戦を立てた。

五十キロ先までガソリンを入れた缶を運ぶ。そこに旗を立てておく。次は、旗の地点までいって給油し、今度はそこから更に五十キロ先にガソリンを入れた缶を置いて旗を立てておく。

そのような苦労を積み重ね、私は青の沙漠を抜けた。

唐突に地面に「硬さ」と「平坦《へいたん》さ」が現れ、車体は揺れながらも、遥かにスムーズに進むようになった。

地表はもう青くなかった。

草がぽつぽつと生えている。バオバブや、枝を傘のように平たく広げた樹木が立っている。

また少し走ると、馬がいた。

★★★★★★★★★★

いや、〈馬〉ではないのかもしれない。

十センチほどの、山羊《やぎ》のような角を生やしている。

車のエンジン音に気がつき、みな首をあげてこちらを注視している。

車のエンジンを止めると、外にでた。

小便をしていると、蝿がまとわりつく。大きな亀がのそのそと平坦な大地を這《は》っている。

ボードを操作し、小百合を呼びだす。

「お呼びでございますか？」

「沙漠をでたぞ」

見てみろというように、景色に手をやった。

たった一人の話し相手だ。何かいってほしかった。

小百合は首を巡らし頷いた。

「おめでとうございます」

小百合はにっこりと笑った。

「あら、いろんな動物がおりますわね。生物百科事典を開いて、登録していくことをお勧めしますわ。もっともプレイヤーの自由ですけど」

車で少し走ると、トリケラトプスと犀《さい》がくっついたような鎧《よろい》に似た皮膚の巨獣が遠くに見える。

小さな象ぐらいの大きさがあった。

私は近くに寄って、小百合がいっていた生物百科事典とやらに画面を切り替え、ボードのレーザーを当てた。


〈ラウモウダ〉

鎧獣モウダ科の大型種。草食性。温厚だが、群れに危害を及ぼすものには、突進し攻撃してくる。食肉可能。

危険生物。危険度C。


風が私の髪をなびかせた。

危険度Cか。危険度の評価基準がよくわからない。Cというのは相当に危険なのか、それともたいしたことないのか。

野生の河馬《かば》や水牛みたいなものなのだろう。とりあえず、刺激しないほうがいい。

私はそっとラウモウダから距離を置いた。

本日沙漠を抜けたが――それでもまだ私は「遭難中」だという感じがする。一体いつまで私は遭難中なのだろう。

「人間はどこにいるんだい」

小百合は小首を傾げた。

「きっとどこかに」

私はぐるりと周囲を眺めた。ある方向に、森、またその先に山が見える。

人工物とおぼしきものは何も見えない。

半ばふざけてきいてみた。

「魔王の城はどこだ？」

「そんなものはありませんわ」そこで小百合は悪戯《いたずら》っぽく笑った。「あら、でもそうともいいきれませんわね。世界のどこかにはあるかも？」

★★★★★★★★★

オアシスとサバンナの往復を繰り返すようになった。

オアシスを出発する。沙漠を抜け、サバンナに入る。サバンナを探索。沙漠に戻りオアシスに帰還。これが一つのサイクルだ。数日休んでまた出発する。

サバンナは地面が硬く平坦なおかげで、４ＷＤで走ると、ボードの地図がどんどん埋まっていった。

大きな湖を発見した。海のようで対岸が見えない。

長い巨大な生物が湖畔の泥地に寝そべっていた。

全長は十数メートルあり、ぬめりとした肌は黒かった。

龍《りゅう》──といいたいところだが、むしろ鰻《うなぎ》や泥鰌《どじょう》を巨大化したような生物だ。

生物登録をすると〈ネルモール〉という名で、〈危険生物。危険度C〉であり、〈普段は沼沢地の水底《みなそこ》でひっそりと苔を食《は》んだり、貝を食べたりして生きている。幼体は食用可〉とある。

見ていると、雄大な這い方をしながら、水中へ入っていった。

危険度Bの生物も発見し、登録した。

〈レオヴァン〉という名のネコ科の肉食獣で、体長は二メートルから三メートルある。

白い毛並みに縞《しま》模様があった。

車で接近して登録したが、こちらをむいて、牙《きば》を剝《む》きだしてきたのでたじろいだ。

サバンナの探索を始めると、今度はサバンナ側にも拠点が欲しくなる。

いちいち燃料を気にして、青の沙漠を越えてオアシスに戻るのがまどろっこしくなってくる。

だが、そのために星を使う決心はなかなかつかなかった。星はまだ九つ残っているが、オアシスを作ってしまった以上、もう一度同じような拠点を作るために星を使うのは愚かな気がした。

七度目のサバンナ探索行から、オアシスに帰る途中だった。

車が青い砂にはまって動かなくなった。

スタックそのものは何度もあった。だが、一時間も奮闘すれば抜けだせたものだ。今回はかなり深く埋まってしまい、いくらアクセルを踏み込んでも埒《らち》があかなかった。

私は呻《うめ》き、天を呪った。

スターボードの地図があるので、現在位置と帰るべきオアシスの方角はわかる。

オアシスまでおよそ三十五キロというところだった。

——歩くより他はない。

こうした場合の備えに、飲料水やバックパックや、ヘッドランプを車に積んでいた。

サバンナと違い青の沙漠内では、獣を見たことがない。

私はバックパックを背負うと、じゃりじゃりと青い砂を踏んで歩き始めた。

想像よりも遥かにきつかった。

青の沙漠は夕日を浴びて紫の光を放った。

やがて日が落ちた。

星空の下を三時間も歩いた頃だろうか。

私は疲れて砂の上に転がった。

地図を見る。

ようやく六キロほど進んでいる。

このペースならば、オアシスに到着するまでに三日ほどかかる。

★★★★★★★★★

仮に尿でも飲んでオアシスまで徒歩で生還できたとしても、青の沙漠で暮らすつもりはないのだから、またサバンナにでていくことになるだろう。

今回のようなことはいずれまた、必ず起こるといっていい。

次回、車がスタックしたとき、歩いて帰ることが完全に不可能な距離だったら？

流砂のようなものがあって、ずぶずぶと車ごと沈んでしまい、あれよというまに死んでしまったら？

星空を眺めながら一時間ほど考えて心を決めた。

最初の一回で「星の貴重さ」を理解し、また見抜いていた。最も愚かなことは衝動的な消費である。賢い星の消費とは未来を予測し、できるだけたくさんのものを持ってくることにちがいなかった。

計画を煮詰めきれているとはいえないが、頭の中にあるもの——このさき必要となりそうなものは全部呼びだし、できる限りのものは作ってしまおう。

小百合を呼びだした。

星明かりの下、彼女はうすぼんやりと光っていた。

小百合は細い両手を空にさしだした。

「まあ、素敵《すてき》な星空！」

「遭難した」

「あら大変！」小百合は大げさに口元に手を当てた。

「小百合。君の、そのわざとらしい仕草は、いつも俺を苛立《いらだ》たせる」

悪びれずに彼女は肩をすくめた。

「ごめんあそばせ」

私はきいた。

「地図に記入された場所なら、なんでもできるんだな？」

「スターをお使いですわね。それは願いしだい、審査しだいですわ。どうなさるのかしら」

二つ目の願いは単純にいえば、

〈サバンナに拠点をいくつか作り、オアシス拠点と舗装道路で結ぶ〉


というものだ。

拠点は全部で五つ作り、それぞれの拠点の前にガソリンスタンドと、日曜大工用品店、百貨店、ドラッグストア、豪邸、更に思いついたあれこれを召喚した。それらの建築物はいちいち設計する時間もないので、既に地球にあるものを適当にピックアップして呼びだした。

人間は誰一人つけなかった。

★★★★★★★★

新しい日々がはじまった。

オアシス拠点のベッドで起きた私は、朝のシャワー代わりに泉で身体を洗うと、外にでて車のエンジンをかける。

オアシスの前には地平線まで続く直線道が通っている。

アクセルを踏み込む。

舗装路なので、もう四輪駆動車でなくてもいい。

雄大な青の沙漠は、もはや道路脇からのぞく風景にすぎない。

カーステレオで音楽をかける。

一時間かからぬほどのドライブで青の沙漠は途切れる。

沙漠の終点になると、建物が見えてくる。

私のスモールタウン。

まず新宿《しんじゅく》のマルイが出迎えてくれる。

異世界に忽然《こつぜん》と現れた私一人のためのマルイ。

隣には、吉祥寺《きちじょうじ》PARCO。ガソリンスタンドを挟んで、とある大企業の社長邸宅が建っている。

豪邸はモーテル代わりだ。

私は車を止め社長邸宅に入る。

リビングにある家族写真は外に放り捨てる。

階段の踊り場から、マチスの絵画（本物だろうか？）を眺め、寝室のダブルベッドに寝転がり呟く。

「とんだロビンソン・クルーソーだな」

宿泊するもよし。次の拠点を目指して出発するもよし。

何を急ぐのだ？　時間は腐るほどある。

私は目を瞑《つむ》る。

次の拠点にはヨドバシカメラと、タワーレコードと伊勢丹《いせたん》がある。

★★★★★★★★

拠点の一つにドームがある。

ドームは車展示場に近い状態になっており、数百種の自動車とオートバイの新車が並んでいる。ロールス・ロイスも、ランボルギーニも、フェラーリも、BMWも、ポルシェもベンツも、ハーレーダビッドソンも、ホンダもトヨタもダイハツも何だってある。

あなたは車が好きなのか、ときかれたならば、私は「そうでもない」と答える。そうでもなかった、と過去形にするべきか。

日本では免許はとったものの、ペーパードライバーといってよかった。

だが、「拠点を道路が繋ぐだけのサバンナ」で、何を楽しめばいい、と考えたとき、どうせなら世界の名車に乗ってみようかとなったのだ。

私はドームにくるたびに車を乗り替える。

そして銃器と弾薬もどっさりと召喚した。

猛獣のいる世界なのだから当然だ。

これら全てを、あの青の沙漠で車を乗り捨てた一夜でまとめあげたのだから、たいしたものだと自分でも思う。


道の途中にはバーがある。

ランボルギーニで乗りつけ、扉を開く。

年代物のワインも、スコッチも、ウイスキーも、なんでもある。

埃《ほこり》っぽいカウンターで少し呑む。

もちろん店主も客も誰もいない。

私は煙草を吸うと、吸い殻を床に投げて、足で踏んで消す。

五つの拠点をぐるぐるとドライブして巡った。

その頃、それが私の人生だった。

デパートは、召喚からほどなくしてテナントの飲食店の食料が腐りまくり、異臭を発し、大量の蝿が発生した。近寄ると周囲が黒く見えるほどだ。

飲食店や食料品売り場を中心に、数千匹の鼠が巣くってしまい、鼠だらけになった。

食の充実からは遠かった。

レトルトカレー、乾麺《かんめん》、パスタ、缶詰。

野草をサバンナで採取した。

スターボードの生物百科事典は、野草や果実が食用可かどうかを判じてくれるのだ。樹木に実った赤く細長い〈ルビーパン〉という野菜や〈ジュリアン〉というナスに似た果実をよくとってフライパンで炒《いた》めて食べた。


鳥や獣を狩猟すれば肉が手に入る。しかし億劫《おっくう》だった。

たった一人で野豚を殺し、解体して、料理する——その手間暇を想像すると、今日は米でも炊いて、適当に済ませればいいや、となる。

現代社会を喪失してしまうとわかることがある。

地球の日本での暮らしというものは、あれはあれで究極の贅沢《ぜいたく》だったのだ。

己が運転せずとも目的地まで運んでくれるバスや電車。

ソーセージも、産地直送のレタスも、毎週発売日がある雑誌も、何もかもが、享受している間は気がつかないが、なくなってみれば、とてつもない知恵と技術、金と労力、そして社会の成熟によって成し遂げられていたのだとわかる。

ある晴れた日、私はダークブルーのスーツにサングラスに、革靴に赤いシャツというでたちで外にでた。

ライフルをかまえ、およそ何の意味もなく、百メートル前方に止めたランボルギーニミウラを爆破した。

そして、フェンスの隙間からサバンナにでると、ラウモウダでも狩ってやろうと鼻息荒く周囲を見まわした。

だが、フェンスの向こうにいつもは灌木《かんぼく》の葉を食んでいるラウモウダはいなかった。

私はその場で全裸になると、空に向けて発砲した。そして咆哮《ほうこう》をあげ続けた。

ほぼ狂人だな、と心の片隅で思った。


スターボードに願いを打ち込み、審査が通るかだけ確認し続けた。

小百合もよく口にしていた〈願いはなんでも叶うわけではない〉ということがよくわかった。

たとえば〈絶対に逆らわない奴隷〉や、〈なんでもやってくれるロボット〉を召喚する審査は通らなかった。

小百合によれば、人間の召喚は指名が望ましく、名前がわからずとも人物特定をしないと呼べないのだという。更に〈絶対に逆らわない〉というような、呼びだした後に流動し続ける感情面が起こす結果にはいっさい干渉できないという。

逆らわない奴隷が欲しければ、まずは名指しで奴隷にしたい人間を呼びだし、同時にとても逆らう気が起こらないような環境を作らなくてはならないのだ。

ロボットのほうは、ある程度の設計や技術に対するコメントができないと召喚できないという。

★★★★★★★★

ボンカレーを食べて眠り、映画を観て、紀伊國屋《きのくにや》書店からもってきた本や雑誌を読む。何日過ぎたのかわからない頃、次の拠点に向かおうとポルシェのエンジンをかけようとしたが、かからなかった。

私は車外にでた。

いいようのない不安が押し寄せてくる。

次の拠点まで歩くには遠い。ここでは何が起ころうとも、全て自力で対処しなくてはならない。私は車についてはは無知だった。

まずは書店で車の整備についての本を手に入れ、基礎知識から勉強し、どうもバッテリーではないかと当たりをつけた。

拠点の近くのガソリンスタンド内でバッテリーチャージャーを見つけ、ようやくエンジンをかけられるようになったのは翌日の夕方だった。

私はアイドリングするポルシェの前で一服した。

もはや廃墟《はいきょ》と化した東急《とうきゅう》百貨店が、西日を浴びて荒野に佇んでいた。長い影がサバン

ナに伸びている。原野に佇む百貨店。ずいぶんシュールな光景だ。

ビルの窓から数千匹とおぼしき蝙蝠《こうもり》の群れが外に飛び立っていく。

私は小百合を呼びだした。

「今日は何日だ」

「ここに何月何日といった地球暦はありませんのよ」

「そうじゃなくて、俺がここにきてから何日目だってきいてるんだ」

「百二十五日目でございますわ」

百日たてば、元の世界に帰る、という願いが解禁になる。

「では帰れるんだな」

帰ることについては何度も聞いていた。

全ての記憶を失い、元の世界の最後にいた地点――江の島が見える砂浜で悲嘆にくれている状態に戻るらしい。

「はい」小百合はにっこりと笑った。「お帰りになりますか？」

「まさか」私は即答した。「確認しただけ」

小百合を消した。

もしも誰かが私を見ていたのなら、行き詰まっているようにも見えただろう。

無為そのものの日々だ。

無人の百貨店や車展示場がある殺風景な五つの町、それらを車でぐるぐるまわり続け

るだけの人生。
しかし、実質は、雌伏の期間だった。
この期間、私は準備をしていたのだ。
本を読みながら、映画を観ながら、車を運転しながら、私は考え続けていた。
華屋律子とはどのように再会するべきなのか。
夢を叶えたいと思ったのなら、まず夢を正確に思い描かなくてはならない。
壮大な計画というのは、思考の時間を要するものなのだ。
時にはノートに文章を綴《つづ》り、町や建築物の設計図を描いた。
宇宙最大のチャンスを与えられたのに、帰るものか。
「これからだよ」
私は笑った。

★★★★★★★★

3

この世界にやってきてから、二百五十日が過ぎた頃、飛躍の瞬間がきた。
私は高台に立ち、召喚した。
大気が震え、巨大な地響きが起こった。

三つ目の星の文面はどのようなものか。

ひらたくいえば、

〈私が改良した藤沢市と華屋律子を呼びだす〉

といったものだ。

神奈川県藤沢市、である。

駅も、電車も坂道も、階段も、電柱も、ガードレールも、看板も、郵便ポストも、公民館も、何もかもがそのままにある。

そして海の代わりを果たしている湖には江の島がある。

この町の周辺は現実とはかなり違う。横浜の赤レンガ倉庫や、鎌倉《かまくら》の大仏や、鶴岡八幡《つるがおかはちまん》宮《ぐう》や、山下公園などもある。そういう意味では神奈川観光スポットの縮小世界でもある。

私はおそらく小さな人間なのだろう。

呼びだした人間は、華屋律子ただ一人。

自分が育った町で、自分の好きな女と愛しあいたい。

ささやかかつ、切実な願望だ。

私はずっと〈どうすれば故郷で彼女を抱きしめることができるのか〉〈いかにしてこ

の世界に華屋律子を迎えるか〉を考え続けていた。

彼女の復活は町の召喚から一日後、と時間をずらした。

★★★★★★★

町が現れた翌朝――。

純白のドレスを纏《まと》った華屋律子は、高台のベンチで目を覚ました。

彼女は立ち上がり、あたりを見まわす。

住宅街が広がっている。

その先には海が見える。

彼女は自分のドレスをまじまじと見る。見覚えのないドレスだ。せっかくだからと私が彼女の再生を祝って服を用意したのだ。

彼女は首を傾げ、それからふらふらと石段を下りていく。

彼女は耳を澄ませる。

何故こんなに静かなのかと思っただろう。

考えてもわからない。

わかるのは――ここは神奈川県の藤沢市。さきほどの青い道路標識にそう書いてあったし見覚えのある風景だから。

江ノ電の線路が現れる。

くすんだ緑色の車両が止まっている。

私が愛する江ノ電は住宅街の中を走る電車だ。物干し竿《ざお》に洗濯物がはためく民家の庭が、手が届きそうなほど近くに見える路線は、日本広しといえどもなかなかないのではないだろうか。

私は姿を現さない。

彼女は線路沿いに藤沢駅に向けて歩き始める。

私は遠くから望遠鏡で観察している。

全てを上手《うま》くやるには、初めに、彼女は適度な孤独を味わっていなくてはならない。

彼女は藤沢駅に到着する。

駅員はいない。ホームにも改札口にも誰もいない。

静寂。

構内に黒板があり、そこに、白いチョークで大きく書かれている。

〈家へ帰りなさい〉

彼女はそのメッセージが自分に向けられたものかどうか判別できない。

構内に公衆電話がある。受話器をとって彼女はダイヤルする。どこにも通じない。

駅をでる。

歩きながら更なる違和感が彼女を襲う。

見知ったホームタウンは縮尺が変だ。かつて一キロあったはずの道が二百メートルに縮んでいる。

彼女は交番をのぞく。誰もいない。

彼女はふと思いついて六階建てのビルに上る。

町の全体を確認するためだ。

晴れた日に見える富士山がない。

どの方角を見ても、釈然としない。

★★★★★★★

やがて日が傾いていく。

彼女はかつて己の家のあった場所へと足を向ける。

彼女の家は本当ならもう存在しない。彼女はそれを知っている。だが駅構内の黒板のこともあり、もしかしたら、と確認の気持ちだけで歩いている。

到着してみると、不思議なことに——更地になって別の住宅が建ったはずの土地に、彼女が十五歳まで過ごした家が佇んでいる。

表札には『華屋』とある。

彼女はおずおずと玄関の扉を開く。

私が一九七五年からもってきた家だ。家具調度もそのままだ。

彼女はドレスを脱ぎ、十五歳のときそのままの二階の自分の部屋に入る。

雑誌もレコードも全てその昔そこにあったものだ。

壁には十五歳の頃の制服がかかっている。

カレンダーには〈1975〉と大きく書かれている。

勉強机の上には、中学三年生の教科書と参考書。

彼女は机の脇の棚から『悪魔《デイモス》の花嫁』という少女コミックを手にとり、しげしげと眺め、棚に戻す。

居間におりてテレビをつけてみる。何もやっていない。ラジオをつける。雑音だけだ。

夜になる。

とてつもない不安をおぼえただろう。

あるはずのない家、あるはずのない部屋、誰もいない町。七五年で止まった時間。

窓の外に、灯りのついている家は一軒もない。

翌日も、無人の湘南《しょうなん》を彼女は歩く。

三日後、彼女は、トランペットの音色をきく。

彼女の心臓が高鳴る。

まさか——人。

誰でもいいから人に会いたい。

音をたどって彼女は走る。やってきた先は高台の公園だ。

そこには男の後ろ姿がある。

しばらく迷った末に、彼女は私の背中に声をかける。

「あの、すみません」

私は、びくりと身を竦《すく》ませ、おそるおそる振り返ってみせる。

沈黙の五秒間。

「華屋?」

「あ」彼女の口が大きく開かれる。「さ、佐伯君? え? え? どうして?」

華屋は探るように私の顔を見る。私の片手に握られたトランペットも。

私が呼びだしたのは〈十九歳の華屋律子〉だ。私と再会するよりも一年以上前である。そ
なんとスターの力は、過去のどの時点の華屋律子を呼びだすのも可能だというのだ。

の気になれば五歳の華屋でも呼びだせるという。

死ぬ直前までの記憶を残すべきかずいぶん迷ったが、やはり新しい人生を私と歩む彼
女に、二階堂との経験は不要なものだと思った。

「華屋こそ、どうしてここに?」

私たちは再会を驚きあった後、公園のベンチに腰かけた。

「佐伯君、トランペットはなんなの?」

★★★★★★★

「大きな音をだしたら誰かこないかって。正解だった」

「ねえ、ここは一体なんなのかわかる？」

「全くわからない」私は答える。「気がついたらここにいたんだ」

どこに嘘がある？　私はこの世界がなんなのか未《いま》だに知らないし、気がついたらここにいたのだ。

「佐伯君、泣いてるの？」

彼女の目にも涙が滲《にじ》んでいる。三日ぶりに〈永遠に孤独かもしれない〉という恐怖から解放されたのだから、涙ぐらいはでるだろう。私はといえば、生身の人と話すのは二百五十四日ぶりだ。

長かった。

本当に長かった。

「ようやく人に会えたのが嬉しくてさ」

私は答える。


〈異世界に召喚された湘南〉を舞台にした愛の物語はこのようにして始まった。

金があれば使う。能力があれば活《い》かす。それが人間というものだ。

私に向かって醜悪だの、卑怯《ひきょう》者だのと叫ぶ輩《やから》にはこういいたい。それはただ単に、あなたがスタープレイヤーではなかったというだけのことでは？

ヘブン・友人たち

1

焚火《たきび》は小さくなり、やがて誰かが水をかけて消した。

智美と別れると、孝平は目についた建物の空いている部屋に入って寝た。悪魔がそこら中をうろついていて、もうじきにでも自分の部屋に飛び込んでくる想像をしてしまいよく眠れなかった。

そして夜が明け、死者の町の二日目がはじまった。

時計台前広場には、いくつものグループが集まっていた。グループは多いもので十数人、少ないもので四、五人。

みな二日目からは、とりあえず誰かと組んで一緒に行動しよう、と考えていたらしい。女性だけのグループもあれば、中年男性だけのグループもある。家族連れが集まった

ようなグループもあった。

前日まで見知らぬ他人同士だったはずだ。人間は不安になると群れるのだな、と孝平は思った。

みな孝平とすれ違いぎわには「おはよう」と挨拶《あいさつ》してきた。孝平も挨拶を返した。

孝平は智美を見つけると、手を振った。

智美のそばには男の子が一人、女の子が一人いた。

「おはよう」

声をかけると、みなの挨拶が返ってくる。

「じゃあ、自己紹介しましょ」

「ぼくは鐘松孝平です。十七歳」

「十七歳。きのう、聞いたね」智美がいった。

眼鏡をかけた青年が一歩前にでた。

「司馬新文《あらふみ》。十八歳。七四年からきた」

「先輩ですね」孝平はいった。

「ここではそういうの無しにしないか？　先輩とか、後輩とか」

司馬新文はいった。

「学校は、そういうのうるさい世界だったけど、なんというか死んじゃったんだし」

「死んじゃったんだし」智美が繰り返して笑った。「独特な響きあるわ」

司馬新文はみなを見回していった。

「とりあえずこの四人は、上下なしの友達ってことでいこう」

友達か。孝平は思った。いい響きだ。

「じゃあ、敬語とか、そういうのはあんまりこだわらないってことで」智美がいった。

智美はみなをまとめようとする司会者のようである。

「仲間瑠璃《るり》です。十八歳。年上には敬語で話すべきだと思う」

みな顔を見合わせた。孝平は小さく、そうですよね、と呟《つぶや》いた。

智美がいった。

「じゃあ、やっぱりこだわりましょう。私は神仲《かみなか》智美。十七歳。です。北海道出身。札《さっ》幌《ぽろ》市。さ、これからどうしましょ？」

この世界は全くの未知だ。

「今日はまあ、町の探検でしょ」新文がいった。「それ以外にすることないんだし」

四人は歩き始めた。

他のグループも、「町の探検」以外にすることはないようで、広場から徐々に去っていった。

目につくものひとつひとつに感嘆する。

建造物はたいがい三階建てから五階建てで、色彩も建築様式も統一感がある。多くは石造りで、煉瓦《れんが》や大理石が見える。

車は一台も見かけないが、道はふちの部分が少し高くなっており、車道と歩道の区分がある。

電柱は一本も立っていない。電話ボックスや、信号といった近代以降の町に存在するようなものは何もない。

「なんかこの町って新しくないですか？」孝平はいった。

新文が応じた。

「確かに――作ったばかりという感じがする」

ゴミや汚れをはじめとした、人の生活した痕跡《こんせき》は何も見えない。

「時計台前広場のプレートには、あなたたちのために作りましたって書いてあったけど」

瑠璃は、困惑気味に笑った。

「この町の建物、オール新築？　あは、嘘でしょ」

智美が首をひねった。

「私たちのために作ったとして、大工さんとか、木材とか石材とか運んできた人とか、そういう人たちはどこにいったんだろう」

四人はお互いに顔を見合わせた。

人間が作ったのなら、確かにそこは疑問だ。

「神様の力で、大工さんとかいないのかも」

瑠璃がいった。

「ここは本当に死後の世界だと思う？」

智美がいった。

「そりゃ、まあ、ね」新文がいう。

「あんた、なんで死んだのよ」瑠璃が司馬新文にきいた。

「病気で」新文が答えた。「いきなり入院して、そのまま逝《い》っちゃったわけ」

「みんなは？」

「ぼくは交通事故」孝平はいった。

「私はいいたくない。その話、やめない？」智美がいった。

四人はしばらく黙って歩いた。


「ショーウインドーだ」

瑠璃が嬉《うれ》しそうにいった。

瑠璃の指差す先に、お店らしきものがあった。看板も何もないが、一階の全体が硝子《ガラス》張りで、服が並んでいるのが見える。

「服屋？」

正確にいえば、お店ではないのだから、服屋ではなかった。店員がいるわけでもなく、レジがあるわけでもない。〈服屋のように服が並んだ部屋〉だった。

「服屋あるんだ。よかった」

「確かに」智美も頷《うなず》く。

ずっと同じ服を着続けるという事態は回避できる。

ドアを開いて、薄暗い室内に入った。棚にはジーンズやチノパン、Tシャツや、ジャケットも並んでいる。年齢層でいえばちょうど十代、二十代の男女に似合うカジュアルな服が揃っているが、片方の壁にはスーツもある。

智美がいった。

「ここで、いろいろ着替えたい。あ、試着室もある」

「ここの服って勝手にもっていっていいのかな？」

「いいんだよ。だってプレートに書いてあったじゃん。好きに使っていいって。ぼくらのための町なんだろ？」新文がいった。

「独占したら他の人と揉《も》めるかもしれないけど」

「ねえ、この調子でさ、いろいろあるんじゃない？　昨日の芋も、なぜか八百屋さんみたいなのがあって、そこからとってきたみたいよ」

みなの顔が輝きはじめた。

服屋があるのだ。服屋以外のものはない、という方が不自然だ。

その日のうちに、数多くの発見をした。

まず、この町はかなり広く、一日で全てを歩くのは無理だということ。膨大な無人の家屋があり、ざっと推定で一万人もしくはそれ以上が住める。

服屋発見のときに予想した通り、布団や、日用品、鍋《なべ》や釜《かま》や、箒《ほうき》、灯油などは全て容易に手に入ることも知った。

一ブロックか二ブロックごとに、何らかの〈商店〉があり、たいがいのものはそこにあった。なかには〈商店〉が集まっている〈商店街〉もあった。

時計台前広場で初日に見た人々の数から人口を推測すると、誰かが独占してしまわない限り、当面の日用品に不足はなかった。

夕方になった。孝平はみなにきいてみた。

「夜はどうします？」

どこかで一緒に泊まろうということで四人の意見は一致した。

「さっきの角にあった白いところは？」

「私、家が厳しくってさ、あんまりお泊まり的なことしたことなかったから、こういうの夢だったかも。わくわくしてきた」

智美が笑った。両脇に着替え用の服をかかえている。

「君ねぇ、実際そんなのんきなものじゃないと思うよ」新文がいう。

「そうそう」瑠璃がいった。「あたしなんか、マジでこれからどうすんだよってずっと思ってんだから。電気ないってドライヤー使えないってことだし」

その日は智美と瑠璃がジャガイモとキャベツの炒《いた》めものを作った。

四人の宿泊所はその後何度か変わったが、やがてオレンジ色の瀟洒《しょうしゃ》な建物に定まった。孝平たちはその建物を「ホテル」と呼ぶようになった。

廊下や階段は全て建物の中にあり、大きな吹き抜けのある中庭があった。四階建てで、一階には大人数で使えるキッチンスペースがあった。ガスと電気はなかった。

孝平たちと同じ、十代の少年少女のグループは他にもあった。七、八人ほどの集まりが三つ。そして十五人ほどの集団が四つ。

孝平、智美、新文、瑠璃の四人が〈八百屋〉を漁《あさ》って外にでたとき、明らかに妙な目つきでこちらを睨《にら》みながら、首を傾げて近寄ってくる青年がいた。

「おっす」

ぼさぼさの髪に、どこか不敵な笑みを浮かべている。

「あ、ああ。誰？」

「俺は葉山《はやま》ってんだ、よ」

葉山はいった。茨城《いばらき》出身者で、元は暴走族だといった。

こちらでは十五人ほどの少年少女のグループのリーダーである。

「俺は、ゾクやってたときに、喧嘩《けんか》で死んじまったんだよ。ヤバい奴がいてよ。そいつが牛刀もって暴れてさ」

みんな黙って頷いた。黙って頷くより他はなかった。

「ステゴロのタイマンなら負けねえんだけど、刺されちまって。とにかく、いっぺん死んで、俺はもう喧嘩で死にたくはないなって思ったわけよ。だからみんなで情報交換とかして仲良くやろうぜ」

ニュアンスとしては、仲良くしたいというよりも、俺は短気だから、俺を怒らせるなよと遠回しに威嚇しているように思えた。

「いいこと教えてやるよ。時計台前広場から、白い屋根が並んでいる通りをずっと進むと、川に突き当たる。そこに魚がたくさんいる。知ってた？」

みな首を横に振った。

「喰《く》うとうまい！　じゃあそっちも何か面白いこと見つけたら教えてな。じゃあまたな」

葉山は去っていった。

「変な人」智美は葉山がいなくなると笑った。「ステゴロのタイマンって何？」

「バカだろただの」新文がいった。

白い屋根が並んでいる通りをずっと進むと町の端になった。

そこは公園のような緑地になっており、葉山のいう通り川があった。

川沿いに歩くと、青みがかった池が現れる。

魚がとれるという情報を確かめにきたのだが、魚影は確かにあった。

釣り竿《ざお》や釣り具は〈雑貨店〉で簡単に手に入った。

〈雑貨店〉で手にいれたキャットフードを餌にして四人は釣り糸をたれた。

だが釣れなかった。

次には蚯蚓《みみず》を掘り始めた。

やがて新文が大きな麻袋をもってきた。

「これにね、餌をいれて池のほうに沈めてみよう」

「そんなんでとれないでしょ？」

「わからんぞ。何かで読んだことがある捕獲法だ。キャットフードと、バッタと蚯蚓と、枝をいれてみよう」

数時間後に新文の作った袋を引き揚げると十四ほどの小魚と、団扇《うちわ》海老《えび》に似た甲殻類が二匹入っていた。平たい大型のザリガニといえなくもない。

一方、みなの釣り竿には、何度か当たりがあったものの、最終的には智美が一匹釣っただけだった。

日が暮れてきた。

そろそろ撤収という頃に葉山が姿を現した。彼も釣り竿をもっている。葉山の後ろには小学校中学年ぐらいの子供が三人ほどいた。

「やってる？　釣れた？」

葉山は麻袋からバケツに移した十四の魚と、四匹の海老をのぞきこんだ。

「すげーじゃん。なんだおまえら、プロ釣り師か」

新文が袋でとったことを教えた。

「なるほど、そういうやり方ね」葉山は感心したようにいった。

「魚のほうはティラピアに似ている」新文はいった。

「食べられるの？」智美がきく。

「食べられる……んじゃないかな。スーパーで並ぶ魚じゃないと思うけど」

「名前はしんねーけど、俺は食べたぜ。そこの海老もな。今のところなんともない」葉山がいった。「頭いいな、おまえら。俺も次から袋でとろう」

「タクちゃん、早く釣ろう」

「おう、今いく」

葉山は子供たちと一緒に去っていった。

〈ホテル〉に戻ってきた。

「料理はぼくがするよ」

と孝平はみなに宣言した。

「魚、捌《さば》いたことあるの?」

「うん、ある。海老も」

孝平は包丁を軽く研ぐ。笊《ざる》には魚が十四。まだ鰓《えら》が動いているものもある。

孝平の眼にはスズキの幼魚に似ているように思える。

魚を捌くなど、日常のことだった。

料理に関しては才がある。

七歳のとき、母はこういって包丁の使い方を教えた。

――なんでもできる子にならないとね。自分で食事を作るようになれないと、将来不自由するよ。

それがはじまりだった。孝平は瞬く間に大人顔負けの料理の腕を発揮しはじめ、九歳になる頃には祖父母の経営する博多《はかた》の小料理屋の厨房《ちゅうぼう》に出入りするようになった。

友人たちとよく釣りにいった。釣果があると友人たちはみな、獲物をもって孝平の家に向かい、そこで孝平が天ぷらにしたり、から揚げにしたり、刺身にしたりしていたものだ。

孝平は鰓に包丁を差し入れた。

開くと白身だった。

内臓をみても、これまでにさんざん捌いてきた魚と変わりはない。

さっと内臓をとりわけると、中を洗った。

かまどに火ははいっている。

まずはフライにすることにした。平たい海老も、殻をとってさっと茹《ゆ》で、〈店〉で手に入れたパン粉を塗《まぶ》す。

見知らぬ甲殻類など危険極まりない――絶対に毒がないとはいいきれないが、葉山は食べて大丈夫だったといっていた――匂いを嗅《か》ぎ、肌にこすってみる――身の部分だけを食べよう。よくよく洗って、加熱すればきっと大丈夫だろう。

からりと揚げると、皿に盛ってみなの前に持っていった。

「海老フライと、魚のフライ」

歓声があがった。

「私、こんな美味《おい》しいの食べたことないよ！」

智美がひときわ大きな声で賞賛した。

「ぼくの綽名《あだな》、シェフだったからさ」

孝平は照れながら腕を組んだ。

曜日がなく、行事もないので、時間の感覚が曖昧《あいまい》になっていく。

釣り、町の探索、他グループとの情報交換、掃除や洗濯、薪集め、日々することはた

くさんあった。

仲間も最初の四人から増えた。いつのまにか十人ほどが同じ建物に出入りしている。

満月の晩だった。

孝平は寝付かれずに、そっと部屋をでた。

廊下を静かに歩いて行くと、仲間瑠璃の部屋から妙な音が漏れていた。

明らかに閨《ねや》の女の声だった。

頬がほてった。

だが、盗み聞きするつもりもなく、そっと音を立てないように階段をおり、外にでた。

月明かりに照らされた道の先のベンチに、新文が一人で座っていた。

「孝平」新文が手招きした。「眠れないのか?」

「ええ、まあ、実は今、あの」

「せっかくだからちょっと話していこう。孝平、最近、あんまり眠れないんだ」

新文は俯《うつむ》き加減にいった。

「今ね、ぼくはかなり必死に考えている。この世界はなんだろうって」

「死後の世界でしょう」

「でもな。死後の世界にしては、死者が少なすぎないか? 高尾《たかお》さんの人口調査、知ってるよな?」

「知ってます」

高尾道心《どうしん》という中年男性が、名簿を作ったのだ。高尾さんは、孝平たちティーンエイジャー組のところにもノートを持ってまわっていた。

〈高尾ノート〉と称されたノートには住民全員（漏れがないとすればだが）の名前と出身地、年齢、そして出身年代が記載された。

そのノートによれば、今のところ、この死者の町の人口は三千百七十五人である。

そして、出身年代は、もっとも古いものが一九五〇年。もっとも新しいものが一九八一年だときいた。高尾ノートは写本され、合計四冊まで増えた。所有者のところにいけば誰でも閲覧可能だ。

「おかしいだろ。三十二年間分の死者だぞ。三千二百人弱のはずがない」

一年間の交通事故死者数より少ない。

「ここ以外にも町があるんじゃないですか。町も数百、数千あって、振り分けられているんじゃないですかね」

「それならわかるけどね。この町の住民の年齢は、高尾ノートによれば十歳から四十五歳までだって知っているか？」

もしも地球――とはいわずとも、〈日本の死者は全てこの世界に移送される〉のなら、いわゆる高齢者が大量にいないとおかしい。

「あんまり年取った人はもう一回老人状態で死後がスタートするのも変だから、別の扱いになって、別の世界にいくとか」

謎は人数、年齢だけではない。しかし考えて答えがでるようなことではないと思う。

「神様はそのうち姿を現すんじゃないですか。そのとき全部教えてくれますよ」

創造主がやがて姿を現すという噂は頻繁にとびかっている。

「現れるかどうかわからないだろう。プレートでは〈もう存在しません〉っていっているんだからさ。でもそれならそれでさっさと姿を現して欲しいな。全ての謎が解ける日が本当に待ち遠しい」

話が途切れたところで孝平はいった。

「瑠璃さんの部屋から」

「声ね」と新文は頷いた。

けっこう頻繁にいろんな男を連れこんでいるのだと新文はぼそぼそいった。

「ま。口出しするようなことでもなかろう」


翌日、新文はホテルをでた。一人で暮らすとのことだった。


孝平は智美と二人で町を並んで歩いた。

人口の少ない空き家だらけの町は、ほとんどゴーストタウンのようなもので、恐ろしいまでに静まっていた。

「私もあのホテルでるよ」智美はいった。

えっと孝平は驚いた。

「いくあてあるの」

「他のグループの女の子と話しててさ。女の子たちだけで一緒に暮らしている家あるから、部屋もあいているし、そっちにお世話になろうかなって」

「ぼくもそこに一緒に」

「駄目に決まってんでしょ。だって女子限定マンションだもん」

智美は溜息《ためいき》をついた。

「なんだか私さ、ここにきてから、時々、すごく不安になる。恐怖に近いほど。ねえこの町の状況怖くない？」

「怖い」孝平は同意した。

法律がない。警察がない。争いが起これば、殴り倒したほうが正義。友人知人の味方を増やしているほうが正義。

強姦《ごうかん》されたとしても、泣き寝入り。

今のところそういう話は聞いていないが、いずれ何かが起こる予感がする。

不透明なことが多すぎるのも恐ろしかった。町の外がどうなっているのかわからないし、これから気温が下がるのか上がるのか、そうしたことすら根拠のある予想がたてられない。そのせいで不安の暗雲に町が包まれているように感じる。

順応して暮らしているつもりでも、ふとした瞬間怖くなるのだ。

すぐ隣にいる智美の手が触れる。孝平は智美の手を握った。

智美は孝平の手を握り返した。

「智美は誰かと」

つきあったりはしないのか、と訊《き》こうとしたが、言葉は続かなかった。答えが怖かった。

「ぼくと一緒に住まない？　もちろん部屋は別々で。ほら、建物だけ一緒で」

「ダメ」

智美は孝平の手を放すと、素早くいった。

「私は男と二人で住んだりしないの。それに、もうあっちの女の子たちと一緒に住む約束しちゃったからな」

そうか、と肩を落した。

「仲間さんを批判するわけじゃないけど、女はさ、ほら、子供ができちゃうとか考えると」

「あ、ああ、う、うん」

別に同じ建物で暮らす＝子供をつくる、ではないと思ったが、おもむろに頷いてみせた。

「怖いんだよね」

妊娠しても産婦人科はない。出産しても幼稚園もなければ、小学校もない。予防注射

もない。

大量の物資がある。最初はそう思った。だが、五年後にも大量の物資があるのかと考えれば――三千百七十五人が消費し続けるのだ――食料系は、腐って使えなくなるものもたくさんある。缶詰だって賞味期限がある。

向こうの通りから歌がきこえてきた。

妙に楽しそうだ。

「大漁～大漁～」

姿を現したのは葉山だった。

八十センチはあろうかという魚をぶら下げ、海老で一杯になった籠《かご》をもっていた。

「どうしたのそれ」

「おっす！　このあいだの川の～下流！　川沿いにひたすら歩いて下流にいったら！　大漁スポットだったわけよ。んでな、おまえらの真似して、服屋にあった籐《とう》の籠、紐《ひも》つけて、魚の切り身いれて仕掛けたわけよ、どう？」

葉山はうししと笑いながら、籠いっぱいの海老を見せた。

「そのばかでかい魚は」

「こいつは浅瀬を泳いでいたんで、タックルして抱きついて、岸に放り投げた！　それっおすそわけ～」

智美と孝平に海老を一匹ずつ渡すと、歌いながら去っていった。自分たちのグループ

の家に戻るところなのだろう。

「あの人、悩みなさそうでいいわ」智美が呟いた。

智美は言葉通りに翌日ホテルをでていき、別グループの建物に転居した。

ほどなくして孝平もホテルをでた。新文のように一人暮らしを試してみることにしたのだ。

いざ誰もいない建物に一人で入り、今日からここが自分の家だと決めると、しん、と静まっており、不安と寂しさを感じたが、同時にほっとするようなところもあった。

風が冷たくなっていく。

日照時間が減っていく。

夏が終わったのだと思う。

相変わらず〈神〉は現れなかった。

四十代女性の首吊《つ》り事件が起こった。

女性の友人によれば、彼女は地球では二児の母だったらしい。数日前から、ずいぶん気落ちして、家族から離れてこんな世界で一生を暮らすなら、いっそもう死にたいと何度も漏らしていたという。

彼女は暮らしていた家のすぐ前の樹木にぶら下がっているところを発見された。遺体は町の外に運ばれ、野原に埋葬された。そして、その野原は最初の〈墓地〉と決まった。

事件は町民にこの世界に死は存在するのだ、ということを示した。ここが死後の世界だからといって、決して特別な魔法に守られているわけではない。

気温が下がっても森は紅葉しなかった。

かわりに街路の樹木が、一斉に青い花を咲かせた。

花弁の形状は桜に似ており、一方、その色はスミレやアジサイを思わせた。幹以外が青く輝く様子は、一見するとソメイヨシノの花弁が全て青色になったような風情だった。

青桜、と誰かがいった。

両脇に数百本の青桜が並び、冷たい風に花弁が舞う様子は、異世界の美だった。

2

青桜が咲き誇っている頃、新文に誘われ、孝平は、ある家で行われている集会に参加した。

〈世界探究会〉という。

家に入ると、大きな部屋に椅子が並んでいた。新文と二人で座っておしゃべりしている間に、どんどん人が入って来て座席は全て埋まった。百人以上集まっている。部屋の奥には暖炉があったが、まだ火は入っていない。だが、既に熱気がある。

中央に壇が設けられていた。

やがて暖炉に火がいれられ、一人の男が壇にあがった。

髪は後退し、鼻のつけ根に黒子がある。

「お待たせしました。お集まりのみなさんようこそ。私の名前は、高尾道心です。こんばんは。第四回世界探究会の会合をはじめます」

高尾は、ぺこりと頭を下げた。

盛大な拍手が起こった。

「え〜、この集まりもはやくも四回目。最初はね、聞いて下さる方も十人ぐらいしかいなかったのですが、もう百人ぐらいになってしまいましたね。あ、もっといるか。初めていらっしゃった方もいるので〈世界探究会〉を簡単に説明しますとですな、我々数人のグループが、この世界についていろんなことを研究、考察しており、それを発表するという会です。今ですな、緑地に生えていて〈食べられる山菜〉として人気がでてきた、ユゲズキンドウや、ゼンマイも——え？　はい、あの黒い豆のやつ——我々が第二回の集まりで食用可能であることを発表してから広まったものです」

孝平が見る限り、前列に座っているのはみな高尾というこの男の一種のファンのよう

で、この会を心から応援しているようだった。

新文が孝平に囁《ささや》いた。

「第一回の集まりが、〈高尾ノート〉の発表だったんだよ。はやくきて席とっといてよかったな。後ろ見な」

孝平が首を巡らすと、入り口付近まで立ち見の人で溢《あふ》れていた。

壇上の高尾はいった。

「では、〈今晩のお話〉からいきましょう。元大学教授の、坂上直久《さかがみなおひさ》さん。みなさん。坂上直久教授です」

拍手で迎えられながら壇上に登ったのは、孝平が初めてここにきた日に出会った白髪の男だった。ああ、この人は大学教授だったのかと思う。

「どうも、七三年からやってきました坂上です。最初にいっておきますが、これから私が話すのは科学の話です。しかしながら死者である我々がこの世界で復活したことについては、もう科学を超えているわけで、こんな状況では、科学の話など聞きたくない、というのなら、私の話は無視していただきたい。また私はかつて大学で教えていましたが、専門は英文学であって、生物学でも、地質学でも、天文学でもありません。そういう意味では素人ですので、専門家の方がいれば、ぜひ今後の調査について協力をお願いします。私の最後の年は七三年ですから、私の知識は最新のものではありません。ことによれば新発見により更新される前の古い知識を口にしてしまうことがあるかもしれま

せん。その場合、後で私に教えてください」

坂上はひと呼吸を置いて話し始めた。

「私が今考えているのは〈ここはどこなのか〉ということです。みなさんの間でも噂になっているでしょうが、町の周辺の森などで、見慣れない動植物が多数見つかっています。たとえば、皮膜で滑空する蛙ですとか、熱帯魚のような体色の蛇ですとか。ここは地球外——つまり、宇宙の彼方《かなた》にある別の惑星だという人もいる」

聴衆が少しざわめいた。孝平は俄《にわ》かに興奮してきた。とても気になる話題だ。

「ここは死後の世界です」誰かがいった。坂上は返す。

「はい。しかし死後の世界だからといって思考停止するのはよろしくない。足が大地を踏みしめ、見上げれば空がある。この時点で、我々のいる場所は死後の世界であろうとなかろうと〈地理的に存在し得るどこか〉だと考えます。重力がある。昼と夜がある。つまりここは自転している惑星だと考えるのが自然です。ところでみなさんは、宇宙の何処かに、人類が居住できる星があると思いますか？」

しん、と部屋が静まった。

聴衆の一人が手をあげた。化粧気のない中年女性だった。

「そりゃあ、どこかにはあるんじゃないでしょうか」

坂上は頷いた。

「酸素があって、水がある惑星ということですね？　宇宙は広いのですから地球という

例ただ一つしかないというのは不自然だ。むろんそういう〈生命居住可能惑星〉は存在するでしょう。そして実際に生命が存在している他惑星はあると私は思います。しかし、そのような星に〈人類が住めるか〉と考えると、これはまた別の問題。私は難しいような気がします」

アマゾンのジャングルの集落に調査隊が踏み込んでいったら、隊員の持ち込んだインフルエンザで、免疫が全くなかった現地人が全滅してしまったという話を聞いたことがあるでしょう。

同じ大地、同じ大気のなかに生きている、同じ種族間であってもこういうことは起こるのです。

鯉が生きている泥川に、清流でしか生きられないヤマメを放流してもすぐ死にますし、深海魚を浅瀬に連れてくればほどなくして死ぬでしょう。

もしも人類が、地球とは全く別の他惑星に降り立ち、宇宙服を脱いだら——。

当然のことながら、その星の生命にとってはなんてことのない細菌でも、我々には何の免疫もない。すぐに謎の伝染病もしくは正体不明の奇病にかかるでしょう。その星の生命にとって当然の栄養素を、我々の胃腸は受け付けず、その星の生物には無害な宇宙線で我々の皮膚がおかしくなるでしょう。

つまり地球人は、映画や漫画のように、よその星の大気に酸素があったからというだ

けで宇宙服のヘルメットを脱ぐべきではないし、水があって生き物がいる環境だからといってそう簡単にすぐ地球のように生活できるはずはない。

さて、ここはどこなのでしょうか？

私たちは問題なく生活しています。

大気成分は地球のもの。呼吸をして何の違和感もない。

重力も同じです。

空を見上げても太陽はひとつ。

そして月もひとつ。

夜明けから日没までを、日時計を作って計測しました。

一日はおよそ二十四時間。この惑星の自転周期は地球と同じです。

なぜ月は三つでないのか。なぜ一日は、四十時間ではないのか。

遠いどこかの星だとすれば、これはおかしな話ではないでしょうか？　これほどまでに全ての数値が地球と一致するとは到底思えません。

私は夜空を観察しました。見慣れた星座を見つけました。

さそり座です。そして天の川。見れば見るほど、見覚えのある星の配置です。

さらに私は蟷螂《かまきり》とテントウムシ、シロツメクサ、その他をこちらで発見しています。

どれも〈地球の生命体〉です。

なぜ地球産の種と同じものがここにいるのか。進化とは遺伝子の変異と環境という偶

然の積み重ねではなかったのか。

最初の問い――「ここはどこなのか」に対する答えですが、私はひとまずここを「地球」だと考えています。

ここは地球の――「北半球」です。

坂上はそこで台の上に置かれた水を飲んだ。

聴衆から質問があがった。

「ということは、この星のどこかに日本や中国《ちゅうごく》があるということですか」

坂上は首を横に振った。

「それは断言できません。一方に、まったく見たことのない生物が多数いるという事実がある。〈ここは地球だが、かつて我々が人生を過ごした地球ではない〉と考えます。説明が難しいのですが〈遥《はる》か未来の地球〉。地球でないというのなら、とてつもない技術によって質量から衛星、自転周期まで、〈地球そっくりの環境に作られた別の星〉ではないでしょうか」

誰かが手をあげた。

「坂上先生」

「なんでしょう」

「この世界が一種の夢であるという可能性はないでしょうか」

坂上は腕を組んで真面目な顔で首を傾げた。

「誰の？　私の夢？」

場内が爆笑の渦に包まれた。坂上は笑いが収まってからいった。

「一種の夢――いや、実はその説も否定できません。こんな星は存在せず、私たちの真実の姿は、宇宙空間を漂う培養液のなかの脳髄なのかもしれません。この世界は物理的な意味では存在しておらず、何者かが私たちの脳髄に共有させている幻想なのかも。私たちの記憶は全て、植えつけられた偽のものなのかも」

再びみな静まった。

「しかし、それではなんでもありになってしまいます。夢であるという説は、夢であることを示す明確な証拠が現れるまでは、とりあえずは保留、つまり除外して考えていくつもりです」

この会合には、一種独特な熱があった。

部屋の外では、何か得体の知れない不安が町を覆っている。しかしこの部屋のなかだけは、暖炉のように暖かい。

質疑応答が一段落し、坂上が壇を降りる時には場内が拍手喝采《かっさい》に包まれた。

司会の高尾が壇上に再びあがる。

「この世界は何なのか。ここはどこなのか。これは私たちが追究していくテーマのひと

つです。はい、そこでですな。今回我々は、坂上直久を隊長に据えた探検部を組織することを計画しておりまして」

「どこに行くんですか〜」聴衆のなかから声があがった。

「まずこの町の東西南北ですな。十キロ四方の地図を作る予定でございます！」高尾はいった。「小学校の社会科の授業みたいで恐縮なんですが。な〜んにもわからん我々は、まずはそこから始めようと。そこからじわじわと広げていきまして、この世界がどうなっているのかどんどん地図を作っていきます。つきましては協力者、隊員を募集しております」

孝平は思わず手をあげていた。新文が、驚いた目を向ける。

全員の視線が自分に集中したのを感じ、頬が熱くなった。

「あ、君は？」

「協力します、というか隊員になりたいです。参加させてください」

「おお、早速！」高尾は満面の笑みをみせた。

孝平は高尾から、壇の近くに座っている坂上に視線を向けた。目があうと、坂上は孝平に頷いてみせ、立ちあがった。

「ありがとう。ただ探検に出発するのはだいぶ後で、しばらくは準備です。一晩考えて、手伝ってくれるようだったら、明日の朝ここにきてください」

「俺も参加したいです」

孝平に続いて手をあげた男がいた。

視線を向けると、葉山だった。

この瞬間まで、孝平は葉山がこの集会に出席していたことに気がついていなかった。

探検隊の隊員希望者は葉山の後、続々と十名ほどが名乗りをあげた。


集会が終わり、司馬新文と外にでると、冷たいが心地よい夜風が頬を撫《な》でた。

葉山が寄ってきた。

「おう、おまえ、手あげるの早すぎ。その、おまえ、いや、君は、名前、なんだっけ？」

これまで葉山に名乗ったことはなかった。

「鐘松孝平」

「では、鐘、いや、孝平。って呼んでいいよな？　よろしくな。俺は葉山卓郎《たくろう》だ。呼び方はなんでもいい」

手を差し出してきたので握り返した。

「よろしく、葉山」

「俺、世界探究会の集会にでるのは今日で四回目だが、話を聞いているとぞくぞくしてくる。特に坂上さんとか最高だ」

孝平は頷いた。

「ぼくもそう思うよ。今日初めて参加したけど、前から出席していればよかった」

葉山がにやりと笑った。

「速攻で手あげたのは、探検隊ときいてわくわくしたからか？」

孝平はそうだ、と答えた。

「俺もだ。町の外には何がいるんだろうって考えたらさ、血が騒いでもう眠れねえよ。なんだろうなこの感じ」

葉山は嬉しそうにいうと、「じゃあ明日《あした》な」といって去っていった。

葉山が去ってから新文がいった。

「君たちは積極的だな」

「新文さんは参加しないんですか」

「するさ」新文は答えた。新文は孝平の肩を軽く殴る真似をした。

「君たちを見ていたら物怖《ものお》じしている自分が駄目に思えてきた。今回の〈世界探究会〉は〈探検部〉の発足発表だったろ？　実は前回の会合では〈食料部〉なるものも発足していてさ。次から次へといろいろ出てくるものだから」

「食料部？」

「〈店〉に置いてあるインスタント食品とか缶詰なんか何年かすれば底をつくのは明らかだろう。健康にもよくない。それで田畑を作って、野菜や小麦や、米、その他、自給

自足できる食材を増やそうというチームだ。川魚の養殖実験なんかもはじめるらしい。

噂では〈新聞部〉もできるようだ」

孝平の背筋を熱い興奮が上っていった。

微《かす》かに身体が震える。

確かに——この感じはなんだろう？

放り出された難民のような人々。

分厚く晴れ間の見えない不安の雲。

その雲を人々が晴らそうとしている。しかもたいしたスピードではないか。

おそらく人類が古代から数千回も繰り返してきた、知恵を武器に世界を獲得する戦いを、自分たちは開始したのだ。

サージイッキクロニクル　Ⅱ

1

私は目を瞑《つむ》り自分の鼓動をきいている。
とくんとくんと、それは動いている。
幼少期、少年期、青年期、そして青の沙漠《さばく》から始まったこの世界での冒険。
鼓動が続いているのと同じく、人生はまだ続いている。
目を開くと、部屋には月光が降り注いでいた。
私はうつ伏せの状態から仰向けになった。
窓から月が見える。
月光は隣で眠りこけている華屋の頬を照らしている。
静かな夜だ。
邸宅は、江の島の高台にある。

周辺に高いものはないから見晴らしがいい。

トランペットの再会の日から、私たちは一緒に行動を始めた。

眠るときも同じ屋根の下だ。

最初は、私の家と華屋の家を交互に宿泊地に選んだ。

私たちの家などよりもっと瀟洒《しょうしゃ》で豪勢な邸宅はいくらでもあるので、いろいろ住居を替えて暮らしてみてもいいじゃないかと提案してみたが、華屋は首を横に振った。

「ダメダメ。よくそんなこと思えるね。だって他人の表札かかってるじゃん。自分の家がなければ仕方ないけど、あるのに、わざわざヨソ様の家なんかで寝起きしたくないよ」

「つまらなくない？」

「面白いかどうかで決めません！」

「のぞき趣味はないの？　俺、他人の家の中ってどうなってるんだろうって気になるタイプだけど」

私はからかうようにいってみた。

「ありません！」華屋はいった。

我々以外にも人間はいないか。

まずそれを探ることにした。

私たちは地区ごとに、寺の鐘を鳴らしてみたり、スピーカーで呼びかけたりした。移動には自転車を使い、毎日のように二人で町を走った。

街路の樹木の枝に、つがいの〈ムラルッカ猿〉が腰かけてこちらを見ている。もともとは〈外側〉に棲《す》んでいた生物も、町を作ってしばらくすると中に侵入してきた。

もちろん町は藤沢市でありながら、藤沢市ではなかった。日々、数多くの発見があった。

とある小学校の校庭は芝生になっており、ラウモウダが数頭草を食《は》んでいた。鎌倉大仏の前の敷地には大きな陸亀がのそのそと這《は》っている。そして大型のリスのような生物〈チーチック〉が飛びはねていた。

ちょっと路地に入ると、水路があり、水路の先は釣り堀のように魚の群れる煉瓦《れんが》造りの人工池になっている。

長谷《はせ》寺に入ったとき、華屋は本尊の観音様の前に置かれた一冊の冊子を発見した。頁数にして二十枚ほどの写真入りの図鑑で、〈食べられる動植物〉というタイトルがついている。

「何これ」

華屋は曇った顔で頁を開いた。

★★★★★★★

最初の頁には〈ルビーパン〉の簡単な紹介と写真が載っている。食用可能の文字。

「さっき、寺の外でこれ、生《な》っていたよね？」

「そうだね」

華屋は冊子を注意深く調べた。出版社名も、著者名もない。

「これを作ったのは、駅の黒板に〈家へ帰りなさい〉って書いたのと同じ人かな？」

私は華屋の背後から冊子をのぞきこみながら唸《うな》った。

「人じゃないかも。神様？」

いうまでもないが、全ての犯人は私である。

私がスターボードの生物百科事典機能で手に入れた、食用可能な動植物の情報は、早い時期に華屋と共有しておきたかった。しかし私が、動植物について、本来知るはずもない知識などを口にしてしまうのはまずい。こういう形にしておけば、〈おいおい華屋、前に見た冊子でこの赤い実は食べられるってあったぞ〉などという話が容易にできる。

「ここに置いた目的はなんなんだろう。まさか私たちが飢えないために……？」

「水田とかもあちこちにあるものね」

私は憎々しげに眉《まゆ》をひそめた。

「これを見て、飢えずに……ここで暮らせってことか。冗談きついぜ」

自分もまた被害者であるという演技に、はまりこんでいた。彼女は深刻な表情で私をみた。

「神様にお願いしてみない？　元の世界に戻りたいって」

「鶴岡八幡宮にいってみるかい？」

一番大きくて有名な神社といえば、ここではそれしかない。

華屋はこくりと頷《うなず》いた。

「いこう」

私たちは自転車のペダルを踏む。

鶴岡八幡宮に到着すると、華屋はおじぎをし、手をあわせた。

二人で並んで、声にだしてお願いをした。

「どうか、私たち二人を元の世界に戻してください」

★★★★★★★

鶴岡八幡宮からの帰り道だった。鵠沼《くげぬま》駅にほど近い道路にあるマンホールがぐいっと持ちあがり、そこから巨大で、真っ黒な長いものが這いでてきた。

私たちは自転車を止め、呆然《ぼうぜん》とした。

「何よあれ」

巨大なぬめりのある軟体動物で、蚯蚓《みみず》か、泥鰌《どじょう》を数百倍の大きさにしたような代物だ。

華屋が飛び退《すさ》ると、黒いぬめった長いものは、数メートルの高さまで体を伸ばし、それからぐにゃりと付近の壁に体をこすりつけ、道路にぼてりと寝転がった。

町作りの前、湖畔で見たネルモールという生物である。藤沢市を召喚後、おそらく下

水道に居場所を見つけたのだろう。

私は石を拾うと、道路の化け物に当てた。

五度目の投石で、ようやくネルモールはビクビクと震えると、ずるずるとマンホールの中に戻っていった。

華屋律子はひどく怯《おび》え、この町はあんな魔物が下水道にいるのだから、得体が知れないといい始めた。

そこで私たちは、とりあえず黒くて長い化け物がでてこなそうな、江の島の高台にある屋敷に移ったのだ。


私たちは、出会ってからほどなくして、夜も昼も愛しあうようになった。

私は彼女の寝顔から目を逸《そ》らし、月に目を戻した。

——これから、どうする？

もう特に欲しいものはなかった。

だが、そうなると怖くなってくる。

荒野の道をランボルギーニで走っていたときにはなかった恐怖。

何が怖いのだろう？

幼き頃のある晩、こんなことを悟ってしまって慄《おのの》いたことはないだろうか？　世の中には死というものがあり、自分はいつかパパとママの死に立ちあう運命で、そうでなけ

れば自分が先に死ぬかのどちらかしかないのだと。

私が華屋の寝顔を見ながらおぼえた不安は、それに近かった。

〈そして二人は永遠に幸福になりました〉そんな結末は人生にはない。全ての繋《つな》がりの最後は、別れによって締めくくられるのだ。

私たちは――いつまで、ここで、こうしていられるのか？

怖がってどうする。私にはスターボードがある。

まだ私の星は七つ残っている。

★★★★★★★

季節が廻《めぐ》った。

一年ほどが過ぎたと思う。

その間、私はスターを全く使わなかった。

スターボードは自分の家の金庫に入れておいた。金庫は押し入れに隠した。

まさか誰も盗みはしない。私と華屋以外の人間が存在しないのだから。

私と華屋は、時に喧嘩《けんか》もしたが、概《おおむ》ね仲良く、のんびりと暮らしていた。

もともと善良で正直な性格の華屋は、人生の全てを私に話してくれた。兄弟や従兄弟《いとこ》、父の福島への転居、初めていったスキーのことから両親の離婚危機まで私はあらゆることを知った。

知らぬ間はベールに包まれていて魅力的だが、知ってしまえばただちに色褪《いろあ》せる――

などということは、華屋にはなかった。私は華屋とのより強固な結びつきを喜んだ。日々、することはたくさんあった。小さな目先の目標を作り、それを達成し続けることで、精神は充足する。

湖に突きでた岬の堤防で釣りをする。

あるいは、藤沢市の廃屋スーパーへ、必要な物資を調達にいく。

廃墟の藤沢駅を探索してみる。

夏の時期には、江の島の突き出ている湖でヨットやジェットスキーをした。なにしろ湾岸部にはヨットハーバーがあり、船もヨットも大量にある。

電気が必要なときは発電機を使用した。

私たちは自転車で、町の終点までいった。

まず建物が終わる。

次に樹木が途切れる。

そこから先は地平線まで続くアスファルトの道と、両側には広大な原野が広がっていた。

私たちは十キロほど進み、景色が変わらないので自転車を止めた。

華屋は呆然と溜息《ためいき》をついていった。

「佐伯君は、車は乗れないんだよね？」

「乗れるさ」

私はいった。

「免許も持っている」

そろそろそういう時期かもな、と思った。

町の探索やらも一区切りついたし、車に乗って町の外に行き始めてもいい頃かもしれない。

「戻ったら、やってみよう」

車はそこら中にあったし、どの車も鍵がついたままになっていたが、バッテリーがあがっていた。

私は一台のロールス・ロイスのボンネットを開くと、充電した新しいバッテリーをつけ、エンジンをかけた。

そして、助手席に華屋を乗せて運転してみせた。

シフトチェンジし、アクセルを踏む。

「なんでもできるんだね」

華屋は助手席でいった。

「そんなことはないさ。車の運転ぐらいで何をいってんの」

「運転だけじゃないじゃん。整備だって。びっくりだよ」

「あんなのたいした整備じゃないって」

私はハンドルを握りながらいった。

「佐伯君はスーパーマンだ」

　華屋はなおもいった。

　そこには、微《かす》かな含みがあったようにも感じたが、私は特に気にしなかった。

「佐伯君は私の何もかもを知っているけれど、私は未《いま》だに佐伯君のことがよくわからないな」

　華屋はいった。

「何が」

「車に乗れるなら、どうして今まで車に乗らなかったの？」

「特に必要なかっただろ。今までは」

　ふと華屋はいった。

「佐伯君、本物の佐伯君だよね？」

　私はふき出した。それから顔をしかめてみせた。

「わかるよ。俺だって、こっちにきてから華屋が本物の華屋律子かどうかって考えたことあるんだ」

「私は本物だよ。でも……時々、わからなくなる。私は本当に本物の華屋律子なのかな？　華屋律子なら、何故ここにいるんだろう？」

　そして私たちは、藤沢市の〈外側〉にでていきはじめた。

　国道1号線は、内陸にきれ込んでいく。

木々が途切れると、例のサバンナにでる。

かつて私がぐるぐると廻《まわ》り続けたルートに接続する。

私は一時間ほどドライブすると、車を停止した。

「今日はここまでにしよう」

かつて私が呼びだしたものは、この先に全てそのままにあるはずだ。ガソリンスタンド、車だらけのドーム、デパート。

だが、なんとなくそれらをすぐに華屋に見せたいとは思わなかった。

それらは私にとっては悪夢的な過去の遺物だった。

「ガソリンの問題もある。途中でガス欠になったらことだ。少しずつ探検していこう」

慎重が一番だというと、華屋は納得してくれた。

初めて市外にドライブにでてから数日後の午後。

江の島が突きでた湖のほとりで、私は釣り竿《つりざお》を片手に空を見上げた。

響き渡る機械音。

動悸《どうき》が激しくなっていく。

私は目を細めた。

全く想定しなかったわけでもない。だが、これまでに一度も起こらなかったことだ。

何者かが、やってくることなど——。

青空を背景に、ヘリコプターが飛んでいた。
華屋が休憩していた建物からでてきた。
私たちは並んで立った。
ヘリコプターからは、私たちが見えているはずだ。
ヘリは高度を下げ、しばらく私たちの目の前にいた。
やがて旋回して去っていった。

「どうする?」私は持っていた釣り竿を道に置くといった。
「どうするって?」華屋の目が大きく見開かれた。
私は混乱していた。
「隠れないと危険かも」
まずい――やばい――そんな気持ちがせりあがってくる。
「どうして隠れるの?」華屋はいった。「助けにきたのかも」
助け?
馬鹿な。
誰が誰を何から助けるというのだ。
だが、華屋の中では、現在においてなお、我々は遭難中だった。私自身も、設定上は、
華屋と同じく「わけもわからずこの地に放り出され、帰ることを望んでいる青年」とい

うことになっていた。

「見たんじゃない？」

「何を」

「浜辺の、ヘルプ」

私はあんぐりと口を開いた。忘れていた。

茶番の一環として、だいぶ前に私たちは砂浜にブイを並べ、上空から〈HELP〉と〈SOS〉の文字が視えるようにしていた。

「ね、隠れるも何も、明らかに私たちの姿を見ているよ。会いにいこう。車で追いかけようよ」

「そうするか」

華屋の勢いを押しとどめられない。

私たちは車に乗り込んだ。

★★★★★★★

ヘリは、藤沢市の外側の原野の上空で停止していた。

私たちが車に乗ってやってくるのを待っていたかのようだった。

真っ白で大きなヘリコプターだった。プロペラは二ついている。

私たちが車を止めると、相手もそれを待っていたのか、ゆっくりと降下していった。

2

ヘリから降りたのは金髪のコーカソイドの女と、アフロヘアの黒人だった。

衣服はとりあえず地球のものだ。両方ともサングラスをしている。

二人は笑って手を振った。

「ガンフー」

サングラスをしたアフロヘアの男がいった。

「サバ？」

私は頷いた。何をいっているのやら。通じるとは思っていないが、おそるおそるいってみる。

「ドゥーユースピーク、イングリッシュ？」

アフロヘアは、金髪の女に目を向けた。

女のほうがいった。

「イングリッシュ、ノン。パルレヴ、フランセ？　エ、イザヤー？」

私と華屋は顔を見あわせた。

何が何だかわからないが、なんとなくわかる。

二人は——今のところ私たちに危害を加えようという様子はない。

★★★★★★★

そして二人は——宇宙人ではなく、地球人でフランス語を話す。

「私、華屋です」

「日本語通じないよ、たぶん」私は華屋にいった。

「ハナヤ？」金髪の女は指を華屋に向けていうと、今度は指を自分に向けて「ジョアンナ」といった。

華屋はにっこり笑って、イエスといった。

「ユー、ジョアンナ？」華屋は嬉《うれ》しそうに確認した。

「ヤ」

ジョアンナはアフロヘアに何事かいった。

「マルセロ」アフロヘアがいう。

マルセロとジョアンナ。

それに華屋を加えた三人が、あなたの番よ、と私を見た。

「サエキ」私はいった。

それから私たちは近くの木陰に移動した。

そこでしばらく、通じない言葉で話した。

通じないとはいっても、身ぶり手ぶりに、筆談（マルセロがヘリからノートも持ってきた）も交えることにより、おおよそのことがわかった。ジョアンナは英語が話せないといっても、簡単な文や単語もわからないレベルではなかった。

まとめるとこういうことだった。

まず、彼らは三人でここにきている。ジョアンナとマルセロと、エルメス。エルメスは今、ヘリコプターの中にいてでてこないという。

ジョアンナはフランス出身で、マルセロはニューカレドニア出身。二人ともこちら（この世界）にきて五年ほどたち、関係は友人だという。

「ねえ、良かったらこのあたりのこと、そして二人のことをいろいろ聞かせてくれない？」

「もちろん、私たちも知りたいことがたくさんあるんです」

私たちはお互いに情報を交換した。

私たちは日本人。この地にいるのは私たち二人だけ。なぜここにいるのかは、私たちにはわからない。日本の神奈川県に存在するはずの町が、細部は違うものの、ここにあり、そこに住んでいる。漠然と救援がくるのを待っていた。世界がどうなっているのか知りたい。

細かい部分は伝わらなかっただろうが、だいたいならば理解してくれたはずだ。信じただろうか？

私は表情を探られないように、空を見た。

「なるほど、そいつは大変だねえ」マルセロがいった。

「二人以外にはいないのかい？」

★★★★★★★

「いないんですよ」華屋が困り果てたという顔でいった。

「だって大きな町だけれども。ガソリンスタンドや、道沿いのビルにもいないの？」

私は首を捻《ひね》った。さあ、いないんじゃないでしょうか。

「本当に？」ジョアンナがきく。「最初から？　今まで、ずっと？」

華屋は何度も頷いた。

「最初から。本当ですよ。そうなんですよお」

ジョアンナとマルセロは視線を交わしあい、私にはわからない言葉で何事か早口でいいあった。じゃあ、誰が二人を呼んだのよ、といっているように私には見えた。

マルセロは気の毒そうな顔でいった。

「それは……厳しいね。食べるものとかはあるの？」

「ええ、それはなんとか」

「このあたりに町とか村とか、人が住んでいるところはないんですか」

華屋がきいた。

マルセロは首を横に振った。

「このあたり……ないな。原野。だいぶ離れれば集落みたいなのはあるが」

「お二人はどちらから」私が質問した。

「私たちはレゾナ島からきたんだけど」

レゾナ島という、たくさんの人間が暮らしている島があり、彼らはそこからきた。

「そこはフランスなんですか」

華屋はひどく的外れな質問をした。

ジョアンナは首を傾げた。

「フランスはこの星にはないわ。日本もね。フランス人や、日本人はいるけどね」

「ここは別の星?」私もきいてみた。

「さあ。そうなんじゃない? 謎だわ。私たちが解き明かすべき謎」

華屋は、私に、「この二人の話をもっとききたいから、すぐに去らせずに、夕食などに誘うべきだ」といった。これには私も同意した。

「急ぎの旅でなかったら、今晩、私たちとご飯をご一緒しませんか」

マルセロとジョアンナは顔を見あわせた。

「お誘いありがとう。もちろん! 喜んで。ただ……ちょっと戻ってエルメスとも相談してくる」

その晩、私たちはヘリが再着陸したバーの近くで、彼らと焚火《たきび》を囲んで、バーベキューをした。

ようやく顔を見せたエルメスは、若いアジア系の女だった。どこかタイあたりの雰囲気を感じさせた。髪飾りが銀色に光っている。だぶだぶのパイロットスーツを着て、腕まくりをしていた。

私たちは彼らにお土産の酒や、菓子類などをプレゼントした。

これは薄々感じていたし、車の中で華屋とも話したことだが、彼らは、ずいぶん私たちを警戒していた。

二人と話している間にエルメスがヘリから降りなかったのも、常にヘリに一人を残しておくというルールを作っていたにちがいなかった。

私たちが持ってきたチョコレイトなどには全く手をつけなかった。

焚火の前のエルメスは無口だった。

「エルメスはどこの国の出身なんですか」

私が英語できいても返事はない。

ジョアンナがいった。

「エルメスはイストレイヤよ。この星のネイティブよ」

「レゾナ島ではなくて?」初めてきく名だった。「イストレイヤってのは?」

「う〜ん、ちょっと説明が難しいな。レゾナ島があって……その隣ぐらいにイストレイヤという国があるの」

「インドと中国と日本がくっついたようなところだよ」マルセロがいった。

「道に子供の死体が転がっていて蠅がたかっていたりするようなところだから」

彼らはイストレイヤにはネガティブな印象を持っているようで、いろいろと教えてくれたが、そのときの私がうまく理解できたのは、道に死体が転がっているというそのく

★★★★★★★

だりだけだった。

いくつかの話題がでては消え、一区切りついたところで華屋が申しでた。

「あなたたちのヘリに乗せてもらうことはできないでしょうか？」

華屋は私のほうに視線を向けた。

——もちろん、佐伯君も同じ気持ちだよね？

と彼女の視線はいっていた。

「そうだな」私はいった。「もしこの人たちが連れていってくれるのなら」

マルセロがいった。

「う～ん。ふうむ。乗りたい？　乗りたいのか。そうか」

「マルセロ」ジョアンナがマルセロに顔を向けていった。「彼らは二人だけで、ここにいるのよ。周辺百キロ以上は無人の道路だけだった。レスキューが必要」

「で、どこにいきたいの？」マルセロがきいた。

「どこっていうか、何も知らないんですよ。人間が住む町があるなら、そこにいきたい。イストレイヤでも」

華屋がいった。

「イストレイヤはダメだな」マルセロが笑った。「あんなとこに運んだら、あんたズタボロだぜ」

炎を見ていたエルメスが顔をあげた。

何事かいう。おそらく、私の出身地を馬鹿にするなとでもいったのだろう。ジョアンナは、私たちにはわからない言葉をエルメスとかわした。

「みなさんのところは」

「相談が必要」マルセロがいった。「いきなりいわれてもね」

「レゾナに連れて帰ったらいいじゃない」

ジョアンナが呆《あき》れたようにいった。

「みなさんは、普段何語を話しているんですか？　それからイストレイヤでは何語を？」

「フランス語。イストレイヤではイザヤ語」

「イザヤ語は、イストレイヤの公用語。もっともあそこは雑然としているからね。トレグスレブからきている人たちはキトパ語を話すし」

「基本はイザヤ語で通る」

「そうですか」私はよくよく彼らのいったことを記憶した。

★★★★★★★

出発は二日後に決まった。

私たちはいったん藤沢市に戻るとすぐにスーツケースを調達し、旅の準備を始めた。

何が必要なのか、よくわからなかった。

着替えの衣服。拳銃《けんじゅう》。テントや寝袋。

誰かに会う──のなら、お土産も必要ではないだろうか？　宝石店から装飾品なども詰め込んでいくことにした。

私は土産物の調達を華屋にまかせると家に向かい、押し入れの奥の金庫からスターボードをとりだした。

触ると画面に表示がでた。

私はカーテンを閉めると、小百合を呼びだした。

「あら、お久しぶりですわ！　楽しく過ごしていらっしゃるかしら」

「まあな」私はいった。「バッテリー切れみたいになっていたらどうしようかって思ったよ」

「スターボードは電子機器ではありませんからご心配なく」

「質問だ。ヘリでこの領域にやってきた連中がいる。どう思う？」

「さあ？」小百合は肩をすくめた。「どうも思いませんけど、何か？」

「まあ、答えは全部自分でだせという方針だったよな」

聞きたいのは、願いについてだ。

「今すぐではなく、条件が揃うと、発動するような願いはできるか？」

「ものによりますわね。通るかどうか知りたければ、審査だけ試してみては如何《いかが》ですか？」

私は文章を打ち込んだ。

〈佐伯逸輝と華屋律子の二名は、もしも死亡した場合、死亡するまでの記憶を引き継いで十八歳のときの肉体に戻り、青の沙漠の家で復活する〉

〈審査は通りました。この願いを叶《かな》えることができます〉

★★★★★★★

よし、と私は拳《こぶし》を握りしめた。

保険。

これをしておけば——私たちはヘリが墜落しても、わけのわからない連中に殺されても、最終的には、無傷で元の場所に戻れる。

肉体を十八歳と指定するのは、この先、状況次第では、得体の知れない病原菌への感染や、身体の欠損などが起こるかもしれないからだ。〈死ぬ寸前の状態で〉とするよりも安心だ。

だが、せっかくのスター。蘇生《そせい》の保険だけではもったいない。私は腕を組んだ。

他に欲しいもの、必要なものも〈含めて〉おかなくては。

〈イストレイヤで話されているイザヤ語と、フランス語を佐伯逸輝が話せるようにする〉

早速審査を通してみると、こちらの審査も通った。保険と同時に叶えられるかも試してみたが問題なかった。

だが一体どういうやり方で語学が習得できるというのか。小百合にきいた。

「佐伯様の脳内に単語や文法知識と、一般的な会話例などを入れるというやり方です。ただ、母語ではない言語によるコミュニケーション能力は、構文や辞書を丸暗記しただけでは身につきません。〈使用〉しなくてはならないんです。ご自身が何度も会話されることによって会話力を磨き、あるいは文字ならば、読んだり書いたりすることで不動のものにしないとなりません」

一旦《いったん》頭の中に入れても、全く使用せずに数年が過ぎれば、結局は忘れていくのだろうし、イザヤ語やフランス語の会話に慣れていない人間が、知識だけあっても、当意即妙な会話はできはしないのだろう。

「それでいい」

「頭の中に何かを入れるという願い、特に語学に関しては、副作用的に、二日ほど気分の悪い状態が続くことがあります。寝込んだりする人もいますから、それも考慮してくださいね」

「わかった。この世界の全ての言語を、というのはダメ？」

「脳に負担が大きすぎて審査が通りません。むしろ精神が破壊されてしまうでしょう」

なるほど——充分だ。

語学と、死んだ時の再生。

だが、私はここで願いは叶えないことにした。
二、三日気分が悪くなるという点が気になったし、まだ何か含めたいものを思いつくかもしれない。そもそも二日後にジョアンナたちが本当に運んでくれるかもわからない。もしかしたら約束を破り、私たちを残して立ち去ってしまうかもしれない。あくまでも彼らとの旅が始まってから実行するべき願いだと思った。
私はスターボードをどのように持っていくかに頭を悩まし、結局は大型の手帳などをいれる革ケースに入れて、それにバンドをつけて服の下に仕舞い込むことにした。

二日後、ロールス・ロイスでサバンナの待ち合わせ場所に乗りつけると、彼らは待っていてくれた。

★★★★★★★

3

ヘリコプターは乗員二名、客席九名が定員のようで、私たちが乗っても特にスペースに問題はなかった。

マルセロとエルメスが操縦席と副操縦席に乗り、私たちとジョアンナが後部座席に乗った。

ヘリが飛翔《ひしょう》すると、華屋は歓声を上げた。

私も、上空から見る原野の光景に目を瞠《みは》った。

初めての飛行は怖かった。だが――凄《すご》い。

あくまでも地上探索しかしていなかったので、藤沢市やその外側の原野、そしてかつてのサバンナ拠点を俯瞰《ふかん》してみるのは初めてだった。

「飛ぶのは初めて？」

ジョアンナがきいた。

「はい」と私たちは答える。

少し進むと、大きなギャップが現れた。

大地が落ちこんで谷になっており、谷の向こう側には森と湖が広がっていた。

地質学的なことはわからないが、巨大な窪地《くぼち》が、隕石《いんせき》の衝突、もしくは大規模な地盤沈下によりできて、その窪地の中で森や野原が生成されているように見えた。

妙に心魅《ひ》かれた。藤沢市はむしろこちらに作ったほうが面白かったかもしれない。だが、近くにこんな場所があるなどヘリに乗るまで知らなかった。

ヘリは高度を上げていく。

「道に迷うってことはないんですか？」

華屋がジョアンナに聞いた。

「あるわよ。だって、確かな地図なんてないし、誰もこの世界のこと知らないでしょ

う？　どこに何があるかもわからないし。遠くまでいけばいくほど、帰れる可能性は低くなるわね。レゾナ島からヘリで探索にでて行方不明になった仲間はたくさんいる」

「あなたたちのところに、ヘリはいくつもあるのですか」

「いくつもあるわ」

「その、どうして、あるんです？」華屋がいった。「どこからヘリが」

なぜレゾナ島には、ヘリが何機もあるのか。レゾナ島で作ったのか、技術があるのか。それとも、どこかから輸入したのか。輸入したなら、どこでヘリを作っているのか。そういう問いである。

ジョアンナは質問の意味がわからなかったのか、あるいは答えを知らないのか、答えたくないのか、この質問は無視した。

誰かがスターで呼びだしたんだよ、律子ちゃん。

私は思いながら、華屋に小さくいった。

「俺らのところだって、なんで車や、家やヨットがあるのかわからないじゃん」

「そっか、最初からあったってことかな」

華屋は肩をすくめて、また質問をした。

「ジョアンナさんは、どうやってレゾナ島にきたんです？」

ジョアンナはふむ、といった。

「まあ、気がついたらレゾナ島にいたってところかしらね」

「やっぱり私たちと一緒だ」と華屋がいう。「神様の仕業だね」と私は日本語でいった。

「どうして私たちのところにきたんですか」

「偶然よ。私たちはこの先にでてくる古い都市を見にきて、それからもう少し周辺を見てから帰ろうってことになったら、マルセロが、おいおい、あっちに道路があるぞって。それで道沿いにあなたたちの町を見つけたの」

どのぐらい乗っただろうか。一時間半か、二時間か。眼下はおおむね沙漠、あるいはそれに近い荒野だった。のっぺりとして緑のない大地。

ヘリの時速は百二十キロから二百キロほどだという。

ジョアンナのいう、古い都市が見えてきた。

廃墟だった。

何か凄《すさ》まじい力で、押しつぶされたようにも見える。瓦礫《がれき》、崩れたアーチ、崩れた壁。

「古い都市って――？」

ジョアンナは頷いた。

「ロデム。瓦礫になってから百年以上たっていると思う。滅びたロデム帝国の都市」

ヘリは夕暮れ前にロデム近郊の高台に降下した。

高台は平たくなっており、石造りの修道院か、中世ヨーロッパの砦《とりで》を思わせる遺跡があった。

山に上る階段が地上から続いているようだったが、部分的に崩落していた。

私たちはヘリから降りた。

高台なので、眺望が良好だ。黄昏《たそがれ》の光を浴びた瓦礫の都市を眺める。

「旅をしていて、怖いことのひとつは、襲撃されること。獣もそうだけど、土地の人にね。だから着陸するのは、周辺に集落がなくて、できるだけ人がこられないところがベストなの」

ジョアンナがいった。

「他に怖いことは?」

「いっぱいあるわ。エンジントラブルや、突然の天候不良や。さあ、ご飯にしましょう」

鍋《なべ》をだし、それぞれで夕食にした。

私と華屋は二人でパスタを作って食べた。彼ら三人は妙に凝ったシチューを作っていた。

私たちは廃墟の中にあるテーブルに並んで座った。灯《あか》りは蠟燭《ろうそく》である。

ジョアンナやマルセロが、私たちに向けて何か話すときには意思が通じるが、彼らどうしが何を話しているのかは、さっぱりわからなかった。

私たちは無人の藤沢市での暮らしを聞かれるままに語った。

「今日はどこで寝ますか?」

私は聞いた。

★★★★★★★

「私たちはいつもヘリの後部座席でマットと寝袋で寝ているわね。獣がこないところなら、外にテントを張って寝るのもいいと思うわ」

私と華屋はその晩はヘリの外の遺跡の中にテントを張って寝ることにした。

三人に気を遣うヘリの中よりもリラックスできると思ったのだ。

真夜中に、建物の外にでると月の光が降り注いでいた。

石壁に放尿した。

それから石段を上り、壁の上に座ると、シャツの下に隠してある革のケースからスターボードをとりだしてみた。

地図を開く。

ヘリが進んだところだけがきっちり記入されている。

マルセロとジョアンナが現れたのでスターボードを仕舞った。

二人は私の腰かけた城壁の下にくるといった。

「ボンソワール、ムッシュー」

私は頷いた。小さく返す。ボンソワール。

ジョアンナがゆっくりといった。

「アー、ユー、スタープレイヤー？」

私はじっと彼らを見た。

月明かりでは表情までわからない。

もちろん彼らは推察したのだろう。

日本人の男女が二人だけ、町にいる。

どこかからきたのではなく、その町から始まったのだという。

女のほうは純粋に「レゾナ島のへりはどこからきたのか」などと疑問に思ったことを口にだすのに、男のほうはどうも何がどこからきたのかには関心がなく触れたがっていない。ともなれば、当然、次のように考えるはずだ。

男はスタープレイヤーで、女を召喚し、女にはそのことを秘密にしている。

「あ～」私はいった。「スター？　わかりませんが」

「あなたがスタープレイヤーなのだとしたら、会わせたい人がいる」

私たちの間に、お互いを探りあうかのような沈黙が置かれた。

私は咳払《せきばら》いをした。

ごまかし続けようか――だが、彼らがこれまで会話の中でスタープレイヤーという単語をあえてださなかったのは、それだけこちらを疑って状況を観察していたということでもある。何をいっても疑念はもう晴れないだろう。

「誰に会わせたいって？　もし俺がスタープレイヤーなのだとしたら」

二人が息を呑《の》んだのがわかった。

「レゾナ島のカンパニーのリーダー、レオナルド。私たちを呼びだしたスタープレイヤ

★★★★★★★

ーよ」

カンパニーというのは、どうもレゾナ島の市民組織のようだった。小さないい方をすれば、島民有力者の会。

「私たちはスタープレイヤーではないけれど、ほんの少し一緒にいて、あなたは、けっこう、誠実で、まともな人ではないかと思う。だからレオナルドに紹介する」

そりゃそうだろう。私は頷いた。ずっとまともに生きてきたとも。

「なぜ、まともと思うんだ？　異常者かもしれない」

「そうね。無人の町に二人で暮らすなんて正気の沙汰《さた》ではないわ。でも、ハナヤのあなたに向ける視線や、態度から、わかるの。あなたは彼女に暴力をふるってはいないし、彼女はあなたを信頼している。でも……まあ、詳しくきかないほうがいいかな？」

「俺には俺の事情があるんでね。気がついていると思うが、彼女には、ほぼ全てを秘密にしている」私はいった。「君たちも秘密にしていてくれ」

「うん。それはあなたたちの問題だし、私も秘密は守るわ」

ジョアンナはいった。

翌日の午後少し過ぎにレゾナ島の南部ヘリポートに到着した。

さすがはヘリコプターだ。

陸路ではいったい何十日かかるかわからない距離を一日半で越えてきた。

一旦、ヘリコプターでの旅を体験してしまうと、青の沙漠での私は、突き抜けた大馬鹿野郎に思えてくる。

何しろブルドーザーで青い砂をかきわけたり、四輪駆動車で死にそうになったりしながら、ちまちまと地図を広げていたのだ。

★★★★★★★

レゾナ島は美しいところだった。

石畳に、丸みのある白い建物が並んでいる。

ただ美しいだけではなく、そこには生きた文明があった。人々の生活があった。比べてしまえば、私が作った世界はやはり死骸《しがい》のようなものだった。

私たちは一軒の家をもらった。居間に面して向かいあったドアがある。部屋の一つは華屋の、もう一つは私の部屋にした。

「好きにしていてね。後から声をかける」

ジョアンナがいった。

「メルシーボクー（ありがとう）」華屋は教わったばかりのフランス語で礼をいった。

華屋は明らかにはしゃいでいた。

「佐伯君、ここ、なんかものすごくお洒落《しゃれ》なホテルみたいじゃない？」

私は頷いた。

窓から海が見えるいい部屋だった。

レゾナ島は、島といってもかなり大きく、沖縄《おきなわ》本島よりも少し広いほどの面積があった。

そして海には無数の島が浮かんでいる。

私は決心し、以前より下書きしてあった願いを実行した。

フランス語と、イストレイヤとやらで話されているイザヤ語の知識を己の脳内に入れた。

それに〈ヘリコプターの操縦知識と整備知識〉もつけ加えた。

あんな便利な道具を、使えないというのは大損である。

同じ願いに含めて、私と華屋律子に再生の保険をかけた。

再生したときに移動手段がなくては困ることに考えが及んだ。再生時には、新車とガソリン満タンのヘリコプターも敷地に召喚するようにした。

願うと同時に、頭の中に白い光が溢《あふ》れ、私はベッドに倒れ込み気を失った。

目を開くと、華屋律子が心配そうにのぞきこんでいた。

「大丈夫、大丈夫だ」

私は三日間、寝込んだ。

〈ガテムサテムマラヤリルヤリンボ〉などといったわけのわからない文章が現れては遠

ざかり、無数の文字や、言語の断片が脳内を暴れまわった。

　華屋は看病してくれた。

　私はベッドで汗をかきながらいった。

「早く良くなって、一緒に町を歩こう」

　華屋は泣きそうな顔で私の口元に、果汁の入った椀《わん》を近づけた。

「心配するな。すぐに回復する」

　四日目にようやく頭痛が治まってきた。

　外出してみた。

　陽光が町を輝かせている。あちこちで猫が昼寝をしている。

　小さな広場に、色とりどりの花が咲いている。

　通りにテーブルと椅子をだして、お茶か酒か何か飲みながら話をしているおじさんがいた。

　私は耳を澄ませた。

「そうそう、んであいつの娘がカーシスにいって、二度といきたくないってよ」

「ガレンの船で羊を二十頭売りにいったんだろ」

「カーシスの連中は差別主義者だっていうんだよね。レゾナを見下した顔でいるって」

「んなもんで済んで良かったよ。いつ誘拐されて、売られちまうかわかんねえ世界だから」

★★★★★★

「どのみちイストレイヤ人はどいつもこいつも、くわせ者だよ。異民族は奴隷、絶対階級主義、女と見れば強姦《ごうかん》。最低最悪人だ」

不思議な感覚だった。

彼らが異国の言語で、何かいう——するとほんの一秒ほど遅れて、意味がわかる。

私は頷きながら彼らの前を通り抜けた。

声を背中に受ける。

「なあ、あいつ誰？」

「日本人だってよ。ロデム近郊に探索にいったマルセロたちが拾ってきたらしい」

聞こえているよ、おじさん、と思ったが私は気にせず歩いた。

華屋に会うといった。

「俺、大学でフランス語を専攻していてさ、ちょっとだけわかるかも」

華屋は笑った。

「絶対嘘。そんなもの、学校で習ったぐらいでわかるわけないじゃん」

フェアではない。

華屋律子には、あえて言語の壁を残しておき、自分だけが新しい言語を習得する。

なぜか？　常に彼女に頼られ優位でいたいからだ。佐伯君はスーパーマン——でいたいからだ。あるいは言葉がわからなければ、彼女はスタープレイヤーのことを知らぬままでいてくれるかもしれない。

ずっと後に、私は自身を省みる。

私は卑怯者《ひきょうもの》だった。

★★★★★★

町外れには、露天風呂《ぶろ》がある。

こちらは、いつでも自由に入っていいとのことだった。

レゾナ島の露天風呂は温水プールに近い感覚で、みな水着で入る。

露天風呂からでると、ビキニ姿の二人組の美女が私をじっと見ていた。

脚は露《あら》わで、胸元は谷間が見える。

「こんばんは」

私が小さくいうと、二人は笑った。

一人は金髪で青い目だった。もう一人は黒髪で茶色い瞳《ひとみ》で、ややラテン系の雰囲気を感じさせる女性だった。両方とも髪が長く、若い。

二人は妙に曲線的な動きで私に近寄ってきた。

「ねえねえ」青い瞳のほうがいった。

「ねえねえねえ」茶色い瞳のほうもいって笑った。

「中国人？　名前はなんていうの？」青い瞳のほうがいった。

「いつきたの？」茶色い瞳がいう。

「フランス語わからないんだ」

私はあえてそういうと、二人から離れた。

レゾナ島に招かれてから五日目のことだ。私と華屋律子は、レオナルドの館《やかた》に招待された。

パーティーをするので顔をだして欲しいという。

瀟洒な住宅だった。着飾った数十人が集まっていた。テーブルの上に料理が並んでいる。

牛肉も、羊肉も、ワインもあった。

恰幅《かっぷく》のいい男が壇上に上がると、何やら、いろいろと発表した。ヘリコプターの倉庫のルールとか、作物の収穫具合とか、私には関係ない島のことだ。そして最後に「カンパニーに乾杯」と杯を上げた。

司会とおぼしき、妙に美形な男が壇上に立つと、真っ白な歯を見せて私たちを紹介した。

「今日は、はるばる日本からのお客様がおいでです」

私たちは壇上に上がらされ、満場の拍手と共に、みなの視線に晒《さら》された。

隣の華屋はすっかり縮こまっていた。

「あ〜ん、言葉は話せませんかな。コニチワ？」

晒されて侮辱されているように感じ、苛立《いらだ》った。

私は微笑んだ。

「こんばんは」日本語で答えてから、フランス語に切り替えた。「ボンソワールにあたる日本語はコンバンハ、です。私はサエキイツキ。彼女はハナヤリツコです。日本人です。私たちはサバンナめいたところにある荒野の町から、マルセロさん、ジョアンナさん、エルメスさんの助けを得てここにきました。今現在は、九死に一生を得た遭難者が、文明とごちそうの前に顔をだしたという状況でして」

会場が笑った。

華屋律子が横でぎょっとして私を見ているのを感じた。

――どうしてフランス語を喋《しゃべ》れるの？　何を喋っているの？

私は頬が火照るのをおぼえた。

得意な気持ちからではなかった。

己の卑劣さにおける、恥ずかしさからだった。

「何も知りません。何もわかりません。しかし今、レゾナ島の面白さ、素晴らしさに興奮中です。今日はパーティーに招いていただきありがとうございました」

拍手を浴びながら壇を下りると、華屋にいった。「こんなこともあろうかと、ジョアンナさんに聞いて前もって暗記していた文句をいってみただけなんだけど、伝わったかな？」

会食が続く。チェロを弾きだした男がいる。上手だった。

何人かが私たちの前に現れた。

「興奮中ですって」ある婦人は笑いながらいった。「びっくりしちゃったわ。興奮中、だなんて！　面白い言い方」

私は挨拶《あいさつ》だけした。華屋の疑念をこれ以上強くしたくなかったので、言葉がわからないふりを再開し、会話のほうは曖昧《あいまい》に切り上げた。

「フランス語は勉強中です。もう少し上手にならないと会話になりません」

私は華屋に「佐伯は、いきなりフランス語が話せるようになった。理由はわからない」と思われるよりも「最初は喋れなかったが、ここにいる間に瞠目《どうもく》すべき速度で習得した」と思ってもらいたかった。

それなら最初から流暢《りゅうちょう》なスピーチなどしなければいいのだが、どうも司会に馬鹿にされたような気がして我慢ならなかったのだ。

一人の男がグラスを片手にやってきた。

年齢不詳。見た目は四十代に見える男である。ゆったりとした飾り気のない黒い服に身を包んでおり、やや地味な印象を受けた。

「はじめまして。レオナルド・ベルディールです」男は落ち着いた声でそういうと会釈をした。「ようこそレゾナ島へ」

「お招きにあずかり光栄です」私は慌てて会釈を返した。

この男が彼らのリーダーにして、スタープレイヤー。そう思うと、俄《にわ》かに緊張した。

それと同時に強烈な興味が湧いた。

あなたはいったい何をやったのだ？

言葉がわからないふりをしている場合ではなかった。

ちらりと華屋を捜すと、華屋律子は、背中の開いた赤いドレスを着た女性となにやら話していた。

「お連れの方はおかまいなく。またあとで挨拶をしようと思いますので」

「ここは素晴らしい島だと思います。とても豊かで」

私はおずおずといった。

彼は小声でいった。

「よければ隣の個室で、少しお話をしませんか？　通訳もつけられます」

「もちろん喜んで。ただし通訳の必要はありません」

「なるほど」レオナルドは頷いた。「確かにあなたのスピーチは我々を驚かせた」

★★★★★★

個室はパーティー会場の隣にある、書斎のような部屋だった。

部屋に入ると少し喧騒《けんそう》が遠ざかった。窓が開け放ってあるので開放感がある。

クリーム色の室内には、ソファがあり、私たちは向かいあって座った。

見慣れない種類の猫が寝そべっており、レオナルドがソファに座ると、その膝《ひざ》に乗っ

た。ペットのようだった。

「カーシスキャットです」

「お話しできて光栄です。いろいろ知りたいこともありまして」私はいった。

「こちらもです」レオナルドはいった。「まず私はスタープレイヤーです。おききになっているかもしれませんが。ジョアンナによれば、あなたもそうだ、ということでしたが」

「はい」私はいった。

「本当かどうか、確かめられますか?」

確かめるとは?

少し間があった。

レオナルドは猫を膝からどかせると、立ち上がる。

本棚から、本を抜きだすと開いた。本をくりぬいた中にスターボードが埋まっていた。

彼はスターボードをとりだすとテーブルの上に音を立てずに置いた。

レオナルドのスターボードは黄色に黒い筋の模様があるものだった。虎のように見える。

彼は何もいわずに、私の様子をじっと窺《うかが》っている。

不意に私は察した。

彼は、私の視線を探っているのだ。スターボードは、スタープレイヤーにしか視えな

い。もしも私がスタープレイヤーでなければ、本の中はくりぬかれた空洞であり、テーブルの上には何もない――はずなのだ。

「なるほど。私のと、色が違う。黄色だ」

私がいうと、レオナルドはほっと溜息をついた。

私もシャツのボタンを外し、スターボードをだしてみせた。青に渦巻き模様。

レオナルドはじっと私のボードを見た。

「いい色だ。青空のような」

それぞれが相手は本物だと確認したことになる。

私たちは同時に笑った。

★★★★★★

レオナルドは本からとりだしたスターボードを自分の衣服の中に仕舞った。

「失礼しました。たとえば、こういう事態が怖いのです。スタープレイヤーではない人間が、スタープレイヤーのふりをして私に近づき、私を騙《だま》して、情報を引きだし、利用する。もっともスターボードの機能で、この島にスタープレイヤーが訪れていることは確認しましたが、それが必ずしもあなたであるとは限らない。せっかくお話の機会があるのなら、そのときに確認しよう、と思っておりました」

私は頷いた。

後で説明書を読んで確認したのだが、ここでレオナルドがいったスターボードの機能というのは、おそらく〈挨拶機能〉というやつで、半径三キロ以内にスタープレイヤー

がいる場合、案内人を挨拶に向かわせることができるとある。つまり、この機能で、実際に案内人を派遣しなくても、半径三キロ以内にスタープレイヤーがいるかいないかはわかるのだ。

「さて、無人の町に奥さまと二人でいらしたということですが。これはまた一体？　星の使い方は人それぞれだと思いますが、奥さまは呼びだされたのですか」

華屋は奥さまではないのだが、そこは放置することにした。

「そうです」

「もしかして、あなたは人間嫌いな方ですか」

「そうかもしれません」

「ではレゾナは苦痛ですか？」

レオナルドの顔が心配そうになる。

「いえいえ、きたばかりですが、楽しんでいます。いや、むしろ私は、いろいろなものを目にするたびに、驚いて、そして自分の創造性のなさを思い知ります。きてよかったと思っています。こういう島はとても作れない。レオナルドさんが作ったんですよね？」

レオナルドは微笑んで頷いた。

「島自体はもともとあったんですよ。港や橋やヘリや建物など、インフラ的なものは私がやりました。何に驚きましたか」

「第一にヘリコプター。私は沙漠がスタートなのですが、何故最初にヘリコプターを召

物足りなかったのかと、今になって歯噛《はが》みしています」

レオナルドは頷いた。

「いえ、それは普通ですよ。みなそうなのです。私だって最初に頼んだものは碌《ろく》なものじゃないんだから。ヘリは便利ですが、乗らない者からすれば不安でしょう。最初の願いで召喚する人は、そうそういませんよ。そういえばマキオという日本人の若者を知っています。馬族の連中とつきあいを作っているスタープレイヤーで、なかなか面白い青年でした。まさかお知り合いということはないですよね」

「いやまさか」

私はレオナルドが初めて会うスタープレイヤーなのだと教えた。

「そのマキオさんはどこに」

「この間ここにきましたよ。レヅナ島に滞在していかれまして。ピャレ・カヤの話をしたらそっちにいってみると」

「ピャレ・カヤ？」

「ピャレ・カヤはイストレイヤの聖地ギーナの支配者です。神として崇《あが》められています」

「その人もスタープレイヤーなのですか」

「そうです。彼はなんというか、面白いところに住んでおりまして、私などからすると何を考えているのかわからない常人《じょうじん》ならざるところがあります。三百年以上生きており、独自の人生哲学をもっています」

「いろんなスタープレイヤーがいるのですね？」

「まあ、それぞれ個性的ですな」

レオナルドは苦い笑みを浮かべながらいった。

「グラヴィスという男は、男色家の楽園を作りました。美青年、美少年ばかりの世界です。全員が男色の嗜好《しこう》を持っているという宮殿で暮らしました」

私は眉を顰《ひそ》めた。それはまたなんとも。

「グラヴィスの町は五十年前に滅びました。イストレイヤ北部の勢力ゴルティェに滅ぼされました。トレグのほうにはアベリイという女もいる。会ったことはないが、よそから人々が来ると、交流を拒絶して追い返すそうです。何をしているのかわかりませんが、一説には、若い俳優やスポーツ選手などを召喚し、恋愛を楽しんでいるとか」

なるほど――私は溜息をついた。

「マキオという日本人は何をしにピャレ・カヤのところにいったのですか？」

「特別に用事があったわけでもなく、おそらくイストレイヤという大国の国教、ラーナ教の聖地ギーナを見物にいったのだと思います。観光だといっていました。まあ、そのついでにピャレ・カヤに会えればと。ピャレ・カヤはなんというか――ある意味、国家元首よりも有名な人物ですからね」

微《かす》かだが、焦燥とも嫉妬《しっと》とも、あるいは劣等感ともいえない気持ちをおぼえた。

国家元首よりも有名な存在に、ふらりと会いにいく同郷の男。それに比べて私は。

「他のスタープレイヤーに会うというのはスタープレイヤーにとって意義があるのでしょうか?」

「影響を受けるということはある。私たちは、何でもできますが、しかし、何もない状態で〈ブルーベリー〉を発明することはおそらくできないでしょう。だが、どこかの土地で〈ブルーベリー〉を栽培して食べている誰かに会うことはできる。その土地で〈ブルーベリー〉や、それを使った種々の料理の美味《おい》しさを知ることもできる。私たちの本領はそこからなのです。私たちはそこでようやく〈自分の畑や食卓にもブルーベリーを〉と願うことができるようになる」

現在の私にとって、レオナルドのいう〈ブルーベリー〉とやらは、間違いなくレゾナ島だった。ピャレ・カヤもブルーベリーやら、コーヒー豆やら、黒胡椒《くろこしょう》なのかもしれないが、まずは目の前からだ。

「この島のことをいろいろ教えてください」

レオナルドは島の概要について話した。私には非常に興味深い話だった。

レゾナ島には約二千人が住んでいる。

周辺には百近い島があり、そちらの人口は把握していない。

レゾナ島の半数はレオナルドが呼びだしたフランスの、もしくはヨーロッパの〈好ましい人物〉であること。そしてもう半数は、この世界各地で拾ってきた同胞であるとい

うこと。

「拾ってきた？」

「現在ヘリは五百機あります。あなたがたのケースと同じような形で拾われてきた人たちがいます」

北と南に二つのヘリポートを設けてある。島民は訓練を受ければ、自由に友人たちとパーティーを組んで島共用のヘリで冒険にでかけていい。

「自由に？」

「ルールはありますがね。登録して、出発時刻と、目的地と、帰還予定時刻を記してもらう。島民の半数がヘリを操る訓練、そして整備の訓練を受けています。地球での車に近い」

誰も世界がどうなっているか知らない。

どんどん冒険にでて、得た情報を共有する。

そしていわゆる同胞（狭義にはフランス人という意味だろうが、厳密な定義はなさそうだった）が難民化しているのを見かけたら、救出者の任意で救出してレゾナに連れてくる。

「世界中に地球からの難民がいます。島から海を渡った大陸は、イストレイヤです。大きな港町では奴隷市場が開かれています。そこにはよく地球人が並びます。私たちはそこで同胞を見つければ買います」

★★★★★★

「地球人は奴隷ですか」

「国家の後ろ盾、根がないとはそういうことです。他には、滅ぼされた国や、もともと身寄りがないような弱者が奴隷になります」

「買うといいましたが、貨幣なんかあるんですか」

レゾナ島ではまだ〈お金〉を見ていない。

「もちろんイストレイヤの貨幣があります。レゾナ島の周辺諸島は、資源島にしております。家畜や、果樹の島です。私たちはイストレイヤの金が欲しければ、それらの島から資源を自由にとってきて市場で売ります」

「大いに気になっていることがあるんですが」

「なんでしょう」

「呼ばれた人間は、レオナルドさんを怨《うら》まないのでしょうか？　元の世界に返してくれと詰め寄らないのでしょうか」

「怨みますな」レオナルドは腕を組んでいった。「レゾナに馴染《なじ》んでいく過程で、その気持ちが薄まっていくことを期待していますが、多かれ少なかれ葛藤《かっとう》も怨みもあるでしょう。私が地球人を召喚したのは二回だけで、あとはもう呼んでいません。呼んだ人には、時間をかけてこのように説得してきました。私はあなたが必要であり、ここでの時間は、あなたが眠っているときに見ている夢の世界なのだと思って欲しい。神が我々に与えた謎を一緒に解いて欲しい。私の力では元の地球には返せない。いずれここでの消

滅の後、元の世界に戻れるだろう、と。殴りかかられたこともありますし、離反してでていってしまった者もいます」

しかしレゾナ島の面々はみな幸福そうだ。

全ての首謀者が、隠れもせず、堂々とパーティーなど開けるということは、それなりの人望と信頼を勝ち得ているのだろう。

ふと私は思ってきいた。

「私たちはスターさえ使えば帰れるのですよね？」

「百日たてば、帰る願いが使える、ですか」

レオナルドはいう。

私は頷いた。

少し沈黙があった。

「スターボードの最初の説明文や、案内人の言葉には虚偽が混じっていると私は考えています。だが、〈願えば帰れる〉というのは、必ずしも嘘ではないでしょう。案内人には聞きましたか？　私たちは願えば元いた場所に戻れる。そして、全てを忘れ、二度とこちらの世界には戻ってこられない」

ほんの一瞬、私は思い描いた。

あの現実――華屋律子が死に、殺人犯二階堂恭一の判決が下され、大学に通えなくなった私が砂浜に座って途方に暮れていたあの瞬間に戻る。

戻るとは、時間の退行。つまるところ、元のもくあみ、ということだ。

「戻りたいのですか？」

「いえ、私は……戻ってはならない」

少し躊躇《ちゅうちょ》したが、自分のことを打ち明けた。レオナルドと打ち解けたかったし、細かいことを隠したところで彼にはお見通しだっただろう。

神奈川県の藤沢市をそのまま召喚し、死せる恋人、華屋律子と暮らしていたこと。

話してしまうと、ずいぶんな重荷を下ろしたような気がした。

「なるほど、そういう経緯でしたか」レオナルドはいった。

「二人でいるというと異常な暮らしのように思われるでしょうが、そうでもなかった。毎日どこかを探検し、笑ったり、お互いにじゃれついたりしていました。ヘリコプターがきたことは幸運だったのか不運だったのか――いや、こういっては、マルセロやジョアンナに悪いですね」

レオナルドは頷いた。

「あなたたちの土地だと、異世界人のファーストコンタクトが僻地《へきち》探索にでているイストレイヤ兵ということもなくはない。それよりはジョアンナで良かったはずですよ」

「ハナヤは……」

華屋律子はここがいたく気に入っている。

私はいいかけてやめた。

★★★★★★

「私たちはレゾナにしばらく滞在していてもいいのでしょうか？」

「もちろんです」レオナルドはいった。

「何ヵ月でも、何年でも滞在していってください。ヘリの操縦を習うことも可能です。帰るおつもりがあるのならば、帰りはご自身でヘリを操縦して戻られたらいい。船であちこちの島に足を延ばすこともできますし、イストレイヤ見物もできますので、楽しいですよ」

「大変失礼ですが」私はあまりにもうまい話に困惑しながらいった。「親切すぎやしませんか？」

レオナルドは首を横に振った。

「親切も何も、お二人がレゾナ島に滞在したからといって私が失うものは何もありません。ただ、この星のもともとの住民ではなく、いわゆる外来の地球人は、スタープレイヤーが呼んだから存在するのだ、という仕組みは、レゾナ島では割に誰もが知っている事実です」

私は開きかけた口を閉じた。

わかりますね？

レオナルドの瞳はそういっていた。

――ここにいれば、ハナヤリツコは、誰が自分を呼んだのかを、いずれは知ってしまうでしょう。

「ねえねえ、別室で何を話していたの？」

パーティーの帰り道、華屋はいった。

私たちは夜の町を腕を組んで歩いていた。

白い家のあちこちからぼうっとオレンジ色のランプの灯りが漏れている。

「なんかよくわからんかった。どうも、この島の町長さんみたいな人でさ。言葉通じないんだもんな。とにかく歓迎しますってよ」

「レオナルドさん、だよね？」

「そうそう。華屋は俺が話していたとき、どうしていたの？」

「私？　なんか日本語が話せるジャレさんという人がいてさ。横浜はいったことないけど京都《きょうと》にいったことがあるとかなんとかいって、いろいろ喋ってたのよ」

心地よい夜の風が吹いていた。

「なんかここって船とか、ヘリとか、操縦の訓練をタダでしてくれるんだって」

「レオナルドさんもそんなこといっていたな」

「じゃあ、本当なんだ。あと、フランス語を教えてくれるフィックさんって人が、明日《あした》の朝、私たちの家にくることになったから」

「そんな手配も」

「一緒に習おう」

★★★★★★

「そうだね」

私はさりげなくきいた。

「いつか戻る？」

「あの怪しい藤沢市に？」華屋は、呆れ顔でいった。

「何のために戻るのよ！　だってあそこ、無人の廃墟じゃん」

私は内心で呟《つぶや》いた。

でも――君の家も、ぼくの家も、ぼくらの母校も自給自足できるような田畑も、何もかもあそこにあるんだけどな。

一年ですっかり淀《よど》んだ気配の漂う町になってしまったのは確かだ。

「佐伯君、戻りたいわけ？」

「いやまさか」

私は肩をすくめてみせた。

私がせっかく華屋のために苦心して工夫をこらして作った巨大な町は、レゾナ島を見た彼女から、いらない場所にされてしまった。

二人だけの世界は終わりを告げたのだ。

天国の冒険者たち

1

本格的な冬がきた。

町では周辺の森林地帯で薪《まき》集めがさかんになった。

自宅の暖炉で燃やすため、誰もが斧《おの》や鋸《のこぎり》を片手に森にわけ入った。

口伝えで、食べられる山菜や木の実の情報が広まっていった。

町にまだ名はなかった。高尾道心や坂上直久を中心人物とする〈世界探究会〉は、町の名を募集した。

町中にノートがまわされた。

〈新日本《しんにっぽん》〉や〈青桜村《あおざくら》〉、〈天国《てんごく》〉などいくつかの最終候補のうち、票を一番集めたのは〈ヘブン〉という名称で、最終的にそれに決定した。

日本の市町村なら「なぜ英語なのか？」という議論がでるところだが、その議論はほとんどされなかった。

建築様式や町の周辺の自然景観その他からして「ここは日本の伝統や歴史の延長線上にある場所」ではなく「一種の異国」と認識している住民のほうがずっと多かった。

町の名が決まると、社会組織も、次々に産声をあげていった。

〈ヘブン医師会〉と〈病院〉が発足し、〈ヘブンニュース〉という新聞も出現した。

ヘブンニュースはガリ版印刷である。第一号は二百部刷られ、住民たちは回し読みをした。

暗雲が去り、活力が町中に漲《みなぎ》っていた。

まっさらの最初から社会を作る――三千百七十四人は熱に浮かされていた。

大人も子供も、町を走りまわっていた。仕事がない人間などいなかった。

誰もが農家で学者で技術者かその見習いで、そして冒険者までも兼業していた。

2

その冬、鐘松孝平は、葉山卓郎と原野にいた。

空気は乾燥していて、遠くまで見渡せる。

ぽつぽつと森があちこちに広がっている。

人工物は何もない。

一角鹿が生息しているので鹿原《しかはら》と呼ばれている場所だが、町から三キロ近く離れているため、ここまでくる住民はほぼいない。

二人はもう野外生活をはじめて七日になっていた。

葉山卓郎は、手をくるりとまわして合図をした。

――孝平、裏にまわれ。

孝平は頷《うなず》き、指で丸を作った。

――了解。

狩りをするときは喋《しゃべ》らない。もう二人の間には〈ここで待て〉や〈まわりこめ〉など、いくつものサインができていた。

葉山卓郎がわざとらしい音をたてて茂みに近寄った。

途端に茂みから、鶏にも雷鳥にも似た体型の鳥が飛びだしてくる。羽に円形の模様がある。

飛行能力はないらしく、走ってくる。

孝平は投網を投げた。

鳥は一瞬羽ばたき、そのまま網に搦《から》めとられた。

「よっしゃ」

葉山はそこでようやく声をだすと、網の下で暴れる鳥に向かった。

葉山が鳥を押さえ込み、孝平が足を縛る。

今晩の夕食である。

二人の動作は素早い。葉山は喉《のど》の下にナイフをいれ、頸《けい》動脈を切断する。なるべく早く殺さないと情が移ると葉山はいう。孝平も同じ考えだ。

血抜きのため枝にぶら下げる。

「こないだの時より楽に獲《と》れたな」葉山はいった。

「投げるの練習したからね」

最初は鳥獣を狩るのにずいぶん苦労した。

ノウハウもなく弓矢で狙ったのだが、地面を疾走《しっそう》する鳥や兎は、狙いを定める間もなく消えている。追い回しても決して追いつけない。

二人で組んで、片方が追い、もう片方が逃走ルートに網を投げる、という方式にしてからようやく成果をあげはじめていた。

今回でこの丸い鳥を狩るのは五羽目である。

「まあ、俺たちの実力が上がってきたってことよ」

葉山卓郎は笑った。

「で、今日はどうしてくれるんだ？」

「さっき採ったナッパを薬味にして、蒸してみる」

「蒸すって……どうやんだよ？」

「だから鍋《なべ》で蒸すんだよ」

少し話すと、蒸気で加熱するという調理法があること自体を葉山は知らないようで驚く。信じがたいほど無知だ。

「これをどんな風に料理すると美味《うま》いとかって最初から知ってるわけ？」

「別にわからないよ。だからいろいろ試して確かめないと。蒸したらまずいかもしれない。地球で鳥を料理したときのことを考えながら、そのときのことを思い出してやっているだけ。何にせよ加熱はしないと危ないだろ」

「おまえ、料理人夢だった？」

「うん、まあ、一応将来の選択肢的にはあったかな。葉山は何になりたかったの？」

地球では。

「俺はガキの頃は宇宙飛行士になりたかった」

「いい夢だね」

「ロケットで宇宙を旅行して、いろんな惑星を巡りたかった」

孝平は腕を組んで溜息《ためいき》をついた。

そこまでいくと現実味がない。

「それはまさに夢っていうか、ほぼ完全に実現不可能だね？」

「小学生のときは、こう思ってたんだ。今は無理だけど、俺が大人になる頃には、技術

とかめちゃくちゃ発達して、無理だったことが無理じゃなくなっているにちがいないって」

葉山は無精髭《ぶしょうひげ》を撫《な》でた。

「でも、俺もいつまでもガキじゃねえから」

いいや、おまえの頭の中身はガキ全開だ。孝平は思いながら、うんうんと首を縦に振った。

「太陽系の大きさとか、太陽系に一番近い恒星アルファケンタウリまでの距離とか、NASAの技術とか、いろいろ本とか読んでいくうちに、俺の夢は不可能、少なくとも俺の生きている時代では、無理だろうなって悟った」

そこでひと呼吸あった。

「ただ俺の夢っていうのは、宇宙そのものっていうより、未知の世界の探検みたいなことなわけで」

「つまり、思いがけず、今、夢が叶《かな》ったってことか」

葉山は握りこぶしを孝平に見せた。

「ヘブンでな」

できたばかりの町の名前。

二人はキャンプ地に戻った。

天幕の外では、無精髭を生やした坂上直久が焚火《たきび》の前でノートをつけていた。

その横には須藤麗子《すどうれいこ》がスケッチブックを開いて何やら描き込んでいる。

探検部は以下のように活動予定を決めていた。最初の冬は、まず町の周辺の地理調査をする。これは訓練も兼ねて何日も野外で過ごす。そして春になったら本格的な遠征をすることに決定していた。本部では春の遠征用に、ボウガンや矢、そして遠征用のリアカーが作られていた。

「坂上さん。鳥とって戻ってきました」葉山が報告すると坂上直久は喜んだ。初めて会った時の刈りこんだ白髪はもうずいぶん伸びている。

「お、でかした。ラウンバーか。こないだの孝平シェフの焼き鳥はうまかったな」

「なんすかラウンバーって」

「いや、今、その鳥になんとなくつけた名前」

「坂上さん、勝手に名前つけまくってますよね。それも超適当に」

「いやいや文明というのは言葉だよ？　名前がないと困るだろ。名前がないものは情報として次世代に残っていかないんだよ。君たちもドンドン名前をつけちゃっていいから。なにしろ新種だらけなんだからさ。ほら、須藤さんにラウンバー見せてあげて」

「丸っこい鳥ね。飛べるの？」須藤麗子が首を傾げた。

「ジャンプはしますけど、高くは上がらないですね。走るのやたら速いっすよ」

葉山が手製の棚の上に鳥を置くと、須藤麗子が、鳥のスケッチを始めた。

須藤麗子は化粧気のない痩《や》せた三十二歳である。地球では「るーま」というペンネームでイラストレーターをしていた。正確なデッサンを素早く仕上げる腕前を活《い》かし、ヘブン探検部の博物誌担当である。

坂上はにやりと笑った。

「で、本日の料理はどうするの」

探検部で孝平が最初に作ったのは兎のシチューだった。大絶賛を受けた。

その次に蛇の焼き飯を作った。ジャガイモでポテトチップスを作り、ついでにサツマイモでスイートポテトも作った。料理当番は当番制なので何度も替わったが、他の者が作るときと、孝平が作るときでは、同じ食材でもその味や、工夫、料理の種類に圧倒的な差があった。

わざわざ町からキャンプまで孝平の料理を食べにくるものがでたくらいだ。

もはや探検部全員が、孝平の料理に注目し楽しみにするようになっていた。

「ラウンバーですね？　蒸します」

「もうラウンバーで決定なのかよ」葉山が小さく呟《つぶや》いた。

「孝平君ね、君の料理の腕前は、おそらくヘブン一だ。ことによれば探検部ではなく、料理部というのを発足してもいいんじゃないかと思っている」

「プレッシャーかけないでくださいよ。それに、探検がしたいです」

テント脇から、司馬新文が顔をだした。

「よお孝平、久しぶり」

「あれ、新文さん？　いつきたの？」

最後に会ったのは十日ほど前だ。

「ついさっきだ。ちょうど探検部の人に町で会ったんで、君たちが訓練しているところまで連れてきてもらったんだ。差し入れにヘブンニュース持ってきたぞ」

新文は文字がびっしり印刷された紙束を孝平に渡した。

「なんすかそれ？　ヘブンニュース？」

「創刊号。いちおうなんというか、新聞、いや毎日出るわけでもないんで雑誌かな。どっちでもいいけど、ヘブン初の印刷物だ」

「すげえな、そんなの作ったんだ」

葉山が目を輝かせてのぞきこんだ。

新文は嬉《うれ》しそうに頷き「君のもある」といって葉山にもヘブンニュースを渡した。

「ぼくはこのあいだまで食料部にいたけど、今は、発足してまもない新聞部の方を手伝っているんだ。創刊号の印刷や、記事まとめもやった。ヘブンニュースは、ヘブン住民の情報源や娯楽となるようにできる限り、一週間に一回ペースを目標にするそうだ。今回、ぼくは記者で、探検部訓練を取材しにきたってわけ」

孝平は切り株に腰かけ誌面に目を落とした。

ヘブンニュース創刊の言葉。つい最近発足して、人員募集している「部」の紹介情報。〈食料部〉〈農業部〉〈鉄工部〉そして我らが〈探検部〉に至るまで概《おおむ》ねどこも人を募集している。〈かけもち可〉の文字が躍っている。高尾道心の〈世界探究会の探究日誌〉というエッセイ。〈ヘブンマップ〉というコーナーに文章を寄せているのは坂上直久だった。探検部の活動報告である。

「坂上さんのコラムもある」

「そりゃ、探検部隊長だからな」坂上はいった。孝平が戻ってくる前にもう新聞は目を通したのだろう。

「新文さん、もらっていいんですか？」

「もちろん」

ふと孝平は新聞の一番上に横書きで記された数字に目をとめた。

０１年　第１号

「暦できたんですか？」

「ヘブン暦な」新文がいった。「まあないとおかしいだろうということで、今年が歴史のスタート地点になったらしい」

「この新聞、今考えているよりすげーものなんじゃねえか」葉山がいった。「ヘブン初

の印刷物ってことだろ。千年後には伝説の出版物になっているかもよ？」

「千年後にヘブンがあればな」

新文が笑った。あればいい、あるように頑張ろうという顔をしている。

ガリ版印刷の数枚の紙――地球であるならゴミに近いものが、今は、魔法じみた輝きを放ち始めている。

地球では社会は大きすぎたし、また遠いものだった。だがここでは、すぐ近くにある。

孝平がラウンバーの羽をむしり始めると、やがて川で魚をとっていた部隊や、数キロ先まで遠征調査にいっていた部隊が戻ってきた。

飯塚象二郎《いいづかしょうじろう》という、拠点西部の岩壁を調査にでていた二十代の隊員が興奮気味に坂上にいった。

「坂上隊長！　報告です。とんでもないもの発見しましたぜ」

「なんだ？」

「人工物です」

みなの表情が変わった。

ヘブンの外側はまったくの大自然で、これまで何かの建造物や、道路などが発見されたことはなかった。

だが、あれほどの町が忽然《こつぜん》と湧いて出てくるはずはない。途方もない量の石材、木材を運びこんだはずであり、轍《わだち》であるとか、切り株であるとか、作業小屋であるとか何ら

かの痕跡《こんせき》がないとおかしい。その痕跡を見逃さないように坂上直久は隊員に告げていたのだ。しかしこれまでそれらしいものは何一つ発見されなかった。

「崖《がけ》に、階段ついてました」

やがて日が暮れ、賑《にぎ》やかな夕食になった。

ラウンバーの蒸し焼きは大好評だった。

夜半に孝平は目を覚まし、テントの外にでた。

小便をしてから空を眺める。

吸いこまれそうな途方もない銀河があった。

最初にこの世界にきたときはずいぶんと泣いたものだ。だがもう涙は止まった。

十日ぶりに会った司馬新文はなんだか活き活きして、大人びてきていたが——ぼくも強くなっただろうか。

相変わらず怖さはある。でも今は不思議に面白さのほうが勝っている。

3

翌朝、崖についている階段を見に行くために、探検部は何人かをテントに残して出発した。

だいたい拠点から七キロほどだという。

司馬新文も同行することになった。

「せっかくだから一緒にいって見てみて、次のヘブンニュースに載せるよ」

発見者である飯塚の案内に従って進む。

日常の訓練の効果がでており、孝平はさほど苦もなかった。坂上隊長はみなの敬意を集めていたが、体力はないらしく、頻繁に休む。だが、その緩いペースは司馬新文のような町からきたものには具合がよかった。

「君たち、いつもこんなに歩いているの？」

司馬新文は汗を拭《ふ》きながらいった。

「飯塚さんなんか、昨日、今日で往復だぞ」

孝平は司馬新文に囁《ささや》いた。

木陰で休憩している時、孝平は坂上にきいた。

「隊長は、ヘブンの町を作ったのは何者だと思われますか？」

坂上は汗を拭いた。

「君はどう思う？」

孝平は答えた。

「ぼくは宇宙人だと思っています。私は神ではありませんってプレートにあったし」

坂上はいった。

「私はとりあえず、人間じゃないかなって思う」

「え。人間には、無理ですよ」

町はともかく、死者を復活させられる人間などいない。

「技術的にはそうだが、人間が宇宙人の技術を使ったって線や、未来の人類という線はありえるだろう」

「どうして人間と思うんです」葉山がきいた。

「町が人間臭いから」坂上直久はいった。「そりゃ実際どうなのかはわからんけどさ。宇宙人かもしれないよ？　でも、直感的に、時計台前広場とか、青桜の並木道とか、あと東部にある大階段や、大階段の先にある真っ黒な丸屋根が集中している美観。特に必要ないのに、ああいう風に作っちゃうのって、もろに人間の文化的美意識だと思うんだよ」

確かに、と孝平は思う。

「そもそも、広場のメッセージも、特におかしいところのない日本語だったわけだし。神ではありません、って一文も、宇宙人だったらそんなこと書くかなあって思う」

「人間だとしたらどんな人間でしょう？」

坂上直久は首を横に振った。

「わからん。やや女性的かな。〈本屋〉にエロ本がない。こういうのは女の美意識」

「隊長、男が男だけのものって考えている感性って、意外に女の中にもあるし、男の中にも、女の感性ってあるものですよ」

須藤麗子が異議ありといった風に話に交ざった。

「そっか」

「人間そっくりの感性の宇宙人ってのはどうすか」葉山がいった。「地球にこっそり留学していて、いろいろ学んだのかもしれないっすよ？」

「う～ん」坂上は唸《うな》った。「まあ、真相はこれからだな」


やがて十五名ほどの隊は、森の中に入り、滝の前に到着した。

推定で三十メートルほどの高さの垂直の崖が行く手を塞《ふさ》いでいる。その崖から何条もの滝が降り注いでいた。これが、ヘブンから西方向に進んだ場合の終点のようだ。

水量も相当なもので、水音で周囲はいっぱいになっていた。

「あそこです」

飯塚が崖を指差した。

滝壺《たきつぼ》の脇の崖には岩を削って作った階段があった。

手すりなどはないが、幅も段差も均等で、滝の上の台地へ登れるようになっているようだった。

「確かに階段だ。初のヘブン外人工物」

坂上直久は唸った。

ぞろぞろと階段を登り、滝の上に到着した。

滝の上には大きな四角い岩がいくつか積み重なるように転がっており、それに登ると、ヘブン周辺地形のぐるりが見渡せた。

みな眺望に歓声をあげた。

「これは記念すべき日だな」坂上直久がいった。

須藤麗子は巨石に背をもたせてスケッチをはじめている。

崖の上から見ると、これまで自分たちがいたところの地形は完全に盆地だった。ヘブンがある周辺数十キロの一帯は、他の大地より沈んでおり、巨大な隕石《いんせき》が作ったクレーターのように見えた。

ヘブンの町並みも遠くに小さく確認できた。

箱庭のような盆地の景観はいくら見ていても飽きない。あちこちに小川や池が点在しているのもわかる。

「毎日が驚天動地の大発見」葉山が満足気にいった。

「毎日が特大スクープ」新文もあわせていった。

探検部は、いったんヘブンに戻り、〈世界探究会〉にヘブン外側の調査結果の全てを

報告した。

不定期刊行のヘブンニュース第二号には、坂上直久の調査発表文〈これがヘブンの外側だ！〉と、司馬新文の探検部取材文〈いきなされ探検部〉が載った。

4

階段発見以後、補給線は延び、滝の上にもベースキャンプができた。

七日で作った丸太小屋である。

冬も終わり、再び町の外で暮らす日々がはじまっていた。

崖に囲まれた盆地の調査が完全に終わったわけではなかったが、その先にも足を延ばし始めていた。

春。ヘブンニュースの第六号が隊員たちの間で回し読みされているとき、望遠鏡を持って岩場に登っていた隊員が、〈なんだかよくわからない巨大なもの〉を発見した。

円柱形の影である。

推定で五十キロ以上先にある。

そのため細部は全くわからない。円柱というのも実際はどうか不明である。

丸いビスケットの缶のようでもあり、ローマのコロッセオ風でもある。

みなで岩山に登り、望遠鏡を回しながら正体を推測した。

須藤麗子はいった。

「自然ってもうちょっと歪《いびっ》になるような気がするのよね」

屹立《きつりつ》した垂直の両辺や、水平な天井のラインなど、傾きやえぐれのない整った形状。

「あれは人工物でしょ」

「もっとも人工かどうかわからないな。〈人〉かどうかわからないんだから」飯塚隊員がいった。

「神工物」

「俺は超巨大宇宙船に賭《か》けますわ」葉山がいった。

どの道、探検が進んでいけば、その正体は判明するだろう。

探検部では「謎山」の名称で親しまれた。


よく晴れた日だった。

その日、孝平は滝上キャンプから北東に向けての原野を探索する一行のなかにいた。

鐘松孝平以外のメンバーは葉山卓郎、それに荒川陽春《あらかわひはる》と飯塚象二郎。

荒川と飯塚は葉山や孝平より少し年齢が上だ。荒川は関西《かんさい》出身の二十歳で、イントネーションに西の訛《なま》りがある。

四人は固まって歩きながら、ヘブンの町中に、雀荘《ジャンそう》が現れた話で盛り上がっていた。

「なんでも鑿《のみ》で石を削って全ての牌《パイ》を自作したんだってよ。鑿は〈店〉にあるから」

「金は賭けられないですか」葉山がいうと、野外に出る前にその雀荘にいってきたという飯塚象二郎が、「賭けてなかったね。というかヘブンに金はないからな」といった。

「あ、そっか」

ところどころに巨大な岩がごろごろと転がっている草地で、背の低い樹木がぽつりぽつりと生えていた。

自分たち以外の人間の痕跡は、滝上に登る階段以外にはまだ発見されていない。

身体は馬だが山羊《やぎ》のような角を生やした生物が遠くで草を食《は》んでいる。

「ヘブン、どんどんパワーアップしていきよるがな、そのうちソープとかもできるかな」

荒川陽春がいった。

「やめてくれよ」飯塚象二郎がいった。

「なに、ショウやん、風俗嫌いやったん?」

「嫌い嫌い。いらん。不健全」

「お、これは風俗に嫌な思い出あるとみた」

荒川の言葉に飯塚は舌打ちした。

「ないない。そもそもいったことないから、思い出そのものがないから。ヘブンに風俗はよくないだろ」

「いやあるべきや。孝平は?」荒川は孝平に話を振った。

「あ、え？　ソープですか？　いや、ぼくもそういうとこいったことないんですよ」

「陽春。鐘松は、高校生だぞ」飯塚が荒川にいった。

「俺、高二のとき叔父《おじ》さんにさ」荒川がいう。

「お前と違うの。普通いかないよ」

雀荘とは違い、〈お金〉というものがヘブンに登場しない限り、性を「売る」ことも「買う」こともできないのではないかという疑問が孝平の中で湧きあがったが、場の空気を壊してしまいそうなので口にしなかった。

「じゃあ、多数決です、ヘブンにソープあったほうがいい派の人～」

先頭を歩いていた荒川陽春が笑いながら手をあげて、みなの顔を見まわした。

次の瞬間、凄《すさ》まじい速度で影が横切り、荒川陽春の姿が消えた。

ちょうど荒川陽春の一メートル後ろを歩いていた孝平は、ぽかんと口を開いた。

「荒川さん？」

全員が足をとめ、周囲を見回した。

十メートルほど離れた岩の上に、大型の獣が、荒川陽春の首を咥《くわ》えていた。

雄ライオンの成獣ほどの大きさで、体毛は白色に黒の縞《しま》模様が入っていた。

白い鬣《たてがみ》をもっている。

「陽春っ」飯塚が叫んだ。

双眸《そうぼう》はこちらに注がれている。

どうする？　おまえたちはどうでる？　と獣は問いかけているようだ。

獣に咥えられた荒川陽春の左腕がびくりびくりと動いている。

葉山が肩にかけたボウガンを外した。ボウガンはヘブンで作製されたもので、葉山だけが装備していた。滅多なことでは使用せず、重量もあるので、パーティーに一つあればいいだろうという判断だった。

「あいつ」

孝平は口を噤《つぐ》んだ。喋るよりも先に準備だ。孝平はザックをおろすと、ナイフをとりだした。

葉山の動きは迅速だ。

即座に矢を番《つが》える。

獣はぽとりと荒川の身体を地面に落とした。荒川は海老《えび》のように身体を丸くする。

獣は前足を荒川の頭に乗せる。俺の獲物なのだから渡さないぞといっているかのようだ。

足でぐりぐりと荒川の頭に圧力をかけながら、上目づかいで孝平たちを睨《にら》む。

——舐《な》められている。

明らかだった。

あの獣は、弱い猿もどきが攻撃などしてくるはずがないと思っている。仲間をそのままにして一目散に逃げ出すと思っている。

「ふざけ」るな。

葉山が矢を放った。

命中は視認できなかった。

獣は跳ね、荒川の体を残して走り去った。

三人は荒川のところに駆け寄った。

「陽春、大丈夫か」飯塚がいった。

血だまりができていた。

荒川陽春の首筋からはとめどなく血が流れ続けている。飯塚がシャツを破り、包帯代わりに荒川の首にあてると、瞬く間に真っ赤に染まる。

荒川は意識がないようで、目を瞑《つぶ》り、青ざめた顔で唸り声をあげた。

「交代で背負って戻りましょう」孝平がいうと、飯塚が頷いた。

「ん。そうしよ」

飯塚は、素早く荒川を背負った。黙って一番手を引き受ける。飯塚の荷物は葉山が持つことになった。

原野を引き返しはじめてから五分ほどした頃だった。

前方を塞ぐように、白の鬣の肉食獣が再び姿を現した。

確証はないが、おそらくさきほど荒川を襲ったのと同じ個体だった。荒川を取り返しにきたのかもしれない。

悪いことにその隣に、少し体格の劣る同種の獣が二頭並んでいた。うち一頭は鬣がない。雌かもしれない。

三対三。

いや——こちらは三だが、相手がずっと三のまま増えないでいるとは限らない。

葉山がボウガンを構える。

飯塚は、蒼白《そうはく》な顔で荒川を地面におろした。石を拾う。孝平も石を拾った。

場が緊迫する。

鬣の獣が遠吠《とおぼ》えした。

前方の三頭はこちらに走ってきて、葉山が矢を放ち、孝平と飯塚は石を投げた。

その後は無我夢中だった。

誰がどう動いたのか、何がどうなったのか。孝平は把握も記憶もしていない。

眼前に迫る獣の牙《きば》。

唸り声。

投石後はすぐにナイフを振りまわした。

一回、体長二メートルほどのやつに押し倒されたが、無我夢中で振りまわしたナイフが相手の鼻っぱしらに当たり、相手は短い悲鳴をあげて転がった。

孝平はすぐに立ちあがると、大声でわめいた。

牙を剝《む》いた別の獣がじりじりと前方からくる。孝平はナイフを前にだしたまま後退する。

ナイフで威嚇しながら、横向きに走る。

気がつくと丈の高い草のなかにいた。

羽虫が群れている。

額を汗が流れ落ちる。

意識が飛んで思考が空白だった。はっと我に返る。

――ぼくは。

大丈夫か？　大丈夫だ。

動悸《どうき》がおさまっていくと、両手両足がガタガタと震え始めた。

草むらからでようとした。

だが歩けなくて、べたりと尻《しり》もちをついた。泥の感触が不快だ。

心が折れた気がする。啜《すす》り泣いた。

十秒、二十秒、一分、二分、と時間が過ぎていく。

野獣は現れない。

ここで震えていてはダメだ。仲間に合流しなくては。

膝《ひざ》小僧の震えがとまらない。

――今日、おまえは喰《く》われて死ぬんだよ。二度目の死だな。

心の中の声が囁いたが、それを無視した。

喰われるものか――殺してやる、殺してやる、殺す、殺す。

ナイフを握りしめた。

涙はとまる。

そろそろと草むらから出る。

野獣の姿はなかった。


もといた場所に戻ると、誰もいなかった。

自分たちの荷物は放りだされていた。おそらく獣にやられたのだろう――。

ザックの一つはずたずたに切り裂かれ、中身が散乱していた。

「おおい！」孝平は叫んだ。

みんなはどこにいる？　倒れていたはずの荒川さんまでいないとは――？

孝平はゆっくりと周囲を捜しはじめた。

さきほどの獣のうち、体格の小さい一頭が、血塗《ちまみ》れになって倒れていた。小さいといっても、大型犬以上はある。

獣は口を開き、胸を上下させて、苦しげに呻《うめ》いている。腹から腸《はらわた》がはみ出ている。

孝平は通り過ぎた。

止《と》めをさしてやる義理などない。その瞬間に死力を振り絞って嚙《か》まれるかもしれないのだから。

傘のように枝を広げた樹木があった。

その下に、葉山卓郎は幹に背をもたせて座っていた。

顔じゅうに血を浴びている。

葉山の前には、今日襲ってきたなかでは一番大きな個体と思われるものが横向きに倒れていた。

一瞬葉山も死んでいるのかと思ったが、葉山の目が動き、孝平に向けられた。

孝平は葉山に歩み寄った。

「葉山。よかった。生きていた」

「そっちも無事だったか」葉山が掠《かす》れ声でいった。

「すごいな、よくこいつを」

葉山の前にいる大型の獣は毛皮を血に染めている。つま先でつついて息絶えているのを確認する。

ライオンの成獣クラスと戦って生き残るというのは並みではない。

「死を覚悟したよ」葉山はいった。

「どうやって倒した？」

「こいつが、飛びかかってきて、嚙みついてこようとしたんで、防御というか、ザック

を盾にしてかざしたんだ。そうしたら、本能なのか、ザックをがぶりって嚙んだ」

その図が浮かんだ。犬のようだ。とにかく目についたものを嚙む。

「で、口がザックで塞がれた瞬間、あ、これ最大かつ、最後のチャンスだ、わって飛びかかってナイフで首を滅多刺し」

孝平は獣をみた。血塗れのナイフとザックがそばに転がっている。

ザックを拾いあげた。滅茶苦茶《めちゃくちゃ》に裂かれていて、とても使い物にならない。中に入っていた寝袋もぼろぼろだ。

「たぶん、こいつがボスで、他の奴らはこいつが倒れるのを見て逃げた。水をくれないか」葉山がいった。

孝平は水筒を渡した。

「葉山らしい武勇伝ができたじゃない。荒川さん、飯塚さんは？」

「わからん」葉山は水を飲み終わると首を横に振った。

「最初三頭だったろ。一頭に追われて、おまえがいなくなった。こっちは飯塚さんと二対二だ。だがその後、奴らはさらに増えた」

「何頭に？」

「数える暇はなかった。たぶん合計で五頭ほどいた。二人でもう滅茶苦茶に戦ったさ。そこで飯塚さんともはぐれた」

葉山の腕は小刻みに震えている。

「さっきから、止まらねえよ震えが、俺一回死んでるのにな、死んでたかもって今考えるとめっちゃ怖いわ」

孝平は頷いて、自分の足を指差した。

「ぼくもまだ足が震えている。だが、ここを離れよう。血の匂いで他の奴らがくるかもしれない」

「孝平、ワリい」

「何が？」

「足をやられて、たぶん歩けねえ」

孝平は葉山の足を見た。

葉山は両足を伸ばしている。裾《すそ》をめくると左足首が青黒く腫《は》れていた。

「左足？　捻挫《ねんざ》？」

「立てねえんだ」

孝平はごくりと唾《つば》を呑《の》んだ。

こういう時は、どうすればいいのだ？

「孝平が一人でベースキャンプに戻って、助けを呼んでくれ」

ベースキャンプまでは徒歩で五時間前後ある。

もっとも道があるわけでもなく、このあたりの地形だって初めて踏み込むところなのだから、遭難する可能性だってなくはない。

「一応、遺言いっとくわ。〈葉山卓郎はおまえらと出会えて最高だったぜ。あばよクレイジーワールド〉だ」

「駄目だよ、そんな遺言。おまえなんなんだよ、ロックスターかよ。ここで二人で救援を待ったほうがよくないか？」

葉山は黙った。

「おまえもここで待つのか？　おまえが一人で帰ったほうが救援も早く来そうだが」

どちらがよりよいか孝平には確信がもてなかった。

孝平の視野に、十メートルほど先にある岩山が目に入った。

「葉山。飯塚さんと、荒川さんが気になる。ちょっと周辺を見てくる。ここにいてくれ。近くにもっとましなところがないかも見てくるわ」

飯塚さんはともかく、荒川さんは手遅れかもしれない。だがそれは言葉にださない。

孝平は岩山を登った。少しでも高いところから周囲が見たかった。

風景が開かれる。

うっと息を呑んだ。

なぜならば、少し先の大地に、金網のフェンスで囲まれたアスファルトの道路があったからである。

さらに道路に沿った一キロほどさきに、大きな建物があり、それはデパートか何かに

見えた。

幻ではないのか。

ここは見知らぬ獣が跋扈《ばっこ》する異世界ではなかったのか。

孝平は目を瞑った。風が頬を撫でる。ゆっくりと開く。

消えてしまっているかと思ったが、やはり同じものがある。

アスファルトの道路と、建築物。

それから首を巡らすと、草むらの近くで、さきほどの縞模様のライオン三頭ほどが何かに群がって夢中になって食事をしているのが見えた。

ちらりと真っ赤な何かが見える。

あの肉は——遠く離れていることと、獣たちの背が邪魔になって、何を食べているのかまでは、わからない。

荒川さんか、飯塚さん、もしくはその両方では？

だが、今はそれについて考えたくなかった。別の草食獣を捕食しているだけかもしれないではないか。

アスファルトの道路のことでもう手一杯だ。

孝平は樹木の下の葉山のところに戻るといった。

「葉山。またもや驚天動地の大発見だ。面白いもん見せてやる」

5

孝平は葉山を背負って歩いた。

全身汗だくになったが、岩山をまわりこめばいいだけで、たいした距離ではなかった。

「嘘だろ？」

金網のフェンスと、アスファルトの道路を見た葉山は、背中で呻いた。

フェンスまで辿《たど》りつくと、孝平は葉山を下ろした。

捻挫した足を使わず両手の筋力のみで金網を登る葉山を補助し、二人でなんとかアスファルトの道路におりた。

葉山はアスファルトの道路に寝転がると溜息をついた。

「うわ。なんかこの感触懐かしいわ」

青い空に雲が浮いている。

静かだ。

「このフェンスって、シマシマライオンは入ってこないってことだよな？」

孝平はいいながらあぐらをかいた。

「あいつらの名前、シマシマライオンでもう決定なのかよ」葉山が笑った。

「じゃあ、奴らのボスを倒したおまえが他の名前つけるか？」

「おう、そう、だな。えっと、シマシマだからストリップ……って、英語でストリップ、シマシマって意味だったっけ？　あれ？」

「違うんじゃない」

それをいうならストライプだろうが、黙っておこうと孝平は思った。

葉山は十秒ほど沈黙し、「ハヤマストリップ」と自信なさそうに小さく呟いてから、首を横に振った。

「もうシマシマライオンでいいよ」

葉山卓郎は体を起こした。

「マルイだよな」

数百メートル先に、悠然と屹立する建築物の壁には、マルイのロゴがある。

「マルイだ」孝平もいった。

「なるほどね」葉山は訳知り顔で頷いた。「つまり、ここは日本ってオチか」

「違うだろ」孝平はいった。「どこをどう考えたらそうなるんだ？　日本にシマシマライオンがいるか？」

「〈猿の惑星〉みてないのかよ」

「ああ」孝平はいった。「そういう意味ね」

宇宙飛行士が、とある惑星にたどりつく。そこでは猿が人間を支配している。猿から逃げた主人公たちは、ラスト近くで半ば埋もれた自由の女神像を発見し、そこが未来の

地球であることを知る。

「あのマルイは猿の惑星的に、自由の女神ってことね？」

ここは未来の地球。

あながち、間違ってはいないのかもしれない。坂上隊長はその線は濃いといっていた。

だがそうだとしても、あのマルイが数千年、場合によっては数万年の時を経た建造物には見えない。

それを葉山にいうと、葉山は腕を組んで「確かに見えないな」と唸った。

とりあえずマルイを目指してアスファルトの道路を歩いた。

孝平は葉山に肩を貸した。

歩いている途中で、道路脇に店を見つけた。

〈BARナポリ〉という看板がでている。

ログハウス風のレストランといった感じだ。

孝平と葉山は扉を開いて中に入った。

「すいません。店主さ～ん」

葉山が呼びかけた。

ひっそりと静まっていて返答はない。

無人だった。

葉山は孝平の肩にまわした手をほどくとソファに腰を下ろす。

棚には酒瓶がずらりと並んでいる。ウイスキー、ワイン、ジン、その他諸々。麒麟《きりん》瓶ビールのケースが天井近くまで積まれていた。

カウンターには埃《ほこり》がたまり、キッチンには水道があった。蛇口を捻《ひね》ると水がでてくる。孝平はほっと息をついた。

一体どうなっているんだ？　この世界は。

だが、これなら水の心配はしなくて済む。とにかく今生きていられることに感謝するより他はない。コップに水をいれてソファに戻った。

「うおっ、まさかの水。ありがと」

「ぼくは家を見た瞬間、期待したけどね」

葉山は立て続けに水を三杯おかわりし、一杯飲み干すたびに、「生き返った」を連呼した。

「なんだかんだいって最後は水って気しない？」

葉山がいった。

ジュースよりも、麦茶よりも、ココアよりも、水が一番美味《おい》しいという時がある。

孝平は葉山としばし並んで座った。

「するする」

「飯塚さんたちは、どうなったかな」

葉山は左足をさすりながらいった。

孝平は窓の方を見ながらいった。

「道路を発見していれば、会えるだろ」

孝平は、シマシマライオンが、何かの肉にくらいついているのを見たことを葉山に話すべきか一瞬迷ったが話さないことにした。あれが荒川、飯塚だと決まったわけではない。ただでさえ気分が落ちているときに、仲間が捕食された可能性など、話題にしたくなかった。

風が戸板を揺らす。

暖炉の前には薪が積まれていた。孝平は暖炉に火をいれた。

バーの店内でぼんやりしていると、まるでここが地球のように思えてくる。

「しばらくここで休んでいこう。何かあったら、すぐ起こしてくれ」

葉山は寝息をたてはじめた。

孝平はしばらくじっとしていたが、テーブルクロスを毛布の代わりに、葉山にかけると、立ちあがった。

店の外に出ると雲が空を覆い始めていた。

道路の先には、相変わらずデパートがある。

日没までには時間がある。

葉山を置いてそっとマルイデパートの前までいってみることにした。

近くまでいくと、マルイの看板のあるデパートのすぐ隣にはガソリンスタンド。その奥には、大きな日曜大工用品店、更に小さなスーパーがあった。

どの建物も無人で、電気もついておらず薄暗かった。


デパートの地下に向かう階段に目を向けると、数匹の鼠が闇に消えていくのが見えた。

孝平はデパートの前はとりあえず通過し、日曜大工用品店のほうに向かってみた。

カーワックス、プラスチックの箱、トイレットペーパー。「非常口」はもちろん、「特価品」のポップまで全て日本語である。

営業の記録を調べるのは簡単だ。

レジカウンターに入ってレジを操作する。

硬貨も紙幣も入っていない。レジ内のレシートは白紙だった。

スタッフルームに入ってみる。

タイムカード入れには何も入っていない。机の引き出しもゴミ箱も空だ。

壁に子猫のカレンダーがかかっている。

一九八一年のものだった。

孝平は店の外にでた。

そういえば、デパートにも、日曜大工用品店にも駐車場がない。営業をするつもりもなさそうだ。

孝平は、そいつの姿を思い浮かべた。

巨大な手だ。

ビルを指でつまめるほどの手。それが砂場から、別の砂場へ、人智を超えた気まぐれでもってひょいひょいと玩具《おもちゃ》を移していく。

不意に孝平は、〈世界探究会〉に初めて参加したとき、誰かが坂上直久にした質問を思い出した。

――この世界が一種の夢であるという可能性はないでしょうか。

孝平は無人のデパートと、どこまでも続くアスファルトの道に視線を向け、空のどこかから今にも巨大な手が現れて建築物をつまみあげる様を想像し、乾いた笑い声をあげた。

夢である可能性？

大いにあるとも。

サージイッキクロニクル　III

1

私は、ドア越しに誰かが話している声で目を覚ました。

〈アン、ドゥ、トワ、アップル、アップル、リンゴ、ポム。ポム、ポム？〉

男の声だ。

華屋の笑い声。

「へへん、リンゴはフランス語でポム、だね？」

私の中で苛立《いらだ》ちが膨れ上がった。

ドアの向こうの居間に誰かがいる。

誰だ？

私は鏡を見た。酷《ひど》い顔をしている。作り笑いの練習をする。そして苛立ちをできる限り表にださないように努力しながら、ドアを開いた。

居間には、笑顔の華屋律子と、一人の男がいた。床に紙が広げられ、そこに林檎《りんご》の絵と数字が描かれている。

「おはよう。佐伯君。ぐっすり寝ていたからさ」

華屋律子がいった。まだ顔に笑みが残っている。

「おや、彼氏の登場だ。ずっと寝ていればいいのに、ね～リツコちゃん！」男がフランス語でいった。

なんだこいつは？　私は眉《まゆ》をひそめた。

「この人、家庭教師で、今日から語学を教えてくれるの」

そうだったか。確かに――パーティーの帰りにそんな話があった。

男は立ち上がった。

私よりも背が低い。体形はずんぐりむっくり型だ。動物でたとえると、狸に似ている。髪は後退しかかっている。

「ぼくの名前はフィック。パートタイムで君たちに語学を教えることになった。握手とかする？」

私は舌打ちした。

「いやしない」

「OK」

フィックは、私の様子を窺《うかが》うようにいった。

★★★★★★

「レオナルドからきいたけどさ、既に君はすごく喋《しゃべ》れるんだって？　もしかして、君にはフランス語のレッスンは必要ない？」

私は無表情にいった。

「いやいや、そんなことはないよ」

「本当に？」

「ええまあ」

「でも、こうして話している」

「適当に答えているだけですよ」

私は華屋の隣に座った。

彼――フィックによくわかるように、華屋の肩を抱きよせた。

華屋は、頭をこてん、と私の腕にもたせる。

わかった？

なあ、おい。念のためだ。

ダレノオンナカワカッタナ？

だが――当然のことではあるが、フィックは全く動じることもなく「じゃあ、一緒にレッスンしようね」といった。

「大学で勉強していたなら、あんまり初級だと、レッスンいらないんじゃない？」

華屋が私にいった。

「かもな。でも俺も自信あるわけじゃないからさ、受けておきたいよ」

君を男と二人きりにさせたくないんだ。

「では、改めて自己紹介。ぼくの名は、フィック。フィックって呼んでね。ぼくは、ジョアンナの従兄弟《いとこ》だよ！ 出身はマルセイユで年齢は三十三歳」

フィックがフランス語でいう。

レオナルドはジョアンナの従兄弟まで呼んだのか、と私は少し驚いた。

「わ、ワッツ、マルセイユ、ライク？」華屋がいった。

「英語禁止」フィックが両手で×の字を作っていう。「マルセイユはいいところだよ」

私たちも彼の真似をして自己紹介した。

「私はサエキイツキ。彼女はハナヤリツコ。出身は二人とも、神奈川県の藤沢市です」

今度はフィックが驚く番だった。

「あれま。同じ町なの？ 親戚《しんせき》とか？」

「いや、違います」私はいった。そう見えるのか？ さっき、肩を抱いたのを見ただろう？

フィックにはある種の才気があった。

まず教え方が上手《うま》かった。

相手の心をほぐし、笑わせ、好奇心を刺激する。とにかく会話させ、忍耐強く、寛大で親切だった。

「今日の授業は、一緒に町を歩きながら、ものの名前を教える、でいいかな？」などといって私たちを連れだし、家だの屋根だの、鳥だの猫だの、名詞を教えてくれたかと思えば、通りすがりの彼の友人が現れたら私たちに挨拶《あいさつ》させたり、「おいしい、まずい、水ください」を食事しながら教えてくれたり。

彼の言葉は不思議に頭に入りこみ、妙に心地いい。

こんな先生はきっとどこにもいないだろう。

元は教師か、教育関係者かと思ったが、電気会社の社員だったという。

華屋律子曰《いわ》く、「こんなに楽しい先生だとは思わなかった」だ。

フィックのフランス語の授業は、スターで語学知識を得ている私にはたいしたものではなかったが、彼との経験は、私の脳に大きな刺激を与え、私のフランス語をより完成度の高いものへと成長させた。

私は町の図書館で本を借りたり、文章を書く練習をするようになった。

フィックは週に二回、主に午前中に授業をしにきた。

そして、午前中の授業とは別に、まるで親しい友人のように、酒場や、町外れの釣りスポットや、友人宅に私たちを案内した。

彼は「友人になる」という形が、私たちの（実際には華屋の）語学力を飛躍させると知っていた。

ちなみに語学の授業は、完全に無報酬のボランティアだった。

私とフィックは、レゾナ島の桟橋で、釣り糸を垂れていた。

彼が釣りに誘ったのだ。

華屋は近くの木陰のハンモックで昼寝をしていた。

二人きりである。

私は、フィックにきいた。

「どうして報酬がないのに語学を教えにくるんだい？」

「彼女が話せるようにさ」

フィックがいった。私は含まれていなかった。

まあ、これは私とのコミュニケーションに問題がないのだから当然ではある。

「もう用済みだ、レッスンはいらない、といったら？」

「もちろん、そこで終わりだな。というかそもそも君には、レッスンなんかいらないんじゃ。ああ、あ、そっか」

そこでフィックは、「サエキイツキ」の話ではなく、「ハナヤリツコ」の話だと気がついたようだった。

「リツコね。そりゃレッスンは、彼女がもう充分といえば、それで終わりになるさ」

華屋律子がレッスンを受けるか受けないかは、佐伯逸輝が決めることではない。わか

★★★★★★

っているとも。

「リツコは、終わりにしたいっていってるのかい？」

私は黙った。

ああ、そうだ、華屋はおまえの顔は見たくないんだとよ、といってやりたかったが、実際は真逆だった。こうして誘われて遊ぶこともレッスンの一環であるというなら、華屋は、常にフィックに会いたがり、永遠にレッスンを続けたがっていた。私は海と、その先の島影に視線をやった。

「終わりにしたくても、九十五歳まで続けてやるぞ！といっておいてくれ」

私が全く「ウケ」なかったので、フィックは小さな溜息《ためいき》をついた。

私はフィックがいい奴であればあるほど、むかっ腹がたった。

彼の才気が本物であることや、彼の人格が、気どった見下し屋でも、嘘つきの卑屈屋でもなく、〈親しみやすく、根は誠実〉であることが癪《しゃく》に障った。

妙に馴《な》れ馴れしい彼の言葉に華屋の顔がぱっと輝き、鈴の音のような笑い声を立てるたびに、私の胸の底は暗くなった。

私はそのたびに胸の内で彼女に叫んだ。こんな奴のいうことに笑うな、信用するな、目を輝かせるな。

もうはっきりいってしまおう。私は華屋律子が、フィックを好きになってしまうことを――フィックと一緒にいる時間は、佐伯逸輝と一緒にいる時間よりも楽しいと結論し

てしまうことを、何より恐れていた。

フィックは少し考え――おそらく私の感情を察したのか、こういった。

「まあ、ぼくも旅行の計画があるからね。もう少しすれば、語学レッスンは、ひとまず終わりにしようかな」

私はほっとしながら微笑んだ。

「そうか、旅行にいくのか。残念だな。ハナヤも、俺も、君の授業が好きで、こんなありがたい話はないよねって、すごく感謝しているんだ。だが、君に、あまり甘えたり頼ったりしていてはダメだとも思う。ぜひ旅を優先させてくれ」

「君は不思議な男だな」

フィックが目を細めていった。

確かに私は不思議な男なのだろう。神奈川県藤沢市生まれで、フランスに行ったことが一度もないのに、なぜかフランス語が堪能《たんのう》なのだから。

「いったい誰が君を呼んだっていうんだ？」

「それについては話さない」

彼は、私がスタープレイヤーであることをこの時点ではまだ知らなかった――いや、それはどうかわからない。従姉妹《いとこ》のジョアンナが知っているのだから。ことによると、知らないという演技をしていた。

「いつか話してくれよ」

嘘の話を考えておくか。

「そろそろ結婚したらどうだい」

フィックは話を変えた。

「ハナヤと？」

「おいおい、他に誰かいるのか？　教会もあるしさ。こないだ一緒にいった酒場の仲間とか、レオナルドとか、みんな駆けつけるぞ。カンパニーは何気にみんなパーティー好きだからな」

たくさんの祝福の中で華屋と結婚。まんざらでもない、と私は微笑んだ。

さて、私が「フィックは旅行にいく予定だから、そろそろ語学レッスンは終わりにしたいそうだ」というと、華屋はなんといったか。

華屋律子は、ああ、とひいきの選手がシュートに失敗したような顔をしてみせ、こういったのだ。

「その旅行って、私たちも一緒に連れていってもらえないかな？　レゾナ島以外のところがどうなっているかも、知っておくべきじゃない？　佐伯君」

なぜだか私は、「我々は、フィックと一緒に旅などしない」といえなかった。私は曖《あい》昧《まい》に「そうだね、それもいいかもね、彼がいいというならば、連れていってもらいたいよね」などと力なく答えた。

華屋は次のレッスンのとき、早速フィックに質問した。旅というのはどこにいくのか。自分たちも一緒に連れていって欲しいのだが、どうだろうか。レッスンはなぜ終わりになるのか。

「それはまあ」

フィックはちらりと私を見た。

――おいおい、なんでそんな話に発展しているんだ？

と、視線で問いかけてくる。

私は何もいえなかった。

「いく場所は、イストレイヤの港町。それから、森の中の町。旅程はだいたい十日前後」

「いってみたい！　お願い」

断ればいいんだよ、フィック。わかっているだろ。そんな申し出、図々《ずうずう》しいじゃないか。私はそう目で合図したが、通じなかったようだ。

「君たちは……まあ、二人で本当にいくのか、よく相談してくれ。本当にいきたいのなら、他の仲間にも相談してみるけどさ。イストレイヤは少々危険だよ」

★★★★★★

私がレゾナ島の市場に野菜をとりにいくと（この市場は、野菜置き場のようなもので、無料で持っていっていい）背後から「おはよう」と声をかけられた。

振り向くと黒髪に茶色い目の娘がいた。

「おはよう、ミレーユ」

　私はいった。

　ミレーユと初めて会ったのは、まだ私がここにきたばかりの時。共同浴場からでて、中国人とからかわれたのが初めてだったか。二人いたほうの一人、黒髪の茶色い目の娘の名がミレーユだ。

　私が一人で町を歩いていると、不思議とでくわした。肩のでた服や、胸元を強調するような服、ショートパンツなどで、いつも若く健康そうな肌を露出していた。

「いい晩ね」

　とか、

「そのシャツ、似あっているわ」

　とか、

「日本って、どんな感じ？」

　などと声をかけてくる。

　私はいつも彼女に冷たくしていたように思う。

「ああ」

　とか、

★★★★★★

「ジャストフィットだ」

とか、

「忘れたよ」

とか適当に短く答えてすれ違っていた。

私がバナナを籠《かご》にいれると、ミレーユは横に並んだ。

「かわいい彼女は一緒じゃないの？」

「家で寝ているさ」

ミレーユは、ふうん、と頷《うなず》いてみせた。

「猫みたいでかわいいんだね？」

「まあな」

私は立ち去りかけたが、少しだけ情報を得ておくつもりで、足をとめて振り返った。

「君は、どこからきた？　フランス人？」

「カナダ人」

「レオナルドが召喚した人かい？」

「違うわ。あたしはイストレイヤの奴隷市場で、レゾナの救出者に買われたの」

レオナルドから、住民の半数は、外から連れ帰ってきた人ときいていたが、実際にミレーユの口からきくと、衝撃を受けた。

「それは、その」

「イストレイヤにいったことある？」

私は首を横に振った。

「いい噂はきかない」

「でしょうね。最低最悪のところだから」

少し沈黙があった。

私は思った。

ミレーユは奴隷市場に並ぶ前はどこにいたのだろう。どこのスタープレイヤーが彼女を呼んだのだ？

私がそれをきく前に、ミレーユのほうから同じ質問をされた。

「あなたはどうやってここにきたの？　レゾナ島じゃなくて、この星に。誰に呼ばれたの？」

「ああ、えっと」

この島の人間は、仕組みを知っている。

フィックにも同じ質問をされたが、仲良くなった相手をより深く知るための、割にありがちな質問なのだ。

選択肢のひとつとして、わからないふりをし続けるという手もあるが、人は、「どうもおかしい」と思うと喰《く》いついてくるものだ。

そこで、突っ込んできかれたときのために、適当なフィクションを準備していた。

「誰にもいわないって約束するかい」

「もちろん」

私は用意していた嘘を彼女にきかせた。

「俺を呼んだのは、少年時代の友人で、どうも俺に怨《うら》みを持っていたらしい」

「あら、まあ」

ミレーユの顔が曇った。

「長くなるので、細かい話は抜きにしよう。そいつは俺を痛めつけるために呼びだした。じわじわとね。俺に手錠をかけて、奴は銃を片手にいい気分。だが、間抜けな奴でね。あるとき、奴の後ろに排水溝があったんだ。俺が体当たりしたら、排水溝に落ちて死んだ」

ミレーユは、真実の含有率がどれほどか確かめるかのように私の顔を見た。

「その友人が、あなたのかわいいガールフレンドも呼んだの？」

「そうだ、そいつが呼んだ。だがハナヤはそのことを知らないんだ——。なぜなら彼女が俺たちに会う前に、俺が彼を殺してしまったから」

「なぜ教えてあげないの？」

ミレーユはいった。

「それは……」

ミレーユはじっと私を見詰めている。

★★★★★★

「その友人は、ハナヤとは仲が良かった奴なので……俺が殺したと知ったら、ひどいショックを受けるだろうからな」

「なるほど、ね」

「じゃあね」

私はミレーユと別れた。

その日の晩だった。共同浴場にいき、露天風呂《ぶろ》で星を眺めた後、部屋に戻ってきた。旅行を前にしてスーツケースに荷物を詰めていると、華屋が部屋にきた。

「話があるの」

彼女が改まってそんなことをいうのは、初めてだった。

「スタープレイヤーって……何？」

私は荷物を詰める手を止めた。

「何だいそれ？」

私はいった。

「嘘。知っているでしょ？　佐伯君は、そのスタープレイヤーなの？」

然《しか》るべき時がきたのだ。

彼女が他者とのコミュニケーションを、いくらかでもとれるようになれば、自然にみなにきかれるだろう。

——あなたは誰に呼ばれたの？

彼女は戸惑い、こうきくにちがいない。

——いったいなんのこと？

ああ、何も知らないのね。実はこの世界にはスタープレイヤーと呼ばれる人がいて。

彼女は考え始める。

自分は誰に呼ばれたのか？

「どういうことかな？」

「本当のことをいってくれないのなら、別れる」

華屋は私を睨みつけた。

抱きしめようとする私を押しのけた。

それから二日間の、愚かなやりとりの詳細は、思い出すのも辛《つら》く——また醜悪な部分でもあるので、できるだけ省略したい。

私はどこかで華屋律子を舐《な》めていた。彼女はいつまでも無垢《むく》で、何かを知っても、争いより和を尊ぶ心から、私が隠そうとしているものには、あえて触れてこないのではないか、と勝手に考えていた。

だが彼女からすれば、これはそんな些細《ささい》な問題ではないのだ。最大の謎である、「己が異世界にいる理由」は、隣に座っている男だというのだから激昂《げっこう》して当然だ。

私はすぐさま正直に全てを話すべきだった。だが、この期に及んではぐらかそうとし

てしまったことが、彼女に拭《ぬぐ》い去れぬ不信感を与えてしまった。

今まで一度もなかったことだが、華屋は怒りに顔を紅潮させ、怒鳴ったし、泣きわめいたりもした。

「誰に何を吹き込まれた？」

「重要なのはそこじゃない。隠してばかりで全てを話してくれないってことよ！」

私がミレーユに話したような創作は、華屋には通用しない。

華屋は、出会ってからの私の態度の全てを思い出し、更にはフランス語が話せることなどの不自然さから、佐伯逸輝こそが、召喚者であり、決して自分と同じ単なる被害者ではない、との結論に達しているのだ。

やがて私は、隠す意味もないような気がして、白状した。

「わかったよ。その通り。俺はなんでもできるスタープレイヤーだ。君よりも数百日前にこの世界にきて、あの町を作って君を呼んだ」

「これでね？」

華屋が掲げた右手にはスターボードがあった。

それを見た瞬間、なぜだろう、血の気が引くような感じがして、私は叫んだ。

レゾナ島にくるときには肌身離さず革のケースに入れて身につけていたスターボードだったが、今ではベッドの下の木箱に隠していた。

何をこそこそと——。

「私には視えない。でも触れる。何なのよ、これ？」

「返せよ」

彼女は返さなかった。

「これで、どんな風に願うの？」

私は彼女に飛びかかり、腕をひっつかみ、握りしめた指からスターボードを奪い取った。

「やっていいことと悪いことがある」

「こっちの台詞《せりふ》よ！」

華屋律子は激怒し、荷物をまとめてでていった。

★★★★★★

これは後からきいた話だが、家を飛び出した華屋は、日本語がわかる女性であるジャレのところにいき、ジャレは駆け込んできた華屋を持て余したのか、ジョアンナとフィックを呼んだらしい。前述したが二人は仲のいい従姉弟《いとこ》同士だし、華屋とは最も親しい間柄だ。

結局みなで相談し、華屋はジョアンナ邸に滞在するようになった。

私は一人になった。

なぜことごとく愚かな選択をしてしまうのか自分でもよくわからないが、このとき私は頭がかっとなっていて、「すぐに追うべきではない、ほとぼりが冷めれば、彼女は戻

ってくるさ」と思っていた。むしろしおらしい顔で、彼女のほうが、ごめんなさいと頭を下げるのではないか、と。

私は、果たして華屋律子に本当に酷いことをしたのだろうか？

「騙《だま》していた」のは悪かったが、私は死者である彼女に新しい人生を与えたのだ。

華屋にはこの時点では、まだ詳細を話していなかった。彼女は自分が死者であることを知らない。

最初から話せば彼女はきっとわかってくれる。糾弾している相手が実は命の恩人に等しいものであり、自分一人に人生を捧《ささ》げ、そして町をまるごとプレゼントしてくれたのだとわかってくれる。

無論、全てが提供できたとはいわない。友人や、賑《にぎ》やかな人の営みは、提供できなかった。

だが、佐伯逸輝は、この先も何でもできる。

傲慢《ごうまん》ないい方なのは百も承知だが、事実でもある。

いざ彼女が危機に陥ったとき、他の男なら諦《あきら》めてしまうようなときでも、私だけが彼女を救いだせる。

彼女が心の底から願っていることがあるのなら、世界中の大富豪が不可能なことであっても、それを叶《かな》えてあげることができる。

もしも女にとっての男の価値が、「女の望みをどれだけ叶えてあげられるか」で決まるならば、私ほどの男はどこを探したっていないのではないか？

彼女はすぐに戻ってくる。

そんなことよりも愛が大事？

もちろんそうだとも。

愛なら誰にも負けない。

私ほど華屋律子を愛している男が、他にどこにいるのだ？

だが、数日待っても戻ってこなかったので、結局は私が彼女を連れ戻しにいくことになった。

私がジョアンナの家の前にいくと、ジョアンナがでてきていった。

「そう、確かにうちにきているけれども、顔も見たくないっていうのよ。まあね、話をきいたら、わかるような、わからないような。とにかく、その、こういうときは、また後で」

ドアは閉まり、私は呆然《ぼうぜん》と門前に立ちつくした。

★★★★★★

とぼとぼと道を歩いていると、ミレーユが現れた。

「ねえねえ、今暇？」

「すっごく忙しい」

私は彼女を一瞥《いちべつ》もせずに、道を進んだ。

「喧嘩《けんか》中ってマジで？」

私は無視した。

どうして知っているのだ？　まさか噂にでもなっているのか。

ミレーユが追いかけてきていった。

「ほら、女心ってさ、女に相談するのが一番なんじゃないかな。ほら、あたし、あたしが相談に乗ってあげるよ」

「君に相談することは何もない」

私は振り返るとぴしゃりといった。

彼女はしょんぼりと肩をすくめた。

「もし、あたしが力になれることがあったら、三番街のオレンジの樹の前にある家にきて」

そしてくるりと身を翻して帰っていった。

もちろん私が三番街のオレンジの樹の前の家にいくことはなかった。彼女が力になれることなど何もないからだ。

その後、紆余《うよ》曲折はあったが、結局のところ〈フィックのイストレイヤ旅行〉に、私と華屋は停戦協定を結んで参加することになった。

正直、それほどイストレイヤ旅行（特にフィックと一緒の旅）に興味があったわけではないのだが、華屋は私がどうあれ、一人でも参加するつもりのようだったので、いか

ないわけにはいかなかった。

総勢九人の旅だった。

イストレイヤ生まれのエルメスをガイド役に、フィックとジョアンナ、その友人の男女数名に華屋と私が加わった。

フィック一派は、イストレイヤには何度も訪れているという。

ヘリの中で、華屋は私と目をあわせなかった。

「いろいろ話したいんだ」

というと、華屋はぷいと顔を逸《そ》らし、窓の景色を見ながら「じゃあまた後でね」という。

フィックが心配そうに私たちを見ていた。

★★★★★★

2

まず私たちは全員、上陸前に、内湾に設けられた秘密の小島にあるヘリポートに降り、〈法衣《ほうえ》〉に着替えさせられ、顔と手にペイントを施した。

「拳銃《けんじゅう》は？」私はイストレイヤ人であるエルメスに〈ヴァルディマータペイント〉をしてもらいながらきいた。

額に赤。腕に茨《いばら》の模様。

「持っていくなとはいわないけど、物騒なものを持っていくと、いろいろことが大きくなるよ」エルメスがいった。

「治安が悪いから、いつも持っていくかどうか迷うところ」ジョアンナがいった。「でも一般にイストレイヤで銃を所持している人はいないわ。私たちだけ武装するのも、ね」

そして小島から小舟で港に上陸した。


イストレイヤ。

こちらで土着の人間が築いた本当の国家の土を踏むのは初めてだった。

まさに異文化だった。

港から少し進むと、何本もの支柱が天に伸び、死体が縛りつけられていた。

空を背景にした死体は、白骨に近いものもあったし、腐りつつあるものもあった。鴉《からす》がたかって肉を啄《つい》ばんでいる。

「なんなんだ？」

「罪人よ。刑を執行された後、晒《さら》されるの」

エルメスがいった。

町の入り口には赤と青で美しくペイントされた壁があった。

しかし、なんとその壁には等間隔に、人の頭蓋骨《ずがいこつ》が埋まっていた。

壁は高さが三メートル、東西に千メートルほど延びているもので、見る限りでも数百

のしゃれこうべが嵌《は》まっていた。水がたまるのか、眼窩《がんか》や口から、草が生えたり、花を咲かせたりしているのもあった。

壁の前にはしゃがみ込んで煙管《キセル》で煙草を吸っている男がいた。肌の色が黒い。地球ならアフリカ系だが、瞳《ひとみ》は青だった。

「これも罪人の首か？」

「ラーナ教の僧侶《そうりょ》の頭蓋骨。ここは〈霊守の壁〉というところ。死んで、町を守るために、僧侶の頭はここに入れられるのね。ラーナ僧の〈行〉のひとつ」

「そのラーナ教ってちょっと狂ってるな？」

私がジョアンナにいうと、それはエルメスの前では言葉が過ぎるわ、といったように苦笑してみせた。

「まあ私たちの文化や宗教とは異なっているわね」

「狂っているってのはそっちの感覚で、私たちには標準」

エルメスはいった。

「ラーナ教は、良い教えだと思う。争うな、惑わされるな、真理を見つけだせ。イストレイヤの国教。イストレイヤは二億近い人口があって、宗教の数は五十近くある。人種も、ソリア人、アルガント、トレグ系に、ゲルマニ、チャイネイズ、ロデム人、たくさんいるの」

「エルメスは」

もあった。

「私はソリア人。一番数が多いね」

町に入ると、漢字が目についた。

日本で使われているものと同じもの、微妙に違うものから、全く見たことのないものもあった。

アルファベットもある。

もちろん公用語であるイザヤ文字が一番多い。

瓦《かわら》屋根の建物などもあり、どこか東洋的ではあったが、それでも私の知る文化のどれとも違っていた。

広場では放し飼いのラウモウダが草を食《は》んでおり、屋根の上には小さな猿が並んで毛づくろいをしていた。

途中、路上に寺院を見つけて立ち寄ってみた。大きな炉があり、大量の線香が捧げられている。

寺の奥には、金箔《きんぱく》をはった豪華な屛風《びょうぶ》を背にして、大日如来《だいにちにょらい》を野性的にしたような像が中央に置いてあった。

人々が現れては、拝んで去っていく。どこか日本の寺院のような景色でもある。

「ここはラーナ教の廟《びょう》。祀《まつ》られているのは大神ピャレ・カヤ」

レオナルドのところで聞いたことがある。スタープレイヤー、ピャレ・カヤ。

「ピャレ・カヤはラーナ教の最高神で、聖地ギーナに坐《ましま》している。何百年も前からいる

生き神様で、普段は絶対に会えない。でも、七年に一度の聖ギーナ祭の時だけ、ギーナの広場に姿を現す。その姿を一目見るためだけに、信徒は何年もかけて聖地を目指して巡礼の旅にでる」

「本当に何百年も生きているの？」フィックが口を挟んだ。

神の役、をする人が世代交代しながら仕事をしている——という解釈が自然だ。

「私はそうきいているけど、まあ、本当はどうなのかは誰も知らない」エルメスはいった。「神秘だね」

敷地内に獅子《しし》の像があった。日本の狛犬《こまいぬ》によく似ていた。

「狛犬がいるよ」

私は華屋にいった。

華屋はほとんど会話をしてくれなかったが、このときは口をきいてくれた。

「日本人もいるのかな？」

「どうかな」

市場近くになると、屋台が並び始めた。

水を張った桶《おけ》の中にネルモールの幼体ではないかと思われる黒く長い生物が何匹も入っていた。

これは明らかに〈餃子《ぎょーざ》〉だろう、という、食べ物の屋台があるかと思えば、その隣には、鼠にしか見えない生物が、串《くし》に刺されて姿焼きにされていたりする。

★★★★★★

なんだかわからない鉱物売りに、鳥売り。

いろんな匂いがする。果実、汚物、線香、ハーブ、油で焼いた肉、香辛料。

人も多くなってきた。

肌が灰色の人たちがいる。

こころなしかあちこちからの視線を感じた。

「我々はイストレイヤ人から、どう見られているんだろう」

「わかる人は、ああ、レゾナ島の住民がきたな、と思っているんじゃないかしら。白い法衣自体はラーナ教では、主に貴族階級の僧職が纏《まと》うものなの。一般人には〈迂闊《うかつ》に手をだすと厄介な相手〉という印象を与えていると思うわ」ジョアンナがいった。

私は改めて僧服を見た。

クリーム色で、金糸で袖《そで》や襟に模様が刺繍《ししゅう》されている。

私は溜息をつき、ジョアンナにいった。

「勝手にそんな貴族階級の法衣なんて着てもいいのかい？」

「いいのよ、ね？」ジョアンナがエルメスに言葉を振った。

「いい」エルメスがこくりと頷く。「私が許可している」

ここで私はこの褐色の肌の少女——エルメスが、イストレイヤの階級では〈貴族〉に属することを知った。

エルメスは、カーシスの町においては、町長よりも上の位なのだという。

「生まれつきのヴァルディマータだからね」エルメスが無表情にいった。

ヴァルディマータというのは、イストレイヤの身分制度のことだ。インドのカースト制や、江戸《えど》時代の士農工商と同じようなもので、生まれた瞬間に決まっている。結婚、仕事、住む場所、飲食店の席の位置、貴族と口をきく権利、入っていい場所などが制限される。

下層階級は死ぬまで下層階級で、支配階級は死ぬまで支配階級だ。

「エルメスの仕事というか、そういうものは」

「イストレイヤ政府に任じられたレゾナ島専属交渉人」

彼女は一種の外交官だった。

★★★★★★

私たちはカーシスの町外れにある、商家の二階を宿泊所にする段取りになっていた。

大理石が使われ、天井の高い立派な家だった。

私と華屋は観光以外に特別な目的はなかったのだが、フィックたちは目的があってここにきていた。

二カ月に一度開かれるカーシスの奴隷市である。

「こなくてもいい。くると気が滅入《めい》るぞ」、とフィックはいったが、ここまできたのだから、なんでも見ておきたかった。

私たちも市が開かれる広場に同行した。

当日は、馬市や、モウダ市（ラウモウダの中には家畜品種があり、それを売っている）なども同時に開催されており、広場はずいぶんな人で賑《にぎ》わっていた。

やがて奴隷商人が現れ、壇の上に、灰色の布を纏った男女が並べられた。三十人ほどいる。

人間が売り買いされる。

ぞっとする光景だった。

筋骨逞《たくま》しい国籍不明の青年。

灰色の肌に、緑の瞳の若い女性。

十歳ぐらいに見える白人の女の子。

刈りあげ頭の七歳前後に見える東洋人の子供。

日本人ではないかと思える青年もいた。

鞭《むち》の傷痕《きずあと》がある者も多い。年齢比率は若者が多い。男女比は女が若干多い。

「ここで買うべきと思った人を、買うの」

ジョアンナがいった。

そして壇上の奴隷に見えるように、フランス語が書かれたプレートを掲げた。

注目！

助けにきました。

私たちは地球人です。

レゾナ島からきています。

フランス語がわかる方はいますか。


壇上の奴隷たちの多くは、プレートのフランス語が読めないようで、その視線のほとんどは、ジョアンナの掲げたプレートを素通りした。

だが、三人ほどが、まじまじとこちらを見ていた。

一人は五十歳前後の黒人男性だった。もう一人は十歳ほどの金髪の白人の女の子。そして二十代後半ぐらいの、腕に龍《りゅう》の入れ墨をした東洋人の男(日本人に見えると私が思った青年だ)。

奴隷商人はいったん全員を下げた後、一人ずつ壇に上がらせ、競りを始めた。

奴隷商人が奴隷を紹介するときの口上は、酷いものだった。

男であれば、いかに従順に、馬車馬の如く労働をするかをいい、女の場合は——家事労働、そして性的な目的にいかに有用か——言葉にするのも憚《はばか》られるようなことをいって、客を笑わせた。

奴隷に人権はない。全ての人、身分に等しい権利はない。これがイストレイヤ人の人権に対する意識だ。

フィックとジョアンナとエルメスは、奴隷商人のところにいって、何やら話しこんでいた。

★★★★★★

やがて、件《くだん》の金髪の少女がジョアンナの前にさしだされる。

ジョアンナはかがみこんで、金髪の少女と話している。

壇上では灰色の肌の男が競られている最中だった。

五十オクス、七十オクス。

しばらくすると、金髪の少女をこちらに連れてきた。

「買えたわ」

ジョアンナは金髪の少女と手を繋《つな》ぎながら嬉《うれ》しそうにいった。

「良かった。もう大丈夫だ。ぼくらはフランス人。君は今から奴隷ではない。良かったね」フィックは少女にいった。

交渉を手伝ったのであろうエルメスは、嬉しくも哀しくもない他人事《ひとごと》といった顔だ。

「競り、はしないで良かったの？」

私はきいた。

少女は商品なのに、なぜ競りをせぬまま買えるのだろう。

「カーシスの奴隷市では、レゾナとの特別規定があって〈フランス人〉ならば、既定の金を払うことによって、優先的にこちらが引きとれるの」

「〈フランス人〉だったわけだね」

「この娘《こ》は……ねえ？　名前と出身は」

「ベアトリスです。トゥール出身」

「よろしくベアトリス」みな口々に少女に挨拶した。「はじめまして、ベアトリス」

「今日は一人救えたわ」ジョアンナは微笑んだ。

「残りの二人は？」私はいった。

「誰？」

ジョアンナの顔が曇った。

「あの黒人とアジア人の男も、プレートをじっと眺めていたよ。君が奴隷商人のところにいったときも、必死に救いを求める視線を向けていた。なんとなくだが、彼らもフランス語がわかるんじゃないか」

連れてこられたばかりの少女は、何かいいたげにジョアンナを見上げた。

そうよ、私の隣にいた東洋人の彼もフランス語は話せるわ、といおうかどうか迷っているように見えた。

「そうかしら？　それは、確かめてないから、わからないわ」

どうして確かめないのだろう、と私は不思議に思った。

ジョアンナの顔に疲弊が滲《にじ》んだ。

「わかってる。あの二人も買ってあげたい。いや、本当は全部の奴隷を買って解放してあげたい。でも、現実にはできない……予算的な問題もある。だから、いつだってどの人を優先させるか決断しないといけないの」

不意に私はこれまであまり意識に上らなかったことに思い当たった。

★★★★★★

そういえば、レゾナ島の人種比率は圧倒的に白人が多いな、と。日本人や、韓国《かんこく》人や、ギニア人や、トルコ人などがほとんどいない。マルセロの例のように黒人は若干いるが、割合でいえば、五パーセント以下だろう。

「人種で選ばれる、か」

私が呟《つぶや》くと、ジョアンナは慌てたようにいった。

「違う。それは違うわ。この娘は、まだ子供なのよ。今回買えるのは一名だけ。ヘリの空席だってたくさんはない。年齢で優先。それだけ」

でもレゾナを歩けば人種の偏りが確かにあるよな？　それはあなたたちの選定に偏りがあるからじゃないのか、と私は思ったが、口にださなかった。

「そりゃあ、私がしているのは、人種差別かもしれないわ。こっちは助けて、あっちは見捨てる。でも、だって、全員を買うわけにはいかないのよ。年齢差別、男女差別、容姿差別、人種差別もしなくちゃならない。選ぶってそういうことなの。地球人っていっても、あんまり遠い国だったら、私たちの文化に馴染めないかもしれないでしょ？　毎日生魚を食べたいっていう人だったらどう？」

「非難しないよ」私はいった。「彼らを買うべきともいっていない」

珍しくフィックが私に噛みついた。

「ぼくらを非難するなら、君が買えばいい。君が救いたい人物を。なんにせよ、平等に買うことなんて不可能なんだ」

「だから今、非難はしないって、いっただろう？」

私は溜息をついた。

やがて件のアジア人――日本人にも見えなくはない龍の入れ墨の男――が、壇に上がった。

髪はぼさぼさで、年齢は二十から三十の間に見える。

ジョアンナはもうプレートを下ろしていた。だが彼は壇上からまっすぐに私たちをいや――私を見た。

その視線は私に、ねえ君、さっきのプレート読んだけど、あれはどういうことなんだい？　と問いかけているように見えた。

「俺には金がない」私は呟いた。

「貸すよ。レオナルドに話せば、そのあたりは問題ない」フィックがいった。

華屋は黙ってじっと奴隷が立つ壇を見詰めていた。

彼女の両目に涙が滲んでいた。人間が金で買われるという現場を目の当たりにして胸を痛めているのだろう。

「ねえ、彼を買うべきかな？」

私は華屋に小声できいた。

「そんなの……私にきかないで」

彼女は己に決断の責任が振られたことにぎょっとして怒った。

★★★★★★

動悸《どうき》が激しくなっていく。

金は貸してくれるのだから金を言い訳にはできない。いくら借りようがスタープレイヤーである私が本質的に返済に困ることはない。あと一人ぐらいはヘリに乗れるし、本当に欲しければ、ヘリの定員など理由にならない。港で待たせてヘリを往復すればいいだけの話なのだから。

「買わないのか？」

「俺は彼が日本人だったら、買おうかと思う」

「別に無理して買わなくてもいいんだぜ」

私は奴隷商人のところにいった。入れ墨の男に日本語で話しかけるが返答はない。日本人ではないのだろう。いったい私は何をしているのだ？　喧嘩中の恋人との旅行中に奴隷を買う意味があるのか。私はフィックたちのところに戻った。

「やっぱり買わなかった」

「ああ、ならいこう」

心なしか彼らの視線は冷淡だった。特に華屋の眼差《まなざ》しは軽蔑《けいべつ》が混じっているように見えた。

結局のところジョアンナが人種差別主義者なら私も同じだった。いやもっと酷い。私は彼を救う理由よりも、救わなくてすむ理由を探し続けているのだから。

私はその晩、すっかり塞《ふさ》ぎ込んだ。

食事もせずに、早々に寝込んだ。

華屋とは隣りあっていたが部屋は別々だった。

夜半、腹痛で目を覚ました。

イストレイヤに初めていくものは、必ず最初に下痢をするそうなのだが、その通りになった。

3

私たちは、奴隷市で買ったフランス人少女ベアトリスを連れてヘリに乗り、旅を再開した。

カーシスから二時間ほどで、森の町——エルクへと移動した。

カーシスはずいぶんな喧騒《けんそう》と混沌《こんとん》の中にあったが、エルクは、素朴な田舎町だった。

雪を抱いたレヴァリ山の麓《ふもと》にあり、森林が広がっていた。

舗装されていない土の道が、林の中に延びており、苔《こけ》むした古い石積みと、黒く大きな樹木を建材にした建物が並ぶ。

家畜と畑と、遺跡と、寺院。

ここでのジョアンナたちの目的は別荘での休暇だった。

★★★★★★

エルクの領主にかけあって、牛二十頭と引き換えに、好きなときに滞在できる家を手に入れたという。

家具は揃っていたが、窓ガラスはなく、窓には竹の簾《すだれ》がかかっていた。全員で掃除をするところから始めた。

中庭があり、そこに井戸があった。

レゾナ島と同じく、のんびりとした時間が流れた。

森の中の小道を歩いて、果実を捥《も》いだり、集落まで、驢馬《ろば》に乗って野菜を買いにいったり。

夜はみんなでイストレイヤのカードゲームをしたりした。

エルクでの二日目の夜、私は「話がある」と華屋を別荘の中庭に呼んだ。

二人で中庭のベンチに腰かけた。ランプが壁や、樹木の枝にぶら下がっているので、ぼんやりと明るい。

ランプの光の下を甲虫が飛んでいた。

「話って何よ」

「まだ、怒ってるだろう?」

華屋は黙っている。

「仲直りってできないものかな?」

「私はね、佐伯君が、もう、よくわからないの」

「ずいぶん誤解がある。話していないこともたくさんある。だから、この機会にきいて欲しい」

華屋は困ったような、疲れたような顔で私を見た。

「わかった。じゃあ、話して。ごまかしをいれないで、要点をかいつまんで。そして、私の質問にも答えて」

私はそろそろ自身の性格的欠点が、溝を深めていることに気がついていた。狭量さと不誠実。彼女が怒りを解かないのもそこにあった。

私は全ての情報を持っているが、彼女は持っていない。焦る彼女に、のらりくらりと情報をだすのを渋ってきたのだ。

「最初から話すよ。おかしな部分もあるだろうが、まず最後まで聞いてくれ。あれは八〇年だったと思う」

「八〇年?」

「一九八〇。いいんだ。まずは聞いてくれ」

華屋からすれば、「健康で自由な日々を日本で送っていたら、完全に疎遠になっていた元同級生の(おそらくは)偏執的恋愛感情を理由に、いきなりこっちに召喚された。そして一年間騙され続けた」という解釈になっているだろう。

私はゆっくりと説明した。

中学校の卒業を機に離れ離れになったがその後〈高円寺で再会した〉こと。そして、

★★★★★★

交際が始まったが、〈二階堂恭一という男に、別れ話でもめて華屋が殺されてしまった〉こと。

華屋が死んでから数ヵ月後、籤《くじ》を引き、なんでも叶えられるスタープレイヤーになった。それからは華屋を生き返らせる環境を作ることを、己の目標にした。生き返らせるとき、二階堂とつきあった経験はいらないと思ったので十九歳の華屋を呼びだした。だから華屋には高円寺での再会の記憶や、二階堂との記憶もない。八〇年という時代のことも知らない。

「俺が君にしたことは、強奪でも、誘拐でもない。復活なんだ」

「私がその二階堂って人に殺されたという証拠はある？」

「この世界にはない。だが——俺が次に何かを願うとき、証拠を地球から召喚することはできる」

死亡証明書なり、裁判記録なり、なんなら二階堂恭一だって。

「じゃあ今、私を納得させることはできないのね？」華屋はじっと私の表情を窺った。

「だったら、そういうものは信じない」

「だって、今すぐ証拠をだすなんて無理に決まってるだろう。次には証拠を見せられるよ」

「次って何年後よ。それに佐伯君は〈なんでもできる〉んだよね？　その証拠だって信じられないじゃん」

★★★★★★

「え？」

私は何をいわれたのかわからず、呆然とした。

それから、思い当たった。

なんでもできる。つまり、証拠などいくらでも捏造《ねつぞう》したものを持ってくることができる。事実でないことを、事実だったように改変できる。

「じゃあ、どうすりゃいいんだよ」

私は苛立ち始めた。

君は俺がいなくちゃ、とっくの昔に存在していないんだぞ。

地球にもここにも、どこにも。

華屋は私をきっと睨んだ。

「気に入らなければ、消せるんだって？」

「消す？」

「私を、だよ。私が気に喰わなくなったら消すの？」

「え、何。そんな心配してるの？　そんなこと、するはずない。誰かを消したことなんて一度もないぞ」

少し沈黙があった。

「今は、ね」

「はあ？」

彼女は長い間嘘をつき続けてきた私を信用しない。

「なんでも、できる、か」

華屋律子は、今まで私に見せたことのない歪《ゆが》んだ笑みを見せた。

「そんな人生楽しいわけ？　みんながさ、苦労して、互いに手を差し伸べあって、どうにかやっていくのが人生ってもんじゃないの？　あなたのしていること、結局は、全部ズルじゃん。私はズルをした人間が何を成し遂げようと評価しない。〈でも、ズルしたんだよね？〉って思うだけ」

私はいい返せずに項《うなじ》を垂れた。

「この際、はっきりいうけど、卑怯《ひきょう》だよ。自分だけフランス語やイザヤ語を話せるようにしたんでしょ？　私は不便なままでね？　そういうふうに差をつけておいたら尊敬されるとでも思ったの？　そもそも最初の時点から……おかしくない？　藤沢市まるごとプラス私って……バカなの？　何がしたいのよ。レオナルドさんと全然違うじゃん」

「次の願いで、君にも語学知識を約束する」

華屋は答えなかった。ただ、凄《すさ》まじい怒気を発しているのを感じた。

「確かに卑怯だった。ごめん。ごめんなさい。でも、ある部分は仕方ないんだ。宝くじで大金持ちになったやつに、君の人生はくだらない、といったってしょうがないだろう？　スタープレイヤーってのはそういうものなんだよ」

華屋は何かいおうとしたが、言葉がでなかったようで、沈黙が置かれた。

私はできる限りやさしい口調でいった。

「今、俺は何を願うべきなのかわからなくなってきている。君がスタープレイヤーだったら、何を願う？」

「私が？」

華屋は空を見上げた。

「……本当に死人を生き返らせてこちらに連れてくることができるなら、死者の町を作るよ」

★★★★★★

特に咎《とが》がないのに、事故や病気で死んだ地球の人。

人生を全うできなかった人。

そういう人たちを生き返らせて、みんなが幸せに暮らせる町を作る。

「航空機の事故で遺族が泣いているのをテレビで見たときとかさ、いっつも思ってたの。天国はあるべきだって」

そのとき、私はそのアイディアがぴんとこなかった。というのは、私が華屋に対してやったことは、まさにそれではないかと思ったのだ。

——華屋、君の思考は、君が今、全力で非難している俺と一緒だぞ。

だが、口にはださなかった。

「俺が作ろうか」

「吐き気がする」華屋はぴしゃりといった。

「何が？」

「あなたの顔、声、言葉、吐き気がする。嫌い。大嫌い。頭の中身、考えていること、全部、大嫌い」

私は――傷つきやすい人間だ。

昔からそうだった。

傷つきやすいから、自分を傷つけようと言葉の刃《やいば》を向けてくる人間と上手くつきあえない。

私は会話を打ち切り、舌打ちして立ち上がった。

そして彼女を中庭に残してその場を去った。

4

旅が終わり、レゾナ島に戻ってきた。

刺激のカーシス、癒《いや》しのエルク。

華屋との溝が埋まらなかったことを除けば、いい旅だったと思う。

久しぶりのレゾナ島は故郷のように落ち着いた。

だが、旅から戻ってくると、華屋律子はますます私と距離を置くようになった。

たまに戻ってくるが、すぐに「ジョアンナさんのところに泊まる」といって帰ってこなかったりする。

たとえば、久しぶりに居間で見かけた華屋に、

「今日の夕食は一緒に食べない？　岩牡蠣《いわがき》をもらったんだけど」

と持ちかけても、

「ごめん、一人で食べてくれる？　私これから、でかけるから」

などと返され、そそくさといなくなってしまう。

そうしたすれ違ったやりとりが続いた。

どこにいくのかと問えば、

「佐伯君には関係ないよね？　私は私ですることあるんだから。佐伯君は佐伯君ですることしなよ」

と冷たくいわれる。

ジョアンナから聞いた話だと、一旦《いったん》やめたはずの「フィックの家庭教師」を、ジョアンナのところで再開しているという。

もちろんそれをやめさせることなど、私にできっこなかった。

私はヘリの操縦の訓練を始めた。

★★★★★★

「すごく筋がいい」

教官をしてくれた男がいった。

「サエキ、あんたはなかなか優等生だぜ」

もともとスターで操縦技術の知識は頭にいれていたので、後は感覚を摑《つか》むだけだった。

レゾナ島の航空ルールも教わった。

「これでどこにでもいける」

「死なないように万事を尽くすことが、第一ルールだ」教官はいった。「ガス欠に気をつけな。後は天候だ。一発で行方不明者になるからな」


レゾナ島に戻ってきてから十日後に、空き巣が入った。

その日、私は華屋律子と話をしようとジョアンナ邸にいっていた。

ハンモックが吊《つ》られ、ガーデンテーブルのでた庭先にて、ジョアンナがだしてくれたサンドイッチをいただき、むっすりとした華屋と、いくらか話した。やり直そうと私はいい、彼女は曖昧にはぐらかすような返事をした。

一人で家に戻ってくると、部屋が荒らされていた。

居間にかかっていた絵が外されていたし、衣服をしまっていたクローゼットの中がかきまわされていた。

スーツケースも引っ張りだされ、鍵が壊されていた。

居間、私の部屋、そして華屋の部屋、更にはキッチンも荒らされている。

盗むものがあるとすればスターボードしかない。

さもなくば、盗みが目的ではなく、嫌がらせか。

私は呆然としながら、ゆっくりと周囲の気配をうかがった。

静かだ。

誰もいない。

カーテンを閉める。

シンクの下にある扉を開き、食器スペースの奥の壁に立てかけてあるスターボードを確認した。

それはそのままに薄暗がりにあった。私は胸を撫《な》で下ろした。

華屋にも誰にも、隠し場所は教えていなかった。ただ、最近、華屋に「何処に隠しているの?」ときかれたとき、「スーツケースだ」と答えたことはあった。

まさか、誰だろう?

仮に誰かがスターボードを手にしても、私がいなくては使用できないはずなのだが、それを知らないということはありえる。板さえあれば、何でもできる、と解釈したのなら、盗みにも入るだろう。

★★★★★★

町を歩いていると、誰かが私の袖を引っ張った。

ミレーユだった。

「なんだ、びっくりした」

「久しぶりじゃん。カーシスにいったんでしょ。どうだったのよ。最低のとこじゃなかった？　イッキ。ちょっと話そ」

どうもイッキといいにくいのか、私はイッキと呼ばれることが多くなっていた。

「忙しいんだ」

「嘘」ミレーユは笑った。「すぐそこでいいから」

私たちは、人気《ひとけ》のない階段に腰かけた。

「で、あなたの子猫ちゃん、浮気中ってわけ？　何があったの」

「え？」

血の気が引いた。

フィック……あの狸！

「誰とだ？」

「ノエルとよ」

「ノエル？」知らない名前に混乱した。「誰だそいつ」

「何にも知らないのね？　知らないのは当人ばかり。ねえ、いい、きいて。大事なこというから」

頭の中が真っ白になっていた。

焦燥で私は立ち上がりかけた。

★★★★★★
「華屋は俺の」

俺の？　何？

ミレーユは私の両手首を握り締め、私を再び座らせようとした。

「ねえ、大事なこときいて」

「何だ？」

「あたしはあなたの味方。あたしは絶対にあなたの味方だから。だから、教えたの。だって、酷いと思ったもん」

彼女は真剣な眼差しで私の目をじっと見つめながらいった。

「あの娘、おかしいよ。日本人二人でここにきて、あなたにすっごく良くしてもらっているのにさ？　裏切るなんて。あたしだったら絶対そんなことしない。あの娘、自分をなんだと思ってるの？　あたし、怒っているんだよ。浮気する理由なんかいっこもないじゃん。あの娘、なんていうか、アバズレ？　あ、ごめんひどいこといって。でも、モラルがなってないわよ！」

ああ、そうだ。そうだとも。

「俺もそう思う。君もそう思うんだよな」

「うん」ミレーユは頷いた。

「だが、大切な人なんだ」

「ね、きかせて。いったいぜんたいどうして大切なの？　どこがいいの？」

そんな話をミレーユにしたって鼻で笑うだけだろう。

こんな思い出があって、どこが好きで。恋愛などというものは、当事者以外が魔法に触れることはないのだから。

「それより、ノエルってどこのどいつなんだ」

「教えてあげる」


ノエルはいいところのお坊ちゃんという雰囲気の美少年だった。

金髪に鳶《とび》色の瞳、かわいらしい顔立ちをしており、年の頃十代後半に見える若々しさだった。フィックがコメディアン風人物なら、ノエルは、ティーンズアイドル風とでもいうのか――。

華屋とノエルは町を見下ろす楡《にれ》の木の下に座り、仲睦《むつ》まじく喋っていた。

私はミレーユの案内で、壁の陰から二人を見ていた。

「いつからだ」

「よくわかんない」ミレーユはいった。「彼女に訊《き》けば？」

ノエルが華屋の顔に自分の顔を近づけた。

私の角度からは、はっきり見えないが、キスしたように見えた。

殺意が芽生えた。

ぶちのめしてやる。

私は飛びだすと、ずんずんと彼らに向かっていった。

最初に私に気がついたのは華屋律子だった。

彼女はさっと青ざめた。

ノエルも気がついて慌てて腰を上げかけた。

「何やってんだ、おまえら！」

私は語気荒く、二人に叫んだ。

そのときの、華屋律子の行動は、永遠に忘れることができない。

彼女は、まっすぐに私に背を向けて、変質者か何かが現れたとでもいうように――ノエルを残して走って逃げたのだ。

「おい、この野郎」

私は逃げていく華屋を追いかけずに、ノエルのほうへ歩くと、彼もまた逃げ腰になり、足をもつれさせながら、後退しつついった。

「か、彼女は、別に君のものじゃないぜ？」

「あん？　何？　どういう話か、ちょっと聞かせてもらおう」

彼は表情を歪ませると、先に逃げた華屋を追うように、背を向けて走り去った。


私は追いかけたが、不意に、背後に立つミレーユの視線が気になり――いや、私は気がついたのだ。今の私の姿は、別れ話をきりだされたときの二階堂恭一そのものなので

はないか——追うのをやめた。

ミレーユが私の肘《ひじ》をつかんだ。

「あいつら最低だね。鼠みたいだね？　コソコソしてさ」

私は唸《うな》り声をあげ、荒い息をついた。動悸がおさまってからいった。

「ありがとう。君とは利害が一致しているのかな。君はノエルが好きなんだね？」

ミレーユの顔が曇った。

「いや、別に、そういうわけでは」

「そうか。まあ、それはともかく、もう一度礼をいおう。教えてくれてありがとう。少し、一人にさせてくれ」

私はいった。

その晩、華屋律子は家に戻ってこなかった。

真夜中、私は部屋でじっとスターボードを眺めていた。

地図を見ていると、辛い現実から少し逃避できた。

レゾナがどこにあり、ネオ藤沢市がどこにあるのか、イストレイヤのカーシスや、エルクとの位置関係を確認する。

世界は広い。そうとも、世界は広いのだ。平面に広いだけではなく、時間の奥行きもある。

私はまだ一パーセントもこの世界のことを知らない。

逃げ去る彼女の後ろ姿が何度も脳裏に浮かんだ。

まるで私は、プリンセスと運命の王子様の素敵《すてき》な逢瀬《おうせ》を邪魔しにきたモンスターだった。

悪いのは誰なのだろう？　華屋なのか。ノエルなのか。私なのか。

私がイストレイヤで、イザヤ語までも操るのを見て、彼女は私に対する嫌悪を更に深めただろう。フィックのもとでフランス語を学びながら、自在に言葉を話す私のことを考えるたびに苛立っただろう。家族や、懐かしい日本料理のことを思い出すたびに、全ての元凶が私であることに思い至り、激しい憎悪を抱いただろう。

——この問題、スターで、なんとかできやしないか。

私は考えた。

たとえばノエルをこの世から消し、華屋律子の記憶からも消す……記憶改変？

いや、それはあまりにも。

誰かが、玄関のノッカーを鳴らした。

私はスターボードをズボンの中に入れると、玄関に向かった。

華屋が戻ってきたにちがいない。

だが、警戒心も働き、閂《かんぬき》をかけたままの状態できいた。

「どなたですか？」

返事はなかった。

「返事がなければ開かない」

やはり返事はなかった。

華屋律子か。

三十秒待って、閂を外した。

ドアを開くと、数メートル離れたところに去りかけたノエルがいた。

「おい」

私が彼の背中に声をかけると、ノエルは振り向き、ポケットから刃物をとりだした。

え？ と思った。

ノエルは、へへっと笑った。お坊ちゃん風の印象は消えている。

王子様がモンスターを退治しにきてやったぞといわんばかり。

私の中で怒りが沸きあがってくる。

「何考えてんだ、おまえは」

私は周囲に華屋律子がいないか慌てて目を走らせた。

いなかった、が、その隙に、ノエルが踏み込んで距離を詰めてきた。

無言でナイフを突きだしてくる。

私はナイフをかわした。

「あっぶね」

ノエルは威嚇するように刃物を振りまわす。

私の頬をかすめた。

ノエルの口元は歪んでおり、笑っているようにも見える。

私はこの立ちまわりの最中にも、胸中では華屋の無事を考えていた。

こいつは危ない奴だ。こんな奴と一緒にいた華屋は今、大丈夫か？

「おい、華屋は無事か」

「本当にどうしようもねえサルだな。調子こくなよ、サル。サル。くそザル」

ノエルは私の質問には答えずに、フランス語ではなく、英語でぶつぶつと吐き捨て、また攻撃をしてきた。

胸を狙ったのだろうが、私が身をかがめて横に避けたため、刃は肩をかすめた。

私は咄嗟《とっさ》にズボンの中からスターボードをとりだした。武器がそれしかなかったからだ。

ノエルが再び突いてくる。

私はそれをスターボードで受けた。

彼の顔に困惑が浮かんだ。

大きな隙ができた。

私はスターボードを相手のナイフに叩《たた》きつけた。

ナイフが地面に転がる。

蹴《け》って遠くにやった。

★★★★★★

スターボードは私にしか視えない。ノエルには視えない打撃である。

困惑の態《てい》の彼を見て、不意に〈もう一手〉を思いついた。

私は飛び退《すさ》って距離を置くと、スターボードを操作し、小百合を呼びだした。

「あら、まあ、大変」

小百合は現れるなり、両手を口にやっていった。

ノエルは唖然《あぜん》とした顔で小百合を見た。

人に見られた、と思っただろうし、何だこいつは、とも思っただろう。

彼は唸り声をあげると、そのまま走り去った。

人がいなくなった道で私はほっと息をついた。

「で、何か御用ですか？」

「〈あら、まあ、大変〉に救われたよ」

「だって大変な状況なんですもの、あ、でも、それはあらかじめいっておけば、登場時に、何も言葉を発しないようにも設定できますわよ」

「助かったよ、ありがとう」

「どういたしま」最後までいい終わる前に、小百合を消した。

私はすぐにスターボードを持って、レオナルドの邸宅に向かった。

家にいたら再襲撃されかねない。

真夜中だったが、「緊急事態故に申し訳ない」と詫《わ》びて門を開けてもらった。

私はノエルに襲われたことを話し、邸宅の女に、包帯を巻いてもらい、手当てを受けた。

手当てが終わると、紅茶でも、とレオナルドが応接間に案内してくれた。

「恐ろしかったでしょう」

「ありがとうございます。みっともないところをお見せして恥ずかしい」

「しかし命があって良かったですな。ノエルは三年前にカーシス奴隷市で買ってきたイギリス人です。動機については捕まえてからまた調べますが、それなりに屈折したものを抱え込んでいたのでしょう」

「いや。動機は痴情のもつれですよ」

私は簡単に説明した。

ノエルと華屋律子。

レオナルドは眉根を寄せて、「おやおや、そうでしたか」といった。「それはまた、なんと答えたらいいか」

「どうするべきなんでしょうね」

私は途方に暮れながらいった。

レオナルドは少し黙っていたが、やがて口を開いた。

「レゾナ島には、明文化された法があります。まあ、男女のことは当人たちの問題で、誰かが裁くことではありませんが、〈刃物をもって殺害せんとした〉となれば許される

★★★★★★

ことではありません」

　私は頷いた。

　レオナルドは私が手当てを受けるより早く、およその話をきいた直後に、三つの場所に、配下の人員を走らせていた。華屋律子のいるジョアンナ邸、そして、船着き場と、ヘリポートだ。

　ノエルは朝になって、ヘリポートに姿を現したところを捕らえられた。華屋律子と一緒だった。

　彼は手錠を付けられ、我々の前に引きだされた。そして、とりあえずレゾナ島東部にある牢《ろう》に入れられた。

　一方、華屋のほうはレオナルドの別邸の一室に軟禁状態となった。

　裁判がカンパニーの有力者たちの間で行われるということで、二人にはカンパニーの男が取り調べに当たった。

　事件の背景が明らかになった。

　華屋とノエルは、私たちがイストレイヤ旅行にいく前に知りあい、旅行から帰ってきた後に、仲が急速に発展した。

　華屋律子は、ノエルにいった。

私は佐伯逸輝が怖い。彼はスタープレイヤーだから、不義が露見すれば、何をされるかわからない。私たち二人とも消されるかもしれない。

そこでノエルは、まずスターボードを盗むために、空き巣に入った。

怖れるべきは願いの力。スターボードさえ奪ってしまえばよいのだ。

空き巣について華屋律子は「ノエルが勝手にやったことで、自分は知らない」と主張した。

だがノエルに、私が留守にする時間を教えたのは華屋だし、スターボードは、鍵のかかったスーツケースの中に仕舞っていると教えたのもやはり華屋だった。

華屋は空き巣の犯人はノエルだと知っていたが、私には教えなかった。

「犯人を佐伯に教えなかったのは、ノエルを庇《かば》ったというよりも、結局何も盗《と》られなかったのだし、佐伯とノエルの間に、無駄な争いや、もめごとを起こしたくなかったからだ」と華屋はいった。

さて、空き巣に入ったノエルは、スターボードを見つけることができなかった。

一旦見つからないとなれば、もうお手上げだ。

そこでノエルは、私を殺してしまうことを考えた——と思う。

取り調べに対し、ノエルも最初は、殺意を認めた。

「華屋律子を解放するにはこうするしかないと思った」

と供述した。

★★★★★★

だが、少しすると前言撤回し、殺意を否定した。「殺すつもりはなく、華屋が困っているのだから、もうつきまとうなという警告のつもりだった」という主張に変わった。

華屋律子は「ノエルと一緒にヘリポートにいたこと」について、「いきなり深夜、ノエルに連れだされた。とにかく〈逃げなくてはまずい〉の一点張りで、それ以外のことは一切きかされていない。まさか佐伯君が襲われただなんて、死ぬほど驚いた」と供述した。

さて、華屋律子はノエルと共謀していたのだろうか？

ノエルは「華屋は自分が佐伯を襲撃することを前日から知っていた」と供述した。

華屋は「そんなこと一切知らなかった」と矛盾する供述をした。

取調官がノエルに細部をきくと、「襲撃計画を話したとき、華屋は強く反対していたが、その反対理由は、自分（ノエル）が犯罪者になることを気遣ってのものであり、佐伯を心配したものではなかった」とノエルは答えた。「俺がきっちり話をつけてやる、といってやると、まんざらでもないようだった」

これについて華屋は「確かに彼はそんなような話をしたかもしれないが、本気の殺害計画にはとうてい聞こえなかった。私は殺害に反対したのではなく、〈そんな物騒な冗談をいうな〉といって怒ってきき流したのだ。そもそも、冗談と本気をきき分けられるほどフランス語も英語も得意でない。私は佐伯君が暴力を振るわれることなんか、望んでもいなければ、絶対に加担もしていない。ノエルと佐伯君、両方が、間違いを犯さない

で上手くやっていくことを望んでいた。本気だと知っていたら全力で止めた」と答えた。

私は、華屋律子は共謀していないと思う。

盲信ではない。だてに長い時間を一緒に過ごしてきたわけではない。

彼女は私のことが嫌いかもしれない。私の力が恐ろしいかもしれない。ノエルとの恋路において、できれば消えて欲しい存在だったのかもしれない。

だが華屋は、いつだって汚れることを何より嫌うのだ。自分だけは「良い子」の領域から足を踏み出さない。かつての真夜中の集会は良い子から少し足を踏み外した例ともいえるが、むしろ特例で、あれは彼女が多感で試行錯誤の途中の中学生だったからだ。

ヘリポートでノエルと一緒に捕まった彼女は荷物を持っていなかった。着替えも何もジョアンナ邸に置きっぱなしだった。

結局、複数の供述内容を照らしあわせた結果、華屋律子の共謀を裏付けるものは何もなかった。

白に近いグレーは白だということだ。

空き巣も襲撃も、ノエル単独のやや衝動的な犯行だということになった。

地球と違い、弁護士がつくわけでもなく、彼らの処遇は、勝手にカンパニーの面々が決定した。

★★★★★★

レゾナ島の法に、懲役はなかった。

空き巣と、殺人未遂の二件で、ノエルは「七年間の追放刑」が定まった。島から追いだされるだけなので、地球的に考えれば、厳刑とも言い難いが、島に家族がいる人間にはきつい罰かもしれない。七年たって、どうしても戻ってきたければ、そのときは再び迎え入れるという。

もちろん追放者にヘリや船は与えない。カンパニーがイストレイヤに連れていきそこに置き去りにする。

華屋律子には〈無罪〉の判決がでた。

カンパニーの男が、軟禁されていた彼女の部屋のドアを開き、一連の決議の内容を告げたとき、私は背後に立っていた。

「以上です。軟禁して申し訳なかった。もう自由にしていただいてけっこうです」

男は華屋にいった。

華屋の顔に表情はなかった。

髪は手入れがされず、枝毛がぴょんと跳ねでていた。

私の顔を見ようとしない。

私は華屋の前に立ち、カンパニーの男に席を外してくれるようにいった。

男は廊下の向こうに歩き去った。

★★★★★★

私たちは向かいあった。

彼女はじっと黙って床を見ている。

「俺はレゾナ島をでていくよ」

私はいった。

「君はここにいるといい。もう疑いも晴れて自由だ。レオナルドさんに、今まで暮らしてきた家を君に与えてくれるように頼んでおいた」

彼女は、おそるおそるといったように顔をあげた。

私は少し待ったが、彼女の口から言葉はでてこなかった。

「遠い場所にいくつもりだ。君のことは忘れる。それから、君が気にしているのであろう、スターボードで消される件は、そんなことは決してしないので、安心して欲しい」

他にいうことはあるだろうか？

私は去るのだから、たぶんこれが彼女と話す最後になるはずだった。

「元の世界に戻してよ」

彼女は呟いた。

彼女の目から涙が零《こぼ》れ落ちた。

「私、帰りたい。本当の日本に戻してよ」

私は首を横に振った。

「俺の力では、できないんだ。俺の力は元の世界からものを持ってくる——ここに再現

することだけで、元の世界に誰かを送ることはできないし、何も干渉できない」

地球で死んでいる彼女の場合、戻ることは死者に還《かえ》ることを意味する。

彼女は泣き始めた。

もういうべきことは見つからなかった。

「さようなら」

私は踵《きびす》を返し、その場を去った。


レオナルドに別れの挨拶をしにいった。

彼は私にヘリコプターを一つプレゼントしてくれた。それと、イストレイヤで十年は豪遊できるほどの金貨もだ。

「あなたが私にしてくれた全てと、その寛大さに、できるだけ早いうちに支払いをしたいのですが。私の誇りと満足のために、支払わせてくださいますか」

私は頼んだ。

レオナルドは苦笑してみせた。

「タダでいいですが、せっかくですから、受けましょう。そうですな。どうしましょうか？」

「私は近々、スターを使います。そこに、レオナルドさんの願いがあれば、含めようと思います。ぜひ願いを教えてください。もし特になければ、『レゾナ島の老朽化したヘリ、及び、施設を全て新品にする』というものと、『今いただいた金貨を千倍にしてお

返しする』というものを提案しますが、それでいいでしょうか」

彼はソファに腰をうずめると、私にいった。

「いつも、もうこれでいいのではないか、と思います。たくさん生きた。たくさんの仲間や同胞の死を見てきました。でも、ここにきて、延ばせるならばレゾナの行く末をあともう少し見たい、と思うのです。できるならば、私はもう少し若返りたい」

彼の見た目からすると、二十代後半ぐらいの肉体に戻せばいいのだろう。

「わかりました。二十代の肉体にします。それにさきほどの金貨とヘリもつけます」

どれほど願いを大きくしても、私が失うものはない。レオナルドが何を頼もうと少なく感じるくらいだ。

私はふと思ってきいた。

「なんなら、再生保険もつけますが」

「それは、なんですか？」

レオナルドが興味深そうに身を乗りだした。

再生保険は、私の造語だ。私は言いなおした。

「死んだら、生き返るようにしておきますか」

「何ですと？　ん？」

説明すると彼はずいぶん驚いた様子を見せた。

「いや、そんなスターの使い方、考えたこともないです。審査が通るのならとんでもな

い思いつきだ」

「そうですか？」私は苦笑しながらも、なんでも知っていると思っていたレオナルドが思いつかなかったことを、自分が思いついていたことが嬉しかった。

「しかしそれほど意外なアイディアでも」

「意外というか、死角からこられましたな。あらかじめ、願っておくね、なるほど。いや、そういうものなんですよ。片方には、至極当然のアイディアだったものが、もう片方は全く思いつきもしなかったということはスタープレイヤーの間ではよくあるのです」

「では、死後の復活も、つけ加えておきますね」

「いえいえいえ」レオナルドは慌てていった。「私は死んだら、そのままで結構です。私はですな、もう少し長く生きていたいとは思うものの、死んで復活したいとは思っておらぬのですよ。矛盾していますかね。もう少し起きていたい、でも、眠ってしまったらもうそのままでいい、という気持ちです。サエキさん。もしいつか私の死を知っても、復活などさせないで結構です。それをしたら本当に――キリがなくなってしまう」

結局、レオナルドへの御礼は、もらった金貨を千倍にして返すことと、ヘリコプター五百台と施設、通信機器その他を新品にすること、肉体を二十代まで若返らせることでまとまった。

出発直前に、三番街にある、オレンジの樹の前にある家の前にいった。

★★★★★★

「ミレーユ」

家の前で呼ぶと、家事をしていたのであろう、エプロン姿のミレーユがでてきた。

「あら久しぶり」

ノエルのところに案内してもらって以来だ。

「顚末《てんまつ》はきいたかい」

ミレーユは肩をすくめた。

「もちろんきいたよ。残念だったね」

「お茶でも飲もうと思ってきた」

ミレーユは家の中に案内すると、私を椅子に座らせ、イストレイヤ産の茶をいれてくれた。

「俺はこの島を去る」

「そうなんだ」

ミレーユはいった。

どこかそっけない口ぶりだった。

「あなたスタープレイヤーだったんだね」

私はミレーユの好意や親切について、かなり前からある考えを抱いていた。

それは、レゾナ島の他の誰某《だれそれ》よりも、ミレーユが頻繁に声をかけてきたり、ノエルの件を教えてくれたりしたのは、私がスタープレイヤーだと知っていたからこそだというものだ。

「知っていたんじゃないのか」

私はいった。

彼女は答えなかったが、表情に一瞬緊張が浮かんだのを見て、ああ、やはり知っていたんだろうな、と思った。

ジョアンナやマルセロが知っているのだから、どこかで耳にしたとしてもおかしくはない。

「まあ、どうでもいいことだ。君には世話になったので、別れをいいにきた」

「どこかいくなら、連れていってよ」

ミレーユはいった。

「嫌だ。一人でいく。だが本気かい？」

「本気じゃない。嘘」

彼女はじっと私を見ている。

部屋に少しの沈黙が訪れた。

「これは推測だが君は、俺に何か叶えて欲しいものがある。そうだね？」

スタープレイヤーだと知って近寄ってきたのだとすれば、そういうことだ。

彼女は目をくるりとまわした。それからとぼけるように人差し指をくるくるまわしていった。

「そうよ」

彼女は頷いた。

「じゃあ、願いをいってみればいい」

「いわない。あたしはね、自分がヒロインじゃなきゃ嫌なの。自分がヒロインになれないような物事には近寄らない。あたしがいっていることわかる？」

「さっぱりわからない」

「わからなくていいわ。でも、そうね、たとえば大富豪が、愛するあなたにこれを捧げよう、どうか受け取ってくれといってダイヤモンドをくれたら、あたしは嬉しいわけ。受け取るわよね、もちろん。でもね、大富豪が、道端の名も知らぬ哀れな女よ、おまえはモノが欲しいんだろう？　余っているんで、ダイヤでも恵んでやろうか？　というのだったら、あたしは『おまえの汚い石なんかいらない、ふざけんな』っていうわ。同じ相手、同じ石でもね」

「そりゃそうだ」

私は彼女の言葉の意味を考えてみた。

道端の哀れな女よ、願いを叶えてほしいのならいってみよ。というのならば、受け付けない。

　切羽詰まっていないのだろう。

「どうか差し支《つか》えなければ、君への感謝のしるしに、君の望みを叶えさせてください。お願いします」

ミレーユは笑った。

「あらあら。まあいいわ。あたしの願いはイストレイヤの壊滅」

「そりゃ無理だ。では、もういくよ」

私が立ち上がるとミレーユはいった。

「妹が死んだの」

「何歳？」

私は浮かせた腰をもう一度椅子に落ちつけた。

「十二歳で。あたしは無事ここに辿《たど》りついたけれど、妹は病気で死んだ。バイ菌だらけのイストレイヤで。あっけないものだった。名前はクレア」

「生き返らせたいか？」

ミレーユは首を横に振った。

「最初はあなたと仲良くなって、頼み込んだらできるんじゃないかって思った。でも、今はクレアが再び生を得ることが必ずしも善いことか自信が持てない。この世界のどこだって天国より安らかってことはないでしょ？　妹以外にたくさん死んでいるし、あたしがその願いを〈叶えてもらった〉と知られれば、島中の人間があなたの家の扉を叩くだろうし」

「俺の一存で生き返らせるよ。島中の人間が押しかけようと、そのとき俺はもうレゾナ島にいない。——妹がある日現れた。誰がやったのかは知らない。誰かが勝手にやった。

そういう話にすればいい。俺は勝手にそれをやる」

★★★★★★

旅立ちの日がきた。

スーツケースをヘリに放りこむ。

サンドイッチを食べてから、コーヒーを飲み、コクピットに座る。

ヘリで上空に舞い上がった。

今日は、全てが過去になりゆく最初の日。


島が遠ざかる。

しばらく海上を飛んで、私は無人島の砂浜に着陸すると、スターボードを開いた。そっと文章を打ち込んでみる。

〈華屋律子と、ノエルをこの世界から消去する〉

指が震える。

願いはしない。審査を通すだけだ。

〈審査は通りました。この願いを叶えることができます〉

〈確定しない〉に触れる。

私にはできる。

だけど、やらない。

儀式のようなものだ。

華屋はヘリの操縦を習得したら、島外の何処かにいるノエルに会いにいくだろうか？

華屋の声が甦《よみがえ》る。

――佐伯君は〈なんでもできる〉んだよね？

その通り。

今の華屋律子を消して、新しい華屋律子をもう一度呼びだしてやり直すこともできる。〈二人目〉は二階堂に殺される寸前のところから呼びだし、最初からスタープレイヤーのことを話しておけば、今回のようなことにはならないだろう。

しかしそれは――この世界で時間を共に過ごした華屋律子を殺害することに他ならないのでは？

そのことを考えると、私は自分が原子爆弾の上に立っているような心許《こころもと》ない気持ちになる。

なんでもできる。だが、下らない人間は下らないことしかしないし、みっともない人間は、みっともないことしかしない。

執着してはならない。

華屋律子はただ一人。そして、終わったのだ。

私はもう華屋には会わない。

★★★★★★

私は小百合を呼びだした。

ヘリの脇に帽子の貴婦人が現れる。

「まあ、素敵な風が吹いていますわね」

彼女は絶対に飛ぶことのない帽子を押さえてみせた。

「調子はいかがですか？」

「悪くない。またひとりぼっちになった」

「それなら、わたくしと一緒でございますわ！」

「そうだな。考えたら、君もひとりぼっちなんだな。さあ、五つ目の願いだ」

私の五つ目の願いは、小百合に伝えた詳細を書けばずいぶん長くなる。要約すると、次のようになった。

〈レオナルドを二十五歳の肉体に戻し、ミレーユの妹クレアを健康な状態にして、レゾナ島のミレーユ邸に復活させる。レゾナ島のレオナルド邸裏の空き地に、イストレイヤ

〈金貨二十トンを呼び出し、ヘリと施設のいくつか、通信機器その他を新品にする〉

私は〈確定する〉に触れる前に、思い出してつけ加えた。

〈華屋律子に、フランス語とイザヤ語の知識を与える〉

もちろん、華屋律子の許可をとったわけではない。一度約束したことだが(いや、約束などしなかったかもしれない)、今の彼女なら、「自力で習得していく私に勝手なことをするな」と怒り狂うかもしれない。

だが——お節介でもやってしまおう。ずいぶん便利にはなるはずだ。

他には?

私は目を瞑《つむ》って、何かを思いつくのを待った。

思いつかなかった。

〈確定する〉に触れる。

風が私の服をはためかせた。

たった今——海の向こうのレゾナ島で、いろいろ起こっているはずだ。自分の目で見られないのが哀しい。

小百合が私を見ている。

「今の俺には何もない。愛する女も、夢も目標も何も。願いを五つも使ったのに」

おかしいだろう？　何でも手に入るのに、大切なものを何も持っていないなんて。

小百合が同情気味に——だが、全く同情していないように——胸の前で手を交差させた。

「あらまあ、それは、お辛いですわね」

「それがな、ずいぶんといい気分だ」

本当だった。

私は小百合を消すと、ヘリに乗り込んだ。

帰ろう——。

だが、どこに帰ればいい？

★★★★★

バベルからきた生物

1

「お〜い」

ソファから葉山の声がきこえてくる。

「カレーの匂いとかしてくんだけど」

「じゃあ、夕飯がカレーなんじゃない？」

孝平は厨房《ちゅうぼう》からいった。

葉山が起き上がり、足を引き摺《ず》りながら厨房にやってくる。

「地下街の洋食屋さんの前を通ったときの匂いだよ」

孝平は鍋《なべ》の中を見せた。

一つは白米。炊きあがって湯気がたっている。

もう一つはカレーだ。

孝平は葉山が寝ている間に、マルイのほうまで歩いて見てきたことを話した。

「マルイの隣に食料品店があったんだ。そこから白米とカレールー、スパイスを持ってきた」

葉山はあんぐり口を開いた後、いった。

「店員さん……いた？」

孝平は首を横に振った。

「いなかった」

「やっぱそうか」

二人でカレーに手を伸ばした。

葉山は一口食べて「うめえ」としんみりした口調でいった。

「単にうまいだけじゃなく、俺、変な気分だ」

孝平も一口食べて思った。

「確かに」

変な気分――おそらく〈懐かしい〉と形容されるべき感情なのだろうが、こちらで暮らすうちに、味覚も変わってきて、慣れ親しんだカレーに異国の味わいがあった。

懐かしさの混じった異国情緒。時空を超えた味の再来。

「しかし、コーヘーテイストじゃないな？」

「なんだよそれ」

「あるんだよ。あ、なに本人にはわかってないのか？　一口食べると、ああ、これは孝平の料理だなっていう、料理の種類じゃ変わらないなんつうか、なんつうの？　その俺らが嬉《うれ》しくなる味があるんだよ」

「ありがと。まあ、市販のカレールーだからな。確かにぼくがスパイスから作るとこういう味にはならない。だけどターメリックやガラムマサラがあるから、戻ったらラウバーのカレーが作れる」

「平海老《ひらえび》でも作れるな？　魚介カレー」

「そうだな。ヘブンではトマト栽培も始めているらしいから実ったらブイヤベースでもなんでもできるぞ」

「あれ飲む？」

　葉山は部屋の隅に積まれた瓶ビールを示した。

「賞味期限、八一年になってんぞ」

「今何年？」

「ヘブン暦元年」

「一本だけあけて味見してみようぜ」

　一本あけて、生ぬるいビールをコップに注いだ。

　孝平は少し舐《な》めてみる。

「ぼく、未成年だからわかんないけど、味ってこんなもん？」

葉山もおそるおそる舐めてから頷《うなず》いた。

「うん、まあ、こんなもんだろ」

結局あけたのは一本だけだった。

バー・ナポリでの最初の晩は静かに過ぎていった。

飯塚と荒川はやはり現れなかった。


翌朝になると、葉山は、足の調子がよくなってきているといった。

店の外に出ると晴れていた。

二人でマルイに向かった。

葉山は孝平の手助けなしに、左足を何重にも布で巻き、添え木をつけてひょこひょこと歩いた。

薄暗い店内に入る。昨日のスーパーと日曜大工用品店と同じく、店内の広告も、置かれている雑誌も全て日本語だった。

商品はとり放題だ。

缶詰、布団、各種調味料、レトルト食品、登山用のジャンパー、ザック、ロープ、ガムテープ、パスタなどの乾麵《かんめん》。

更には包帯に痛みどめを見つけた。

次々に、カートに放りこんでいく。

「うひひ、お土産で〜す、とかいってこれ持って帰ったらみんなの反応どうよ」

葉山がにやにや笑いながらカートの商品を眺めていった。

どっさりと荷物を積んだ買い物用のカートを押しながらバー・ナポリまで戻った。

大量の枝や枯れ葉をドラム缶にいれて燃やした。

煙があがる。狼煙《のろし》である。

そして、孝平はまだ歩行が充分とはいえない葉山を残し、ボウガン片手に、昨日シマシマライオンに襲撃されたところに向かった。

フェンスから歩いて十分ほどである。

シマシマライオンの死体にたかっていた鴉《からす》にも似た灰色の鳥が、ばさばさと空に舞い上がった。

凄《すご》い数の蠅《はえ》がとびかっている。

昨日のまま散乱している荷物のうち、使えるものを回収し、置き手紙をビニール袋にいれて残した。


この先の岩山をまわると、道路があり、デパートなどがあります。

獣に襲われ、葉山が足を怪我したので、ぼくたちはバー・ナポリにいます。

探検部　鐘松孝平

またシマシマライオンが現れないとも限らない。

孝平は走って戻った。


バー・ナポリの前に、椅子をだして座った。

葉山は日曜大工用品店から持ってきた材料で槍《やり》を作りはじめていた。

「飯塚さんたちのザックもそのままあそこにあった」

孝平はいった。

「うん」葉山は手にしている棒を眺めながら呟《つぶや》いた。

ザックを放置しているということは、あの場所に戻ってきていないということであり、それはつまり——。

「いい先輩だったな」

葉山は小さくいった。


孝平はアスファルトの道にでると、遠くに目を凝らした。

一体この道はどこに続いているんだろう。

遠く謎山が霞《かす》んで見える。ことによれば、謎山にも通じているのではないか。

道の先に蠢《うごめ》くものが見えた。

目を凝らして見ると、動物のようだった。

「葉山、何か変なものがきたぞ」

葉山が顔をあげて、孝平の視線を追う。

「なんだありゃ」

次第に形がはっきりとしてくる。亀だった。

葉山は腰をあげた。


孝平は亀のそばに近寄り、絶句した。

亀だと思ったものは、甲羅を背負った若い男だったからだ。

人間である。だが、どこか手足の関節のつきかたがおかしい。

亀男は地面を這《は》いながら、葉山と孝平を見詰めた。

「こんにちは」孝平はいってみた。通じないとは思ったが、日本語で返ってきた。

「こんにちは」

葉山が足を引き摺りながら追いついてきて、うえっと声をあげる。

「人間？」

「日本人ですか」亀男がいった。「あ、あなたたちはサージ様のお知り合いで？」

「サージ様？」

「はい、サージイッキです」

孝平は首を捻《ひね》った。

沈黙が訪れた。

「誰？　サージイッキって」

「ご存じでない？」

「というか、あなたはどこから来たんですか？」孝平がきくと、亀男は黙った。

葉山が質問した。

「あなたは、なぜ、亀の甲羅を背負っているんですか」

この質問にも亀男は答えない。

「あの、もしも、よければ壊してあげましょうか……」葉山がいった。「のこぎりとか、ハンマーとか使って」それらは日曜大工用品店にあった。

「やめてください。甲羅は背中と一体になっているんで壊したらぼくが死ぬだけです」

葉山が亀の甲羅を指差すので孝平は甲羅に視線を向けた。

亀の甲羅には文字が彫られている。

日本語だった。

０００１　二階堂恭一　１９５３年　東京都生まれ

1980年・東京都にて華屋律子(20)を殺害の罪を犯したことによりここに至る。


なんだこれは?

孝平は眉《まゆ》をひそめた。

この二階堂恭一というのは、この亀男の名前なのか。

――ここに至る、の意味は?

華屋律子なる女性を殺害したから罰としてこの姿だという意味か。

亀男がおずおずと口を開いた。

「あなたたちこそ、どこから来たんですか。どこに暮らしているのですか」

「ヘブンだよ」葉山がいった。

「ヘブン」亀男は繰り返した。「それどこにあるの?」

ううん、と孝平は唸った。「作戦会議いいかな?」

孝平と葉山は亀男から離れると小声で相談した。

「なんだか、わけのわからん奴にあんまり教えると危険じゃないか?」

「そうだな。様子みながらぼちぼちといこう。ヘブンの位置をきかれたら少しはぐらかそう」

二人は亀男の前に戻った。

「ヘブンってのは?」

亀男がもう一度きく。

「遠くにある町。ぼくは鐘松、そしてこっちは葉山。君、名前は？」

「ニッカです」亀男はいった。

ニッカ……二階堂。

甲羅に彫られていることには、とりあえず触れない。

「可哀そうに」孝平はいった。

亀男の両目に涙が滲《にじ》んだ。

「可哀そうでしょう？　この姿は呪いなんです。バベルから出ても全く解けない。この呪いは、どうやったら解けるのですか？　知っていたら教えてくれませんか」

「バベルって？」

「何も知らないんですか？　サージイッキも？」

「だからその人知らないって」


孝平はふとある考えにとらわれた。

二つの国があるのでは？

片方は善良な死者が集まった、天国。

プレートの文字。

——ここを《天国》にできることを私は切に望んでいます。

もう一つは、罪を犯したものが姿を変えられ暮らす場所……地獄。

「もしもし？」亀男がいった。

孝平は意識を引き戻した。

「本当に何も知らないんだ。詳しく教えてくれないかな」

亀男は目を瞬《しばた》いた。なかなか喋《しゃべ》り出さない。やがてふっと溜息《ためいき》をつくと態度が変わった。

「なあんかなぁ。話す気なくなってきちゃったなぁ」亀男はいった。「こっちの情報も別にタダってわけじゃないしぃ」

「何にも支払えばいい？」

「何にも支払えないんでしょ？」

「水、あっちに冷たい水あるぜ。あとほら、何か食べ物も。道端じゃなくてリラックスできるところで話そうよ」

葉山がいった。

「カレー食べられるよ」

「え？」亀男の眼が大きくなった。

そこで三人はバー・ナポリの軒下に移動をはじめた。

葉山は足を引き摺り、ニッカは地を這いながらついてくる。

「君は、お腹減ってる？」

「ぼくのことは、ミスターニッカと呼びなさい」

「わかりました、ミスターニッカ」孝平はいった。

2

葉山と孝平は、バー・ナポリが作る日陰にある椅子に座った。

ニッカは地面に這ったままだ。

盥《たらい》にいれた水をだすと、ニッカは美味《うま》そうに飲んだ。

「それでカレーは」

「ああ、うん。今だすよ。米を炊くから少し時間がかかる」

「それまで話を聞かせなよ」葉山がいう。

ミスターニッカは、彼の中では常識となっていることを説明もなく話すので、孝平は混乱した。さらに質問しても「わからない」という回答が返ってくることが多く、そのため、孝平たちは解決しない疑問を抱くことになった。

だが、とにかく完全に未知だったこの世界の更なる知識を、ヘブンの誰よりも先に知

ったのは間違いない。司馬新文ならば、超特大スクープだというだろう。

ヘブン探検部が「謎山」と呼んでいる巨大な影はやはり人工物のようだった。謎山こそが、ミスターニッカが暮らしていたバベルという場所だという。

ニッカによれば、途方もない大きさの城であり、城の主《あるじ》の名がサージイッキ。サージはどうも宗教的な称号で、聖人とか、高位の伝道者とかいう意味らしいのだが、その宗教がどこで信仰されているどんなものなのかは、ニッカに質問してもわからなかった。――ただそうなのだ、という。

ミスターニッカは気がついたときには亀の姿でバベルにおり、バベル以外の世界を知ることなくそこで暮らしていた。

城にはサージイッキとその使用人たちがいた。ニッカの暮らしていた領域は狭く、巨大な城の中がどうなっているのかはほとんどわからないという。

しかしあるとき、サージイッキ――城主が消えた。

使用人たちもどこかに消えてしまった。

そのため、ニッカは、自分の主人であるサージイッキを捜すために外にでた。

ニッカは、口のまわりを黄色くし、空になったカレーの皿を前にしていった。

「煙草吸いたいなあ」

「店の奥にあったと思う」孝平はとりにいった。

ニッカにマイルドセブンとライターを渡す。彼は火をつけて煙を吐いた。

「ぼく幸せ」

「バベルを出てどのぐらい？」

「数えてないです。遠い昔？　何ヵ月も前」

「今日までずっと路上？」

「そうです。サージ様に会うまではどんな苦行でも耐えるつもりなんですよ」

「そのサージイッキ、という人と、ミスターニッカは、どんな関係なの？」

沈黙があった。

「君が亀の甲羅を背負っている理由は？」孝平は質問を変えた。「誰かが君に甲羅をつけたの？　誰がそんなひどいことをしたの？」

「サージイッキ様です」

ニッカはふんと笑った。あまりにも相手が無知でうんざりだというような悲嘆の笑いにみえた。

「サージイッキ様はね、こんなことをいっても信じないかもしれないが、自身の思いを形に変えてしまえる方なんですよ。魔法使いといってもいい。小さな町など簡単に入るであろうあのバベルの全てを司《つかさど》っていました。あの方がそうしようと思ったからそうなった、そういうことなんです。巨大な城も、全てあの方が一人で作ったんです。実際なら数万人の労働者が百年以上かかって作る建築物でしょうがね」

孝平は必ずしもありえない話ではないと思った。ここは地球の常識適用外の世界だ。

「信じますよ。ぼくたちも同じようなかんじだったから」

「同じようなって」

「ある日、はっと気がついたら、見知らぬ町だった」

「そうそう」葉山がいう。「なんでも俺らは、地球での死者なんだとよ。ワンモアチャンスってわけよ」

ニッカの顔がはっとした。

「死者？」

孝平と葉山は詳細を話した。物資の揃った不思議なできたての町。広場のプレート。自分たちひとりひとりにある死の記憶。町の有志で探検隊を編成して、人跡未踏とおぼしき道なき原野を歩き、あわや遭難というところでここに到着したこと。

ニッカはずいぶんな衝撃を受けているようだった。

「あなたたち死人、なんだ」

君はどうなのかとニッカにきくと、少なくともニッカは死者ではなく、とある場所からこちらに飛ばされ、こちらでは、いきなり亀の状態からはじまったという。

「ずいぶん不公平だな」ニッカはぼそりと呟いた。

そうだろうな、と孝平は思った。片方は人間。もう片方は亀に変えられてしまっているのだから。

「ヘブン――俺らの町を作ったのも、そのサージ様って人かな？」

葉山がニッカにきいた。

プレートに制作者の名はなかった。

創造の力をもつ魔法使いが複数いるということだってありえなくはないから、同一人物と断定できない。

「もちろん。サージ様が、あなたたちのところを作ったんですよ」ニッカはいった。

「サージ様は、確か死者を復活させるといっていたもの」

話に一区切りついたところで孝平はきいた。

「それで、ミスターニッカはこれからどうするんだい？」

「サージ様を捜して旅をするんだろ」葉山がニッカの代わりにいう。「一期一会っていい言葉だ。会えてよかったよ。俺たち探検部だから、またどこかで会うかもな」

「無事、見つかるといいね」孝平もいった。

ニッカはしばらく何かを考え込むように黙っていた。

「あなたたちがよければ、ぼくはあなたたちが暮らす町に猛烈にいきたいです」

ニッカは絞り出すようにいった。

「だって……ヘブンだなんて……いってみたい。お願いします。ぼくは哀れな、哀れな男です」

ニッカの目に涙が溢《あふ》れた。

「どうしよう、困ったたな。ぼくたち遭難中だから」

「甲羅の文字についてはなんで、何もきかないんですか？」

「え？」

「書いてあるんでしょう。華屋律子を殺したからこうなったって！」

「あ、ああ、うん」孝平はたじろいだ。

「触れちゃいけない部分っぽかったし」葉山がいった。

「じゃあまあきくけど、殺したの？」

「イエス」亀男はふてくされたようにいった。

孝平は葉山と顔を見合わせた。

「だけど昔の話だ。もう罪は償った！」

「いいぜ。一緒にいこう」葉山がいった。「俺らだって帰れるかどうかまだわからないし、救援待ちだけどさ。ヘブンはフェンスの向こうで、シマシマライオンがでる。俺たちは仲間がやられている。一応、俺らのリーダーがきたら、一緒に連れて帰れるように頼んでみるよ」

「地面が近いんです」

ニッカは二本目の煙草に火をつけた。

「え？」

「あなたたちは大変だといいながら、地上一メートルより上の風を浴びていられる。顔

がそこにあるからね。その風は、冷たく心地よくあなたたちを励ましてくれる。でもね、ぼくは地上十五センチが顔なんです。そこに風は吹かない。熱気は地面からくるんですよ。近いんです。もわあって感じなんですよ。熱いところなんか、サウナみたいなもんです。動物の排泄物《はいせつ》も何もすぐ鼻先です。しかもその拷問はいつ終わるのか？　終わらないんですよ。終わりがないんです」

孝平はいった。

「それにしても、よく生きていたね」

「サージイッキ様のご加護です。あの方に対する深い愛が、ぼくを支えているのです。あの方だけなのです、ぼくをもとに戻すことができるのは。ことによればヘブンにおられるかもしれない。ぼくはそこにいかねばならない」

果たしてご加護なのだろうか？

孝平は遠い謎山に目を向けた。

それはやはり霞んで見えた。

その男は天国を作り、地獄を作った。

自分の推測はやはり正しいのではないか。

葉山が店内にいったん入ると、細長いテーブルを持ってでてきた。

「孝平、持ちあげて乗せよう」葉山がニッカを指していった。

孝平と葉山はニッカを持ちあげてテーブルの上に乗せた。なかなか重い。甲羅のせい

だろう。間違いなく八十キロはある。

「これで地面は遠くなったぞ。ミスター」

葉山はいった。

「ありがとう。風が気持ちいい。全然違うよ」

ニッカは笑った。


再びバー・ナポリを拠点に、狼煙をあげた。

坂上隊長率いる救援部隊と合流したのは、ニッカとあった翌日だった。

サージイッキクロニクル　Ⅳ

1

たとえばイストレイヤのどこか交通量の多い、主要街道沿いの宿に泊まったとする。

するとエントランスロビーのあたりに、たいがい宗教画がかかっている。

絵の中には、太陽を背景にして結髪で坐禅《ざぜん》を組んでいる人物が描かれている。

この人物がピャレ・カヤである。

〈イストブラディマ〉という宗教書もたいがいどこにでもある。ラーナ教においての聖書やコーランのようなものだ。

ピャレ・カヤは、イストブラディマによれば、世界が始まってから一万年後に、人類を導き守護する契約者として太陽から誕生したそうだ。一方、人間に転生し、ばらばらだったイストレイヤを統一したとも伝えられる。

人類との契約が切れるまでギーナの聖域に坐《まし》ましている。ピャレ・カヤが世界から去っ

た時、世界は一度滅ぶという。

レゾナ島をでた私はイストレイヤを旅することにした。

しかし、ほんの少し土地勘のあるカーシスを歩いてみたのだが、途端に不安になってきた。

とにかく治安が悪い。目があえば路上生活者が〈お恵み〉をもらおうと迫ってくるし、明らかに目つきのおかしい奴らが斬りあっているところにも遭遇した。

エルメスのような頼りになる人物もいない。腰に剣でもさげて堂々と胸を張り、人気《ひとけ》のないところを避けて歩けばなんのことはないのかもしれないが、それでもいつ強盗にあうかわかったものではない。

レオナルドとは、スターボードの通信機能で何度か交信した。スターボードには「手紙通信」という文書を送る機能があるのだ。彼は若返ったことや、金貨やヘリなど諸々の礼をいい、ミレーユの妹が無事再生したことも教えてくれた。華屋律子についての詳細はきかなかったが、元気にやっているそうだった。

私がイストレイヤを一人旅していることを伝えると、レオナルドはひどく心配した。

「地球ではないのだから、簡単に殺されてしまいますよ」とのことだ。

彼は旅をするなら、仲間を見つけるようにと忠告した。

そこで私は奴隷市に足を向けた。

レゾナ島の連中がしているように、地球人でも買おうと思ったのだ。金ならばいくらでもある。

なんとなく日本人がいればなあ、ぐらいに思ってのぞいてみた。

しかし、その日の市には、日本人はおろか、地球人らしい人もいなかった。この世界の連中しか奴隷市場にでていなかった。

よく考えてみれば、私はイザヤ語が自在に話せるので、特に日本人にこだわる理由もないことに気がつき、イストレイヤ人の奴隷を買った。

名をレビという。髪を短く刈り込んだ中年の男で、肌は灰色だ。瞳《ひとみ》は緑色。

「旦那様《だんなさま》」

レビは精いっぱいの服従をみせるためか片膝《かたひざ》をついた。

「うん、これから、よろしく」

私は手を差しだしたが、レビは目を瞬《しばたた》いて、私の手を見た。私は手をひっこめた。握手の習慣がない上に、主人の手を握るという発想がなかったのにちがいない。

「腹は減っていないか。めしでも喰《く》おう」

私はレビを連れ、屋台で食事をした。

「身の上をきいておこう。奴隷市場に並ぶ前はどこにいた」

「カーシス南部のアクサズ家の御屋敷で家畜の世話なんざしてたんですが、仕えていた

★★★★★

アクサズの主人が病死しちまって」

「出身は？」

「レイバードです」

「なるほど」とはいったが全く知らない地名だった。どのあたりかと聞くと、どうも藤沢市から、ヘリでレゾナ島に行くときに上空から見た広大な沙漠《さばく》地帯のようだった。

「旦那様の御屋敷はどちらでしょうか」

「御屋敷はない」

「ない？」

レビは黙った。

自分をからかっているのかと思ったのだろう。

「レビ、世の中にはいろんな人間がいる。御屋敷のない主人もいる。君の仕事は私と一緒に旅をすることだ」

レビは黙った。何かを考えているようだった。

「あっしが信用できるってなぜそう思ったんです？」

「なんとなくだ。奴隷市場で並んでいる人間の顔つきを見て、君はなんとなく好人物だと感じた。だから買った」

嘘ではなかった。このレビという男の顔には、どこか穏やかな諦観《ていかん》というものが漂っており、信用がおけそうな気がした。

私たちはとりあえずカーシスで最もいい宿をとった。天井が高く、大理石の支柱を使い、応接間の奥ではハープが奏でられているなかなか味のあるところだった。

もちろんエントランスロビーには、太陽を背にしたピャレ・カヤの絵が飾られていた。

当然だが、奴隷と主人は同じ部屋では寝ない。奴隷は別館があてがわれる。レビに与えられたのは、家畜小屋の隣にある掘っ立て小屋だった。二段ベッドがぎっしり収まっている。

「これを預かって欲しい」

私は鞄《かばん》をとりだすと、少なくとも十年は遊んで暮らせる金貨が詰まっているのを彼にちらりと見せた。

レビは絶句し目を見開いた。

「いや、旦那様、そりゃ、あの」

「こいつを一晩守ってもらおう。命令だ。明日の朝までな。決してなくさないように」

「旦那様の部屋のほうが安全では」

「いやそんなことはない。頼むよ」

私は適当に理由をつけ、金貨の入った鞄をレビに預けた。

レビは半開きの口で頷《うなず》いた。

もちろん、信頼に関するテストだった。

★★★★★

翌朝、私は小屋を見に行った。

顔つきで信用できそうだったからといって本当に信用できる人物であるかなどわかるはずがない。

もぬけの殻も予想していたが、彼は細紐《ほそひも》で鞄と自分を縛った上、さらに脱いだ衣服で鞄を隠すようにして寝ていた。

私がそっとレビを呼ぶと、彼はぱちりと目を開き、素早く鞄が無事かどうかを確認した。

「務めは果たしたようだな」私がいうと、レビは安堵《あんど》の息をついた。

「盗んで逃げることもできた」

私は腕を組んできいた。なぜそうしなかったのか。

「そうしたところで、ピャレ・カヤの裁きが後で下るだけでしょう」

「神罰ってことね」

私たちはカーシスを出ると、小さな村で同じ席に座り、食事をした。店主がちらちらと私たちを見た。

「主人は奴隷と同じ席には座りませんぜ」

レビが小声で呟《つぶや》いた。私の目を見ておらず、まるで独り言のようだった。

「だとするとどうするんだ？　君と話ができないぞ」

レビは困惑気味にいった。

「旦那がここで食べ、あっしは店の外のどこか木陰で食べて、話は後でということに」

「そういうものか。知らなかった。だが面倒くさいな。じゃあこの店内に限っては友人同士ってことでいいだろう」

レビは呆然《ぼうぜん》として、しばらく黙っていたが、やがて口を開いた。

「旦那は女が好きですか」

「好きだな」私はいった。「男色の気はまったくない」

「少し安心しやした」レビはいった。

私が当たり前だと思っている行動は、長年奴隷をしてきたレビには理解しがたいようだった。

「旦那、どこに旅をなさるつもりですか」

はっきりと決めてはいなかった。

ただ――なんとなく気になっている場所。

「ギーナ」

「聖地ギーナで？」

レビは目を剥《む》いた。

「しかし、とんでもなく遠いですぜ。何百日かかるか」

「行ったことあるか？」

「とんでもない！　あっしが生まれた村でも、そこまで巡礼した奴なんか一人もおらな

★★★★★

んで」

ピャレ・カヤはたいした有名人で、どこに行っても絵がかかっている。マキオとかいう日本人もそこに行ったようだし——。強い思いがあったわけではないが、その頃の私の心に働きかける引力がギーナにはあったのだろう。

「行ってみたいか？」

「まあ巡礼できるってんなら、一種の夢みたいなもんですが」

「なら一緒に行ってみよう。レビ」

私たちはその村の牛車乗りに、森の入り口まで運んでもらった。

私はレビを連れて森の中に入っていった。

「どこに行くんですか旦那」

レビの顔が曇った。

「ギーナだよ」

レビが途方に暮れた声でいった。

「ギーナは、こんなところにないですぜ。こんな森には。それこそ数千シルベも先で。ああ、いったいどうなさるんですか」

木々が途切れた。

「だからこれで行くんだ」

私は空き地に鎮座するヘリを指差した。

高度千メートルで、乗りこんでからずっと黙っていたレビが啜《すす》り泣きをはじめた。

「旦那は人間ではねえのですか？」

「人間だ」私はいった。「落ちると死ぬので、大人しくしていてくれ」

★★★★★

すぐにギーナに向かったわけではない。

レゾナ島が管理しているカーシス近くのヘリポートで給油をしたり、レオナルドが比較的治安のいい町だといっていた、アルシアや、バーモスなどに訪れたりした。

ただ、そうした旅の諸々は割愛したい。

まず語るべきはギーナだと思う。

2

ギーナにはヘリでは近寄ってはならない。

レオナルドからの忠告である。

中心部に空から接近すると事故を起こすらしい。

私は事前にきいていた着陸適地であるギーナの手前の湖の小島に着陸した。

小島には無人小屋があり、小舟が係留されていた。

ギーナはなかなか謎めいたところだった。

中央は高い壁で囲われていて、そのせいで中が見えない。

この囲われた中央部分が神々の住む聖域のようで、ラライエと呼ばれている。

聖域ラライエを中心に、人口の七割がラーナ教関係者（つまり僧侶《そうりょ》か、熱心な信徒）という宗教都市が広がっていた。

大きな石材を積み上げた壁。苔《こけ》むした石段、時代がかった石像などが町のあちこちにあり、古都の風情がある。

どの寺院も立派だった。

レビはいたく感激しており、ギーナにきてからは、遠方に見える聖域ラライエを囲む壁になんども拝礼をしていた。

夕方になると〈夕瞑《ゆうめい》〉というラーナ教特有の祈りの儀式があり、町中が活動を停止し、鐘の音と共に、ラライエのある方向を向いて祈りを捧《ささ》げた。

黄昏《たそがれ》の静謐《せいひつ》に、街角の誰もが目を瞑《つむ》り、地面に長い影を伸ばして一心に祈る様子は、とても厳かだった。

ピャレ・カヤに会いたいと神殿の僧侶に告げると、三日後に、ラライエ西側にある神殿の門の前に来いという。

かつてエルメスが「普段は絶対に会えない」といっていたのを思いだす。

私は宿に戻った。

宿の外で僧服の旅人に話しかけられた。彼はイストレイヤ西部の寺院で僧侶をしているという。二度目の巡礼でギーナにきたのだそうだ。

私がピャレ・カヤと面会をしようとしていることを話すと彼は笑った。

「みないわれるのです。三日後に門の前に来い、と。そしてそこからが長いのですよ。私もそこからが長かった」

「なるほど、面会までどのぐらいかかったんですか」

旅人は首を横に振った。

「七年前のことです。ラライエ入場を希望したところ、〈課題《データム》〉をだされました」

「課題」私は繰り返した。

「そうです」

★★★★★

聖域ラライエは、神官のだす〈課題《データム》〉をクリアしたものだけが扉をくぐり訪問を許される。

〈課題〉は人によって違う。無理難題が多いという。

「ひどいものです。私の場合、トレグとの国境近くにあるラビワ湖畔に棲《す》む雷大鹿の角

を探してもってこいというのですから」

「それはその」私はいった。「大変ですね」

ヘリコプターのある私には必ずしも不可能ではないと感じたが、彼らからすれば容易ではない旅だ。

旅人は笑った。

「ラビワ湖にいくまでに二年間かかりました。そして結局は雷大鹿の角を手にすることができなかった。雷大鹿は神獣です。目撃談があるのみで、死体など見つかったことがないのですから。今回再びギーナまできたのは、できなかったが、七年前にその〈課題〉を出していただいたことを感謝していると、伝えにきたのです。私は何しろトレグスレブまでいったのですよ。トレグは酷《ひど》い蛮族だという偏見が見事に解けました。会ってみれば、なんのことはない。私たちと同じなのです。ピャレ・カヤの〈課題〉ときくや、みなが協力してくれました。その旅の最中、たくさんの聖なる出来事に出会い、今の妻に出会い、キトパ語までおぼえてしまい、そして多くの盟友たちに出会ったのです。ええ〈課題〉のおかげでね」

「なるほど」

「ピャレ・カヤは全てを見越して、私をラビワ湖に向かわせた。旅が終わった今ならわかるのです。目に見える雷大鹿の角を手に入れさせるためではない。私は、〈目には見えない宝〉を手に入れたのです。そしてね、私は旅のなかで確かに感じたのですよ、ピ

ャレ・カヤを。何度も語りあいました。だからわざわざもう会う必要はないのです。私はこの話を故郷の寺院で語るつもりです」

心の底からの賛同はできなかった。課題のものを探しにいったがために、命を失った無数の語られぬままの物語だってあるのではないだろうか？　その責任を決してギーナの神官はとらないだろう。

ギーナには彼のような、熱烈な信仰者が大勢集まっていた。

★★★★★

さて三日後となった。

わけのわからない〈課題《データム》〉をだされたら、どうしようかと不安になりながら門の前にいくと、僧侶たちが十名ほど集まっていた。

「サエキイツキ殿」

白い法衣《ほうえ》を着た初老の男が私の前に立つ。

背が高く、肩幅が広い。痩《や》せていて、目鼻の彫りが深い。頭には黒い帽子を被《かぶ》っていた。

「私の名はイブラハン。ギーナの第十三代神官長です」

私はぺこりと頭を下げた。ずいぶん上の人間がでてきたものだ。

「私についてきてください」

彼について廊下を進んだ。他の僧侶たちはついてこないようで、二人きりだった。

「イッキ殿。従者は何人お連れです?」

「一人です。宿に待たせています」

イブラハンは足を止め、私に向き直った。ある種の威厳を湛《たた》えた人物で、私は少し身を竦《すく》ませた。

イブラハンは感情の読めない顔をしていた。

「〈課題《データム》〉についてご存じでしょうか?」

「はい」

クリアしなければ入場資格がない。

「この〈課題〉のせいで実際に扉を抜けられる方は、志願者のうち千人に一人もいません。ただ……あなたの場合は内部の〈二十四神《ヴァテイエ・クアタム》〉が会いたいといっておりまして」

イブラハンは言葉を区切った。

「特例で扉へ案内します」

私は素直に喜んだ。

「私の如き部外者をあっさりいれていただけるとは、ありがとうございます!」

イブラハンは表情のない声でいった。

「これはただの雑談ですが、イストブラディマを読んだことはありますか?」

読んだことはなかった。

改めて考えると、それでピャレ・カヤに会いたいというのは、失礼なことなのかもし

れない。

「まあ、その、少しは」

私はごまかした。

これにより、〈二十四神〉とは何ですか？　という喉《のど》からでかかっていた質問もできなくなった。

「信仰の核を〈二十四神〉やピャレ・カヤに求める人が大多数ですが、本質は経典の物語にあると思います」

イブラハンは、階段をいくつか上がった後、廊下の突き当たりの扉の前で止まった。

「こちらでございます」

扉が開かれると、光と風が吹き込んできた。

私はそっと扉のそばまできて息をのんだ。

扉が開かれている場所は、垂直の壁の中腹だったのだ。

見下ろせば、地上まで数十メートルはある。もし扉を開いたとき、慌てて前に足を踏み出していたら落下して死んでいたのでは――。

「恐れずに。大丈夫です。前に進んでください」

「前に？　いやだって、落ちて死ぬのでは」

「死にませぬ」

イブラハンはいった。

★★★★★

「まさか、これが課題？」

「いやいやいや」イブラハンは私の背後で苦笑気味にいった。「あなたの課題は、今のところ免除されております故、扉の向こうがラライエです」

私はごくりと唾《つば》を呑《の》んだ。

左右両脇に、灰色の谷が広がっていた。渓谷だ。梯子《はしご》などの足がかり、手がかりはなかった。

「押させていただきます」

やれやれといったようにイブラハンが私の背を押した。

うわっと声をあげたが、落下しなかった。

何もない空間に浮かびながらばたばたと手足を動かすはめになった。

背後で扉がしまる音がした。

自分が風船になってしまったようだった。

少しずつ降下していく。

やがて私はふわりと地表に降りたった。

どうも地面に足をつけると、重力は完全にないわけではなく、微《かす》かにはあるようだった。

私は谷底から空を見上げた。自分が出てきた扉は遥《はる》か上の崖《がけ》に小さく見える。

岩壁に向かって地面を蹴《け》った。

体が勢いよく浮きあがる。

地面がどんどん遠くなり、視界が開けていく。

やがて谷の上に飛び出した。

ギーナの町から聖域を囲む高い壁をみたとき、きっと中には大神殿があるのだと思っていたが、中にあるのは、不可思議な奇岩地形だった。

奇岩のあちこちに家がくっついている。

岩の上に建っている家はまだいいが、絶壁に糊《のり》かなにかでぺたりと貼り付けたかのような家もある。階段の類《たぐい》はあるにはあるが、浮遊できる土地故に必要ないのだろう。

この低重力空間で居住することを選んだ人もいるようで、家のなかや、岩窟《がんくつ》で坐している人の姿を見かけた。みな法衣を着ていた。

私はいつのまにか笑っていた。

空を飛ぶという、全く新しい感覚に、感激を覚えていた。

「ガンフー」

私が谷間から谷間へと飛んでいると、声がかかった。ガンフーはイザヤ語でこんにちはの意味だ。

「はい」

あたりを見回す。

★★★★★

上空数メートルに、若い男が浮いていた。ウエーブがかった長髪に、褐色の肌の男だった。上下、輝くような青い服を着ている。

「サエキイッキだな。ようこそ、ギーナの聖域、ラライエへ」

「あなたは」

「私は〈二十四神〉の一人。カルメルドだ。カルメルドと呼んでくれ」

私は頷いた。若々しい容姿は、僧侶というよりは都会の若者のような印象を受けた。

「カルメルドさん、よろしくお願いします」

「うん、よろしくサエキイッキ」

「すごいところですね」

「ああ。ラライエとは古語で〈浮遊者の谷〉という意味だ。ここではみな浮かぶ。ラーナ教成立よりも遥か昔から、信仰されてきた谷だよ」

飛びながらではなんだから、そこのテラスに行こう、とカルメルドはいった。

私たちは崖の中腹に接しているテラスに降りた。支柱の類もなく、普通なら崩れて落ちてしまうような危なっかしいテラスである。

「あちこちに鎖や、鉄輪があるんだ。飛んでいってしまうのを防ぐために握るといい」

カルメルドはテラスの桟についた鉄輪をみつけ、握った。

私も目についた鎖を握る。

「スタープレイヤーだろ？　隠さないでいい。君のことはいろいろ知っている。レゾナ

島のレオナルドから連絡をもらっている」

「そうだったんですか」

〈課題〉なしでライエに入れたのはそういうことか。

「一応きくが、君がここにきた目的は？」

「本当にたいしたことではないんです。好奇心です。ピャレ・カヤ、つまりはスタープレイヤーにご挨拶《あいさつ》をして、お話でも伺おうと思いまして」

カルメルドはじっと私を見てから、ふっと笑った。

「案内する。いこう」

カルメルドは鉄輪から手を離すと、壁を蹴った。

★★★★★

いくつかの谷間を越えた。

上空の高みに、丸い岩石が浮かんでおり、その頂上に家がちょこんと建っていた。

カルメルドは浮遊岩石を目指して飛んでいく。

私はきいた。

「ちなみに〈二十四神〉とは何でしょう」

「〈二十四神〉は〈二十四神〉だろ」

「すみません。称号？　ですよね」

カルメルドは驚いた顔を見せた後、溜息《ためいき》をついて苦笑した。

「ここに入ってくる者で、〈二十四神〉を知らない者がいるとは……。いや、いいんだ。そりゃそうだ。考えてみれば異世界人だものな。どうせブラディマも読んだことないんだろう？」

「イストブラディマですか。いえ、少しだけなら、その」

「いいよいいよ。無理するなって。〈二十四神〉《ヴァテイエ・クアタム》というのは、ピャレ・カヤの下にいる神格で、二十四柱の神のことだ。必ずしも人格神ではないので、獣や鳥の形をして、沙《さ》漠《ばく》や湖で暮らしているものもいる。まあ、そのうち何柱かは人間の姿をしており、この聖地ギーナに時折やってきてライエに入場する」

「時折？」

「そう。ぼくはここに常駐していない。だって長い時間いられないよ、こんなとこ。骨が弱ってまともに歩けなくなるぜ。住んでいる奴らもいるけれど、それはもう、ここで生涯を終えることに決めた修行僧たちだ」

確かに無重力、あるいは極端な低重力空間に長期間いればそうなるだろう。

日は暮れかけていた。

浮遊岩に接近すると、両手で岩にとりつき、よじ登った。

頂上部にある屋敷は赤い瓦《かわら》屋根の平屋で、縁側があった。

ほんの少し道教の寺院を思わせた。

ボディガードや従者の類もおらず、ひっそりと静まっていた。

縁側から中をのぞくと、家具調度の類は一切なく、頭巾《ずきん》で顔の見えぬ男が坐していた。

「こちらにおわすのがピャレ・カヤ」

カルメルドはそっけなくいった。

私は気を引き締め声をかけた。

「ガンフー」

最高神にこんな風に立ったまま、挨拶するというのはもしかしてとんだ失礼ではないのかとも思うが、作法がわからない。

だがカルメルドも平伏するでもなく、まるで友人宅に遊びにきたような気軽さで、屋敷の柱に背中をもたせかけている。

「イッキ。よく観察してみな」

ピャレ・カヤは全く動かない。もしや、と思った。

「人形だ」カルメルドはいった。「おっと単なる像とはいえ、べたべた触って確かめるなよ？」

「これはつまり、暗殺対策ですか？　本物のピャレ・カヤはどこに？」

「さあな？　君をからかっているわけじゃない。ここがピャレ・カヤの屋敷であることは本当だ。ラライエ上空に浮かんでいて、悠久の時を漂う神の家さ。君は特別にここまで案内したが、通常は下からこの神の家を拝観して終わりだ。ここではそれで〈ピャレ・カヤに会った〉ということになる。本来は接近など許されない」

★★★★★

私は言葉もなく、ただ呆然とカルメルドを見た。

「さて、ここで問う。二十四神すら知らない君にとって、ピャレ・カヤってのは、どういう存在なんだ？」

「伝聞の存在です。ピャレ・カヤは大昔から生きていて――イストレイヤを見守っていると聞きましたが」

「そうだな。それはある意味事実だ」

「何年かに一度の聖ギーナ祭のとき、民衆の前に姿を現すのでは？」

「聖ギーナ祭で出てくるのは、こちらで教育した役者だ。真に崇高なものは名だけがあり、人前に決して姿を見せぬ」

本物はいない。もしくは、姿を現さない。

はっきりといわれると人間に会いにきたつもりだった私は困惑した。

「あ」私は思いつき、思わず声をあげた。「もしかしたら、最初からいない？　のでは？　ピャレ・カヤというものは、実は虚構の存在であるから……いる、いないは心の問題であって」

「ピャレ・カヤについて語られることの大部分が虚構であることは事実だが、そんなことを外でいったら殺されかねないぞ」

カルメルドは呆《あき》れたようにいうと、私に背を向けた。

「さていこう」

カルメルドは浮遊岩石のはじまでいくと、ひょい、と飛びおりた。

私も彼を追って、二百メートルはあるであろう眼下の町（岩のあちこちに黴《かび》のように家屋がひっついている）へダイブした。

まさかこれで終わりなのか。

「まあ、いいじゃないの。なんでもさ。とにかく、君はピャレ・カヤに会いにきたが、人間としてのピャレ・カヤはライエにいなかったってこった。それでおしまい」

はぐらかされたのだ。ずっと後に私は、イストブラディマを読むことになるのだが、ラーナ教は核心に近づくと、迷路に誘いこんで、スタート地点に放り出すようなところがある。

私たちはゆっくりと降下していった。

遠くで鐘が鳴っている。

黄昏の光が世界を照らしていた。

今頃〈夕瞑〉で、イストレイヤ中が、ここに向かって祈っているのだろうな、と思う。

「ピャレ・カヤの話が聞きたいか？」

「はい」

カルメルドはいった。

「それならばラーナ教徒になれ。そうしたら〈後にピャレ・カヤと呼ばれるスタープレ

★★★★★

イヤーがかつて何をしたか〉をぼくが簡潔に教えてやる。秘中の秘だ。スタープレイヤーといえど、教徒以外に話すことはできない」

「教徒になるってどういうことですか。これから寺院に礼拝したり〈夕暝〉をせよと？」

「いや、そんなのはしたかったらすればいい程度だ。ラーナ教の称号をやるから、今後はたまにラーナ教について考え、ラーナの法衣を着て歩いていればいい。法衣もウチでやるよ。ちなみにレオナルドも、ラーナ教徒だ」

「え、そうなんですか？」

レゾナ島にはラーナ教の寺院などひとつもなかったし、あるのはキリスト教の教会で、〈夕暝〉をしている住人もいない。

「わかっている。彼は礼拝も布教も一切していないだろ？　信仰もしていない。形式的にそうだというだけだ。正式にはサージレオナルドという。サージは〈聖人〉だからな。二十四神の次あたりの高位だぞ。本人は嫌かもわからんが、サージの称号は役に立つ。イストレイヤって国は、〈サージ様〉のいるようなところを襲撃しない」

きっとレゾナ島の安全のために、称号だけをもらったのだろう。

「でも、信仰していない人がそんな高位をもらえるのですか？」

「ラーナ教の名を汚すような愚者に位はやらん」

私はレオナルドに少しばかり憧《あこが》れの気持ちを抱いており、彼も教徒なら、自分もなっていいという気がしてきた。既にカーシスでエルメスに法衣を借りてラーナ教徒として

歩いている。郷に入ればなんとやらだ。

「では、私も教徒に」

「よろしい。儀式は簡略化する。ぼくが君の額に手をふれ、それで終わり」

カルメルドはくるりと私に向くと、私の額に手を当てた。

「目を瞑って」

風が私の体を撫《な》でまわす。

「サエキイツキ。目を開けば、汝《なんじ》はラーナ教徒なり。汝にサージの称号を付与する。世界に聖なる神の息吹を与えたまえ」

私は目を開いた。

「おめでとうサージイッキ」

これだけなのか、と呆れるような思いだった。まるでごっこ遊びだ。

だが——錯覚なのかもしれないが、目を開くと見える風景が微かに変わったような気もした。

そして地面に着地した。

★★★★★

このようにして私は何の実感もないまま、ラーナ教徒になってしまった。

カルメルドは、すぐにピャレ・カヤについて教えてくれた。

「ピャレ・カヤと後に呼ばれることになるスタープレイヤーが成した功績は、大陸統一。

今のイストレイヤの礎を作ったことだ。ちょうど七百年前。もちろんその頃はピャレ・カヤではなく、別の名前だったが、説明がややこしくなるから、ここではピャレ・カヤで統一しておくよ。

もともとこの大陸は言語も人種もばらばらの集団がより集まって小国家を作り、常に戦争していた。

あるときピャレ・カヤは、自分がこの大陸の諸勢力を統一してしまおうと考えた。なんでもできるのだから、そういう大きなことに挑戦しようと思ったのか、何か深い動機があったのかはわからん。だが、それは難しかった。スターがあるのだから何でもできると思うだろうが、実際どの方法も、その後の政権安定まで考えると無理がありすぎた」

カルメルドはそこで少し間を置いた。

「なにしろ言語も違う、宗教も違う。もともと頻繁にお互いに争っているので、どこも兵を持っている。まともに征服していくと数千万以上の人間が死ぬ。ピャレ・カヤは戦争が嫌いでもなかっただろうが、もっと効率よく、上手に統一したかった。で、どうしたのかというと、ここが、スタープレイヤーならではだが、自分の数を増やした」

「というと」私は眉をひそめた。

自分の数を増やす？

意味がわからない。

「覇業には一人では足りない、と思ったんだ。いろんな意味でな。スタープレイヤーピャレ・カヤは、スターを使い自分を増殖したのだ。十人に増やした」

カルメルドは岩肌にちょこんとついた質素な家屋に入ると、ランプをつけ椅子に座った。

外はもう暗くなっていた。

「そんなことができるんですか」

「できないと思うか？　審査は通った。その時代にはな。たぶん今も通るだろう」

なかなか想像しがたいスターの使い方だ。

「ピャレ・カヤは十人に増えるとき、それぞれに、肌の色や、容姿を変えた。そしてそれぞれ別の名をもって十方向に散らばった。灰色の肌になった奴は、大多数の民の肌が灰色の地域に。白い肌になった奴は、大多数の民の肌が白い地域に。もちろん、ナズ語のところに向かう奴はナズ語の言語知識を、ゲルマニ語のところにはゲルマニ語の知識を頭にいれてな。

何もないド田舎に、忽然《こつぜん》と一大勢力が現れ、官吏や地主たちを取り込んでいく様を想像してくれ。

それぞれが向かった地方で、どんどん名をあげ、その地方を代表する豪族となった。

分裂から十五年後、イストレイヤの有力地方豪族のうち、東西南北の一位から十位までが全部ピャレ・カヤの分身たちで占められるようになった。

★★★★★

当初は、数ある地球由来のヒンズー系新興宗教の一つにすぎなかったラーナ教の信者も爆発的に増えはじめた。

あたりまえだ。東西南北、十の地方で、領主が推奨するんだから。

一つの勢力がどこかと戦争をすると、残り九つの勢力が加勢する。負けるはずがない。無敵だ。

戦争だけではない。一つの勢力で問題が発生すれば——難民でも天災でも——残り九つの勢力が相談に応じる。

天はまさにピャレ・カヤの味方をするようになった。

当時は南部にロデム帝国という強大な国家があった。現在のイストレイヤ領土の三分の二近くを征服していた。ピャレ・カヤつまり、台頭する十の勢力は、反ロデムを掲げて、ロデムを滅ぼし、〈統一同盟〉を結んで一本化した。もうそこまでくると他の勢力はあっというまに従属するか、滅びるかだ。そうして大陸の諸部族は統一されイストレイヤという国ができた。ザクレイ伝聞集にある〈神の十英雄〉や、この地では半永久的に人気を持つ〈十国伝〉などはこの時代の物語だ。十人が同一人物だったことを知るものはいない」

だいたいこんなところだ。カルメルドはいった。

ふと私は思った。

その話が本当ならば、十人のピャレ・カヤは現在どうしているのだろう？

「今はどこに？」

「はてさて」

カルメルドは微かな笑みをみせた。椅子から降りてふわりと浮く。

「ロデム崩壊、国土の平定から百年も経つと、十人はそれぞれ別の人間になってしまった。分岐した人格は、もはや同一人物とはいえないほど隔たった。そして彼らは世界が平和になると、愚かにもなった。次々に政治から離れ、隠居していった。なかにはもとは同じ自分だったにも拘《かか》わらず、他の分身を暗殺した奴もいれば、イストレイヤから出ていって世界の果てを目指して行方知れずのやつもいる。享楽に溺《おぼ》れた上に自殺した奴もいる。このあたり、敬虔《けいけん》な教徒が聞いたら発狂するだろう。彼らにとって世俗を超越していなければ、ピャレ・カヤではないのだから。だがおおむねイストレイヤの繁栄を七百年に亘《わた》って陰から支えてきたのは事実だ」

私はここで、ある疑念が湧きあがってきた。

このカルメルドという男は、実はピャレ・カヤの分身ではないのか、というものだ。

この考えを読んだかのようにカルメルドはいった。

「君がどう考えようと自由だがな。君はピャレ・カヤではなく、ぼくにあって良かったんだ」

「どういう意味ですか？」

「偉人は、下の人間が語ってこそで、一見《いちげん》の君に自分の話をしない」

★★★★★

確かにそんな気がする。

「収穫はあったかな？　サージイッキ」

私は頷き礼をいった。

スタープレイヤーが何をしたのか知ることができた。

「そういえば、君って定住先はないの？」

カルメルドは寝ころんだ姿勢でふわふわと浮く。

「ええまだ」

「決まったら遊びにいくからよろしくな。じゃあ、今日のところはこれでおしまい」

だが、私は目の前の若者に、強い好奇心を抱きはじめていた。

「あなたの話を聞かせてくれませんか」

「え、ぼく？　駄目だ。ぼくは自分のことは話さない。ぼくは君の土産話に登場したり、他人に理解され、解釈される存在にはなりたくないのでね。君より長く生きていて、ピャレ・カヤと、イストレイヤの真実の歴史に詳しい男、それぐらいで勘弁してくれ」

「しかしではいったい何歳なんです？」

「いわない。しつこいな」

カルメルドは腕を組んだ。少しの躊躇《ちゅうちょ》の後で彼はいった。

「そうだな。せっかくライエくんだりまできたんだ。何か聞きたいというのなら有益な情報をひとつ教えよう。いつか君を救うかもわからない」

「なんですか」

「この世界には、スタープレイヤーにとってある種の鍵となる存在がいる」

鍵となる存在？　いきなり何のことだろう。

「運命的な存在だ。その存在をぼくらは〈希望の鍵《スペシ・カヴイエ》〉と呼んでいる」

「よくわからないのですが、誰のことです？」

「誰でもないんだ。男でも女でもある。地球から召喚された人物かもしれないし、もともとの地元の人間かもしれない。若者かもしれないし、老人かもしれない」

　私は適当に頷いた。

　カルメルドは、「まだよくわかっていないのだろうな」と呟いた。

「言葉で聞いても何も感じないが、現実にそれに対面したときにはこれがそうかと戦慄する。

　十人になったピャレ・カヤだが、現在ピャレ・カヤは五人まで減ってしまった。さきほどもいったように、随分とくだらない理由が多いのだが……。何人かは〈希望の鍵〉に出会ったと明言して、残ったものに自分を復活させないよう言い残して消えている。〈希望の鍵〉はどこにでもいるわけではない。光り輝いているわけでもない。ぱっと見ただけでは埋没していて、全くわからないことがほとんどだ。明確な定義もない。一生出会わないかもしれない。だが、もしも君が、この人物、いや人とも限らんが、これこそが〈希望の鍵〉だと思ったのなら、よくよくその扱いには気をつけるべきだ。全てを

単純化して話すのはよくないが、ここに客人がいられる時間は長くはない。そういう存在がいるということだけおぼえておくといい」

「出会って扱いを間違えばどうなると？」

「寝首をかかれるか、魂を奪われるか、狂気に陥るか、あるいは命をさしだすか」

スタープレイヤーにとって悪しき存在なのだろうかと思ったが、それならば、希望という言葉がそぐわない。

「最後にくだらない話をしたかもしれない。ではもう眠るといい」

カルメルドはいった。

これから君は長い試練の旅をするだろう。己のことを愛し、しばし休息するといい。

いやまだ話したい。

私はいった。

私のスタープレイヤー人生のこととか、そう、せっかくだから、もっと私は……。

目を覚ましたとき、ギーナの宿の寝台の上にいた。

まさか。私は自分の顔を撫でた。何もかもが夢だったというのではあるまいな。

レビがやってきていった。

「ああ、旦那、目覚めましたかい？」

「私は一体どうなったんだ」

レビが説明した。

宿から門にいった翌日の午後、私は担架に乗せられ、神官たちに運ばれてこの宿に戻ってきたのだそうだ。

一切の説明はなく、一日で目覚めるでしょうといい残して神官たちは去っていったという。

「その通りになりましたな、一体何があったんです。ずいぶん高位の方たちが現れたんで、驚きました」

「ライエに入ったんだ」

「ええ！　いきなりですか？　〈課題《データム》〉は何を？」

「いや、〈課題〉は、私にはなかった、あれ？　あ、あれ？」

私はいいながら、いいようのない不安感に襲われ、己の体を探った。

ない。

ライエ内に持ち込んで懐にいれていたはずだ。

「彼らは私の持ち物を持ってこなかったか？」

「いえ」

全身から汗が噴き出してくる。待て、待ってくれ。

スターボードが——ない。

私は蒼白《そうはく》になり、レビを残し、ただちに門に向かった。

門の前には、最初に私を案内してくれた神官長イブラハンが立っていた。

「お目覚めになったようですな、サージイッキ様。誰もがラライエに入ると夢のようだったと申しますが、ご気分は如何《いかが》ですか」

「忘れ物をしたんだ」私はいった。

平静を装えたかどうか定かではない。

スターボードを失うことがこれほどまでに己の自信を喪失させ、混乱させせるとは思わなかった。

言葉に尽くせぬ、恐怖の波。不安。涙が滲《にじ》む。

結局のところ、私は何もできない人間なのだ。私を支えているものなど、籤《くじ》で当たった魔法の板しかなかったのだ。

「忘れ物は、ラライエの中だ。もう一度入りたい」

イブラハンは感情のない目で私を見下ろした。

「入ることはかないません」

「どうして？　困るんですよ。大事なものなんだから。では二十四神、カルメルドさんにとりついでください」

イブラハンは微笑んでいった。

「サージイッキ様。二十四神から、じきじきに〈課題《データム》〉がでております。ライエで失くしたものを捜す旅にでよ、シェーンヒメルのマキオに会いにいけ、とのことです」

私は呆然とした。

何だそれは？

捜しものとは、スターボードに他ならない。

カルメルドは私のスターボードを手にし、先回りしてマキオに渡しておくとでもいうのか。何故そんな面倒なことをするのだ。

マキオ。そういえばレオナルドのところで聞いた男と同一人物だろうか。

「マキオに会うことが〈課題〉です。サージ様といえど、〈二十四神〉の〈課題〉が終わるまでは、この門より先にはいけません」

★★★★★

ニッカの地獄

1

ヘブンニュースの第八号には大見出しで、「探検部・道路とデパートを発見」そして「甲羅の男、ヘブンに」の記事が掲載された。

最初にアスファルトの道路に到達した鐘松、葉山両名のインタビューが掲載された。盆地の外に日本のデパートとアスファルトの道路があったという事実は、読者を驚愕《きようがく》させ、またシマシマライオンのくだりは、読者を恐怖させた。

無事ヘブンに帰還した探検部は、しばしの休息をとることとなった。

部員たちは、食料部の手伝い――つまり、田畑の開墾や、野外にて野草類の採取をした。ヘブン内で栽培するためである。

四日に一度、ヘブン近郊での訓練があり、シマシマライオンに襲われないための対策

が練られた。

2

ニッカはヘブンの石畳を這《は》っていた。

そこら中にサージイッキの気配を感じている。

仮にあの方の姿が見えないとしても、いかほどのこともない。あの方は見えずともいるのだ。間違いない。

しかし、自分がいたところと、ここはずいぶんな違いだ。

ニッカこと二階堂恭一はバベルでのことを思い出す。

府中《ふちゅう》刑務所で作業中だったのだ。

それが、次の瞬間。

気がつけば、鼻先に土があった。

薄暗く静かな場所で倒れていた。

猛烈な違和感がある。

「センセイ」と声をだした。誰もこなかった。

二階堂の刑務所では、刑務官を呼ぶ時は、センセイと声をかける。

不思議な空間だった。

大聖堂のように天井が高い。たくさんの柱がある。そして大きな吹き抜けの半円形の窓が外からの陽光や風をそのまま運びこんでいた。

立ちあがりたかった。なぜ立てないのだろう？

首を巡らすと亀の甲羅らしきものが見えた。

なぜ甲羅を背負っているのだ。まるで亀だ。関節もおかしい。二足歩行に必要な筋肉がないみたいだ。

二階堂恭一は立ちあがることができぬまま、ただ這った。

吹き抜けから舞いこんでくる雨のせいだろう。あちこちに水溜《みずた》まりがあった。喉《のど》の渇きが猛烈になってきたのでそれを飲んだ。

夜になった。真っ暗闇だった。

自分は刑務所で異次元の穴に落ちたのではないか、と思った。

地球は実は薄皮一枚隔ててその下に異次元世界があり、その薄皮はところどころが破けそうになっている。そこに人間が落ちてしまうことは、百億分の一ぐらいの確率でしか起こらないが、自分にそれが起こってしまった——といったことではないのか。

死ぬ——のか？

餓死？

ふと懲役十五年というものが、安楽に満ちた天国じみたものに思えてきた。

翌朝も彼は這い続けた。

どうも自分がいるスペースはなかなかの広さがあるようだ。壁沿いにどんどん進むが、柱を曲がってもその先がある。学校の体育館ほどの面積がある。

壁伝いにずっと進み続ければやがて最初の場所に戻る。

何周かして、出口も入り口もない閉ざされた空間であることを知った。

ぼんやりとしていると、物音がした。

数メートル上の壁の一部がずれて開き、それにあわせて壁の石材がせり出して階段が現れた。

二人の男が二階堂恭一の領域におりてきた。

二人ともどこかインドあたりの人を思わせる顔をしていた。

二階堂恭一は事態の急展開に、うろたえながらも喜んだ。

「た、助けて」二階堂恭一はいった。

二人は二階堂恭一にちらりと視線を向けたが、特に何も感想はないようだった。動物園の飼育係がカピバラに向ける視線と変わりなかった。

「ここはどこ?」

二人は二階堂恭一の言葉を無視して内部のぐるりを一通り見ると、水を溜める水桶《みずおけ》を地面にいくつか設置し、草をいっぱい盛った桶を運びこんでからでていった。

彼らが階段を登って扉を閉めると、階段を構成していた石材は壁に仕舞いこまれた。

——助けてくれないのか。

二階堂恭一の中で急速に不安が広がっていった。自分がいる空間は、外に出られない仕組みになっている。また、彼らは自分の存在に無反応だった。この二点から、自分がここにいることは何かの事故ではなく、全て仕組まれたことであり、意図的に閉じ込められているのだと推測できた。

二階堂恭一は桶の草を見た。よく見ると人参《にんじん》も入っている。

ここに馬でも連れてくるのだろうか？

丸一日たつまで、それが自分の食事なのだと二階堂恭一は気がつかなかった。

一体、何をされるのか？

怯《おび》えて待ったが「特に何もされない」日々が続いていった。

二人がやってくるのは三日に一度。話しかけても言葉は通じない。彼ら同士の言語は、何処の国の言葉か全くわからなかった。

二人は二階堂恭一にほとんど関心を払わず、桶の食べ物や、雨水を受ける水桶だけをチェックした。

二階堂恭一は脱糞所《だっぷんじょ》を自分で決め、便意を催すとそこで糞をした。地面は土なので、

埋めてしまえば臭気もなかった。

何日が過ぎたのかはわからない。

ある日、二人は、椅子と机を運んできた。

木目の滑らかな美しい椅子と机だった。

二人は土の上に、すべすべした木製の椅子と机を置くと、去っていった。

二階堂恭一は首を捻《ひね》った。今の自分は這うことしかできないので、自分のためのものではありえない。

そして翌日、彼が現れたのだ。

サージイッキが。


二階堂恭一は日課の運動をしていた。這うことしかできないので、とりあえず壁伝いに一周である。柱を曲がると、椅子に、さきほどはいなかった一人の男が腰かけていた。

長髪にサングラスをして、クリーム色のローブに身を包んでいた。

彼は何か書物を読んでいた。

二階堂恭一は息を呑《の》み、彼を観察した。

外から差しこむ光の筋が机を照らしている。机にはオレンジが一つ載せられている。

絵画のようだと思った。

三十分も彼を眺めていただろうか。二階堂恭一は話しかけた。

「こんにちは」

彼は本から顔をあげた。

「二階堂恭一君。初めまして。ようこそバベルに」

二階堂恭一はまじまじと彼を見た。

「あなたは、日本語が話せるの、ですか？」

サングラスに長髪の男は頷《うなず》いた。

「忠告しよう。声は大きく。しかしうるさすぎないように。近寄りすぎず、ある一定の距離を置いて私と対面するように。こちらからの質問には答えるように。考えて答える。それが今の君に課された全てだ」

彼は静かにいった。

二階堂恭一は身動きせずに、訝《いぶか》しげに男を見た。

だが何を話せばいい？　二階堂恭一は途端にわからなくなった。

「私はなぜここにいるのですか？」

彼は頷いた。彼が片手をあげると、オレンジが浮きあがった。それは空中を移動し、彼の掌《てのひら》に落ちた。

なんだあれは？　二階堂恭一は目を瞠《みは》った。手品か？

「私が説明することではない」彼はいった。

沈黙が訪れた。

「何かあれば、意見をきこう。これは嫌だということでもいい。そうだな。君は何を望む？」

「私の名はサージイッキ。ここの支配者だ」

王さま？

「あなたのお名前は」

二階堂恭一は彼の言葉をよく考えてからいった。

「望めば手に入るのですか？」

「いいや。世の中にはどれほど望んでも手に入らないものがある。だが一方、望みさえすれば手に入るものもある。それが何かは人によって異なる」

サージイッキは、二階堂恭一から目を逸《そ》らし、本を読み始めた。

時計はなかったが、一時間ほど経過しただろうか。二階堂恭一は考えた末にいった。

「刑務所に戻りたい」

あえてささやかな望みにしたつもりだ。金の斧《おの》の童話にあるように、謙虚でない申し出は、ひどい結果を生むように直感したし、自分を連れてくることができたのなら、戻すこともできるだろうと思った。

サージイッキは無言で立ちあがると部屋を出ていった。後には机と椅子、そしてオレンジの皮だけが残った。

機嫌を損ねた？　いや、あるいはこれで刑務所に帰れるのか？

翌日だった。

一人の金髪の女がやってきた。ひねくれた笑みを浮かべていた。二階堂恭一が話しかけると、罵倒《ばとう》とおぼしき訳のわからない言葉が返ってくる。

女は二階堂恭一の甲羅に乗ると頭を踏んだ。

何度も蹴《け》る。

「ランブ、ルメエ〜？」

「痛い、痛い」

げらげら笑いながら、彼の腹と地面の間につっかい棒をいれ、彼をひっくり返した。

両手両足を縄で縛ると、部屋を出て行った。

亀の姿である。仰向けにひっくり返って、縛られてしまえば何もできない。体を左右に揺らしてみるが、うつ伏せには戻れない。

助けてくれ。彼は叫んだ。

誰も現れなかった。できることといえば、高い天井を見るより他はない。

——ずっとこのままだったら？

恐怖が間断なく続く。

いつしか彼は低い声で、サージイッキを呼んでいた。

サージイッキ様、きてください、きてください。サージイッキ様。刑務所に戻りたいというのは嘘です。私は生意気でした。お許しください。

現れなかった。これが昨日の自分の言葉に対応した仕打ちなのかどうかもわからなかった。

彼は天井を見ながら、己の裁判のことを思い返した。

あの弁護士は、母親に原因があるといった。

――被告は幼い頃に両親の離婚にあっており、母親は何度も再婚を繰り返し、幼少期から彼を放置することが多くて、それが彼の心に傷をつくり、女性に対する怨《うら》みを……うんぬんかんぬん。

やがて母も証人として台にたった。涙を流して同じように己の非を主張した。

自分に心の傷なんてあるのだろうか？

母に対する憎しみなんてあるのだろうか？　いわれればあるような気もする。だが、全く無関係という気もする。少なくとも高校の頃まで二階堂恭一は幸せだった。母親なんてどうでもよかった。孤独や虚無を埋める友人たちがいたし、恋人と呼べる女の子もいた。

過去に原因を求めるのなら、何もかもがおかしくなっていったのは、補導の夜からだ。たまり場となっているアパートの一室があった。学校帰りにそこに立ち寄ると、目当

ての友人はおらず、あまり話したことのない少年がいた。その少年の名はよくおぼえていない。友人の友人という間柄だったが、なぜかそのとき誘われるがままに一緒に酒を飲んだ。夜だった。えっしゃ〜！　とその少年はいうと、スプレー缶をもって玄関に向かった。

どこに行くのかわからなかったが、酔っていたのでついていった。近所の中学校だった。おそらくその少年の母校なのだろう。少年は壁にスプレーで落書きをはじめた。それから奇声をあげて石を拾い、校舎の窓に投げつけた。

十七歳の二階堂恭一はへらへら笑いながら見ていた。

――に、に、二階堂くん、サンジョウのサンって数字の三じゃないよな？　どう書くんだっけ〜あ、ヒョウ！　書いて〜。

その少年は振り向き、スプレー缶を手渡してくる。

どう書くんだっけ？　数字の三じゃないよね、確かに。

少年の投げた石がようやく目標に当たったのだろう。硝子《ガラス》が割れる音がした。

――おい、何やってるんだ。

あっと思った瞬間、もう警察官二名にとり囲まれていた。その少年は涎《よだれ》を垂らして焦点の定まらない目で地面に座り、警官がきても全く動じずに、

――うっるせえんだよポリ。いてこますぞわれ、ああん？

などと、つけ焼き刃的関西弁でぼやいた。だが、二階堂恭一は一気に酔いが醒《さ》め、蒼《そう》白《はく》になった。

警察官が鼻をひくつかせていった。

――この野郎、シンナーやってんな、おい！

まずいだろう、警察は。

補導され、高校に連絡がいき、退学になった。ちなみに彼を巻きこんだ少年は、もともと高校にはいっていなかった。

遡《さかのぼ》れば、全てはそこからはじまるのではないかと思ったし、母親よりむしろ悪いのはあの少年だと思ったが、弁護士はそのことにはほとんど触れなかった。

中退した途端、在学中は恋人だったマユミから電話がかかってこなくなり、またこちらから電話をかけると一度だけでて「あたし他に好きな人できたから、もう無理」といって縁を切られた。

その後彼は、数ヵ月マユミをつけまわすが、唐突に現れた「先輩」なる三人組に暴行を受け、二度と近寄らないことを約束させられた。

その件に連動するかのように、高校時代の友人はみな彼から距離を置くようになった。

二階堂恭一が己の人生にだした解答は「芸能人になって、みんなを見返してやる」というものだった。ああ、そうとも。人気女優と結婚してやる。億万長者になってやる。

二階堂恭一の思い描く芸能人とは、得体のしれない不定型のものだった。モデルであり、歌手であり、俳優であり――司会者であり、コメディアンであり、何かの専門家であり、何かこう、みんながわいわいと騒ぐようなところに顔をだしている、華やかで豊かで、妖《あや》しくプロフェッショナルな存在。

そして彼は、なんとなく歌を歌ってみたり、ギターを練習してみたり、踊りを練習したり、高価な服を着てみたり、発声練習をしながら、レコード会社に手紙を書いたり、タレントオーディションに履歴書を送ったりした。オーディションは落ち続けた。

彼は芸能人にはならなかったが、焦点の定まらない努力は続けていた。

母は最初こそ訝しげだったが、息子が夢に対する強い思いがあることや、自分に可能性があることを何度も繰り返し話すと、応援してくれた。常に恋人のいた母だったが「キョウちゃんが大学にいけるようにって、キョウちゃんが赤ちゃんの頃から、お金は貯めていたんだ。それを全部使えばいいよ」といって、数百万をだしてくれた。「私にできる最後のことだから」

しかし、彼は結局のところ芸能界に進出することはなかった。

あるとき、彼はそういうことが何もかもどうでもよくなった。憑《つ》き物が落ちた。

自分が本当に生きる道は、美術大学に行くことだとはっきりと悟った。

猛烈に絵の勉強をしたくなったのだ。そのとき彼は二十六歳だった。今から美大の受験勉強をはじめよう。俺の道はおそらく美大で開けるだろう。俺は遅咲きで、将来は日

本を代表する漫画家——いや、イラストレーターかな？

「芸能界にいくためのお金はあげたじゃないか。美術大学費用なんてもうないよ。二十六なんだから本当にいきたいなら自分で働いて貯めなよ」

　母はいった。

「そもそも、キョウちゃん、絵の才能なんてあるわけ？　普段なんにも描いていないじゃない？　美大って、これまで絵を描いてきた人が入るところであって、これから絵を描こうという人が入るところじゃないんじゃない？　仮に来年入っても卒業したとき三十歳だよ？」

　その日、彼は母と大喧嘩《おおげんか》をし、家の壁を壊し、母を殴った。床に転がった母を蹴った。

　もうやめよう、とそろそろ何の意味も感じなくなってきたダンススクールで、彼は偶然華屋にであった。

　彼女は美しく、無垢《むく》で、明朗で、優しかった。正義感があり、公平だった。

　そして恐ろしいことに、人を見定める目がなかった——。

　二階堂恭一は思った。

　華屋は存在そのものが奇跡だ。この先、二度とこういう娘とつきあえることはないだろう。

　東京藝大で油絵をやっているという学歴詐称からはじまり、石原裕次郎《いしはらゆうじろう》のヨットで一緒に旅をしたという嘘までついた。母がくれた金の残りは、プレゼントに消えた。

華屋を友人に紹介するときは羨望《せんぼう》の視線を感じた。

絶対に彼女を離してはならなかった。

しかし、次第に二階堂恭一は甘えはじめた。

「今度さ、友だちが原宿《はらじゅく》でブティックをやることになったわけ、俺と共同経営なんだけどさ、資本金を半分だすことになったんだ。でも、今、ちょっと課題制作に金がかかっちゃって。困った困った。金ないよ〜困った」

だからといって、どうして華屋律子がお金をださなくてはならないのか？

冷静に考えれば、誰がどうみても筋の通らない金の無心を、こともあろうに、決して失ってはならない人にしてしまった。

彼女は一万五千円を財布からだした。

「これだけしか貸せないよ、私は」

不安そうな、薄暗い顔をしていた。

「いや、それはいいよ」彼女の暗い顔に、二階堂は失敗したと思った。「別に何か売って足しにするし」

「そっか。でも、きちんと返してくれるなら、貸すよ私？」

まだ紙幣をだしたままだ。

二階堂はごくりと唾《つば》を呑みこんだ。

「ああ、ああ、うん、じゃあ借りるワ。サンキュー。絶対返すからさ」

「彼は早口にいうと紙幣を手にとった。

一週間後、二階堂が友人とバーで酒を飲みながら、女から金をもらった話をすると、バーテンダーが話に交ざってきて、「俺が昔つきあっていた女は俺にスポーツカーを買ってくれた」という自慢話をはじめた。

そのとき二階堂は思った。

これはもしかして語られざる真理というやつではないのか。

女が男に金を払う。それはいかに女が自分に惚《ほ》れているかという愛情の証明書であり、またいかに自分が男として魅力があるのかという証拠に他ならない。

汗をかいて金を稼ぐ人生なんて愚かな不細工のすることで、俺のような賢く美しい男は、女に貢がせればそれで万事うまくいくのでは？

華屋律子は一ヵ月後に借金の返済請求をそれとなくしてきた。

「ねえ、こないだの一万五千円いつ返ってくるの？」

二階堂は怒り、華屋に説教した。なぜ自分を信じられないのか。貸した金の催促など人としての器が小さいのではないか。

だいたいそんなに返して欲しいなら、最初から貸さなきゃいいだろう？

彼は鼻息荒くいった。

「俺だって、このあいだの焼き鳥代とか請求していないよな？」

彼が代金を払った焼き鳥は一本六十円のものである。

彼女が離れていこうとしたとき、彼はそれだけは許さない、と思った。

刺したんだ。

二階堂恭一は暗闇の中で呟《つぶや》いた。

ぼくは刺したんだ。

だってぼくを傷つけたんだ。

ぼくをひどく傷つけた人間が、自分は傷つかずにこの先の人生を笑って過ごすなんておかしいだろう?

肉にずぶりと刃《やいば》がめりこんだ。

あの感触、忘れようにも忘れられない。

闇の牢獄《ろうごく》で、二階堂は嗚咽《おえつ》し、啜《すす》り泣く。

どのぐらいの時間が過ぎただろうか。一度暗くなり、また明るくなり、さらにまた暗くなった。

喉の渇きが極限に達していた。

たぶんこのまま死ぬ。

苦しい。こんなに苦しいのか。

意識が遠のく刹那、声がかかった。

「大丈夫か」

水が喉に流された。サージイッキが両手足の縄を切っていた。サージイッキは甲羅をひっくり返し、水たまりまで二階堂恭一を誘導した。

「ひどいことをする」

ありがたい、ありがたい、二階堂恭一は泣いた。

泣きながら泥水を啜った。

神様。神様。

サージイッキは彼の無事を確認すると、去った。しばらくすると言葉の通じない下僕が、綺麗《きれい》な水の入った盥をもってきた。

しばらくの間、誰も現れなかった。

桶の草はなくなったので、地面に生えている草を食べた。

扉が開き、階段がでてくる。

久しぶりにサージイッキがやってきたので、二階堂恭一は彼の読書を一時間ほど邪魔せぬよう、離れたところで控えて待ち、おずおずと近寄っていった。

「ご主人様、どんなことでもなんなりとお申し付けください」

サージイッキは、ああ、と顔をあげると、手にした杖《つえ》で地面に線を引いた。

「これより近寄るな」

「はい」二階堂恭一はいった。

「このあいだは本当にありがとうございました」サージイッキは一旦《いったん》本に目を落としたが、ふと思いついたようにいった。

「いいんだ。ところで君は何をして刑務所に入ったんだ？」


サージイッキは、とても面白そうに二階堂恭一の話をきいてくれた。二階堂恭一は嬉《うれ》しかった。特に華屋律子のくだりは関心があるようだった。

「人を愛する。いいな」サージイッキは静かにいった。

「はい、愛こそが」

至上の……といいかけて、ああ、でも自分は華屋律子を殺してしまったんだよな、と思い、口を噤《つぐ》んだ。

しかし、殺すというのも一種の愛ではないか？　いや、一種の、というか究極の愛ではないのか。これをいったら取り調べの警察官は、苦い顔で「死にたくない人間を殺すのが愛なのか？」と吐き捨てたものだが。

この人なら――この明らかに普通の人ではない〈支配者〉なら――わかるのでは？

おそるおそるいってみた。

「殺すというのも愛の形です」

「なるほど」サージイッキはいった。

「なぜなら、殺さなければ、去っていく。そして他の男に穢《けが》される。そうされぬようにするのです。本当に好きだから。だからその人の生死に関われる——これは神聖な行いなのです」

「そうだな。私と君の間には、共通点があるようにも思うが、決定的な相違点もあるな」

サージイッキは優しく微笑むと、懐から電話をとりだし、誰かを呼んだ。

彼の下僕であろう大男が大皿に果物をいれてやってきた。林檎《りんご》、オレンジ、パイン。どれも皮が剝《む》かれてある。

「食べるといい」

サージイッキは地面に皿を置くと、去っていった。

その日、二階堂恭一は一日中、ぽかぽかとしたいい気分だった。

ほどなくして二階堂恭一のスペースに、いつもの下僕たちが別の亀を連れてきた。

女の亀だった。

髪が長い。顔立ちも若い女性そのものだ。

二階堂恭一は見ているだけで動悸《どうき》が激しくなった。

自分以外にも亀がいたとは。

下僕たちは、女の亀を地面に下ろすと去っていった。下僕に質問をしても無駄だ。言

葉が通じないのだから。

二階堂恭一は、女の亀と二人きりになった。

「こんにちは」

二階堂恭一は声をかけた。日本語は通じるのか。

女の亀は涙目で二階堂恭一を見た。

「こ、こんにちは」

「通じた。あなた誰？」

「私は美幸《みゆき》です」


美幸と仲良くなるのに時間はかからなかった。

二人は柱の陰に並んで座り、話をした。

美幸は情報の宝庫だった。彼が知らない諸々のことを教えてくれた。

美幸が住んでいたところは、建物内だが天井はなくほぼ屋外だという。テラスのような形らしい。床はここと同じく土で、亀牧場そのものに、数百匹の亀人間が生活している。面積はわからないが、野球場よりも大きいという。

二階堂恭一のいる「ここ」は、美幸のいたエリアよりもずっと上の階層にあり、連れて来られるときにはエレベーターで上がってきたという。その際、窓から風景を見る機会があったが、相当な高度で、地平の果てまで見渡せた。一度壁際の通路にでたときは、

彼方《かなた》が霞《かす》むほど先まで途切れずに壁が続いていたという。

「ここは臭くないんだね」

美幸はいった。

「私がいたところは数百匹もいるんで糞だらけだからさ」

そこで美幸は笑った。

「クソ世界！　この世界は、サージイッキという人が作ったんだって」

「知っている。たまにくるよ」

「サージイッキがここにですって？　嘘」美幸は笑った。「だって頂点の人じゃない。幻の人よ。下の階に現れたことはないわ」

「現れたことがないなら、サージイッキについてはどうして知ったの？」

「〈ものしり女〉という幽霊が時々現れて、教えてくれるのよ」

「幽霊？」

「本当よ。知らないってことは、ここには現れないみたいね」

美幸は幽霊について説明した。

「花環《はなわ》の載った麦わら帽子を被《かぶ》っていて、なんか人を小ばかにした笑みを浮かべながら〈亀のみなさま～、ものしり女が参りましたよ～。教えてあげますね。ここはサージイッキという聖者がお造りになった地獄でございます〉なんてね。こちらが話しかけても無視で、いうことだけいうとすっと消えちゃうの。名前なんか誰も知らないけど、下の

階では〈ものしり女〉って呼ばれている」

「その人は日本語喋《しゃべ》るのかい」

俄《にわ》かには信じがたい。

「そう、そいつだけ。まあ、幽霊だから人ではないけど」

「下の階は、どんな暮らしなの？」

「そりゃね、毒を吐いて攻撃してくる噛《か》みつきガメが何匹もいるっていったらわかる？所詮《しょせん》人殺しばかりだから。まあ、私もそうだから仕方ないけどさ。ここのほうがずっといい。静かで。でも、ここだと二匹しかいないから鬼がきたら終わりだけど」

「鬼？」

「え？　それも、こないの？」

下の階では時折、鬼が出現するという。

鬼は羊の角がある悪魔の面を被った男で、三叉《みつまた》の槍《やり》を持って現れる。

そして目についた亀に暴行を加えて去っていく。

「槍で突《つつ》いたり、殴ったり、死ぬ時もあるし、顔や手足が腫《は》れあがって怪我で済む時もある。鬼はものすごく気まぐれで必ず殺すってわけじゃないの。でも、手足を叩《たた》いたり、火をつけたり。鬼が現れるとみな逃げ惑うの。自分の代わりに誰かが犠牲になって、鬼が満足して去るまで逃げ続ける。〈ものしり女〉を罵倒した奴が狙われるって説もある」

考えるだに恐ろしかった。だが、いつか自分をひっくり返して放置した女のことを思

い出した。面など被っていなかったが、意味もなく現れ、殺されかねない状況は同じだった。

二階堂恭一は彼女の甲羅に彫られた文字を発見した。

1725　神仲美幸　1961年　北海道生まれ
1980年・北海道自宅にて妹の智美(17)を絞殺後、自宅に放火し、母の晶子《あきこ》(48)父の滝太郎《たきたろう》(55)を焼殺して逃走したことによりここに至る。

「ねえ、甲羅に何か書いてある」

「そうね」

知っているのだろう。美幸は特に動じなかった。

「君は神仲美幸っていうんだ。この数字は何だろう。1725?」

「番号だわ」

美幸はいった。

「甲羅には名前と罪状が書いてある。隠すことはできないってわけ。ね、あなた自分の番号知っている?」

「え? ぼくにも書いてあるの」

美幸は哀しげに笑った。

「そうよ、二階堂恭一君。あなたは0001。やっぱり、あなたは特別なのね。最初の番号だわ。一人だけこんな上層の別室だし。あ、この娘《こ》はハナヤリツコって読むのよね？」

華屋律子の名をきくと、二階堂恭一はわあっと叫び、顔から炎がでるほどの恥ずかしさをおぼえた。慌てて這いはじめる。

「昔のことさ」

「どんなことだって、昔のことでしょ」

落ち着くまで時間がかかった。二階堂恭一は黙ってエリアを一周した。美幸は同じ場所でじっとしている。背中が見えてくる。

「あの、君の番号が1725、つまり千番台だということは、亀人間は千人以上いるのかもしれないね？」

「たぶん、いるんでしょう。あちこちのエリアに」

「どうしてこんなことが起こったんだろう」

美幸はくすりと笑った。

「それは甲羅に彫られているような罪を犯したからじゃないかしら？」

亀人間は全員、何かの罪を犯しているのだと美幸はいった。

「サージイッキの力なのよ。みんなそう噂しているわ。ここの他の人間はみんな彼の手下だって。もしかしたら彼を殺せば……」

事象の核である彼を殺せば、世界を支配している魔法の呪縛《じゅばく》が解け、もとの世界に戻れるのかもしれない。

しいっと二階堂恭一はいった。

その考えはひどく恐ろしかった。

「彼はいい人だ。そんなことをいってはいけない」

神仲美幸は、正気を疑うかのように、まじまじと二階堂恭一を見た。

サージイッキ様は、特別なお方だ。会えばわかる。


やがてサージイッキが姿を現した。

彼は初めて現れたときと同じように、椅子に座り、脚を組んで本を読んでいた。

長い髪は結わえられ、サングラスをしている。

本のタイトルは知らない言語でわからなかった。

「あの方だよ」

二階堂恭一は隣の美幸に囁《ささや》いた。

美幸は金縛りにあったかのように身動きしなかった。

二階堂恭一はおずおずと前にでるといった。

「ご機嫌麗しゅうございますか。サージイッキ様」

サージイッキは顔をあげた。

一瞥《いちべつ》すると頷き、本に目を戻す。

二階堂恭一は下がった。どうだい、ぼくボスと話してみせただろ、と得意になって美幸を見る。

美幸の視線はサージイッキに貼りついてしまったようだ。

不意にサージイッキがいった。

「神仲」

「は、はい」美幸は哀れなほどに動揺した声をあげた。「ご、ごきげん、う、うるわしゥ、あ、サージ……」

「下に戻りたいか？」

「いいえ」神仲美幸はいった。「ここのほうがいいです」

「そうか」

サージイッキはいった。サージイッキが手を動かすと、煙草が浮きあがった。サージイッキは中空に浮かんだ煙草を手に取ると火をつけ、煙を吐いた。

美幸は震え声でいった。

「あ、あなた様は、こ、ここの支配者ときいています」

「そうだ」

「なぜ、こんなことを」

「私がおまえに説明することではない」サージイッキは冷たくいった。本を片手に立ち

去った。

美幸は二階堂恭一に囁いた。

「私ね、捕まっていないのよ」

美幸は、札幌の家に放火した後、東京に逃げたのだという。指名手配はされていた。

「偽名で生きていた。素性を突っ込まれない夜の仕事いくらでもあるから」

その夜、美幸は歌舞伎町《かぶきちょう》の店でウイスキーの水割りを作って客に運ぶところだった。

しかし次の瞬間、亀になってバベルにいたという。

「私、誰にも話していない。警察にだって捕まっていないのに」

「なんでもありなんだよ。だってこんなことができるなんて神様だぞ。全てお見通しなんだ」

「確かにそうなのかもね。0001。私たちが同室にいる理由を考えましょう」

——私がおまえに説明することではない。

サージイッキの言葉が甦《よみがえ》る。

二階堂恭一は漠然とこう考えた。地上の犯罪者が、服役中から未解決事件の犯人まで亀人間に変えられここにいる。つまりこの建物は罪を犯したものが放りこまれる異界——地獄だ。しかし自分はさしたる罪を犯したわけでもなく、華屋殺しは「究極の愛」としてやむなきことでもあったのだから、情状酌量の特別扱いで普通の犯罪者とは別室の

特別エリアとなり、サージイッキに謁見する特権も得た。

ここまではいいだろうか？　わからない。自信はあまりない。あくまで仮定として話を進めるならば、おそらく美幸も、斟酌《しんしゃく》できる内容の罪を犯した女だからここにいる。

つまり我々は選ばれし亀。

「そんなことはないよ、あなたはどうだかしらないけど、私は他の亀と変わらない。れっきとした救いようのないクズだよ」

美幸は二階堂恭一の説を笑った。

二階堂恭一と美幸は口づけをした。

できるのはそこまでだった。

性衝動はあった。痛いほどにあったが、生殖器の全ては甲羅の内側で、決して外にはでないという酷な構造になっており、何もできなかった。

「生殖行為のために連れてこられたってわけでもないんだね」美幸は呟いた。「でも、そんなの大した問題じゃない」

多くを語りあった。

二階堂恭一は全てを話した。そして神仲美幸も己の人生を話した。

妹、智美がずっと憎かったこと。自分だけが損をしていたし、それを家族に〈わからせてやる〉必要があったこと。智美は自分の彼氏に色目を使うような女だったこと。美

幸は、高校三年のとき、妻のいる男とつきあったことも話した。男に捨てられ、精神が不安定になったこと。ひどく傷ついていたのに、さらに家で智美に見下されたこと。智美が友人たちといく旅行の準備で、バッグにいろいろ詰めていたので、それを智美が外出した間に近所のドブ川に捨ててやったこと。

戻ってきた智美とひどい喧嘩になり、彼女を絞殺したこと。殺した後は魂が抜け落ちたような喪失感を感じ、とりあえず死体をクローゼットにいれた。両親は何も知らずに夕方家に帰ってきた。妹は友人の家に泊まるのだと伝言した後、真夜中に、美幸は両親が寝静まってから家に火をつけて逃げだしたこと。事件はニュースにもなり、手配が行われたが、名を変え、体を売って逃げ続けたこと。数度の自殺未遂をしたこと。

「死ねばよかったんだ。私なんかさ」

ある日、いつぞやの金髪の女がエリアに入ってきて、相変わらずのわけのわからない言語で嘲笑《ちょうしょう》しながら、美幸をひっくり返し、でていった。

柱の陰に隠れていた二階堂恭一は、女が去ってから美幸のもとに寄ると、歯を使って時間をかけて縄を切り、体を押してもとに戻してあげた。

「このあいだ、これをやられて、死ぬところだった」二階堂恭一は美幸にいった。

「二階堂君がいなかったら、餓死するまでこうだったわ」

「でも、こんなの、どちらかがいれば、戻してあげられる。全く怖くない」

二階堂恭一と美幸は体を寄せて、互いの手を握って眠った。

「君の全部をぼくが許す」

二階堂恭一はいった。

「許さないでいいよ」美幸はいった。「それよりも、あなたの全部を私が許す」

時には寒風が吹きこむこともあったが二人で身を寄せていればしのげた。


サージイッキが現れた。

サージイッキは「神仲」と美幸を呼んだ。二階堂恭一も一緒に這っていくと「二階堂はそこで待て」といった。

サージイッキはほんの少しかがみこむと、美幸に十秒ほど何事か話した。

そして部屋をでていった。

二階堂恭一は階段をのぼるサージイッキに「美幸をここに連れてきていただき、ありがとうございます」と礼をいった。返事はなかった。


何をいわれたのか、と美幸に問いかけた。

美幸はぼんやりとして無言のまま虚空を見ていた。

「嫌なことかい？」

「妹が、この世界に復活するんですって」

美幸は釈然としないといった顔で呟いた。

「サージ様、こうおっしゃったの。〈智美はじきに生き返る〉って」

死んだ人間が生き返るはずがないのは、遠い元の世界での話。この超巨大建築物の中で亀をしている二人は、サージイッキがそうなるといえば、そうなるのだと信じた。

「ここに？」

「この建物ではなくて、〈ここより居心地のよい楽園のようなところに〉ですって。〈いつか会えるかもな〉って」

美幸の瞳《ひとみ》に涙が滲《にじ》んだ。彼女は絞り出すようにいった。

「なんでえ？　なんでそうなるわけえ？」

え？　二階堂恭一は思った。いやだって、君は後悔していたんだろう……。ありえないほどの嬉しい奇跡ではないのか？

「私、死にたい」

「ぼくがいるじゃないか」二階堂恭一はいった。

美幸は、二階堂恭一を見て、ぼろぼろと涙を流し、叫んだ。

「あいつが生き返るなら私、死にたい。死にたい！」

二階堂恭一は呆然《ぼうぜん》とした。

「こんなの最悪の罰だわ」美幸はいった。「なんで智美ばっかり！　いつもいつもいつも！　あいつばっかり！　みんなあいつしか好きにならない！　だから殺してやったの

に！　なんで生き返るのよ！　なんでそんなことするの！　なんで！」

　自分は亀に堕し、殺すほど憎い相手は人として復活する。そして、おそらくはその後、圧倒的な環境格差のある時間が流れていく。片方は幽閉された屈辱の家畜、もう一人は健全な人としての時。そんなことは耐えがたい。

「違う」

「違わない。私、醜いでしょ？　醜いのよ、私はすごく醜いの。だからパパとママを殺したの。だから、こんな姿でこんなところにいるの。そしてこれから最悪の罰を下されるんだわ」

「違う。許されるんだ。どうしてそう考えられないんだ？　君が上層にきたのは、許される寸前の存在だからだ。そういうことなんだよ。サージ様は、君の妹を甦らせる。これは君の罪を消してあげるってことなんだ。君は人間に戻れるんだ。もう一度やり直せるんだ！」

　二階堂恭一は叫んだ。

　なんの根拠もなく、単なる思い込みにしかすぎない説だったが、話しているうちに二階堂恭一本人にもそれこそが真実だと確信めいて感じられてきた。

　二階堂恭一の力説を、美幸は目を見開いて聞いていた。

「絶対にそうなる。サージ様に話してみよう。ぼくが、そう、ナンバー0001のぼくがね。君は醜くなんかない。ぼくと同じで、心のコントロールを間違えただけだ。心は

車だ。いろんな要因で暴走する。暴走して事故が起こった。でもそれも昔の話だ。君は醜くなんかない。ひとかけらも醜くなんかない」

二階堂恭一は思った。

そして、美幸に起こり得ることは、自分にも起こり得るのではないか？

「ぼくもじきに人間に戻るはずだ。きっと君と同時じゃないかな？　それから、どうなるか？　ああ、ぼくは君と一緒に手をとりあって、もう一度生きるんだ！　亀だったんだぞ。地獄を体験済みなんだぞ。なんだってできるさ！　ここの外には何がある？　きっと綺麗ないい家があるんだ。畑もある。なんでもある。ベッドもある。そして、草以外の食べ物がどっさりある。なければ作ってやるさ。二人で作るんだ。ぼくたちはもう大丈夫だ。足ることを知っているからだ。この塔の外を、吹き抜ける風の中を、走りまわることを想像してみて。ぼくたちはそれだけで幸福なんだって思うことができる」

扉が開き、階段がせり出してくる。

現れたのは鬼だった。

羊の角をつけた仮面に、三叉の槍を手にしている。仮面は真っ黒だが、般若《はんにゃ》の表情をしていた。

黒般若。

二階堂恭一と美幸は声もたてずに逃げた。

黒般若が追ってくる。

二階堂恭一は蹴り飛ばされた。なんとか逆さにはならずに済んだ。首を巡らすと、少し離れたところで黒般若は美幸を捕まえていた。どうも獲物は美幸に決めたらしく、黒般若は美幸を蹴り転がした。

――やめろ！

二階堂恭一は口を開いた。

だが、声はでなかった。ひゅうひゅうという音だけがでた。

やめろ！　やめろ！

「やめ、ろ！」

ようやく声がでた。

二階堂恭一は全力を振り絞り、美幸のもとへ這いだした。が、間に合う距離ではなかった。間に合ったところで、黒般若の暴虐を止める手立てはない。

「彼女に手を出すな！　いうぞ、いいつけてやるぞ！　ぼくは特別なんだ！　サージイッキ様のお気に入りなんだぞ！」

黒般若は美幸の腹に片足を載せたまま首を傾げてみせた。二階堂恭一には、自分の言葉を嘲《あざけ》っておどけているように見えた。

「イッキ様！　サージイッキ様！　来てください！　ここに！　ここに現れてください！」

黒般若は三叉を振り上げた。

二階堂恭一は無我夢中で泣き叫んだ。

「やるなら、ぼくをやれよ！」

「二階堂君！」

美幸が叫んだ。

「あなたはいつか人間になって！　そしていつか智美にあって、私の謝罪を伝えて」

黒般若は最後の遺言は許すつもりなのか、三叉を振りおろさずに少し待った。

「醜い私を励ましてくれてありがとう。私にはサージなんとかじゃなくて、あなたが神様だったよ」そして声音を変え黒般若に毒づいた。「このインチキくせえゲス野郎！　やるならとっととやれよ！」

黒般若は三叉を振りおろした。

二階堂恭一は絶叫した。

気を失ったのだ。

目が覚めると暗かった。

黒般若は去り美幸の死骸《しがい》があった。美幸は死してなお人に戻ることはなく亀のままだった。

二階堂恭一は彼女に寄り添った。

頭の中には何も浮かんでこなかった。ただ手足がかたかたと震えた。ひっきりなしに

涙がでた。

じっとしていると、力が抜けた。

返してくれ。頼むから、心の底から頼むから、彼女の魂を戻してくれ。

そして、次に目を覚ましたとき、エリアから美幸の死骸はなくなっていた。

彼は再びひとりぼっちになり、長く静かな時間と向き合うことになった。

二階堂恭一は考えた。

サージイッキに神仲美幸の妹、智美を生き返らせる力があるのだとすれば、サージイッキが望みさえすれば美幸だって生き返るはずだ。

そもそもなぜ美幸は殺されたのか。理由があるようには見えなかった。

黒般若――鬼――の気まぐれならばサージイッキに懇願すれば生き返るのでは？

「サージ様、ここに来てください！」

二階堂恭一は叫んだ。何度も叫び、祈った。

しかし、いくら待ってもサージイッキは現れなかった。


何十日が過ぎただろう。

やがて下僕たちも姿を現さなくなった。

彼は地面に生えている草を食《は》み、雨水を啜った。

もともと神に等しい地位にあるサージイッキだったが、それは「現れない」ことによ

り、二階堂恭一の中で至上の存在へと格上げされていった。

ほんの一瞬のことだったが、二階堂恭一のなかにある考えが去来した。

華屋律子を殺した罰ではないのか？

美幸は、このぼくに〈愛する人を失う苦しみ〉を与えるために、サージイッキが用意した亀女で、その処刑も全て決まっていたことだったのではないか？

その罰が終わった今、二度と扉は開かれず、餓死するまで一人で放置されるのではないのか？


どこかで銃声が聞こえた。

いや、銃声かどうかは定かではない。機械的に連続する破裂音や、誰かの叫び。それらは音としては遠く、幻聴なのかもしれなかった。


扉が開き、階段が出現した。

二階堂恭一は息を止め、注目した。

だが、誰も降りてこなかった。

扉は開きっぱなしだった。階段を登ればこの部屋から出られる——。

出てはいけない。きっとサージイッキが忠誠を試しているのだ。

しかしもうここには草はなかった。地面の草も食べつくしてしまっていた。

――私に会いにこないのか？

幻聴かどうかわからないが、そんな声が脳裏に聞こえた。

これはむしろ、外出許可ではないのか？

そもそもあの方は一度だって、ここから出てはならぬ、といわなかったではないか。

階段を這い上り、扉の向こうに出ると、長い廊下が続いていた。

その廊下には女が一人倒れていた。近寄ると死んでいるようだった。

廊下のあちこちに血だまりがある。

死体の背中に銃で撃たれたような痕《あと》がある。

二階堂恭一は死体を通り過ぎて這った。

途中広大な迷宮の一画で、山と積まれた草を発見し、むしゃむしゃと食べた。

外に出るまでに二日かかった。


――ようこそバベルに。

初めて出会ったときサージイッキはいった。

いざ外に出て自分がいた建造物を見上げると、その威容は尋常なものではなかった。

高さときたら上部が霞んで見えるほどで、横幅も同じだ。ある方向には百メートル前後の支柱が数千本以上立ってアーチを作っている。また別の壁には数万体と思われる、

怪獣めいた生物の彫刻。人間の力でこんな果ての見えぬ建築物ができるものだろうか。

そのとき二階堂恭一は、バベル脱出を企てていたわけではなかった。サージイッキに会うために巨大建築物内をうろついているうちに「鬼が廊下の向こうから歩いてきたらどうする？」と怖くなってきて、半ば本能的に、下へ下へと移動するうちに、外に出てしまったのだった。

だが、いざ出てしまうと、もう戻ろうとは思わなかった。

この機会を逃せば、もう外に出ることは二度とないかもしれない。

戻らないのなら、這い進むしかない。

バベルの周囲は濠《ほり》があった。

濠にかかった橋を渡ると長いアスファルトの道が続いていた。

人間たちが倒れていた。数羽の鴉《からす》がたかっていた。

アスファルトの道を進んでいくと、一人の男が立っていた。

灰色の肌に、緑の瞳の男で、荷物を積んだ駱駝《らくだ》が隣にいた。

胃がきゅっと縮んだ。

結局、これで連れ戻されて終わりか。

だが、灰色の肌の男は、亀人間を見ても何もいわなかった。

不条理な生を強いられた生物を憐《あわ》れむように目を細めると、ふいに手を天にかざし、指を一本立てた。そしてその指を道の先に向けた。

――行きたければ行け。

灰色の肌の男が、そういったような気がした。

「サージイッキ様はどちらに」

日本語が通じたかどうか定かではないが、灰色の肌の男は首を横に振った。そして二階堂恭一にはわからない言葉で何事か呟いた。

再び道の先を指す。

向こうに去った、という意味かもしれない。

二階堂恭一は灰色の肌の男をそのままにして、這い進みはじめた。


太陽がのぼり、沈んだ。それが何度か繰り返された。

アスファルトの道を這い続けた。草を食べ、泥水を飲んだ。

何十日も苦しい旅は続いた。

気が狂いそうになるほどに風景が変わらないが――だが、まだあの部屋よりもずっとましだった。

遠くに鐘松孝平と、葉山卓郎を見たのはそれから十ヵ月後になるのだが、ニッカの中にはもう日数の概念は消えていた。
そして――彼らは日曜大工用品店から持ち出したリアカーでニッカを運んでくれた。

ようやくヘブンに到着したのだ。

異質さ異常さが際立つバベルと違い、地球の町だと感じる。

ここはサージイッキが美幸にいったという〈楽園のようなところ〉にまちがいない。

サージイッキ捜しとは別に、ニッカは二人の人間を捜している。

一人目は華屋律子。この無様な姿を見せたいわけではない。死者が復活した町なのだからいる可能性がある。しかし、高尾道心によると、華屋律子という名の女性はいないという。

捜しているもう一人は――。

3

その日、神仲智美は部屋で寝ていた。

女子限定マンションの一室である。

前日は鐘松孝平の料理研究につきあっていた。マルイから持ち帰ったスパイスで、彼はマンションの連中にシチューを作ってくれた。

智美は、漠然と孝平と、その料理のことを考えていた。

彼は明らかに腕があがっている。

自分たちの暮らす世界の、まったく新しい料理文化史が、一人の天才の手によって開

かれていくのでは――などといったら大げさか。

この町に来たばかりの頃からずっとあった不安は智美のなかで日毎《ひごと》に薄らいでいる。

孝平たちみなの活躍のおかげだと思った。

ドアをノックする音で、寝台から身体を起こした。

「はい、なに」

同じマンションで暮らす友人のナッキが顔をだした。

「寝てた？　ねえ、トモに会いたいって人が外に来ているけど」

「誰？」

「甲羅の人」ナツキは不安そうにいった。

神仲智美がマンションの玄関にでると、確かにそこには甲羅の男がいた。

顔をこちらに向けて見上げてくる。

背後にはナツキが立ってくれた。信用できない亀なんかと二人にはさせない、というつもりだろう。

亀の甲羅を背負って地面を這う人のことは、ヘブン内では知らぬものがない。孝平からも話を聞いているし、会話こそしたことのないものの、町で何度か姿を見ている。

「なんでしょう、か」

智美は胸騒ぎをおぼえながらきいた。

亀男の目が大きくなった。

「あなたが智美さん？」

「はい、そうです……けど、なんで名前知ってるの？」

呟くようにいった。

甲羅を背負って地面を這わなくてはいけないなんて可哀そう——と智美は思う。だが、その甲羅に彫られている、華屋律子なる女性を殺害したという文を読むと、関わり合いたくない、というのが本音である。

「ぼくは、前にいた場所で、あなたの、お姉さんに、会いました」

亀男は文節を区切りながらいった。

動悸が激しくなる。

「私の姉？」

亀男は、智美の背後の友人ナツキをちらりと見た。

智美は振り向くと、明るい声でナツキにいった。

「大丈夫だから二人きりにさせて」

ナツキが家に入ってから、智美は、路上を少し歩いた。

「美幸さん、ぼくの友人でした」

美幸、姉の名だ。

智美は、ヘブンの友人知人に、自分が姉に殺された女であることは誰にも話していな

い。死因の話題も避けてきた。できる限り考えないようにしてきた。

亀男が姉の名を知っているということは、本当に美幸に会ったにちがいなかった。

「神仲美幸さんは、ぼくを励ましてくれて」

亀男はいった。

励ます？

姉の甲羅にも、あなたみたいに神仲智美殺害の罪って書いてあったの？　姉には人を励ますなんてことはできそうにもなかったが。

「あなたは、姉とどういう関係だったんですか？」

「彼女は、その——ぼくにとって非常に大切な人でした」

「姉は今何処にいるんですか？」

智美の脳裏に姉の声が甦る。〈ブースーミ、ブースーミ、ブースーミ。オマエ本当にブスミだよなあ〉姉は——歪《ゆが》んだ悪意が服を着たような女だった。

主に家族、おおむね妹と母親がサンドバッグだった。

親を相手に姉が刃物をふりまわしたこともあった。あの時は——警察を呼んだんだっけ。

まっとうに生きていない人間は、まっとうに生きている人間とは、決して同じ土俵にはたてない。そしてそれが苦しくて歪む。

紐《ひも》で喉を絞められたとき、ああ、姉は最後までやるだろうな、と思った。

「美幸さんは、もう亡くなりました。ぼくは彼女が亡くなる寸前まで傍にいて、彼女は最後まであなたのことを気にしていました。あなたがこの世界で再生することも知り、遺言のように、いつかあなたに会ったら、私の謝罪を伝えてくれ、と」

そんなはずはないよ。そういうきちんとした人物なら、私は殺されなかったし、家は地獄じゃなかった。

しかし智美は口にださず、ぺこりと頭を下げた。

「姉が、ご迷惑をかけてすみませんでした」

「いえ、そんなこと」

「姉はどんな風にして死んだんですか？」

亀男は俯《うつむ》いた。

「ぼくたちはそこでは、生《い》け簀《す》の魚のように殺されるのです。美幸さんは、たぶん、あなたを殺した罰を、与えられたのだと思います。あそこでの生死は、そういうものでした」

ずっと幼い頃はああじゃなかった。姉と私は一緒にかまくらを作り、身を寄せ合ってままごとをして笑った。

「誰が姉を殺したんですか」

亀男はこの問いには答えなかった。彼はひどく哀しそうな顔をした。

「教えてください。誰が」

「面を被った処刑人です。名前なんてないんです。ぼくにだってわからないんです」

亀男は目を瞑《つむ》った。

「ぼくが伝えたいのは、最後に美幸さんは謝りたかったといっていたことです」

「ごめんなさい。えっと――二階堂さんでしたね？」

「ニッカと呼んでください」

誰がそんな親しい名で呼ぶか、と智美は思った。

「二階堂さん、姉の墓というか、死体はどうなったんですか」

あるいは、姉を救えなかったのは――私が冷淡だったから――。私は他人の弱さというものを理解できず――。

「たぶんバベルのどこかにあるのでしょうが、ぼくにはわかりません」

バベル。

〈ブンニュースに載っていた、盆地を抜けると遠方に見える〈謎山〉だ。人が住んでいると噂される――そうか、地獄だったのか。

眩暈《めまい》を伴う混乱を智美はおぼえた。

「智美さん」

亀男はいった。

「ぼくはもう伝言の役を果たしたので行きます。人生を大切に生きてください。あなたはひどく苦しそうな顔をしていますが、何一つ間違っていない人間だと思います。だから天国にいる。そのことを忘れずに」

サージイッキクロニクル　V

1

〈シェーンヒメルのマキオに会うこと〉

これが私の〈課題〉である。

シェーンヒメルはほとんど未開といっていい山地にある町である。

地球と違い、空路といっても、降りた先で給油できるわけでもなく、正しく安全なルートの情報があるわけではないので、事前にできるだけの情報を得て、着陸できるところに燃料を運んでおくなどの手間をかけなくてはならない。

そうした諸々のことをやった上で、ようやく二週間後に、シェーンヒメル郊外の高台に着陸した。

森林地帯に、四角い白い建物がぽつんぽつんと建っている。

レビと一緒に道を歩いていると、薪《まき》を背負った老人がいたので、マキオという人を知らないか訊《たず》ねてみた。

イザヤ語で話したのだが通じなかったようで、聞き慣れない言葉が返ってくる。

何度も、マキオ、と繰り返すと、老人はついてこい、と身ぶりでいった。

老人は縁側と庭のある四角い建物の中に私たちを招き入れると、お茶をだした。

私とレビはかしこまって暖炉の前の椅子に座った。

ペルシャ風の刀身が湾曲した剣が飾られている。

老人は身ぶり手ぶりで〈疲れただろう、ここで待っていなさい〉といった。

しばらくすると、家族がどこかから帰ってきたらしい。子供たちと、夫婦のような人たちも現れた。

私たちが頭を下げると、みな騒ぎだした。

なんとなくだが、〈まあまあ、おじいちゃん、このお客様は誰？　また誰彼かまわず連れ込んで！〉といったような会話が交わされているようだった。

さらに待っていると、人がどんどん増えてくる。老人のところに風変わりな客人がきたということで、みな見物しにきたようだった。

ちなみにシェーンヒメルの連中はほとんどが白人だった。

お茶や、小麦を焼いたお菓子がふるまわれた。

何人かが入れ替わり、私に挨拶《あいさつ》し、ようやくイザヤ語を話せる女性が現れた。

「マキオを捜しているのですか？」

「そうです。あなたはイザヤ語がしゃべれるのですね」

「はい。このあたりでは私ぐらいです。マキオは今、湖にいるそうです。どうしますか」

女は私たちを馬に乗せ、湖まで連れていってくれた。

三頭の馬で、パカパカと道をいく。

「マキオさんはどんな人なんですか？」

「彼は一年前、シェーンヒメルに滞在し、馬十五頭とたくさんのものを売り払い、去っていきました。今年また戻ってきたんです。私たちは彼をおぼえていて、歓待しました」

女はいった。

「ここはイストレイヤ各地のどことも似ていない不思議なところですね」

「シェーンヒメルは、三十数年前に地球から召喚されたユダヤ人たちが作った集落です。ここはドイツ語を話すんです。イストレイヤの圧政を怖れて、辺境で隠れ忍んでいる集落ってところかしら」

「それは、大丈夫なんですか」

「今のところうまくいってます。山間部の少数部族のことは、イストレイヤ中央政府は把握していません」

★★★★★

私はレゾナ島というフランス人中心の集落があることを話した。

「知っています。遠方なのでほとんど交流はありませんが」女はいった。

湖の前につくと、茶色い馬が二頭繋《つな》がれていた。

小さな漁師小屋と木製の桟橋があり、青年が座って釣りをしていた。

その青年がマキオであった。

女がマキオを呼びにいった。

私は鏡面のように空を映した湖を見た。

森に囲まれ、空気は澄んでいる。

マキオは女と共に戻ってきた。

「どうもガンフー。私がマキオですけど？」

マキオは私と同じく二十代の青年だった。引き締まっており、黒い髪を伸ばしており、髭《ひげ》を生やしていた。

私はいった。

「ライエであなたの名をききまして」

「ライエ？」

マキオの目が不審そうに細まる。

「ええ、はい。ライエでその、シェーンヒメルのマキオに会いにいけという〈課題《データム》〉をだされたのです」

「ライエの〈課題〉にぼくが？」

私はここで日本語に切り替えた。

「日本人ですよね？　私もです。佐伯逸輝といいます」

マキオの顔に嬉《うれ》しそうな驚きが浮かんだ。

「見たかんじで、もしやとも思いましたが、なんとなんと」

「神奈川出身です」

私はレビに少し離れているように命じた。

そして声を潜めて告白した。

「私はスタープレイヤーです」

マキオはまず無表情になり、それから、唇に指をあて笑みをみせた。不用意にそんなことはいわないほうがいいですよ、というジェスチャーだ。

「実はレオナルドさんからも、マキオさんのことを聞いています」

「えっレオナルドさんのところにもいったんですか」

マキオは私を家に招いた。

シェーンヒメルの森の中に、マキオが滞在している家はあった。

掘っ立て小屋といっていい。だが、部屋数こそ一つだが、屋根のある長い吹き抜けの廊下があったり、五右衛門風呂《ごえもんぶろ》があったりした。

「ぼくの家ではなく、シェーンヒメル所有の猟師小屋を借りているだけですが泊まっていってください。狭くて汚いですが」

「あなたの家はどちらに」

まさかここが本拠ではあるまい。

「本拠はまあ、あったんですけど、潰《つぶ》れちゃって。今はないんですよ。これから作ろうと思っているんですね」

「潰れたというのは」

「文句いわれちゃった。犬とか動物が好きだったんでエスパル高原のほうに〈マキオのわんにゃんランド〉作ったんですよ」

犬や猫がたくさんいる動物牧場のようなものを作ったらしい。

「で、仔犬《こいぬ》と戯れたり、フリスビー投げたり、アルパカと散歩したりする日々がはじまったんですが、今思えば実に馬鹿だった。近隣の部族の長がやってきて〈出ていけ〉っていうんですね。〈おまえが現れるまで、ここは美しい狩り場であった。誰の許可を得て住んでいる。変な生き物も連れて去れ〉って。まあ、知らなかったとはいえ、他人の土地に勝手に住んだら怒られますよね。襲いかかってきそうな勢いだったんで、撤退です」

「じゃあ、今は旅暮らしですか」

「そうなんですよ。見ての通りで。次の本拠は誰も住んでいないところにしようと、今

あちこち探し中です。最近ラズナ王国の南のほうに目をつけてまして。ものすごくいいところなんですよ」

マキオはいった。

「ラズナ？」

「イストレイヤ西部平原のずっと先の国です。佐伯さんはどのような道程を」

私は華屋律子のことは省略して、沙漠《さばく》ではじまり、サバンナに道路を作ってぐるぐるまわった話や、レゾナ島からイストレイヤ旅行にでた話などをした。マキオは興味深そうに話を聞いてくれた。

「話きいていると、いってみたくなりますね。あ、そうそうお連れの方は？」

レビは家の外で待たしていた。

「彼の名はレビ。奴隷市場で買いました」

「奴隷！」

「まあ、奴隷市場で買ったってだけで、単なる部下みたいなものですよ」

「給料とかは」

「たまにあげますね。百オクスとか。あとは三食つき、休日不定期。一年中社員旅行です」

マキオは笑った。

「で、ラライエは何がどうだっていうんですか？」

★★★★★

私はライエでのことをもう一度最初から話した。

特に、スターボードを失い、〈課題〉をだされたことを説明した。

「私はてっきり、マキオさんが私のスターボードを持っているんじゃないかって。ラーナ教徒があなたに手渡していて」

「いやいやいや。それはないです。お坊さんに会う機会も、ギーナ以来、特にないし」

そこでマキオは言葉を切った。

「でもね。ぼくに会えって〈課題〉の意味は、今の話でわかりました。まわりくどいけど、まあ、そういうことなんだろうな。うん。スターボード失くしちゃったんですよね？　ぼくもね、来たばっかりの頃、失くしかけたんですよ。真面目に焦りましたよ。そのときは犬がくわえていたんで、助かりましたけど。ただ、旅の日々なんで、この先どこかに置き忘れたりとかね、絶対あるだろうなって。絶対失くすだろうって思いました」

「まさか、その後失くしました？」

「いえ、そう思っていたからこそ、スターを使って、こういう機能を追加しておいたんですね」

マキオは何もない左の掌《てのひら》を宙空にだした。

「1228、ボードリタン！」

次の瞬間、その手に水色のボードが握られていた。

「どうです？」

マキオは得意げにボードを見せていった。

私は思考が空白になるほどの衝撃を受けていた。

何だ今のは？

スターを消費して、スターボードの機能を追加する？

「うふふふ。音声呼び出しリタン機能をつけたんですねえ。ぼくがボードリタンというと、ボードはどこにあってもぼくの掌に瞬時に戻ってくる。それがまたすごいのは、ぼくの声が届かないほど離れていても呼び寄せられるんです」

かつてのレオナルドの言葉が脳裏に甦《よみがえ》った。

――なるほど。いや、そういうものなんですよ。片方には、至極当然のアイディアだったものが、もう片方は全く思いつきもしなかったということはスタープレイヤーの間ではよくあるのです。

「スタープレイヤーならみんな同じようなことをやってると思ったんですが、佐伯さんは機能追加しなかったんでしょ」

「いや、考えつかなかったから」

「うん、だから、なくなったとかいう話になる。1228、「ボードホーム」」

音もなく彼のスターボードは消えた。

1228は、誤作動予防のパスワードに違いなかった。

★★★★★

「これで、ボードは隠し場所に戻りました。ぼくはボードを持ち歩かない。持ち歩く必要はないので、使う時に呼びだします」

盗まれそうになったり、失くしたり、四六時中、神経をそこにすり減らしてきた私だからこそ、呼び出し機能の真価がわかる。

しかも「ボードの機能」なのだから、何度でも使える。

「なにしろスター使うんだから、機能追加はそれひとつだけだと勿体《もったい》なかったんで、他にも増やしましたよ」

マキオは再び、1228ボードリタンと唱え、水色のボードを呼び出した。

まだあるのか。私は彼を凝視した。

「1228、悦子《えつこ》カムヒア」

彼はボードを操作していない。

声で呼んだだけだ。

マキオの隣に、着物姿の女が現れた。

女は私を見た。

「お客様ですか？」

「そうだよ、悦子。日本人のスタープレイヤーだよ。でもボードを失くしちまったらしい」

「悦子でございます。この度は、本当に御気の毒様で」

私は苦笑した。彼の案内人は悦子というのか。

「1228、悦子アウト」

女が消えた。

「ぼくは、ボードに最初から入っている機能、案内人召喚や、夜暗い時のライトなんかは、実際に指で操作しなくても、声で命じるだけでできるようにしてあります」

一見するとたいしたことではないが、私はノエルに襲われたときのことを思い出していた。いざという時に、呼びかけるだけで機能が使えるのは、非常に役に立つ。

マキオは暖炉に薪をいれた。私は溜息《ためいき》をついた。

「ものすごく、ものすごく参考になりました。カルメルドの〈課題〉は、おそらくこれを見てこいってことだったんでしょうね」

「他にはたとえばこんなのとか」

マキオはスターボードを薪に近づけた。

「ちょいと寒いから。1228、ライトマイファイア！」

炎が噴き出て薪に火がついた。

★★★★★

一週間、私たちは一緒に遊んだ。

湖で釣りをしたり、私のヘリで山脈の向こうまでいったり。

美しい川を小舟で下った。恐ろしいほど澄んだ水のなかを、鱒《ます》の群れが通りすぎてい

く。

「しかしいろいろ数奇な運命ですねえ。ぼくもラライエにいきましたが、ピャレ・カヤには結局会えず謁見したのは二十四神、ゼットイータっていう女の人でした。とんでもない美人でドキドキしちゃった。なんか入れ替わりで番しているみたいね」

「実は二十四神が、分裂したピャレ・カヤなんじゃないの？」

私がいうと、マキオは頷《うなず》いた。

「やっぱそう思いました？　ぼくもゼットイータに会ったとき、たぶんそうなんじゃないかなあって思いましたけどね。あるいはあの人たちスタープレイヤーでしょ。たぶん。真相はぼかして、虚構にすり替えてうやむやにするのが、ラーナ教の特性ですからね」

私たちは焚火《たきび》を囲んで語りあった。

私がカルメルドからきいた〈希望の鍵《スペシ・カヴイエ》〉のことを教えると、マキオは笑った。

「なんだかね。二十四神様は、やっぱずれていますよね。だってほら、そんなこといわれなくても、当たり前じゃないですか？〈希望の鍵〉なんて名前つけなくても、自分の人生に大きな影響を及ぼす人間がいるってことでしょ、要するに」

「まったくです。同じこと思いました」

炎を見ているうちに、私は思わずマキオにいった。

「死者が暮らす町、作ろうかって」

「死者？」

華屋律子がかつてその話をしたとき、私はぴんとこなかった。だが、なぜか死者の町のことはいつまでも心に残り続け、何度もそれについて考えるようになっていた。

「人を呼ぶって倫理的にひっかかるでしょ」

「大いに」とマキオはいった。「レオナルドさんとか、あんな大量に呼んで大丈夫かよって思ったもの」

「だから、死者なら、呼ばれたほうも感謝するんじゃないかとか」

「なるほど」

とりあえず作ったら連絡するとマキオにいった。

★★★★★

シェーンヒメルでの滞在が終わりに近づいてきたころ、私は川に落ちた。

ちょうどその場にはレビだけがいた。

冷たい水は瞬く間に私の体温を奪い、足のつかない流れはあっという間に私を下流に運んでいく。

何度か水を飲んだ。

岸にあがったときには見知らぬ場所だった。

私はそのとき、はっきりと死の予感をおぼえた。ヘリには一生を何度もやり直せるだけの金があり、私が川に落ちたところを見たのはレビだけである。

そして私の体は冷え切り、火を起こす道具はなく、川を戻る道はなく、スターボード

はなく、人を呼ぶ方法もない。数時間後に日没となる。日が落ちると周囲の気温は十度以下になる。

ところが、為《な》すすべもなく震えていると日没少し前に上流から船がやってきた。

「旦那《だんな》様！」

なんとレビと、村人が乗っていた。

後から聞いた話だが、レビは私が川に落ちた後、すぐさま数キロ先の民家まで全速力で走り——身振り手振りで民家の男に事情を話した。

幸運にも民家の男は川船をもっており、すぐさま救出にきてくれたというわけだ。

民家の男には充分な礼をしたが、私は風邪をひき一週間寝込むことになった。その間の看病をしてくれたのもレビであった。

私はレビに、なぜ金をもって逃げなかったのかときかなかった。それは彼のような人間にはひどく失礼な質問だとようやく悟ったからだ。


体調が回復してからギーナに戻った。

これでマキオに会うという〈課題《データム》〉は完了したことになる。

明日にでも神殿に行こうと思っていると、宿の扉をノックするものがいた。

開くと二十四神カルメルドだった。

「ずいぶん早く戻ってきたな。〈課題〉は終わったか」

私は頷いた。

「やって良かっただろ？」

「ええ」私は認めざるを得なかった。

カルメルドは御供もつれておらず、町の人間も、宿の人間も、まさか聖域の神様が宿にきているとは気がついていないようだった。

「ほれ」

カルメルドは私にボードを渡した。

「もう失くさないように。あ、サージになった君の式典があるから、もう少しだけギーナにいてくれ」

カルメルドはそれだけいうと去っていった。

★★★★★

2

宿をでると、イブラハンとその下の僧侶《そうりょ》たちが私を取り囲んだ。

「ラライエにて、新しいサージ様の誕生の祝典を開かせていただきます」

私より二十歳は年上であろうイブラハンが床に膝《ひざ》をついていった。しかしその表情は厳しく、有無をいわさないものがあった。

改めて調べると、サージというのは、二十四神に次ぐ階級で、半人半神の存在であり、

地方神官長より上の階級だった。

私はイブラハンより、サージのみが着衣を許される〈聖法衣《せいほうえ》〉と、〈善悪の杖《つえ》〉をもらった。

私はイブラハンにいった。

「レビも僧侶にしてやってくれ」

「申し付け承りました。サージ様の従者ですから、僧でなくてはおかしいでしょうな」

レビも神官に呼ばれ、サージの弟子にふさわしい僧衣と位をもらった。

「ただのお人ではねえと思っていましたが、今でもまだ信じられません。まさか聖人様だったなんて」

レビは〈聖法衣〉をまとった私を見ながら、おろおろといった。

「君の僧服も似合うよ。それから聖人様だったわけではない。聖人様になったんだ」

「それは、やはりライエで」

「うん、ラーナ教徒になる約束をした。サージってのは凄《すご》いのか」

「実在が疑わしいほどの称号です」

私は咳払《せきばら》いをしてからいった。

「その、君は、もう奴隷ではないし、奴隷と思ってもいない」川で救出されて以来、本当に私はそう思っていた。「これからもよろしく頼む」

イブラハンが部屋に入ってきた。

「お二人とも、大変立派な出で立《い》ちでございます。さあ、こちらです」

ギーナの巨大な大聖堂に入った。

おそらくは一万人ほどの信徒、僧侶たちを前にして、聖人が新しく誕生した儀式が執り行われた。

信徒たちが合唱する聖歌が聖堂に響くなか、私は人形のように立っていた。

一度壇上で話すことになったが、当たり障りのないことだけを話した。

荘厳な雰囲気の祝典も、ギーナ市中を練り歩くその後のパレードも、場合によっては喜ぶところなのだろうが、場違いなところにいるような困惑と後ろめたさがつきまとった。

私は経典を一冊も読んだことがなければ、一オクスの献金をしたこともなく、そもそも信徒ですらなかったのだ。

敬虔《けいけん》な信者からすればずいぶん筋の通らぬ話である。

カルメルドがなぜ私にサージの称号を与えたのか。

スタープレイヤーだから、だ。

仮にそうしようと思ったのなら、何千万人をも瞬時に殺す災害を起こすことができる存在。

そんな存在は危険だから優遇して取りこんでしまう。所詮《しょせん》人は社会のなかの存在であり、己に冷淡な仕打ちをする社会には反旗を翻しても、承認し、賞賛してくれる社会な

★★★★★

らば、決して壊そうとはしない。

そして、いざ私がスターを使ったり、あるいはボードの機能を使用したり、もしくはイストレイヤにはない文明の利器を使うようなときには、〈我らのサージ様が奇跡を起こした〉と大衆は解釈することになる。

彼ら側には、しかるべき利のある選択なのだろう。


さて、私の六つ目の願いは、次のものになった。

〈諸々のものを召喚し、スターボードの機能を拡張する〉


諸々のものというのは、あくまで「ついで」で頼んだものであって、特筆するようなものではなく、ガソリンや、銃や、弾薬、金貨などだ。

六つ目の願いは〈ボードの機能の拡張〉こそがメインである。

まっさきに、盗難、紛失防止の、呼べば手元に現れる〈ボードリタン機能〉をつけた。

完全にマキオの真似なのだが、案内人を音声で召喚できるようにし、また炎や電流を発することもできるようにした。

そして、形状変化その他の、諸々の機能もつけた。

マキオの１２２８の例にならい、声で指令をだすときの誤作動防止パスワードは〈青

渦巻き模様がついているところからとった。

渦巻き〉にした。私のボードが青色で、渦巻き模様がついているところからとった。

「青渦巻き、ボードリタン」というわけだ。

ギーナ以降は、インチキ聖人のインチキ大旅行に突入する。

大きな都市にでもいけば、必ずラーナ教寺院がある。

私は「聖人」なので、聖法衣を着て善悪の杖を手にしている限り、無理やりにでも寺院に引っ張られていく。寝場所も食事も、馬も、護衛も、何もかも全て準備してくれるし、またこちらが預けたいものを預けることができる。

あちこちから招待され、ひとつの場所にいくと、次の場所でも大勢が待っているのでいってくれといわれる。

★★★★

何百人もの修行僧たちが一斉に私の前に膝をつく。

寺院では何十人もの人々と一緒に長いテーブルについて食事をする。

「では〈聖詩〉を暗誦《あんしょう》してから、食事にしましょう」

年配の僧侶がいう。

「せっかくですから、よろしければ、今日は、サージ様に〈聖詩〉の暗誦をお願いできますでしょうか」

「いえ、私は目を瞑《つむ》っていますので、皆さまのお声を聞かせてください」

私は微笑んでいう。〈聖詩〉など知るか。

ある町で、聖法衣を着て寺院に向かって歩いているとき、ごろつき数人に取り囲まれたことがあった。

どこか貧しくひねくれた顔の男たちで、

「おいおい、聖人様が歩いているように見えるんだが、本当か？」

と声をかけてきたのだ。

そのとき私はレビと、もう一人、その町にある大きな寺のまだ若い僧侶を一人御伴《おとも》につけていた。

ごろつきのからかいなど面倒なので無視して進んでいると、彼らは走ってきて、私を取り囲んだ。

レビと同じ、灰色の肌に、緑の瞳《ひとみ》の男が多い。数を数えると七人いた。

「ラーナ教の聖人様にぜひ教えていただきたいことがある」

そういって薄ら笑いを浮かべて前にでたのは、筋骨たくましい大きな男で、体格からして、こいつがボスなのだな、と思った。

「なんだ？」

「聖人様ってのは女とアレするのか？」

ごろつきの間に下卑た笑いが起こる。

レビが行きましょうと私の袖《そで》を引いてうながしたが、私はそれを振り払った。

「面白いじゃないか」私はいった。

「やっぱり男なの？　おまえの相手はそいつ？」

その男はレビを顎《あご》でしゃくりながらきいた。

レビが男に向かって何かいった。

私の知るイザヤ語ではなかった。ロデム周辺の部族語だと思うが何といったのかわからない。短く鋭い言葉だった。向こうにいけ、とか、そんなようなことをいったのだろう。

ごろつきの一人が素早く何かいい返し、刃物をだしてレビを取り押さえた。

「聖人様の身体がどうなっているのか俺は興味があってな、ちょっとここで服脱いでみな」

「私に恥をかかせようというなら、死ねばいい」

私はいった。

「俺が？」男は笑った。「じゃあ殺してみたらどうだ？」

「青渦巻き、ボードリタン」

私の手に瞬時にスターボードが召喚される。

「青渦巻き、形状変化。ソード」

スターボードの形が剣になる。サーベルのように円形のグリップ。刀身は糸のように

★★★★

細い。
形状変化は私が追加した機能の一つだ。
私のスターボードは私の指示によって、その形を変える。
剣にも、他の何かにもなる。
細い刀身は一見して脆《もろ》そうだが、全くそんなことはない。
なにしろ、スターボードは〈水、雷、強い衝撃、何があっても壊れない〉のだから。
スターボードの剣は〈絶対に折れず刃毀《はこぼ》れしない剣〉ということになる。
私は剣で男の肩から胸までをさっとなぞった。
喉《のど》や胸を突き刺せば絶命させることができるが、そこまですることもない。
男の服が裂け、肉が半センチほど抉《えぐ》られる。
男は少し不安そうな顔で私を見た。
私以外の誰にも私の剣は見えない。
スターボードはスタープレイヤーにしか見えないのだから。
斬られた、とわかっていないのだろう。
それから男はちらりと己の胸元を見た。血で染まっている。
レビに刃物をつきつけている男の掌を突くと、続けて顔と、腕と、両腿《りょうもも》を突いた。
男はレビの首にあてていたナイフを落して蹲《うずくま》った。
「青渦巻き、放電」

その隣にいる男に、剣先をあて電流を流す。

一回の〈放電〉の指示で、成人男子が気絶する量の電流が剣先から流れる。

誰も回避や防御をしないので、面白いように相手は倒れる。いざ試してみれば驚異的な武器だった。

五人目が地面に倒れたところで、残りの二人が逃げた。

「もういい、わかった、わかった。行け」

リーダーは、地面にうつ伏せに倒れ、胸から血を流しながら涙目でいった。

私は首を傾げた。

「行け？　嫌だね。ずっとここにいる」

男の顔が引きつった。

「他人に喧嘩《けんか》を売っておいて、おまえが終わりたいときに終わりにできるとでも思ったのか？」

私がいうと男はもごもごと呟《つぶや》いた。

「聖人様、聖人様、お許しくださいませ、御慈悲を、御慈悲を」

私はしばらく彼を見下ろしていたが、ふっと気が抜けた。寺院から同伴していた僧に命じた。

「寺から仲間を呼んできて、こいつらを寺に運び込み、怪我の手当てをしてやりなさい」

彼は「ただちに」と叫んで猛然と寺院に向かって走っていった。

★★★★

過剰防衛ともいえる私の行きすぎた暴力だった。だが僧侶たちはそのように解釈しなかった。

サージ様は暴漢たちに指一本触れなかったが、暴漢たちが〈風に斬られたかのように〉勝手にあちこちから血を流して倒れた。さらに〈手当てをするように命じる〉なんて——これはサージ様が本物の神格である証明だ——と解釈をしたのである。

暴漢に襲われた次の町は、寺院には立ち寄らないことにして、聖法衣を脱いだ。

「前の旦那様のところでは、年に五回ほど休みがあったんですが、たいがいは娼館《しょうかん》でした」

と、レビがいったので、私たちは娼館に向かった。

「僧侶がこんなところいいんですかい？」レビは何度も私にきいた。

「僧侶も息抜きしなくちゃダメだろう。他の奴らに見られなければいいだろう」

並んでいる女から選ぶ方式だった。

レビが選んで部屋に消えていったので、私も買ってみることにした。

私が買った娼婦は意外にも会話が上手で、悲愴《ひそう》感のない朗らかな女だった。

実は女を買ったのは、ここが人生で初めてだったが、あまり面白くはないものだな、と思った。性にあわないのだろう。

楽しみが終わり、でてきたレビと合流した。

人を見る力など、誰ももっていない。

人が見るのは容色か、さもなくば金と階級と称号だ。そしてせいぜいが上っ面の言葉だけだ。

「レビ。私たちは法衣を纏《まと》ったイカサマ師だ」

私は帰り道にそういって笑った。

「違います」レビはいった。「私は確かにそうですが、御師は本物ですよ。ラライエ入場から今に至るまでその聖なる軌跡、全て、このレビが見ております」

「今日の私はどうだ？」

「聖者だって息抜きしましょう」

★★★★

3

しばらくすると私の弟子はレビを含めて五人になった。

新しい弟子のうち一人は、レビに選ばせて買った奴隷（カインクロウという名の屈強な男）で、三人は、どうしても一緒に御伴をさせてくださいと、縋《すが》りついてきた僧侶たちだった。

正直いって、この下りることのできなくなったイカサマゲームの共犯者ともいえるレ

ビ以外はあまり心を許せなかった。ラーナ教の僧侶というのは、融通が利かない。迂闊《うかつ》なことをいえば、自殺でもしかねないのだ。

その気にさえなれば、サージの威光や、金によって配下をいくらでも増やせたが、ヘリに乗せていける人数もあるので、側近は五人を上限にして、メンバーをどんどん入れ替えていった。

大寺院などの、しかるべき場所で「ここで私がくるまで待て。それが君の〈課題〉だ」などと言い残して弟子と別れる。その後、また新しい仲間を補充した。

時には仲間たちを全員どこかの寺に残してでかけた。

「私は修行にでなくてはならない。しばらく沙漠に赴く。おまえたちはここに残り、私の帰りを待ちなさい」

そういいつつ、彼らと離れるや、すぐに聖法衣は脱ぎ捨てる。

いうのも恥ずかしいのだが、私は女遊びをしにいくのである。

娼婦買いはつまらない。彼女たちは毎日訪れる何十人もの客の一人としか私を認識しないし、感情のやりとりなどたいしたものは何もなく、そこには金しかない。

私の女遊びは、奴隷市で女を買う。そしてヘリに乗せて藤沢市に連れていくのである。

どの女も、ヘリコプターが空に舞い上がった時点で、圧倒されてしまい、じっと押し黙ってしまう。

私は藤沢市につくと、ジーンズに着替える。いや、ジーンズでなくとも、とにかく地球の服を着る。

連れてきた女にも、地球の女が着る服を着てもらう。ハイヒール、黒いストッキング、ミニスカート、女子校生の制服、なんでもありだ。地球出身者ならいいが、この星の女だと着こなし方がわからない。その場合私が教えてやる。

私は女をモデルに見たて着せかえて連れて歩く。

そして、警察署や、学校の校庭など、背徳的な場所でたっぷりと女を可愛がる。ひどく滑稽《こっけい》なことをしているのはわかっている。だからレビも置いてくる。人目がないからこそできる秘密の遊びなのだ。何日かの休暇を過ごし、そして、私たちはイストレイヤの服に戻る。

私は女の感情の変化を楽しむ。恐怖から安心へ、やがては私への憧憬《しょうけい》、そして執着。ヘリに乗り、女をどこかの町――女の故郷や、女が行きたがっている町まで運んで別れる。

別れる時には女に金を渡す。何人かの女は、「終わりにしたくない。連れていってほしい」といった。

しかし、やはり遊びは終わりにせねばならない。

私は一人でヘリに乗り込み、寺院に戻る。

寺院では弟子たちがわらわらと出迎えてくれる。

★★★★

「修行はどうでしたか？」

私はただ頷いてみせる。

インチキ聖人のインチキ大旅行にはいろいろなことがあったが、細かいところはもういいだろう。

私はネオ藤沢市の書店や図書館から、主に建築関係の本を集めた。

そして、町づくりの研究をはじめた。

聖人になるのは目標でもなんでもない。

行きがかりでなっただけだ。称号や階級など、せいぜいが不便を緩和する道具にすぎない。

その道具を使って何をしよう。

何ができる？

何でも良かったのだ。

ただみんなが幸せになれそうなことなら。

私の七つ目の願いは——。

到達

初夏になった。

ヘブンでの日々が始まってからちょうど一年ほどが過ぎたことになる。

町の広場では一周年の祝祭が開かれた。

孝平は屋台を開いた。食料部でできた友人や、司馬新文、葉山卓郎や、神仲智美が手伝ってくれた。

うどんや、焼きラウンバーや、平海老《ひらえび》シチューなどがだされた。

孝平の屋台は町中の絶賛を受け、行列ができた。

広場に面する建物には〈復活一周年祭〉の垂れ幕がかかり、この日のために練習してきた町の有志たちの劇や、バンドの演奏があった。

祭りから数日後、バベルを目指す探索隊が結成された。中心は探検部である。

バベルを見たいと思うものは多く、志願者は殺到した。

探検部からは、坂上直久と、葉山卓郎、鐘松孝平以下数名。それに、新聞部から司馬

新文が加わった。

　孝平が驚いたのは、神仲智美も志願したことだ。

「なんで？　バー・ナポリに行くだけでもヘブンから三日はかかるんだよ。シマシマライオンでるしさ」

「でも、坂上さんたちがいろいろ対策考えているでしょう」

　結局は、智美は体力不足を指摘され、バー・ナポリまでの同行は許されたが、そこで待機する班になった。


「ミスターニッカ」

　孝平は、葉山と一緒に、通りの向こうからのそのそとやってきた亀男に声をかけた。

「おはよう」ニッカは面倒くさそうにいった。

　バベルを目指すのだ、というと、ニッカの眼が大きくなった。

「ぼくはいかない。絶対にだ」

「そりゃそうだよ、ぼくたちが行くんだよ。君は参加メンバーじゃないから、ここで待っていて」

「ならいいけど。死にますよ」

　ニッカはいった。

「君にとって地獄だったのだものね」孝平はいった。

「サージイッキ様はヘブンにいなかった」

ニッカはぼそりといった。

「もしかしたら、全てはぼくの勘違いで、バベルにまだいるのかもしれない」

だからどうなのだとニッカはいわない。じっと黙りこくっている。

「だとしたら、俺たち会うかもな」葉山がいう。「もし会えたらさ、一応、頼んでみるわ」

「何を?」ニッカはきょとんとしていった。

「ミスターニッカが元に戻れるようにだよ」孝平はいった。

葉山は両方の拳《こぶし》を打ちあわせた。

「正直いって、俺は、君のその姿はな、そりゃないいんじゃないかって思ってんだ。君をそうした野郎は、一発ぶん殴ってやりたいぐらいさ」

ニッカはうろたえたようにいった。

「駄目だ。そんなことをすれば、君も亀にされるぞ。何を勘違いしているか知らないが、人間以上の雲上の存在に対して」

「わかったわかった」うるさそうに葉山がいった。「でも、頼んでやる。な?」

長い旅だった。

まずヘブンを出発し、滝の上にでる。

そして滝の上の小屋から、今度はマルイがあるアスファルトの道路まで、シマシマライオンに気をつけながら進む。

既にあちこちに矢印がペイントされ、迷いにくくなっていた。

そしてマルイまで到着すると、バー・ナポリと周辺建築物を拠点にして出発である。

今回の探索隊は、全部で三十名が参加しており、坂上隊長は、バー・ナポリで探索隊を二つにわけた。日常的に訓練していて体力に自信のある十五名をバー・ナポリから先へ進む〈バベル調査班〉そして残りの十五名は〈ナポリ待機班〉。

バー・ナポリからは、自転車を使用することになった。

近くのマルイのスポーツ用品売り場には、自転車が展示されており、そこから十五台の自転車が持ち出された。

十五台の自転車に跨《また》がった、バベル調査班は夜明け前に出発した。

孝平が振り返ると、神仲智美を含む待機班が手をふっている。なんだか自転車レースに出場する学生の気分だ。

空は薄い雲に覆われており、沈みかけた月がぼうっと光っていた。

自転車を漕《こ》ぎながら、鐘松孝平は、一つの終わりを感じていた。

未知なる世界を進んでいく。

やはりこれは探検である。

しかし、そのルートに、水道や、アスファルトの道路や、人が住んでいないとはいえ、それなりの建築物やガソリンスタンドがあるとなれば、これは今までの探検らしい探検とは違う。

「ここをずうっといったらバベルが出てくるそうですが、他の都市にも繋《つな》がっているんでしょうかね？」

司馬新文がペダルを漕ぎながら坂上直久に話をふる。

「わからない。ニッカのいうサージイッキという男が、そもそも何を考えてこの道路を作ったのか見当がつかない」

坂上直久は答えた。

なにしろ全く交通がないのだ。

「マルイを見てから、いろんなことがよくわからなくなってきたな。ニッカのいうことをそのまままとれば、我々は、バベルにいけば創造主に会える可能性があるのだから、直接聞いてみるしかない」

鐘松孝平は二人の話を聞きながら、ぐいぐいと進む。

「ぼくたちは何なんでしょう」別の隊員がいった。

「ヘブン人だ」

誰かが答える。

「なんかそれ、語感が変」須藤麗子が笑う。

おしゃべりに興じていると楽しいサイクリングといった雰囲気になってきた。

孝平もペダルを漕ぎながら笑ったが、どこか薄暗い気持ちがあった。

孝平は智美から、ニッカと美幸の件はきいていた。おそらく智美は、姉がいた場所を自分の目で確かめたくて志願したのだろう。

自分が智美の立場であるなら――姿を変えられた肉親が幽閉されて殺された場所など見に行きたいと思うだろうか。

バベルにはネガティブな印象しか今のところはない。

「まあ、この先、我々はヘブン人として異世界人に会うことになるわけだな」

坂上隊長がいった。

「そういう意味ではもはや探検隊ではなく、使節団ってところですかね」誰かがいう。

「そうそう。だから、みんなそのつもりでな。まず相手にあったら、絶対にもめないようにしよう。まずかったらすぐ引きさがる。最初が肝心なんだから」

「怖いですよね、ニッカの話きくと」

「まあな」坂上はいった。

ニッカの話からすれば、バベルの全てが亀牧場ではないのは明らかだった。すると他の部分は普通に人間が生活を営んでいる都市だと推測できる。

四十キロほど進んだところで道が分岐した。

みな分岐の前で自転車を止める。

ニッカはバベルからアスファルトの道を這《は》い進み、いくつかの分岐を適当に進み、どこをどう曲がったかおぼえていないという。

つまり、適当に曲がるしかないのだ。どちらに曲がったか道端の石にテープで印をつけておく。

初日の夜は道路脇にテントをはり、二日目は廃墟《はいきょ》の豪邸の軒下にて寝た。

自転車で出発してから三日目の午前中のことだ。

ユーカリの樹木が両脇に並ぶ長い下り坂があった。

やがて道は枝葉の天蓋《てんがい》によるトンネルになり、そこを抜けると夢の町が広がっていた。

「あれ？」

鐘松孝平は目を見開いた。

立ち並ぶ民家。

瓦《かわら》屋根、電信柱、ブロック塀、赤い郵便ポスト。横断歩道に、信号。白いガードレール。

懐かしい記号の数々。

――戻ってきたのか？

「日本……か？」すぐ後ろの司馬新文が動揺した声をあげ、ブレーキをかけた。

信号機は点灯していない。道を走る車もない。

道路標識を見ると神奈川県藤沢市とある。

十五名は互いに顔をみあわせた。

鐘松孝平は坂上直久にいった。

「ここ、知っています」

「来たことがある？」

「ぼく長崎生まれですけど小六から藤沢市で育ったんですよ。横須賀に行く途中でトラックに撥《は》ねられてヘブンにきたんです」

「なるほど。興味深い。孝平君。住んでいた君の目からして、本物の藤沢市と思うか」

坂上直久がきく。

孝平は少し考えて首を横に振った。

「もうちょっといろいろ走らないとわからないですけど、なんか、坂とか、地形の起伏とかけっこう違和感あります。いろんな意味で本物そっくりではあるんですけど」

アスファルトを突き破って生えている草や、蔦《つた》の絡まった歩行者用信号もある。

建物の壁や窓もヘブンに比べるとずいぶん薄汚れている。

その晩、十五名の自転車部隊は、国道沿いの小学校の教室に泊まった。

町はどこにいっても無人だったが、見られている気配を、何人かが感じていた。

埃《ほこり》っぽい部屋を拭《ふ》き掃除し、教室内にテントを張った。

みなが坂上直久を囲んで、この藤沢市、もしくは藤沢市もどきについてそれぞれの意見をいった。

「なんにせよ、もしもこの町が、そのまま野ざらしに放置されているとすると、ヘブン的には宝の山じゃないか？」誰かがいう。

「確かに」誰かが相槌《あいづち》を打つ。

「この町があれば、何でも作れるだろ」

鉄工所もあるだろう。小さな町工場もあるはずだ。

ガラスを作ることもできれば、鉄を鋳ることもできる。ヘブンにも鉄工部はあるが、ようやく本格的に始動できる。

しかも車がそこら中にある。

「車について詳しい人いる？」坂上直久がきいた。

探検部の一人の青年が手をあげる。

「ものすごく詳しいってわけではないですけど、昔整備工場で働いてました」

「直したら動かせそう？」

道や住宅に車はいくらでも停まっていた。

「わかりません。エンジンとか腐ってないんなら、たぶん、できなくは……」

車販売店も、修理工場も、オートバイ販売店もある。工具も発電機もあれば、バッテリーチャージャーもあるだろう。ドリルもあれば、ネジもある。

できなくはない。

「じゃあ、二人ほど助手につけるから、明日から動かせるかどうか試してみて。道の車とかじゃなくて、国産メーカーのショーケースの中とか、傷みの少なそうな奴を狙ってさ」

「うまくいけば、帰りは車だ」

わっと隊員たちの空気が華やいだ。

「この町もニッカのいっていたサージイッキって人が全部やったんですかね？」

葉山がいうと、須藤麗子が首を傾げた。

「なんのために？」

みな黙った。

何か理由があって藤沢市（らしきもの）を召喚したのか。

「なんとなく、じゃない？」誰かがいった。

「なんとなく、なんてそんな理由ある？　町いっこぶんだよ」須藤麗子がいった。

「ヘブンの叩《たた》き台かもな」坂上直久がいった。「作った人に会えばわかるだろう」


翌朝だった。

鐘松孝平は小学校の屋上にでた。

朝の大気を吸い込む。

奇妙な藤沢市からは、バベルが見えた。

かつて謎山と呼ばれていたそれは、出発時よりもだいぶ大きく見えていて、大きな柱や一列に並ぶ窓の類《たぐい》もわかる。ここまでくればそれが自然物ではないことは明らかだった。

しかし、巨大すぎる。建築物としては人間の限界を超えているように見える。

何気なく屋上から地上を見下ろして孝平は息を止めた。

校門の前に、見知らぬ男が立っていた。

孝平はじっと相手を見詰めた。

長いゆったりとした服を纏《まと》っている。しかし顔が、顔料でも塗っているのか、灰色だ。

視線に気がついたのか、相手も顔をあげ、屋上にいる孝平と目があった。

灰色の肌の男はぺこりと頭を下げた。

孝平は走った。

想定していたことだ。自分たちは使節団でもある。

もしも何者かに出会ったらどうするか。

できる限り、友好的に、平和的に。まず相手の出方を窺《うかが》うこと。

レビの見た風景　1

1

レビ・グレイブは、旧ロデム帝国の貴族階級の出である。

ロデム帝国は現イストレイヤの南部に中心地があり、一帯を治めていた。

もしもロデム帝国時代にレビが誕生していたのなら、身体を酷使する仕事には一切つくことがなく、奴隷たちが運ぶ富に囲まれ、詩や音楽を嗜《たしな》んで優雅に暮らしていただろう。

しかし、彼が産まれたのは、ロデム崩壊から数百年が経過した時代であり、そこにかつての栄華など何もなかった。

グレイブ家は凋落《ちょうらく》し、所有しているものなど、せいぜいが家と家財道具だけだった。

土地を奪われたロデム人は、全盛期の五十分の一以下に減り、辺境に追いやられていた。

レビの産まれたレイバードも、辺境中の辺境である。

レイバードはイストレイヤ人からは「地の果て」「奴隷牧場」と呼ばれていた。奴隷商人はレイバードで人間狩りをして商品を仕入れるのである。

グレイブ家も、奴隷商人の率いる私兵の集団に襲われた。

荒野に村の大人たちが縛られて座らされ、一刀ごとに首を刎《は》ねられていく様子をレビはよく覚えている。

わし鼻で額に傷のある男が、襲撃団のリーダーだった。

後ろ手に縛られた母は、涙を流しながらレビを見た。

父は戦って殺され、村の外に死体となって転がっていた。

わし鼻の男は仲間たちと笑いあいながら、レビの隣にたつと、その肩をぽんぽんと叩《たた》き、それから曲刀を手にした。

母の首が飛ぶ瞬間、レビは空を見上げ、呆然《ぼうぜん》と荒野に沈む夕日を見た。

レビには、兄と姉と弟がいたが、彼らがどうなったのかはわからない。同じように売られたか殺されたのだろう。

ロデム人には土地を捨て逃げるという選択肢もあるにはあった。だが、現実として、レイバードは「地の果て」であり、入れば死ぬという広大な沙漠《さばく》が背後にあるので、逃げようがなかった。

自分は幸運だったとレビ・グレイブは思う。

奴隷市場で五歳の彼を買ったのは、カーシス南部で農場を営む地主で、多くの御屋敷のように「人間以下の家畜生活」や「性玩具《がんぐ》としての地獄」が待っているわけでもなく、そこそこに綺麗《きれい》な奴隷小屋を与えられた。

地主は、自分の五歳の息子の遊び相手として、レビを買ったのだ。

レビは「ぼっちゃま」と遊ぶ役割を果たした。ぼっちゃまとレビは笑ってかけずりまわった。だが五歳のレビは直感的に、ぼっちゃまより上に立っては決していけないのだと悟っていた。

しかしぼっちゃまは、球技にしろ、イストレイヤ将棋にしろ、レビよりずっと上で、あえて相手を立てるような気遣いは無用だった。ぼっちゃまは陽気で細かいことは気にしない好男子だった。

レビは常にぼっちゃまの「腹心の家来」だった。ぼっちゃまはレビを気に入り、何もかもを教えてくれた。

ぼっちゃまは、奴隷のレビと一緒に学校に行きたいと主張した。ぼっちゃまの懇願と説得により――教育のある奴隷がひとりいたほうが家のためにもなる――地主はレビを四年間、息子と同じ学校に通わせた。

そこでは灰色の肌はレビだけだった。

学校から帰ると、奴隷頭に命じられ、家畜の世話や、機織りの手伝いなど、主に仕事をして過ごした。

最優先事項は、旦那《だんな》様や奥方様をはじめとする、家のものに叱られないようにすることだった。

時折、ベッドの中で滅びゆくロデムの民に思いを馳《は》せた。兄弟たちがどんな目にあったのか想像した。そんなときは小屋の外に悪魔が忍び寄ってくるような強い不安をおぼえた。

夕暮れ時になれば夕瞑《ゆうめい》をした。

大気が冷えていく頃、ライエの方角を向いて頭《こうべ》を垂れ聖詩を唱える。

〈天に坐《まします》大いなる霊は、全世界のあまねく全てに形を変え散らばり、生の試練を与えたものを見守らん〉

夕瞑や聖詩は、彼の心を落ちつかせた。

生の試練——まさに己の人生はそれであった。

彼は寺院に通った。ラーナ教の聖典である、イストブラディマや、ファゴ記はどこにでもあったので、奴隷小屋で表紙が擦り切れたものを手元において熟読した。

ファゴ記は宗教書というよりむしろイストレイヤ民話集だったが、その中には、〈触れたものを黄金に変える男〉という話があり、レビのお気に入りだった。

ある貧しい男が、困っている旅人を助ける。その旅人は金属を司《つかさど》る精霊が姿を変えたもので、貧しい男は〈日が昇り、沈むまで手を触れ続けていれば、触れていたものを黄金に変える力〉をもらう。

男はくる日もくる日も、野原の巨岩に手を触れ、それを黄金に変えていく。適当なところで遊びにでもいけばいいのだが、いったん増やす喜びを知ってしまうとやめられない。そして数十年過ぎ、ある晩、雨の中、野外で立ち続けたために、風邪をひいて死んでしまう。男が死んだ翌日、兎狩りの猟師がやってきて「これはどうしたことだ。この山は黄金だらけだ」といって全てを持ち去ってしまうところで終わる。

貯蓄するものに対する皮肉のようでも、人の業《ごう》についての寓話《ぐうわ》のようでもあった。

仕えていた主人が死んだ。ぼっちゃまはその頃、実家を離れ、首都ディヴァインに暮らしていた。

再び奴隷市場にだされたときレビは三十二歳だった。

誰が買うのか不安だった。読み書きができる奴隷という口上が述べられたが、そんなものは生意気だと思われ逆にマイナスかもしれない。

自分を買ったのは若い黄色人種だった。

奴隷を求めるのは圧倒的に、貴族階級のソリア人が多かった。まさか黄色人種に買われるとは思わなかった。

さらにこの主人は一人だった。

地主や、貴族たちは奴隷を買うとき、必ず御伴《おとも》や、奴隷頭を連れてくるものだ。

レビは黙って新しい主人に跪《ひざまず》いたが、主人は困惑したような顔をしてレビを立たせた。

新しい主人は、どの地方の訛《なま》りも交ざっていないふわふわとした奇妙なイザヤ語を使

った。

彼はどこか哀しげな顔をしていた。

なんと、御屋敷がない――という。

御屋敷のない若者が奴隷を買ってどうするというのだ？

更に、奴隷と一緒に食事をしたり、奴隷に話しかけるのに、敬語が交ざったりすることから、奴隷を買ったり扱ったりするのが初めてだということがすぐわかった。


これまで空の上で暮らしていて、つい最近空から降ってきたばかりの男。

レビは内心で主人をそう評した。

イストレイヤの伝統的かつ一般的な着物レノンの帯の締め方も知らなければ、ラタ鶏《どり》の絞め方も知らず、誰もが食べる蛙の串焼《くしや》きを、「生まれて初めて食べるよ」といいながら眉《まゆ》をひそめて口にした。

髭《ひげ》をたくわえるつもりもなく、色のついた硝子《ガラス》を顔にかけて「日光の害を防ぐ」などという。

森の空き地に鎮座していた輝く鋼鉄の物体――ヘリコプターに乗って空に舞い上がったとき、レビは恐怖で泣き、そして悟った。この人はこれまで自分が見てきた誰とも本当に違うのだ。

シェーンヒメルから戻ってきて、ギーナで聖法衣《せいほうえ》をもらった主人はいった。

「もとから君のことは奴隷だと思っていない。今日から君は、私の奴隷ではなく、一番弟子ということでいいかな。私のことは、ご主人様でも、旦那様でもなく、〈師〉と呼んでくれ」

レビは目を瞬《しばたた》き、小さくいった。

「わかりました」

「まあ、呼び名が変わるだけで、今まで通りでかまわない」

主人が聖人であるというのは、レビには大いに納得できることだった。

ギーナの神官からレビも僧衣をもらった。


大きな変化だった。

寺院の僧侶《そうりょ》たちは、聖人の一番弟子であるレビを、身分の高い客人と同等に扱うようになり、町を歩いても、これまでとは周囲の視線が違っていた。

師は本物の聖人であり、その奇跡の数々を見るたびにレビは興奮した。

野原で道に迷ったが、師にとっても初めての土地であるはずなのに、町まで導いてくれたことがある。

あるいは寺院から真夜中の山道を歩くとき、突然光が照らしたことがある。

師のそばに女の精霊が忽然《こつぜん》と姿を現し、師と会話して、またかき消えたことがある。何を考えているのかわからない人だ。

だが時折何かを——己が聖人であることを——恥じているような顔をする。実はレビはそういうときの師の顔にこそ、好ましいものを感じていた。

師は増えてきた弟子を次々に入れ替え、時には寺院にみなを残してふらりとどこかにいってしまう。

しばらく修行にいく——そう言い残すだけで、どこにいくのか、どんな修行なのか、誰も知らない。

そうなるともう弟子たちは待つしかない。

みなで固まって料理などの当番を決めながら、師についての噂をしたりもする。

なかには師の真似をしようと、鼻息荒く洞窟《どうくつ》などにこもりにいくものもいた。

寺院から弟子入りした僧たちは、レビを、〈灰色の肌のロデム人〉と見下していた。

彼らはサージイッキがいなくなると、レビに問いかけた。

「一番弟子のレビ殿ならおわかりでしょう。ブラディマ、第十二章、七節、一角羊の末日にて、なぜピャレ・カヤは晩餐《ばんさん》の途中で、立ち上がり外にでていったのですか？」

レビはうんざりしながらいった。

「さあ、なぜなんでしょう？」

彼ら寺院から弟子入りしたものたちは、聖詩の解釈だの、聖典にあるピャレ・カヤの行動だの、どうとでも意味のとれることを、それが信仰の証《あかし》だとばかりに議論し続けるのだった。レビにとっては悪癖としか思えなかった。

「一番弟子のレビ殿は、どこでどんな説法をし、民を救ってきましたか？」

いやいや何も、とレビは答えた。ほほう、と相手は眉をひそめる。

「私の祖父は、カーシスの大寺院の司祭にまでなって名誉ある霊守の壁に入り、あの町の霊王のもとに仕え、町を悪霊から守っております。私の母は、ディヴァインの貴族出身です」

そうですか、そうですか。ご立派でございますね。偉いんですね。

「レビ殿は、レイバードの出身かと思われますが、何をもってして聖人にお仕えすることになったのでしょうか」

「いえいえ、語るようなことは何も。それこそピャレ・カヤのお導きですから」

奴隷市場に並べられていたら、サージになる前の師が現れて、自分を買った——とはいいにくかった。

しかし、レビがうんざりするこの種の僧侶たちは、不思議なことに、サージイッキも疎ましく思うらしい。

サージイッキが戻ってくると、たいがいは途中の寺院にて「君はこれからここで己を

磨け」などと命じられ、離れていくのだった。それがレビには嬉《うれ》しかった。

サージイッキに連れられ、ディヴァイン郊外で催された大規模な死刑興行を見にいった。死刑囚の処刑が見世物になったものである。

娼館《しょうかん》のときと同じく、聖人らしからぬところに向かうとき、サージイッキは法衣を脱ぎ、レビだけを連れていく。

そのときもそうだった。

普段は、格闘大会や、闘モウダや、羅球（隣国トレグ発祥の球技）で使われる円形闘技場に、レビはサージイッキと並んで座った。

観客は通路にまで溢《あふ》れ、満席だった。

楽隊が演奏し、踊り娘《こ》が踊る。象が車のついた箱を引いてきた。道化が箱を切り裂くと、なかから人間がばらばらとでてきた。第一の見世物は、象が連れてきた北部蛮族の盗賊団の処刑からである。

蛮族の盗賊団には木剣が与えられ、それをイストレイヤの英雄に扮《ふん》した兵たちが、鋼の槍《やり》で突き殺していくというショーだった。

死刑囚の盗賊団たちは木剣を振りまわし、よく戦ったが、兵たちに突かれて死んだ。

死刑ショーは全部で三つあり、たくさんの〈悪役〉が、〈英雄〉に殺された。

サージイッキはじっと見ていた。ふとレビにいった。

「楽しんでいるか？」

「はい」レビはいった。

ちょうどイストレイヤの剣士が、武器を持たせた大柄な赤毛の悪役の首を斬り落したところで、ソリア人ばかりの会場では大歓声が起こっていた。

赤毛の肌は灰色だった。〈悪役〉には灰色の肌のロデム人が多い。

「レビ。君こそ、代わりのいない恐るべき聖者だよ」

サージイッキは観客席を見ながらいった。


ある日サージイッキは、いった。

「レビ。君が弟子を増やしてみろ」

サージイッキに命じられ、レビは奴隷市場で奴隷を買った。カインクロウという屈強な体格のロデム人の若者だ。

どこか顔立ちが、レイバードで殺された父に似ているような気がした。

カインクロウが加わると、差別主義者の弟子たちはなんとなく黙るようになった。

カインクロウの眼差《まなざ》しは鋭く、強気な男だった。

あるとき彼は小声でいった。

「レビ殿にだけ打ち明けますが、私は盗賊でした。奴隷ではなかったのです。本当はあの市場で、農場主あたりに買われて、敷地に入り、そこを荒らすつもりだったのです」

レビは眉をひそめた。

「そんなこと誰にもいってはなりませんよ」

サージィッキは弟子にした人間の、個人的な話をきくことを好んだ。たいがい一人ずつ個室に呼んだり、どこかに連れだしたりして、彼らの生まれや育ちの話を熱心にきいていた。

レビは、おそらく弟子たちの中では、もっとも詳しく生まれや育ちをきかれたにちがいなかった。

「レイバードのロデム人は、細々と生きるか、捕獲されて奴隷になるかの二種類の人生しかないというのかな」

「いいえ。それに、イストレイヤ人に殺される、が加わって三種類です」

盗みと殺しを行う賊になるという生き方はあえて加えなかった。

「イストレイヤ人というが、ソリア人のことか？　君らだってイストレイヤ人だろ」

「いえいえ、あっしらはイストレイヤ人ではありませんで。イストレイヤに繋《つな》がれている滅びた国の残党です」

「ひどいな。なぜロデム人の反乱が起こらない？」

レビは少し考えてから答えた。

「たまには起こっとるとは思いますが、数が少ないから、大きなものは起こらないで

す」

「なぜ数が少ない？　ロデムはその昔は大国だったのだろう？　虐殺されたのか？」

公のイストレイヤの歴史書になんと記載されていただろう――〈天の粛清〉だったろうか――いや、呼び方はどうでもいい。

「そのようで、へえ、そうきいとります」

レビは呟《つぶや》いた。

かつて大地を治めていたロデムが、唐突に頭角を現したイストレイヤ十氏族に滅ぼされ、現在のイストレイヤができてから、大陸各地では、延々とロデム人の反乱が起こり続けていた。

百五十年前に大規模なロデム人の反乱が起こり、そのときの反乱軍はイストレイヤのいくつかの町を焼いた。その報復として当時のイストレイヤ君主は、ロデム人絶滅政策を掲げた。

その主張は次のようなものだった。

ロデム人は、今回の反乱が鎮まっても、じきにまた次の世代が反乱を起こす。

イストレイヤの将来の安泰のためには、今のうちにロデム人が消滅してしまうことが望ましい。

ロデムの女全てにイストレイヤ人の子を産ませれば、次世代からロデム人の純血はいなくなる。

ロデムの男は見つけ次第殺してしまうか、去勢させるかすればよい。イストレイヤ領において、もしもイストレイヤ人がロデム人を殺した場合、如何《いか》なる理由であろうと、イストレイヤ人は無罪とする。

かくして、その後七十年の間に、数百万規模の灰色の肌の民間人、あるいはロデムゆかりの者たちが殺された。まるで玩具《おもちゃ》のように弄《もてあそ》ばれて殺され続けた。

ロデム人の数が、全盛期の五十分の一ほどになった頃、絶滅政策はギーナのピャレ・カヤより「後世に残る悪法」との咎《とが》めを受け撤廃された。

撤廃後、表向きは、何もしていないロデム人を殺すことは法に触れるようになった。

しかし、イストレイヤ中心部の都市内ならまだしも、実質無法地帯の辺境レイバードにおいて、奴隷商人がロデム集落を襲うことは、今もって黙認されているし、人間が売買されることを禁じる法はイストレイヤにはない。

「まあ、あっしの生まれる前のことなんで。仕方のないことなんでしょうな。天下というものは奪ったり、奪われたりで」

「本当にそんな風に納得しているのか」

サージイッキは澄んだ瞳《ひとみ》でレビを見た。

「納得も何もないことです」

仮に、悔しい、哀しい、納得できないと憤ったところで、ただ辛《つら》い気持ちになるだけだ。

五歳の頃から奴隷だった。馬糞《ばふん》と藁屑《わらくず》と鞭《むち》と硬い寝床しか視界にない暮らしだ。それでもぼっちゃまがいた。他に何を望もう？

レビの人生観を一言でいうなら「諦《あきら》め」である。まず諦めること。それからできることをやる。

サージイッキはいった。

「これからレイバードに向かうぞ」

2

レビとサージイッキは、荒れ地に降り立った。

赤茶けた土地、草の生えていない丘陵。

レイバード地方は、見るからに荒涼としていた。

ヘリからは続けて、レビに続く四人の弟子たちが降りた。

土壁が巡らされた集落に赴いた。

かつてレビが暮らした家——グレイブ家があった集落だ。

レビは呆然と後をついて歩いた。

五歳の頃に連れ去られてから戻っていない。だが、記憶の片隅に情景の断片がある。

その昔はもう少しすすけた色の緑があったはずだが。

グレイブ家の邸宅は、壁だけ残して消えていた。

瓦礫《がれき》だけがあった。

「墓を作ろう」

サージイッキはいった。

レビの殺された両親の墓。

骨はなかった。

全員で集落の外に石の墓標を作った。細々と暮らしている集落の者たちも、何事かと出てきて見守った。

レビは鑿《のみ》で、両親の名を彫った。

ああ、自分の親の墓を作るために来てくれたのだな。

レビは思った。

わざわざこんなことをしてもらわなくても、とうの昔に忘却したことだったのに。

どうも、ずいぶん気を遣わせてしまったようだ。不幸な生い立ちなど、珍しくもないし、少なくとも今生きているというだけで、自分は恵まれているほうだと感じていた。

だがサージイッキは墓を作っても、荒れ地から去る気はないようだった。

サージイッキは「大廃墟《だいはいきょ》」と呼ばれる瓦礫の町を歩いたり、点在する沙漠付近の集落を、東から西へと順番に巡ったりしてレイバードを離れなかった。

駱駝《らくだ》に乗った集団に襲われたのは、荒野にきてから五日目のことだった。

レビが滞在していた集落の人間が、一斉にあたふたと逃げ始め、一体何事かと外にでたところで、武装集団に囲まれた。

武装集団は、みな顔を目の部分だけ開いた革のマスクで覆っていた。二十名はいる。

「ラーナ教の僧侶がなぜここにいる？」

曲刀を抜いた男がきいた。

後ろの一人は弓を持っている。

「なぜだろうな」

サージイッキがいった。

「今答えるか、拷問してから答えるか」

サージイッキは男の問いを無視してレビにきいた。

「こいつらは奴隷商人だと思うか？」

レビは頷《うなず》いた。

マスクから覗《のぞ》いている部分の肌の色からしてロデム系ではない。ソリア系か。仮に奴隷商人でなくても、掠奪《りゃくだつ》者であることに間違いはない。全身に汗が滲《にじ》んだ。たいがいは傭兵《ようへい》崩れがなる。武器の扱いにも慣れ、平気で人を殺す。

「聖法衣を見てわからぬか。この方はサージ様だぞ。敬意を払え！」

弟子の一人——カインクロウが叫んで、盾となるようサージイッキの前に立った。

レビが選んだ屈強な男は、こういうときボディガードを買ってでる。

武装集団は噴き出した。

「威勢のいいロデム人がいるな。それはなんだ？　開始の合図か。皆殺しを始めてもいいか？」

カインクロウがぎょっとした。相手は本気に違いなく、二十対六で混戦が始まった場合、さすがに分が悪いと思ったのだろう。

「実は昨日から、おまえたちのことは観察していた」

武装集団のリーダーらしき男は落ちつき払った口調でいった。

「だから——はったり無用だ。聖法衣の聖人などはじめて見たので珍しくてな。たったの六人しかいないことも知っている。我々にラーナ教など関係ない。サージなどくたばればいい。今、何か叫んだ奴がいたので、とりあえず殺すことにした。さあ、最後のお祈りの時間だぞ、おっとロデム人は奴隷に戻れ」

集団が笑った。

ちらりとレビはサージイッキを見た。なんとサージイッキも一緒に笑っていた。

リーダーの顔が曇った。

「おまえだ。聖法衣」リーダーはサージイッキを指差した。「なにがおかしい。おまえは自分が死ぬのが嬉しいのか？」

いつぞやの暴漢とは違い、サージイッキは容赦をしなかった。

どうやったのかはわからない。奇跡の力としかいいようがない。

ただ彼が前に進みでると、武装集団の身体から血が噴き出して倒れるのだ。

一度一人が曲刀を振り上げたが、それは振り下ろされる前にはじかれ、宙を舞った。

サージイッキは平然と集団一人一人に挨拶《あいさつ》でもするように近寄り、ものの数十秒後には、全員が駱駝から落ちて地面に転がっていた。

サージイッキは命じた。

「カインクロウ。注意して始末せよ」

カインクロウは槍を拾うと、うめき声をあげている連中にとどめをさしていく。

サージイッキは一人だけ意図的に軽傷にしたのであろう男のところにいった。

「旦那がこんなにお偉い方なんて知らなかったんですョオ！」倒れた男は蒼白《そうはく》になりながらいった。「御慈悲を、御慈悲を！　靴でも舐《な》めますから、聖人さまあ、聖人さまあ」

「これで全員か？　おまえたちには仲間がいるか」

サージイッキは男の口から、奴隷商人の組合の元締め組織の名をださせた。男は喜んで吐いた。

「イストレイヤの法においても、ロデム人襲撃は禁じられているはずだ。帰って仲間たちに伝えろ。ラーナ教区の僧兵も、イストレイヤ兵も、ともに私の権限で出動させ、お前たちを一人残らず殺す」

そしてサージイッキは残った一人を去らせた。

武装集団を打ち負かしたその晩、レビは夢を見た。

夢の中では、彼は五歳で、両親は生きていた。姉がいて、弟がいて、兄がいた。誇りある暮らしがあった。

黄昏《たそがれ》の野原、母の温《ぬく》もり、暖炉の前の時間、兄、姉、弟、駆けずりまわった日々。

やがて夢は悪夢に変わる。

大きな蛇が鎌首《かまくび》をもたげ、藪《やぶ》の中からこちらを睨《にら》んでいる。叫び声、毛むくじゃらの悪魔たち。破壊、放火。

地面に転がる母の首。

目を覚ますと、暗い部屋だった。

全身に汗をかいており、動悸《どうき》が激しかった。

遥《はる》か昔に死んだ人たちが、自分を抱きしめて守っているような気がした。

レビの両目から涙がとめどなく溢れた。

御母さん、御父さん、私はここにいます。

私はまだ生きています。

ここに戻ってきました。

聖人様が連れてきてくださいました。

誇りを取り戻せと――。

に戻った。

ほんの僅《わず》かな間、彼は小さな男の子になり、そして夜明けと共に、いつも通りのレビ
太陽が照りつけていた。

サングラスなる不思議なものを目に装着したサージイッキは沙漠に視線を向けてレビ
にいった。

「私がどこから来たのか知っているか？」

レビは首を横に振った。

「いえ、聞いておりませんで」

「名もなき土地だが、実は、あのずっと向こうだ」

サージイッキは砂丘を示した。

「沙漠から？」

「いや、沙漠の先だ」

「サージ様」

別の弟子がおずおずといった。

「レイバードは地の果てです。レイバードの南西から南東を覆う沙漠は人界の終わりを意味し、その先は魔獣の棲《す》む国ときいております」

簡単に越えられる沙漠ではない。イストレイヤに追いやられたロデム人だって、沙漠

越えまではできないからこの界隈《かいわい》でひっそりと生きているのだ。

だがヘリコプターがあるならまた別の話。簡単に越えられると思う。

「そうなのか？　確かに人は住んでいない。レオヴァンもいるし、ネルモールも。あの砂丘の向こうは、ここよりずっと緑の多い、いい土地がある。そこでな、今度そこに、新天地を作ろうと思うんだ」

話しているのが、サージイッキでなければ、何をいっているのかと笑っただろう。

「それは一体どういう意味ですか」

「うん、みんなで暮らせる大きな町をあちらに作ろうというわけだ」

この方は、あまりこの種のことで冗談はいわない。本気だ。

「そうすると、このあたりも含めて少し開拓しておくべきだと思ってな。このあたり、どうしたらいいと思う？　ロデム人が喜ぶようなことを教えてくれ」

レビは呆然としながらいった。

「開拓って、そんなものどうにもなりませんぜ。荒れ地に沙漠ですし」

「それはつまり、荒れ地ではなく、沙漠ではないのならいいのだな？」

いや、だから。

「土地が瘦《や》せて大半の作物が育ちませんし」

「土地が瘦せていなければいいのだな？」

楽しそうにサージイッキはいった。

「雨が降らんのです」

「もっと聞かせてくれ」

数日後の晩。レビは、サージイッキが集落の外の高台の岩に腰かけ、帽子を被《かぶ》った女の精霊と話しこんでいるのを見た。

もう既に見慣れた光景だった。レビはしばらく遠目に聖人を見ていたが、やがて寝床に戻った。

夜明けにそれは起こった。

地響きである。

何かをひっくり返したような、天変地異の音だった。

集落の者たちは、みな家の外にでた。

実のところ、サージイッキは、ロデム沙漠周辺の主たる八つの集落と、大廃墟に暮らす住民たちに事前に「大変化」について伝えてあった。

数日以内に、奇跡を起こし、この地方を人が住みやすい土地に変えてしまう、というのだ。

だが、レビも他の弟子たちも、それを伝えられた村人たちも、誰もが何のことやらと思っていた。

人間にはできることと、できないことがある。

聖人だって同じでは？　――暴漢を倒すことや、空を飛ぶ乗り物を操ることができるのはわかったが――沙漠を変えることなどできるはずがない。

誰もがそう思っていた。

レビは集落の外にでた。

本来なら、月明かりに照らされ、遮るもののない風景が広がっているはずだが、一変していた。

無数の黒々としたものがのっそりと立っている。

空が白みはじめ、ようやく何が起こったのか知った。

集落の周辺大地が――青々とした大森林に変わっていたのだ。

のっそりとした影の正体はソテツとバナナの樹だった。

レビは地面を見た。黒い土だ。手にとってみる。

前日まで荒れた低い丘陵だったところが、緑に覆われた山脈になっているのが目に入った。

標高も、以前の三倍以上になっている。

レビは考えた。

どこかの別の土地に集落が一瞬で移動したのか。あるいは、集落はそのままで、見渡す限りの周辺荒れ地が森に変わったのか。

答えは後者だった。

「山と森と湖を作った」

サージイッキはいった。

集落のすぐ外には数百本のバナナの樹が生えていた。

サージイッキはバナナを一本とると皮を剝《む》いた。

「千年前、このあたりは大森林だった。それを呼び戻した。その上で大きな湖を作り、山脈を隆起させた。湿度が上がり、山脈が雲を止める。雲は雨を呼ぶ」

サージイッキはバナナを頰張った。

弟子たちは誰も喋《しゃべ》らなかった。あまりのことに言葉を失っていたのだ。

駱駝に乗って一行は森の道を歩いた。

少し進むと小川のせせらぎが聞こえる。

どこからともなく現れた所有者のいない豚の群れが一斉に水を呑《の》み始めた。

少し進むと、道の真ん中に、十人の男が転がっていた。

大半が五十代以上に見えた。みな呻《うめ》き声をあげていた。

これは一体――？

見れば、どの男も、足首から先がなかった。切り落とされたような断面や出血があるわけでもなく、ただないのだ。

そして両腕は紐《ひも》で縛られていた。

レビの目が一人の男の顔でとまった。男はわし鼻で額に傷痕《きずあと》があった。

「レビ。ここにいる男たちは、二十数年前に君の両親を殺し、君を売った奴隷商人の私兵たちだ。この間の奴らとは別のグループのようだな」

「なんですと？」

「せっかくなので、ここに呼びだした。二十数年の間に死亡したものもいる。そういう奴らは復活させて呼びだした」

サージイッキはレビに剣を渡した。

「好きにするといい」

足首から先のない男たちは、何が起こるのか察したのだろう。さんざん殺してきた灰色の肌の部族の男が、剣を持って自分たちを見下ろしているのだ。

一斉に命乞《いのちご》いをはじめた。

レビは口を開いたままサージイッキに視線を向けた。

「二つに一つだ。一つはここに放置しておく。どの道、彼らは歩けない。ここに放置しておけば、じきに死ぬだろう。苦しみは長く大きい。もう一つは、今、君が彼らを殺す。そのほうが彼らの苦しみは小さいが、恐怖は大きいのではないかと思う」

恐ろしい。

この聖人は、時に親しく、時に優しく、そして時に、平然と恐ろしいことをする。

レビの足が震え始めた。

「君はいつか川に落ちた私を救いにきた。君がこなければ私は死んでいた」

レビにとって川に落ちた人間を救おうと尽力することは当たり前のことだった。この瞬間まで思い出すこともなかった。

「い、いや、その、あっしは」

「どちらでもいい。もしも私が君だったら報復をしたいと思うから。だがむしろこんな奴らのために手を汚すこともないかもしれない。嫌だというのも君らしい。そのままにしていこう」

サージイッキはいった。駱駝は進み始める。

レビの脳裏に、燃える家と泣き叫ぶ女の子の映像が浮かんだ。忘却から拾いあげた終末の日の断片。

レビはもう一度男たちを見た。

涙を浮かべている。長い間、ロデム人を奪い、殺し、売り捨て、そしてその年齢まで生き、更には己の命を惜しんで泣くのか。

額に傷のある男が涙を流しながらいった。

「お助けくださいませ、お坊様」

「あのときおまえは笑っていた」レビは呆然としながらいった。

レビは――この瞬間に至るまで、彼らを骨髄まで憎んでいることを自覚していなかった。

「御師よ。お待ちください」

レビは小さくいうと、鞘《さや》から剣を抜いた。

頭の中が真っ白になった。


新天地への道はもう、沙漠の道ではなかった。

蛇行する川に沿って両脇に立派な樹木がたつ木漏れ日の道が出現していた。

水に困ることもなく、更にはそこら中に果樹があった。

レビはいつも師が「私たちは法衣を纏《まと》ったイカサマ師だ」というのを思いだした。

もしもサージイッキがイカサマ師なら、この世の全ては彼のイカサマに全く及ばないではないかと思った。

サージイッキクロニクル　VI

1

私の七つ目の願いを簡潔にいえば、
〈レイバード周辺の沙漠を大森林にかえ、地形を変更し、レビの家族を殺した奴隷商人の私兵一団を呼びだす〉
になった。

私はレイバードの荒涼とした風景を見ているうちに、まさにこの願いこそが、自分がスタープレイヤーたる意義ではないかと思った。

この頃、私の弟子は百人を超えていた。

もっともヘリで連れていくのはいつも五人までだった。

実務家のオルファンドには、彼の人脈や機転でどれほど助けられたかわからないが、隠そうともしない差別意識はどうにも好きになれなかった。ヴァルディマータを全く疑わない男だった。

屈強なカインクロウが放つ威圧感は、ボディガードが必要な局面で有利に働いたし、力仕事でも大いに役立った。

だが、その他多くの弟子は気に入らない部分が多すぎた。弱いもの苛《いじ》めをするもの、何もできないのに偉そうなもの。私のご機嫌伺いばかり上手で、責任は下位の弟子に押しつけてばかりのもの。ラーナ教の虚構の幻想を押しつけてくるもの。ラーナ教の礼賛を口にする以外にものを考える力のないもの。

彼らは三日も経たないうちに同行者から外した。

賃金で契約しているわけではない。同行を切に願う者を、慈善的に連れていって「やっている」にすぎない。気に入らなければ切る自由ぐらいある。

私は、弟子たちのなかで、やはりレビが一番好きだった。

レビはいつも一歩引いている。オルファンドに比べれば「でくのぼう」的な部分もなきにしもあらずだが、彼はそこがいいのだ。

レビは地に足がついており、素朴で善良だった。そして第一印象の通りに「諦《あきら》めて」いた。彼は期待しない。望まない。上を目指さない。もしもレビに、おまえの序列は明

日から五十五番弟子に格下げだ、といったら、彼はおそらく全く文句をいわずにその座におさまっただろう。

一緒に娼館《しょうかん》にいけるほど馴染《なじ》んだのも彼ぐらいだ。そしてなにより彼は川に落ちた私を救いにきた命の恩人でもあった。


レイバードはレビの故郷で、幼い頃、彼は奴隷商人の私兵に家族を殺され奴隷となり、カーシス近郊の農場主に売られた。

私が沙漠《さばく》を緑化したのには、一言ではいえない複数の理由があったが、親愛なる一番弟子のレビに奇跡をプレゼントしたかったのだと思う。

このレビの故郷、レイバードという土地は、私がかつて藤沢市を作った荒野の延長にあった。沙漠を緑化してしまえば、陸路での往来が可能になる。このことも緑化を決める要因のひとつになった。


私は弟子たちを連れ、駱駝《らくだ》に乗って木漏れ日の道を歩いた。

もちろん、あえてヘリを使わずに、自分が召喚した世界を駱駝の背中から確かめるための旅である。

途中では、魚が群れる泉や、果樹の群生地、一面に花が咲く野原などが私たちを迎えた。

そしてあるところで森が終わると、眼前に、数百万のコスモスが揺れる野原が現れる。

私たちはピンクや白の花で埋め尽くされた丘に上り、新天地を見渡す。

私はレイバード一帯で神として崇《あが》められ、急速に名をあげた。

当初私はこう考えていた。

さて、やることはやった。ぶらぶらとインチキ聖人のインチキ大旅行や、単独の放蕩《ほうとう》でも楽しもう。

スターを使うのはもうひとまず終了だ。

人生は長いのだ。第八の願いは十年後でも遅くはない。

しかし、いざそうしてみると、全く面白くなかった。

ただやることもなく、あちこちの寺院に招かれ、辛気臭いお経を唱えたりしているうちに、私の中で時間を早送りしたい気持ちが湧いてきた。

森の泉などで無為に遊んでいても、そわそわとしてきて、どうしても時間を無駄に使っているように思えた。

人は、自分は何かをする為に生まれてきたという考え——おそらくは幻想——にとりつかれるものだ。

そして、たとえ錯覚であろうとも、しなくてはならないと己が思いこんでしまったものに気持ちが動いてしまうと、もう抑えがきかなくなる。

★★★

私は毎晩、地球での死者が「いったいいつになったらぼくたちを生き返らせてくれるんだい。君はそれができるんだろう？　できるのに――まさかやらずに人生を終えたりはしないよな？」と囁《ささや》く夢を見ることになった。

そのため、たった数カ月で、何かに急《せ》き立てられるように私は第八の願いを使用してしまったのだ。

〈バベル〉

〈死者の町〉

この二つを私は願った。

2

まずバベルの話をしよう。

バベルは私の「最終計画」とでもいうものだった。

完璧《かんぺき》な王国の創造。

実はいきなり思いついたわけではない。

だいぶ前からイストレイヤのあちこちで、名のある建築家を巡り、彼らの建築物を見に行き、建築に関するいろんな話をきいた。

そして都市が収まるような、巨大建築物に対する意見もきいた。

「どんな工事も可能だとして、材料費も、工期も無限大にかけてよいとして、たとえばどんな注意が必要でしょうか」

もちろん彼らはそんなものを私が現実に作るとは考えていなかっただろうが、あくまで空想の話としてつきあってくれた。

バベルの図案は彼らを苦笑させた。

「極めて不便で非効率的。普通の町のほうが遥《はる》かに住みやすい」

彼らはいった。

「だが、あえてそれでも作るなら」

柱の強度、理想的なバランス。もっとも安定する形状。太陽と窓の関係。

★★

まず土台は地上から五十メートルほどのテーブルマウンテンのような岩石だ。この上に、誕生日ケーキのような平たい円柱の建造物が載る。

高さは八百メートル。

直径は約十五キロ。

階層は大きく分ければ二十層。細かく分ければ何百階にもなっている。

内部は、極めて複雑で説明が難しいが、なんでもある。

畑も、森も、家も、宝石も、武器も、都市建築も、ヘリポートも何もかもがある。

ロデム人の安住の地となることを目的の一つとした。

ロデム人を無法の武装集団から守る難攻不落の城である。

外敵に対してこの威容は、大きな効果があると考えたのだが、バベルのこの姿は、後になって考えると、私の心の形状――自己顕示欲や、この世界の社会に対する恐怖心、心の防御の壁の高さや、身の丈に合わない高位を得たが故に、ハッタリで処世をしてきたことで生じたある種のいびつさ――が出てきているようにも思う。

さて、レイバード以南が森と化した上に、巨城が出現したわけだが、最大の問題は、イストレイヤ政府の反応だった。

ヴァルディマータ最下層の民族が、国土外の辺境とはいえ難攻不落の巨城で、自治していくことを認可するか。

普通に考えれば、それこそ将来の反乱の火種と思われ、大反発を受けそうなものだが、これがうまくいったのだ。

場所のおかげである。

イストレイヤ首都、ディヴァインからバベルは、陸路で何十日かかるかわからないほ

どの距離があり、レイバード周辺は地図すら正確なものがない未開拓地である。

彼らは地球でいうなら近代化以前の地理感覚で生きており、日本の歴史を例にするなら、平安時代の京都の朝廷が、蝦夷《えぞ》地の更に先にある、地図にすらない無人の原野で誰が何をしようが知ったことではない——という感じだろうか。

それでも、レイバード一帯の辺境統治をイストレイヤ政府に委託されている地方豪族の使者がきたのであるが、ここで私がサージであることが大いに役にたった。

私や二番弟子のオルファンドなどは、ヴァルディマータ上、その地方豪族よりも上の階級だったからだ。更には、バベルの威容に腰を抜かした彼らは、ほぼ私のいいなりだった。彼らが最も恐れているのは、将来のロデム人の反乱などではなく「沙漠を一夜にして森林に変えたりするような得体のしれない存在の機嫌を損ねてただちに滅ぼされること」だった。

最大の問題があっさりまとまると、何もかもが好調に動きだした。実務を担当していたソリア人、オルファンドの手腕もあったかもしれない。

イストレイヤ中に報《しら》せを放っていた。バベルにはどんどん人が入ってきた。

ヴァルディマータのない世界。豊かで自由で搾取されない理想郷。

私はようやく、自分が作りたいものを作ったな、と思った。

★★

ほどなくして、ラライエで会った二十四神、カルメルドがやってきた。

彼はヘリコプターを原野に着陸させると、出迎えた私に手を振った。

艶《つや》やかな黒い髪をなびかせている。到底、ラーナ教の神格などには見えない美丈夫の若者だ。

「よう親友。最近、ボードは失くしたりしていないか？」

「いやいや」私は苦笑した。何が親友だ。ギーナの宿以来一度も会っていない。

彼は付き人もおらず、一人だった。

私は彼を客としてバベルに招き入れた。

「あ、君の弟子には、ぼくが二十四神だっていわないでくれよ。軽い気持ちで歩けなくなるから」

カルメルドには、イストレイヤ守護神の一柱ならではの偵察目的があったのだろうが、それは態度に全然表れていなかった。

私たちはバベルのテラスで話した。

「君のしたことで最も感動したのは、あの沙漠を最高の森に変えたことだ。この建築物はおそらく世界一だろうが、それよりも、森のほうは千年先も残る。君がこの地に与えた利益は計り知れない」

私は褒められて嬉《うれ》しくなった。

「レイバードの豪族ともうまくやっているようだな」

「サージの称号をいただいたおかげです」

カルメルドは笑った。

「称号は使えるだろ? ラライエ以来、いろいろ成長しているな」

「何か助言を」

私が頼むと、カルメルドは黙った。それから目を瞑《つむ》りいった。

「当たり前のことしかいえなくてすまんが、〈殺されないように気をつけろ〉だ」

カルメルドは数日滞在してから帰っていった。

★★

次は死者の町の話をする。

きっかけは華屋律子のアイディアではあるが、長い間考えているうちに、それは本当に私の夢の一部になったことは前述した通りである。

これを読んでいるあなたは、「死者の町の住人」のはずだ。

だから死者の町そのものについての詳細は、あまり書かなくても、いいだろう。

死者の町(今、そこはあなたたちがヘブンという名をつけているが、この時点ではまだ名はなかった)は、かつて私がヘリから発見したクレーター地形の中に作った。

崖《がけ》の上にでるまでは猛獣のいない一種の楽園だ。

召喚したのは、故郷の日本で、事故や病気、あるいは犯罪被害などで、理不尽な死を遂げたものだ。

そうした膨大なリストの中から、職業能力が偏らないように、人間のタイプも多様性がでるようにしつつ、三千人強に絞った。

犯罪者や、前科者はいれなかった。

絞った三千人の身体は死ぬ前より健康にした。たとえば虫歯などは全てなくし、腫瘍《しゆよう》の類《たぐい》も全て除去し、持病の類もできるだけ探って除去した。

死者の町は、バベル出現の十二ヵ月後に出現するようにと条件をつけた。

別に同時に出現させなくてはいけない決まりがあるわけでもない。一つの願いで、召喚時期をずらして設定できるのだ。

まずバベルを召喚し、一年間は、この城に手をかける。そして、少し手がすいてくる翌年に死者の町と甦《よみがえ》った死者たちが現れるというわけだ。

バベルは私が全ての権利を有する頂点にあり、管理者だ。

権力の代わりに責任もあり、たえず人の視線を受けなくてはならない。疲弊する。

そのため、死者の町は、あえて私と無関係のものにした。

バベルが「公」ならこちらは「私」であり、究極のリゾートのような――別荘のような場所のつもりだった。

全員日本人で、懐かしい日本語が飛び交う、善良で優しい人々の町。彼らが自治をする。

私はお忍びで町にまぎれこみ、そこでは一切を他人に任せた滞在者になり、身分を隠してリラックスしよう——などと夢想していた。

とりあえずプレートに「私は神ではありません。そして、私はもう存在しません」と書いたが、それは姿を現すつもりがなかったからだ。創造者の登場を期待したり、捜したり崇めたりするようになってほしくなかった。

そしてバベルと死者の町は、あえて道で結ばなかった。

弟子たちにも死者の町が現れることは教えなかった。

当面のところ私がお忍びで訪れる予定の町だ。もっともいつか二つの町が交流する時期が自然にくるならそれはそれでいい。

★★

バベルの闇、亀牧場についても書いておこう。

前述したが、死者の町の何割かは、犯罪被害者だ。

己に落ち度がないのに、生を奪われたのだが、奪ったほうは、果たしてのうのうと地球で生きていていいのだろうか？

この問題について考えはじめたとき、私は少し悩んだ。

天国をつくるのなら、地獄もつくっていいのでは？

同じ大地の同じ空の下、加害者が処罰されてこそ善悪の天秤《てんびん》であり、地上ではなかなか実現しなかった正義ではないだろうか。

私は約五千人の犯罪者を、甲羅を背負った亀人間にしてバベルの一部に収容した。

区分けしたエリアは全部で十五か所ある。

だいたい一か所に三、四百匹ほどいれてある。

ほとんどは殺人犯をはじめとする重犯罪者だ。

日本の警察が捕まえ損ねた犯罪者もいるし、刑務所で服役中の者もいる。海外での犯罪者も若干数交じっている。

私は裁判所の記録や、警察の捜査ファイルなどを漁《あさ》り、冤罪《えんざい》ではない収容者を選別した。

扉を開くと、土に草の生えた広い空間に無数の亀が這《は》っている。

私はつかつかと近くにいる一匹に歩み寄る。

0851　草鹿勉《くさかつとむ》　1949年　大阪府生まれ
1977年・埼玉県の民家にて、大田《おおた》あかり（8）、大田美咲《みさき》（10）を強姦《ごうかん》して殺害後、帰宅してきた父親の大田啓介《けいすけ》（43）を刺殺して逃走したことによりここに至る。

甲羅にはこのように罪状が書いてある。

こういう奴らが五千匹いる。

０８５１は顔をあげてぶつぶつと何かいう。私は耳を澄ませる。

「ぜええんぶ、タザキのせいじゃんか、ョ。タザキがワリイんだよ。しねしねしねしね、ちょっとお、俺が悪《わり》ぃんですかぁ？　ねえ、俺が悪《わり》ィのオ？」

私は甲羅に乗り、０８５１の頭を踏む。「誰だよタザキって」

「やめやめやめやめ。タザキにやれよお！」

「お前が悪いんだろ？」私は何度も踏みつけた。「お前が悪いんだよ。この野郎。お前が殺したんだから、悪いのはお前だろ？」

★★

こんな残酷なことは正しいことではない、というのなら、きっとそうなのだろう。私はまたもや間違えてしまったのかもしれない。

意味が全くないというわけでもない。

たとえば〈見せしめ〉である。このような苛酷《かこく》な懲罰を背負わされた存在を見せることで、バベル内の住民の犯罪抑止力を期待するというのはどうだろう。

私は甲羅から飛び降りる。

０８５１はばたばたと凄《すご》い勢いで私から離れていく。

飼育係が運んできた草をむしゃむしゃと食べはじめる。

絶望を与えたつもりなのに、むしろ幸せそうにすら見えてくる。

溜息《ためいき》をついて牧場を見回すと、仲良くおしゃべりしている亀たちもいる。

私は亀牧場の飼育係に命じる。

「定期的に一匹選んで殺してくれ。恐怖が伝わるように、何か祭りの仮面か何か被《かぶ》ってな。他の亀に見えるように派手に頼む。最初の一匹はあそこの０８５１でいい。甲羅はとっておけ」

一匹だけ、隔離した特別な亀がいた。

ナンバーは０００１。

華屋律子を殺害した二階堂恭一だ。

私は彼のいる部屋に机と椅子を運びこみ、イストブラディマや、ファゴ記をもちこんで読んだ。そして彼と話した。

府中刑務所に服役していた彼は、一見、どこにでもいる、人生の細道に入りこみ崖崩れにあった転落者だった。

私は彼を許さなかった。

一匹の日本人女性の亀女を同室にいれた。

お互いが仲良くなってきたところで、配下のものに女を殺させた。

十五のエリアで毎日一匹ずつ亀が減っていく。

廊下には死んだ亀の甲羅がずらりと並んでいる。

ちょうどその頃、レオナルドから手紙通信があった。

〈ご無沙汰《ぶさた》しております。今、何をしておられますか？〉

私は辺境に巨大な城を作ったと返答した。〈お招きいただけるなら、ぜひ遊びにいきたい〉というので〈ぜひいらっしゃってください〉と招いたところ〈ところでハナヤリツコが会いたいといっています。連れていってもいいでしょうか〉ときた。

私はじっと文面を眺めた。

レゾナ島で彼女と別れてから二年が過ぎていた。

〈別にかまいませんよ〉

私は答えた。

★★

3

久しぶりに会った華屋律子は随分美しくなっていた。

とても健康そうだった。

華屋は、レオナルドと、その他数人と一緒にヘリでやってきた。

〈観光エリア〉とでも呼ぶべき、来客用のエリアを案内した。

城内畑、城内温室果樹園、城内放牧場。城内水浴場、大広間、ロデム人居住区、イストレイヤ人居住区、公園、釣り堀。ラーナ僧寺院区、修行場、体育施設。

「内部だけで、なんでも揃うんですね」レオナルドがいった。

「外の環境はできるだけ自然のままで、というコンセプトです。人口が二万を越すまではいけるでしょう」

亀牧場のような暗黒区画に案内しないのは当然である。

私は彼らを高層にある部屋に案内した。

私たちは同じテーブルで一緒に夕食をとった。

レイバードの大森林で採れる食材で作った料理を運ばせた。

「佐伯君、すっかり変わっちゃったね」

華屋はフランス語でいった。

屋上ヘリポートに着陸後、ヘリから降りて彼女はフランス語しか喋《しゃべ》らなかった。

「そうかい」私はいった。

「ここって遠くから見たとき、なんか怖かった。大きすぎて」バベルのことだ。

「威容も戦略のうちだ」

「でも、なんか不便そうね」

「そんなことはない。全ての部屋を一人で掃除しようと考えれば、百年かかるのかもし

れないけど」

レビが現れて、客人に挨拶《あいさつ》をすると、イストレイヤでよく飲まれている果実酒を置いて去っていった。

「ねえ、ここってロデム人ばかりね？」

華屋がいった。

おや、と私は思った。

「奴隷ばっかり集めているの？」

私は目を瞬《しばたた》いた。

明らかに含みがあった。

もちろん、この二年で、華屋律子は、イストレイヤにおいて灰色の肌は、下層階級の人間――宿なしか、盗賊か、奴隷の色だと覚えたのだろう。

そして、今の私は――彼女の中ではこう解釈されたのだ。

巨大な御城で、お金で買った奴隷をたくさん跪《ひざまず》かせている愚かで孤独な男。

彼女の心の声が聞こえてくるようだ。

（恥ずかしい人！）

「さきほどの彼は、俺の弟子だ。奴隷じゃない」私は呟《つぶや》いた。「ここは、ヴァルディマータ下層階級を救うための場所だ」

しかし華屋律子はきいていないようだった。そんなことは、別にどうでもいいようだ

った。

「弟子？　弟子って何？　佐伯君が師匠？」

華屋は苦笑した。私はそれを受け流した。

「ノエルはどうなった？」

「ああ」華屋は、まるで遠い昔の玩具《がんぐ》の行方についてきかれたかのように首を捻《ひね》った。

「知らない。会ってないから。あなたが追放するようにしたんでしょ。忘れたの？」

私は会ったばかりですぐに喧嘩《けんか》をしたくなかった。彼女の言動が癇《かん》に障ったとしても抑えようと決めていた。そこで黙って頷《うなず》いた。

「それは違う」レオナルドが割って入った。

「サエキ氏は殺されかけた。追放はレゾナ島のカンパニーの決定で、サエキ氏の意見は入っていない」

私は溜息をついた。華屋はむすっとした顔で何もいわなかった。

「ハナヤさん」レオナルドは叱った。「あなたがどうしても会いたいといったから、連れてきたんだよ」

食事が終わると、私たちは星空の見える大テラスにでた。

ねえ、君は知らないかもしれないが、かつて君と交際した二階堂恭一がこの建物で亀になって草を食べているよ――とちらりと思ったが、口にはださなかった。もっとも華屋は二階堂の記憶を持っていないので、誰だそれはという感じだろう。

端から端まで行くのに七百メートルもあるテラスだった。

なぜだか——全く理解できないことなのだが、この時になると華屋律子は豹変《ひょうへん》といっていいほど態度を改め、親しげに私に話しかけるようになっていた。初めてカーシスにいったときの思い出話や、レゾナ島の誰某《だれそれ》の話などだ。

私は困惑しながら、「ああ」とか「うん」とか答えた。

レオナルドたちは気をきかせたのか、私たちから少し離れた。

「フィック先生やジョアンナは元気かな？」

「フィック先生は亡くなったのよ」

華屋はいった。

私は目を瞑った。何だと？

「死因は？」

「ヘリの事故。去年の秋だった。墜落したの」

「可哀そうに。ジョアンナやみんなは無事かい？」

「うん。でも、フィック先生と一緒に乗っていた女の子たちは死んじゃった」

レオナルドは死者を復活させないのだ。

確かにいちいち死人がでるたびに星を使用していたらきりがない。

レオナルドが島民にいっているのは、死者はあるべき場所に帰る、ということだ。

しかし、それでなんとなく合点がいった。

華屋律子がここに来たのは、フィックたちの蘇生《そせい》を頼むためだ。

私がミレーユの妹、クレアを甦らせたことは知っているのだから、頼めばきっと、蘇生させてくれると思ったのだろう。

私は彼女がそれをいいだすのを待った。だが、華屋は亡き友人の復活を私に頼まなかった。

「仕方ないね。人は死ぬものだから」

彼女はいった。

私は頷いた。

「華屋。新しい恋人はいるの？」

「うん、いる。もうすぐ結婚するの」

「どんな人？」

同行者にはそれらしい男はいなかった。

「どんな人って一言ではいえないけれど、私が好きになったの。レゾナ島住民。佐伯君とは交流も面識もない人」

「おめでとう」

「私が、どうしてここにきたのか、わかる？」

「わからない」

フィックを生き返らせることを願いにきたのでなければ——。

「それもあるけど──そんなことじゃなくてさ。あれから、いろいろ考えて、すごく考えて、それからレオナルドさんに頼んで、私が本当に死んだ人なのか確かめてもらったの」

「どうやって？」

「フィック先生の死亡を確かめたのと同じ方法。スターボードに願いを打ち込んで、その審査が通るか否かで」

たとえば〈華屋律子の死亡証明書をここに〉でも、〈華屋律子を殺害した犯人をここに〉でもいい。

願わずに審査だけ通す。もしも地球で華屋律子が殺されていないのなら、死亡証明書もないし殺害犯人もいないわけで、「審査は通りませんでした」となる。

私が同じことをしても、華屋律子は信じないが、基本的に部外者であるレオナルドの確認なら信じる。

「私はスターボードが視えないけど、レオナルドさんが嘘をつくメリットもないし。私は本当に死んでいたんだね」

そうだよ、と私はいった。

「君の死は、すごく哀しかったんだ」

★★

「結婚の報告？」

私は月光が照らす彼女の白い服を眺めた。

華屋律子はぺこりと頭を下げた。

「ここにきたのは、ずっといえなかった御礼をいうためです。私を生き返らせてくれて、ありがとうございました」

私が変わったように、華屋もまたずいぶん変わっていた。とても強く――いや、前から私などよりずっと強かったが。

「俺のほうこそ、会いにきてくれて、ありがとう」

私は心からいった。そして私たちは、握手をした。

「佐伯君には、ひどいことをたくさんいって、今日だって、いったかもしれないけど、それって結局私が甘えているってことなんだろうね」

「そんなことはないさ」

レオナルドたちは三日ほどの滞在で、バベルを去った。

彼女が去ると、何もかもが片付いた気がした。

晴れ晴れとした気分で私はバベルを歩いた。

華屋律子はきっとレゾナ島で愛する夫の子供を産むだろう。

彼女は、数多《あまた》の苦難に立ち向かい、そして絶対に幸せになると確信している。

私はカルメルドがかつていった〈希望の鍵《スペシ・カヴイエ》〉のことを考えた。

スタープレイヤーの人生の鍵となる者。

本当にそんな者がいるのだろうか？

インチキ聖人のインチキ大旅行中には出会わなかった。皮肉な言葉だ。〈希望の鍵〉、とは。まるで絶望した者がすがる救済のようではないか。


さて、残る願いは二つになった。

もう私の人生には「了」の字がついており、何も願うものはないというのに。

この大要塞《だいようさい》を作ってからめっきり外にでなくなった。

だいたいかたはついた。

もうここはいいだろう。

★★

季節は巡り、夏がはじまる。

美しき死者の町が私を呼んでいる。

レビの見た風景　2

1

初夏だった。レビはバベルのテラスでサージイッキと、イストレイヤ将棋をしていた。

バベルが現れてから季節は一巡していた。

バベルの内政のほとんどは、二番弟子オルファンドが仕切っているため、レビの毎日には暇があった。

「私の故郷の日本にも同じようなゲームがあったな」

「そうですか」

レビは重装兵を前面にだす。それをサージイッキが騎兵でとった。

「私は今、遊んでいるのか」

不意に、サージイッキは意味のわからない質問をした。

「はい」レビは面食らいながら答えた。「だと思いますが」

「そうか」サージイッキはしばらく盤面を見ると、自分の王を盤から外した。

「王がいなくなっても、ゲームは続くかな？」

レビは考えたが、いっている意味がわからない。相手の王をとるゲームをしているのだ。とる王がいなくなってゲームが続くはずがない。

サージイッキは答えを待っている。

「御冗談を」

「将棋は王を失えば終わりだが、現実というものは終わりなく続く」

「はあ」

そういう話に飛ぶのか。

サージイッキは王を天に掲げた。

「その駒をどうなさるおつもりで？」

「今日は疲れた。また今度やろう」

サージイッキは王の駒を盤の外に置くと、立ちあがった。

将棋の日より五日後のことだった。

「一番弟子様。サージ様が！」

レビの部屋に、連絡係をしている僧がかけこんできた。

何事かと驚いたが、聞けば姿が見えないという。

「部屋にいないのかい？　では、亀のところは見たか？」

師はたまにとある一匹の亀男を閉じ込めた部屋に読書をしにいく。

「は。見ましたが、おりません。いなくなってしまわれました」

レビは首を傾げた。

「今日は四層テラスで、ギーナからお越しのゼットイータ様と会談予定だが？」

ゼットイータは金髪碧眼《へきがん》の美女で二十四神の一人だ。ヘリコプター四台で、御伴《おとも》を十数名連れ、昨日の夕方に到着している。サージイッキがすっぽかすはずのない会談だった。

連絡係の顔が固まっている。

レビは声を潜めてもう一度いった。

「どういうことだ？」

「はい、それが、こんなものがサージ様のお部屋に」

震える手で、紙片をレビに渡した。

だいたいかたはついただろう。

この遊びはこれでおしまいだ。

王は去っても世界は続く。

申し訳ないが、サージイッキは、どこかにある〈希望の鍵〉を探しにいく。

これより君たちに全てを託す。

諸々のことは話し合いで決めろ。

よくないと思ったことは正せ、よいと思ったことは取り入れろ。

ここを世界の中心にして、よりよい世界を作れ。

いい残すことはあまりないが、西からきた異郷の民ならば、彼らは私が善良と見込んだ者たちだといっておこう。

協力しあい、末代まで、見果てぬ夢を作り続けて欲しい。

サージ・サエキイツキ

レビの全身が総毛立った。

あの人は――。

「ヘリポートにいけ、すぐにだ。いかせるな」

レビは叫んだ。

後はどこだ？

「駱駝《らくだ》小屋、馬小屋も押さえろ」

「十あります」

「では、十か所全部に人をやれ！」

僧は走り去った。

いつもそうだ。あの人は、そういう人なのだ。普通の人間が絶対にやらないことを、唐突にやる。

バベルはこれからだ。なにしろロデム人を滅びから救い出す神の城だ。サージの威光で、自治の認可も受けた。バベルとその周辺の資源は十代先まで、あるいはもっと先まで残る。人生の全てを費やしてここを守り育て、次世代に受け渡すのが我々の責務だ。

だが、創造者にとってはどうだったのか。

これが遊びなら――〈だいたいかたはついた〉のだ。砂の城と同じようなもの。作り終われば創造者の仕事はなくなる。そう、この世界では、王が盤の外に出ていってもゲームは続く。

御戻りください。サージイッキ様。

レビは祈った。

あなたが、他ならぬあなたが、〈希望の鍵〉を探してどうするのだ。

あなたこそが万人にとっての〈希望の鍵〉なのだと、何故お気づきにならない。

ゼットイータはお会いできずに残念と言い残して帰っていった。

サージイッキが遺《のこ》した紙片の解釈と、今後のバベル運営についての会議は回を重ねた。

四度目のバベル幹部会議にて、二番弟子の、オルファンドは声高にいった。

「我が師が遺した言葉に従いたい。〈よくないと思ったことは正せ、よいと思ったことは取り入れろ〉だ。師は偉大な方であった。しかしあまりにも偉大すぎて俗なものを見る注意は足りなかった。何かご意見を」

あらかじめ打ち合わせをしていたのだろうか。ソリア人の十番弟子が手をあげた。

「たいへん心苦しいのですが、私は兄弟子にあたる、一番弟子レビ殿、そして四番弟子カインクロウ殿、八番弟子グリー殿を、バベル評議員から解任することを提案したい」

席には三十人ほどが座っていたが、ざわめいた。

一番弟子から二十番弟子までの二十人と、バベル内の種々のセクションの代表者である。

レビは呆然《ぼうぜん》と発議を聞いている。

ソリア人の十番弟子の口調は有無をいわさない。

「私の無礼をお許しいただきたい。なぜならこの三人は元奴隷のロデム人です。レビ殿は、五歳の頃から奴隷をしており、奴隷市場で師に買われた。そうですね？」

レビは頷《うなず》いた。とぼけていても、いつのまにか知れ渡ってしまったことだ。

「貴様、一番弟子に何をいうのか、ふざけるな！」カインクロウが怒鳴った。グリーも目を剝《む》いている。

十番弟子は苦笑気味にいった。

「レビ殿は、師がライエでサージになられたときに一緒に、僧侶《そうりょ》の身分をもらったにすぎない。ラーナ教の修行を積んだわけでも、その他の学識があるわけでもなんでもない。なぜ彼が師のすぐそばにいつまでもいたのか――ブラディマ第三章、賢者の教え四節、もっとも穢《けが》れたものこそが、もっとも神に近い――いや、そうではない。現実には、高貴な身分なら厭《いと》う雑用も、平気でやってくれる便利な人材だったからだ」

場がざわついた。ざわめきに怒気が混じっているのは発言があまりにも不遜《ふそん》だからである。

「本来なら、生まれ、実力ともにオルファンド殿こそが一番弟子ではないだろうか？」

レビは目を瞬《しばた》いた。

実のところ、自分でもそう思っていた。

オルファンドは弟子の中ではもっとも有能な男だ。高貴な家柄を出自とし、ディヴァインで高い教育も受けており、ギーナで司祭を務めた経験もある。人脈も広く、ひと声かければ法学者も、建築家も「オルファンド殿のお呼びなら」と駆けつけてくる。

もしも、レビが〈サージ様の一番弟子〉でなかったのなら――オルファンドは雲の上の人物で、話しかけることはおろか、一度も目を合わせることがないほどに身分差のあ

る男だった。

レビは常に敬意をもってオルファンドと接してきた。

同じソリア人であり、オルファンド派の筆頭であるこの十番弟子が、序列を正したいというのはよくわかる。あるいはオルファンド本人がそう思っていることもわかる。

「しかしレビ殿の場合、サージ様に選ばれたのだから、まだいいとして、第四番弟子のカインクロウ・ザルディール殿はどうであろう？　彼はなんとレビ殿が奴隷市場で買った奴隷なのだ。奴隷が買った奴隷……噂では元盗賊とも？　むろん、それまでラーナ教と何の接点もなかった男だ。我々はつまるところラーナ教団の一派であり、彼が四番弟子という高位にいることとは、全くおかしなことではありますまいか。あるいは八番弟子グリー殿も同様のロデム人」

「不遜にすぎますぞ！」

誰かが声を荒らげた。

レビはちらりとカインクロウを見る。怒りで青筋がたっている。

それからオルファンドを見る。

あなたの派閥の意見だがあなたはどう思っているのか。

オルファンドは大げさな溜息《ためいき》をついてみせた。

「誰が上でも下でもいいだろうが！」まず自分の派閥の弟子を叱りつけると、確かめるようにきいた。「下のものたちはみな不満に思っているのか？」

オルファンド派のソリア人十番弟子は、すぐに言葉を返した。

「現在末端までいれて八百人いる我々——サージ様を永遠に師と仰ぐ八百人の弟子のうち六割以上がソリア人です。みななぜ自分が最下層の灰色の肌の下の序列なのか？と訝《いぶか》しく思っております」

「歪《ゆが》んだ階級主義を撤廃する。それが尊師の御心《みこころ》であった」ロデム人弟子グリーがいう。

「お言葉ですがヴァルディマータは古《いにしえ》より続く意味ある身分制度でございます。ヴァルディマータを無視した社会は無秩序を招く。バベル内にも弟子にも多数いるソリア人の不満はやがては大きな内紛の火種となる。まず、この場で決をとられたらいかがか。ロデム人が幹部に何人もいることに問題があると考えているものがどれほどいるか」

十番弟子とは別の、外交を担当しているソリア人が手をあげて発言した。これもまたオルファンド派の男だった。

「私はイストレイヤの視線が気になります。ここは新たなラーナ教の聖域として認識されていますが、ロデム人が主導権を握る場所と思われたなら、ロデムの反乱に敏感なイストレイヤの認可は取り消され、彼らが攻めてくる可能性も十二分にありえるでしょう」

今後のバベルの運営は、ヴァルディマータ上位の支配階層が行うべきだ。つまりソリア人だけでするべきだ。そうすればロデム人嫌いのイストレイヤとの外交もうまくいく。

彼はそう続けた。

オルファンドは弱り切ったという渋面をレビに向けた。

「みながそういうのなら、仕方ないのかもしれませんな。レビ殿」

レビは反論ができない。

──そうですな、仕方ないですな、私は一向に構いませんので、引っ込んでおります
──と、いってしまいそうになる。

もとより、レビは争い事が好きではないのだ。

集まった三十人の上位の弟子のうち二十名はソリア系イストレイヤ人で、根回しは済んでいたのだろう。

決をとると、三分の二以上が、ロデム人が幹部にいるのはおかしいという意見を支持した。

「レビ殿。別に我々は、あなたに今から奴隷に戻れといっているのではないのです」

十番弟子が勝ち誇ったようにいった。

「ただ、人には分というものが天より与えられており、不向きなことをしても、善い結果は」

「それ以上は不愉快だ。そのぐらいにしておけ！」オルファンドが咎《とが》めた。

かくしてレビは扉を開いて出ていく。

レビと同じロデム人のカインクロウが後を追ってきて横に並んだ。

「許せません、決して、決して許せません。師は、このバベルを、我々、ロデム人の救済のために作ったのだ。これはオルファンドの反乱です。奴の乗っ取りを許すのは、師の意志に反すること！　奴はこの地にも悪しきヴァルディマータを持ちこみ、ロデム人を貶《おとし》める気なのです」

会議での十番弟子の発言はオルファンドが糸をひいてやらせていた、とカインクロウは見ているようだったが、これはレビも同じ意見だ。

「だが、だったらどうする？」

レビが問うと、カインクロウは冷たい声でいった。

「我らは神に覚悟を試されているのです。今、しかるべき血を流さなくては、ソリア人は我らを奴隷に戻し、バベルは収容所になり果てる」

大いなるピャレ・カヤは、今ロデム人を試している。戦わずして、権利を得ることなどできない。

「何をするつもりだ」

「一番弟子殿がやらぬというなら、私がやります」

カインクロウの行動は早かった。

扉を開いてオルファンドがでてくる。オルファンド派の僧たちと談笑している。

カインクロウは袖《そで》から拳銃《けんじゅう》をだした。

止められなかった。いや、止めようとすら思わなかった。

レビは啞然《あぜん》としてカインクロウが握る拳銃を見た。

この男、今日の会議の内容を予測して準備してきていたのだ。

拳銃は、一度だけサージイッキから護身用に使い方を教わったことがあった。そのときカインクロウも一緒だった。イストレイヤには存在しない異界の武器である。だが、レビはその後、その恐ろしい武器に触れることはなかった。

オルファンドが両手をあげた。

カインクロウは黙って引き金を引いた。

轟音《ごうおん》が響く。オルファンドが吹き飛んだ。

「ここはロデムの聖なる郷《さと》だ！」

カインクロウは叫んだ。

オルファンドの取り巻きは動揺した。

オルファンドにすがりつくものの頭に一発。

背を向けて走り去ろうとするものに一発。腰を抜かして廊下に座るものに一発。

カインクロウは素早く射殺していく。

そして発議をした十番弟子。金髪のソリア人の前に立つと、その額に銃口を向けた。

「お許しください、私はああいえと、オルファンド殿に命じられただけでございます」

十番弟子のソリア人はへなへなと膝《ひざ》を床につけた。

カインクロウは引き金を引いた。

カインクロウがオルファンドとその取り巻き数人を射殺してから数時間後には、どこかで爆発音がして、壁が震動した。レイバードから流入し、バベル内で暮らしていたロデム人が、カインクロウの扇動により、ソリア人を殺しはじめたのだ。

再び奴隷になりたいのか？　それとも戦ってヴァルディマータを超えた世界を作るか？

カインクロウの熱弁はあっというまに、ロデム人の感情に火をつけた。

何世代にもわたった民族の怨《うら》み、内に抑え続けた憎しみは、いったん解き放たれると、もはや誰にも鎮火できなかった。

レビは廊下を走った。

よくないと思ったことは正せ、よいと思ったことは取り入れろ。

ここを世界の中心にして、よりよい世界を作れ。

よくないこととは何なのだ？

よいこととは何なのだ？

何を正せばいい？

無能な自分がなぜいつまでも一番弟子であったのか——それはロデム人だったからではなかったか。サージイッキはあえて、ロデム人を一番弟子に置き続けることで、オルファンドたちに示し続けたのだ。

私はおまえたちの身分制度をここに持ち込むことを許さない、と。

サージイッキがここで何を作ろうとしたのか知っている。

生まれつきの階級に縛られない世界。

肌の色も、人種も、家柄も、蓄えてきた富の量も関係がない。

全員が公平で豊かな世界だ。しかしそれは決して、ソリア人を皆殺しにせよ、という思想ではなかった。

食べ物は、充分にある。人口が千倍になっても、まだ充分にあるだろう。学ぶべき全ても充分にある。早ければ次世代にはやがて世界を主導していく人材が育つほどにだ。

広大で強固な外壁に守られた理想郷で、歴史の怨みを忘れ、全ての階級がなくなり、人々が互いに敬意をもって学び高め合って生きる世界。

バベルに収まりきらなくなっても問題はない。

眼下に広がる肥沃《ひよく》な大地のなんと広大なことか。

大沙漠《だいさばく》から変貌《へんぼう》した大森林だ。

偉大なる師が全てを準備して、託したのに——私たちは何をやっているのだ？

外では銃声が鳴り続けている。

2

小さな部屋でソリア人の娘が泣いていた。

レビは近づいていった。

「家族は？」

娘がかぶりを振った。

娘の手をひいてレビが奥に続く間への扉を開くと、武器を構えたソリア人の女たちと、子供たちがかたまっていた。

レビは溜息をついていった。

「私はサージイッキの一番弟子、レビと申すもの。今この場で嘘だけはいわないとピャレ・カヤに誓おう。みなを安全なところにお連れする。私は一番弟子故、このバベルに、私の持つ鍵でなくては開かれない領域をもっている。そこに案内するので私についてきなさい」

どうしてだか、レビの何かを諦《あきら》めたような顔は、彼らの警戒を解いてしまった。

彼らは武器を下ろした。

そしてレビはソリア人を見つけしだい、ソリア人狩りの手がまわらない区画へと誘導していった。

「レビ殿、感謝します」

ソリア人たちはいった。

「あなた以外のロデム人は今、みなおかしくなって、殺人に駆りたてられている」

「早めに脱出していってください」レビはいった。

やがてソリア人たちの間で、脱出計画が練られはじめた。地下水路を通る道ならば、見張りがいないという。

レビは彼らに、ソリア人狩りの巡回スケジュールなどを教えた。彼らは少しずつバベルを脱出していった。

やがてレビもバベルをでた。

外からこの巨大建築物を見上げた。

灰色の雲が空を覆っていた。

一匹の亀男がバベルのほうから現れた。

サージイッキがどこからか呼び寄せた囚人の亀が混乱に乗じて脱走したのだろう。

亀男は不安そうにレビを見ている。

哀れな生物だが、何かをしてやる余裕はなかった。

レビは亀に向け、道の先を指差した。

おまえは逃げたいのだろう。

さあ行け、行くがいい。

私もこれから去るところだ。

レビは駱駝に跨《また》がる。

先に何があるのか、誰にもわからない。

3

バベルを脱出したレビは、駱駝でアスファルトの道を西へ向かった。

サージイッキが最後に残した紙片、

〈西からきた異郷の民ならば、彼らは私が善良と見込んだ者たちだといっておこう〉

によるならば、西には善良な人間——異郷の民なる者たちが住んでいるはずなのだ。

彼らに会うべきだと思った。

ところが、いけどもいけども休憩向けの廃墟《はいきょ》がぽつぽつと出てくるだけで、異郷の民とやらが住んでいる集落は見つけられず、やがて道は大きくカーブを描き、もとの分岐

まで戻ってきてしまった。

その旅の間、誰も現れなかった。

ことによれば、異郷の民の集落に、この硬い灰色の道は繫《つな》がっておらず、フェンスの向こう側の荒野を歩かねば辿《たど》りつかないのかもしれなかったが、フェンス越しにレオヴァンがうろついているのを見てしまい、そんな気にはとてもなれなかった。

灰色の道にはところどころに分岐があり、それを探索すると、大きな廃墟の町を発見した。

イストレイヤでは見ない不思議な町だった。土が少なく、塗り固められている。無人だが、荒れていない。

あるいはここが異郷の民の集落なのだろうか？　それともサージ様がかつて暮らしていたという土地なのか。

「レビ殿！」

声がきこえ振り向くと、自分が逃したソリア人たちだった。ここまで逃げてきてここに住んでいるようだった。

「よかった、あなたたちは無事逃げられたんですね」

「レビ殿も逃げてきたのですか」

「そうです」

「ここは意外にもたいへん住みよいです。住宅は掃除をすれば居心地がよく、そこら中に食べ物があるし、レビ殿もここで暮らしたらいいのではないでしょうか」

確かに、穀物畑や、野菜畑、あるいは果樹などがふんだんにあった。

レビはしばらくその不思議な異文化の町にいたが、一ヵ月ほどしてから様子をみるためにバベルに戻る道を進んだ。

駱駝の歩みをとめた。

道の両脇に何かがずらりと並んでいる。

見れば串刺《くしざ》しにされた人間たちだった。

全部で二百体はあった。

まだ骨となっていないのは、それほど時間がたっていないからだろう。

イストレイヤの地方都市ではよく見られる風景だ。敵兵や罪人を町の入り口に串刺しにして置いておく。古い民間信仰では魔よけの一種でもあり、絶滅政策当時は、どの町にも百体以上のロデム人が串刺しになって飾られたという。

レビはごくりと唾《つば》をのんだ。

バベル前の串刺しの八割以上がソリア人だった。

串刺し死体の半数には見覚えがあった。どれもオルファンド派だった。やがて、オルファンドその人も発見した。

つまり——ロデム人による下剋上《げこくじよう》は成功し、カインクロウはバベルを獲得したのだ。

レビは黙って駱駝の方向を変えた。

視界を埋め尽くすほどの巨大なバベルからは、今の自分は丸見えのはずだ。

おそらくバベルは——いや、カインクロウは、といってもいい——自分を必要としていないだろう。また自分も、もはや戻りたくなかった。

行け、早く、早く。

駱駝を急《せ》かす。

師を失い、立場を捨て、志もなく、ただただ逃げ隠れるだけ。

己の不甲斐《ふがい》なさに涙が溢《あふ》れだす。

レビは廃墟の町に戻った。

ソリア人たちと静かに暮らし始めた。ソリア人は彼らのネットワークがあるのだろう、少しずつ増えていった。

翌年の初夏である。

レビのところに「何者かが現れた」という報《しら》せをもって馴染《なじ》みのソリア人が駆けてきた。

町の入り口では常に双眼鏡、望遠鏡をもったソリア人たちが監視している。

ビルの上から双眼鏡を借りて眺めると、十数名の見慣れぬ人々が町に侵入してきていた。

イストレイヤ人の服装ではない。廃墟の町の衣料品店にある服、あるいは町に貼られたポスターと文化的に同一の服だ。

上下に分かれ、薄い生地の服は、レビの目にはひどく滑稽《こっけい》で「ふざけて」いるように見える。

黒い髪、黒でも白でも灰色でもない肌。ああ、これはサージイッキ様と同じ人種だ。

西からの異郷の民が、ついに現れたのだ。

4

レビは翌日の朝、彼らの前に姿を現した。

ソリア人たちには隠れているように命じた。

異郷の民が宿泊している建物の入り口に立っていると彼らは出揃ってレビを迎えた。

「ガンフー。私はレビと申す者。サージ様と同郷の方とお見受けします」

レビは彼らに向かっていった。

「私はサージイッキの一番弟子です。貴方《あなた》たちが現れることを、サージ様は予見してお

られました」

サージイッキという語に反応はあった。

「私を案内に、何でもお聞きください」

しかし彼らから返ってきた言葉はイザヤ語ではなかった。

レビは戸惑った。

全く通じないのである。

一人が、水を飲まないか、と身ぶりで示し、レビを建物内に案内した。

レビは自分の知る全てをこの者たちに話してあげたかったので努力した。やがて絵による筆談という形になり、いくらかは相互の意思疎通ができた。

異郷の民から得た情報は次のようなものだった。

彼らはもともとニホンという国の住人であった。

遠い道なき荒野の先に、彼らの町はある。

彼らはニッカという亀人間に出会った。バベルからきたという。そのニッカは今彼らの町にいる。

彼らはバベルを目指している。

ここまできた目的は「遠くに聳《そび》え立つものが何か知ること」のようだが、可能ならバベル民との交流も視野にいれているようだった。

バベルができて以来、レイバードの地主やら周辺部族やら、バベルに挨拶《あいさつ》にきた勢力

は数知れず、そういう意味で〈近隣から交流しようとやってきた一行〉は決してバベル側からすれば特殊な存在ではなかった。

だが今のバベルは——。

自分が間に立つべきではないのか。

「あなたたちがそこに向かうというなら私が案内しましょう。今のバベルは政情が不安定で、何か間違いが起こる可能性もありますので」

十五名いた異郷の民は、ここで隊を分裂させた。バベルに行く代表者サカガミに加え、有志二名と、町で待機の十二名。

良い判断だとレビは思った。

何かあった場合の被害を最小限にしようというのだろう。


レビは駱駝に跨った。

その後ろに足で漕《こ》ぐ二輪に跨った三人が続く。

道路の脇に並ぶ死体は、もはや骨となって、道を見下ろしていた。

レビが振り返ると、異郷の民が串刺し死体を見て絶句している。

連れて来ないほうがよかったのではないか——レビは一瞬思ったが、なんにせよもう遅かった。

前方から馬に乗った男たちが現れ、こちらに走ってきたからだ。

先頭にいるのは、カインクロウだった。

彼らは馬をとめた。

「カインクロウ殿」

レビはいった。

「師の書き置きにあった異郷の民を案内してきましたが、師はまさか戻られてはいないでしょうか」

カインクロウはサカガミたちを一瞥《いちべつ》した。

そしてレビに視線を戻す。笑みはない。厳しい顔をしている。

「レビ殿。一年ぶりですな。死んだものと思っていました。いったいどこに行っていたというのか」

カインクロウはいった。

「さあ、こちらに」

5

広間に案内された。

磨かれた石のテーブルがある。みな促されるままに席についた。

「さて」カインクロウはいった。

サージイッキが帰ってきたかどうかの答えは聞いていない。レビは問い方を変えてみた。

「今は、カインクロウ殿が取り仕切っているのですか」

カインクロウは頷いた。配下が水を運んでくる。

「聖戦で何人も殺しました」

カインクロウは懐から銃をとりだすとテーブルの上に置き撫《な》でた。

その場が緊迫した。異郷の民は銃というものを知っているのだろう。カインクロウはあえて銃を見せることで、相手を計っているのかもしれない。

レビはいった。

「実は私は戻るつもりはなかったのです。私は所詮《しょせん》サージ様あっての私です。あの人がおられぬなら、なんの職能も持たない貧しい役立たずです。ただサージ様ゆかりの異郷の民がここを目指しているのに出会いましたので、お連れして交流の橋渡しをするのがせめてもの責務と思いました。その責務を果たしましたら、すぐに再びここを去るつもりです」

カインクロウは近くに立っていた側近兵を広間から退出させた。

「たくさん殺すと、人を信じられなくなります。自分が殺すからでしょう、他人も自分を殺すだろうと思うのです。レビ殿、あなたがソリア人と一緒にいるところを見たという報告が多数入っている。あなたは誰にいわれて、何を企《たくら》み、ここにきたのです？」

確かにソリア人を救出してきた。あの不思議な異郷の廃墟では一緒に暮らしている。しかし誰にいわれた──わけでもない。一体何を疑っているのか。

カインクロウは静かにいった。

「二十数年前、私の父はソリア人に殺されました。町の外に磔《はりつけ》にされた。今でもおぼえています。青い空を背景に、日々鴉《からす》が啄《つい》ばんでいく。理由はものを盗んだ嫌疑です。盗んだのではない。〈嫌疑〉で殺された」

レビはごくりと唾《の》を呑んだ。

「それは辛《つら》かったでしょうな」

イストレイヤ中で起こっていることだとレビは思う。

「母は呪《まじな》い師でしたが、ある満月の晩、私を連れて、父を折檻《せっかん》して磔にした役人の邸宅に忍びこみました。そして火をつけてまわりました。邸宅は炎に包まれ、役人の家族はみんな焼け死にました。幼き私と母は身を寄せ合って高台からその様子を見ました」

カインクロウは美しい記憶を思い出すように笑みを浮かべた。

「その後、成長した私は、イストレイヤ南部においてソリア人隊商のみを襲う盗賊団を率いました。いったでしょう？　私はもともと野盗で、奴隷市場に並んでいたのはどこかの屋敷に潜入するためだったと」

レビは頷いた。

「今、私はソリア人排斥の功を認められ、ロデム人の大将をやっております。あなたも

父母を殺されて奴隷になったのでしょう。そしてオルファンド派のソリア人は、目上のあなたを馬鹿にしていた」

カインクロウは銃を撫でながらふっと息をついた。

「まあ今は、みな礫になっていますが」

「外で見ました」

「賞賛していただけますな？」

レビは答えなかった。賞賛などできない。ただ冷たい汗が背中を流れた。

カインクロウはいった。

「沙漠が森になったとき、サージ様が、あなたの父母の仇《かたき》のソリア人の奴隷商人の私兵を、呼びだした。あの奇跡のとき、あなたは剣を抜いた。剣を抜いたあなたを見たのははじめてでした。おぼえておりますかレビ殿」

レビは呻《うめ》いた。

そうだ、剣を抜いた。憎しみが沸点に達したのだ。だがあのときの失態は――。

「あなたは何度も剣を振り上げた。でも振りおろせなかった。最後には地面を刺し、そのまま転び倒れて気を失ってしまった」

カインクロウはふっと笑った。

「オルファンドは脇で失笑しておりました。仕方なく私がその十人の首を刎《は》ねておいた。あなたは臆病《おくびょう》者です。身動きできない仇すら殺せない。でも、私はこれまでの経験から、

臆病者には野心がないとは思いませんし、臆病者は、信用できるとも思っていない。臆病者は戦うべきときに姿が見えませんが、策を練るのは得意です。戦わず何かを欲する術《すべ》はうまいのです。さて、話を変えますが異郷の民は何をしにここへ？」

「ただ挨拶をしにきただけだそうです。サージ様の置き手紙にあった、サージ様と同郷の人たちです。非常に温厚で礼儀正しい方々で」

「サージ様は、ロデム人だ」

だから、灰色でない肌の同郷人などいない。

「は。いや、ロデム人？」

それはでたらめにすぎるのではないか。

容姿からして違うわけだが、末端の人間ならともかく、共に旅したあなたは特にそうではないと知っているはず。

レビはカインクロウの双眸《そうぼう》に狂気をみてとった。

「今、あの方――バベルの創造主はロデムの神となっている。ロデム人であるのが真実だ。そして、あの方は、よくないと思ったことは正せといった」

カインクロウは拳銃をレビに向けた。

「あなたは間違え過ぎている。あなたは先陣をきって聖戦を戦うべきだった。そして聖戦から逃げたのなら、ここに戻ってくるべきではなかった」

異郷の民の青年が席を立つと、カインクロウの銃を持っているほうの手首を握った。

やめろ——といっているのだ。

「おまえはこの武器の力を知っているな。異郷の民よ」

カインクロウは青年に手を摑《つか》まれたまま立ち上がった。

青年の名は確か——ハヤマだった。レビはいった。

「カインクロウ殿、抑えてください。ハヤマ殿も、どうか、荒っぽいことは、どうか、いくらでも謝ります、謝りますから」レビはうろたえながらいった。

「さて、どうすべきかな」カインクロウは考え深げに呟《つぶや》いた。

「離せ」

カインクロウはハヤマに警告した。

「離さなければ、おまえを撃つ」

「カインクロウ殿、彼は言葉がわかりませんので」レビは懇願した。「いったんやめて仕切り直しましょう」

カインクロウは銃を下ろした。

ハヤマがほっと息をついて手を離した次の瞬間、カインクロウは構え直し、ハヤマの額を撃ちぬいた。

残った二人——カネマツとサカガミが大声をあげる。

続けてカインクロウはレビの胸を撃った。

レビは全身の血が沸騰したような感覚に襲われた。

「どうしてこんな」

触れたものを黄金に変える誰かが未曾有《みぞう》の富を築き上げるも、そのものは何処かに去り、後は奪い合いの地獄がはじまる。

苦しくて声がでない。

「未《いま》だに一番弟子を崇《あが》めるもの、臆病者が好きだというレビ派もまだバベル内には多いのですよ。あなたの帰還は面倒なことになりかねない」

すっと周囲が薄暗くなった。意識が消える寸前、レビは、太陽を背に坐《ざ》して微笑むピャレ・カヤの姿を見た。思わず胸の内で聖詩を呟く。

——天に坐《まし》ます大いなる霊は、全世界のあまねく全てに形を変え散らばり、生の試練を——。

＊

「葉山！」

孝平は席を立った。

坂上が咄嗟《とっさ》に花瓶を投げ、次の瞬間には孝平の手を引っ張って扉に突進した。

孝平はわめき続けた。

葉山が頭を——撃たれた。

坂上直久は孝平の手を引っ張って廊下を走った。

やがて孝平も我にかえり、追っ手の足音を背後にききながら大迷宮を走りはじめた。

どれだけ走っただろう。

ふと鐘松孝平は坂上直久が自分から離れるのを感じた。

見れば坂上直久の肩には矢が二本刺さり、シャツが血で染まっていた。

「行け、孝平君」

坂上直久は怒鳴った。

「生き延びて、ヘブンに戻って、事態を伝えなさい。これは命令だ」

断章　存在しない男

眩《まばゆ》い光の中にいた。

記憶の断片が飛び交っている。

青年は光の中にただ浮かんでいた。

ある瞬間、青年は真っ黒なオートバイに乗ってどこまでもまっすぐな道を突っ走っていた。

また別の瞬間、四畳半の部屋で、友人たちと笑いあっている。

あれは――親友たちだ。まだ義務教育の頃の。

次の瞬間、青年は電車に乗って吊革《つりかわ》をつかんでいた。

どこにいく電車だろう？

また別の瞬間、誰か愛しい女性と手を繋《つな》いでいる。

青年は女の名を思い出そうとする。

だが思い出せない。

ウースラ？　カメル？　いや？　日本人だろ。そんな名前ありえない。ウースラって

誰だ。

思えば誰の名前も思い出せない。

鐘の音がする。

夕暮れの空に浮かぶ岩と、その上の寺院。

ピャレ・カヤ。

誰？


次の断片は、どこか荒野で尻《しり》を地面につけている。

赤土に汚れた服の友人が青年をのぞきこんでいう。

「葉山。よかった。生きていた」

なんだ、これは最近じゃないか。シマシマライオンを倒した時か。

俺は葉山って名前だったっけ？


ああ、そうだ思い出した。

俺は葉山卓郎。住所はヘブン。

俺は今、どこにいる？

もしかして二度目の死を迎えたのか。

壮大な葉擦れの音が聞こえる。

青年はベッドの上で身を起こした。

窓の外で緑が揺れている。

白く長いスカートに帽子の女が立っていた。

青年を見ると、満面の笑みで微笑む。


わけがわからない。

青年は女にいった。

「あのよ、これって」何？

「おはようございます。お久しぶりですわ、佐伯逸輝様！」

「は？」

青年は目を瞬《しばた》いた。

「あんた、誰？　俺は葉山ってもんだけど、サエキって……いや、それは人違い、だろ？」

「わたくしは案内人プログラムの小百合でございますわ！　人違いではありません。まだ記憶の混乱があるようですわね。でも、大丈夫。じきに思い出していくはずですわ。スタープレイヤーである佐伯逸輝様は、第九の願いで、『記憶と肉体を改変し、これま

での人生を忘れる』ことを願ったんですわ。そして新しい青年、葉山卓郎になられたのです」

小百合は、にっこりと頷《うなず》いてみせてから続けた。

「でも残念ながらついさきほど、死んでしまわれたんですの。ところが佐伯様は、第四の願いのときに『もしも死亡した場合、死亡するまでの記憶を引き継いで十八歳のときの肉体に戻り、青の沙漠《さばく》の家で復活する』としておいたでしょう。それが今、効力を発揮しましたの。この願いにより、これまでの記憶も戻ってくるはずですわ」

小百合はくるりと一回転して両手を花弁のように上にあげた。

「ご復活おめでとうございます！」

青年はうなだれ、頭を抱えた。

「あら、まだ何も思い出せませんの？」

いいや。

全て、目の前の女のいう通りだ。

青年はうなだれたまま左手をあげた。

「青渦巻き、ボードリタン」

左手にスターボードが収まる。

佐伯逸輝は、長い溜息《ためいき》をついた。

サージイッキクロニクル　Ⅶ

1

そろそろ、この手記――死者の町の皆さまにあてた我が告白も終わりに近い。

ゼットイータとの会談を放り出し、私はバベルを飛び出した。

もうここには何もない。

後は皆がうまくやるだろう。

死者の町を見に行こうではないか！

私は秘密の格納庫にあるオートバイに乗り、私だけが知る秘密の地下道を抜けて、アスファルトの道に飛び出た。

夜だった。

月光が道を照らす。

冷たい風が私を撫《な》でた。

背後には巨大建造物の影。

アスファルトの道をモーターサイクルで走ることが妙に懐かしかった。

ここに来たばかりの頃、華屋律子を如何《いか》にして呼び出すか空想しながら、こんな風に道を走っていたものだ。

森がでてくる。

長く緩やかな下り坂だ。

やがて森から抜け出る。

そこには藤沢市が眠っている。

我が愛しのホームタウン。

逆上がりの練習をした公園。

初めて中耳炎を治した耳鼻科。

水泳教室に通っていたプール。

学校帰りにみんなと入ったラーメン屋。

父と母がいた私の家。

そして、私の大好きだった友人たちの家。

末長。室岡。

人生の背景にずっとあった、駅。

あの電車。

宝物の抜けがらたち。みな永遠に眠り続ければいい。

そして私はまたアクセルを開き、加速する。

やがてバックミラーの中に遠ざかっていく故郷の遠景を見たとき、私は泣いていた。

★★

ヘブン——そのとき、まだ死者の町に名はなかった。

町を歩き、適当に目についた住民と会話をした。

ずっとイザヤ語ばかり使っていたので、久しぶりの日本語の会話にはむずむずするようなくすぐったさがあった。

お互いに、甦《よみがえ》った不思議を口にする。

「なんか、なんだっけね、今晩ミーティングするんだって。高尾さんっておじさんが中心で」

そんな情報をたまたま仕入れ、その会合場所に足を向けた。

それが世界探究会の第一回の会合だった。

高尾さんや、坂上さんの話を聞いているうちに、私の心はざわめきはじめた。

まだこの町は眠れる種だが、もうじきに目覚める寸前という感じだった。彼らは萌芽《ほうが》について暗闇で会議している植物の妖精《ようせい》たちのようだった。

「ここの全員の名簿は今作りました。ただいま複製中です。抜けている人はどんどん足していきましょう。どうせなら、私たちで、この世界を切り開いていきましょう」高尾道心がいうと、部屋の中が、妙に熱を帯びた。

確かに、甦った以上は、これから作っていかないといけないわけだ。新しい世界を、社会を。

スターボードに打ち込むなどというのとは全く違ったやり方で。


かつて華屋律子はいった。

「そんな人生楽しいわけ？　みんながさ、苦労して、互いに手を差し伸べあって、どうにかやっていくのが人生ってもんじゃないの？　あなたのしていること、結局は、全部ズルじゃん。私はズルをした人間が何を成し遂げようと評価しない。〈でも、ズルしたんだよね？〉って思うだけ」

私のような人間を見ると、何かしら「いいやあなたは不幸なのだ」と難癖をつけたがる輩《やから》がいることは知っている。

そんな人生は楽しいのか？

はっきりいおう。

楽しい。

頭のてっぺんから足のつま先まで楽しい。

なんにせよ幸せとは主観であり、本人がどう感じるかではないのか。私は幸せな人間だ。

もちろん数多くの失敗はしたが、私はやりたいことは全部やった。

だからこそ――〈次〉はスタープレイヤーでなくてもいい、と思ったのだ。

私は第二回の世界探究会、会合に出席した。そして、ここの人々は探索と冒険を繰り広げ、どんどん社会を作っていく――そこに立ち会うのはきっとぞくぞくするほど面白いぞ、と予感した。

私はバベルに戻りたくなかった。

★★

あなたにはこんな経験はないだろうか？

まだ小さな頃、自分の暮らす町とは別の町に親に連れられていく。

そしてその町で、夏休みなりなんなりを従兄弟《いとこ》やら地元の子供やらと過ごすのだが、妙に楽しい。ひどく気にいってしまう。その町の女の子に恋をし、その土地の男の子に篤《あつ》い友情をおぼえる。そしていざ帰るとき、「ああ、ぼくはこの町の子供としてここで生まれ、ここで暮らしたかった！」と悲嘆する。

あるいは本の頁をたぐり、その本の主人公になって、その本の世界を冒険してみたいと思ったことは？

今とは違う別の人間になって、自分が暮らすところとは異なる土地に、そっと忍びこみ、恋やら冒険やらをしたいという願望を抱いたことのある人にはきっと、私の気持ち

がわかってもらえるのではないだろうか。

私は第九の願いを使用した。

少し複雑な願いである。簡単にいうのなら、

〈容姿を変え、これまでの記憶を少しずつ失い、別のものに差し替える〉

というものになる。

容姿を変える——とはいっても美容整形方向には向かわなかった。私は——あくまでもサージイッキこと佐伯逸輝を知るものが、それとわからなくなることを念頭に顔と姿を変えた。

もう一度生きるにあたって、過去の記憶はいらない。

記憶を段階的に差し替えにしたのは、いきなり完全に記憶を替えてしまえば、精神が不安定になると小百合がいったからだ。

これについては何を消して、何を残すのか、どのあたりをどう改変するのか小百合と細かく話しあった。

最初、私は、自分がサージイッキだと知っている。もちろん第九の願いのことも知っている。

しかし、時間をかけて徐々に私の記憶は、自分で設定した男の架空記憶にすりかわっていく。

後悔はするはずがない。

私は忘れるのだから。

恋した娘のことを。

不可視の剣で殺した男たちのことを。

未熟で胸の痛む日々を。

私を崇拝する者たちにした数多くの詐欺行為のことを。

みんな忘れる。

金と権力に群がってくる人々のことを。

藤沢市で交わった奴隷身分の美女たちの身体を。

おぞましい亀人間を創造したことを。

使いきれないイストレイヤ金貨や、聖法衣《せいほうえ》や、神の称号を持つ者との交流のことを。

洗い流され、喪失していく。なんて気持ちが良いのだろう。

そして私はいつしか無垢《むく》なトム・ソーヤになる。

川面《かわも》に反射する光に目を細め、魚を釣って、素手で喧嘩《けんか》する。

冒険がはじまるだろう。

★

互いに手を差し伸べあい、どうにかやっていく。

私と仲間たちは初めて口にするルビーパンに目を見開き、初めて見るラウモウダに驚愕《きょうがく》するだろう。

それはなんと希望に満ちたキラキラと眩《まぶ》しい日々になることだろう。

その通り、ヘブンは〈希望の鍵〉だ。

全てを捨て去る価値がある。

私は鍵をつかって扉の向こうへいこう。


あるいは遠い未来には、お互い初対面の人間として、レビやオルファンド、華屋律子やレオナルドに出会うこともあるかも？


そのようにして私は葉山卓郎になった。

記憶はスムーズにすり替わっていった。

佐伯逸輝の過ごした神奈川の小学校、中学校は茨城の小学校、中学校に。

イストレイヤ各地で襲われた記憶は、暴走族と喧嘩した記憶に。

車やバイクで道を疾走する記憶は、暴走族の頃の記憶に。

そう、ディティールや背景だけを入れ替えて、似たものに変換していく。

冒険の記憶は子供の頃の願望の記憶に。

葉山卓郎は早朝の時計台前広場で、プレートの文字をそっと撫でる。

そして、私はもう存在しません。

★

あるとき、私はこの世界の秘密を知っていた夢を見た。

そしてベッドの上でしばらく考えた。

知っているぞ。私は知っている——なんだったか？

だが全ては夢の中の出来事——少しすればもう何も思い出せない。

何を知っていた？　まあいい、どうせ茨城時代のことなのだろう。二度と戻れないのだから、思い出せなくてもかまうものか。


私はレビと赤の他人として再会した。

彼はやはり信頼のおける人物だった。おそらく戻りたくはなかったであろうバベルに、私たちヘブンの探索隊を案内してくれようとした。

だが、私はカインクロウを読み違えていた。

彼は〈話の通じない男〉だった。

銃弾は私の額を貫通し、脳を壊した。

第四の願いでかけておいた保険の効果で、私は佐伯逸輝として、青の沙漠《さばく》にて目覚めた。記憶は戻ってきた。

もちろん、呆然《ぼうぜん》としたとも。

映画を見ている最中に停電にあったような気分だ。

だが、いつまでもじっとはしていられない。


私は即座にバベルに向かった。

そしてすぐに、私が去った後、何が起こったのかを把握した。

バベルは私がいなくなって僅《わず》かな間に革命が起こり、戦闘的かつ狂信的な反イストレイヤ組織になってしまっていたのだ。

現在はカインクロウの独裁状態にあるという。


バベルとヘブンの争いを想定したことはなかった。

おそらくカインクロウは、ヘブンが「弱ければ滅ぼす」ことを考えているだろう。

こうなった責任は半分以上が私にある。

私がバベルを出なければ起こらなかったことだ。

★

2

私は広間の扉を開いた。

テーブルに図面を広げて、会議が開かれていた。

中心には、現在のトップであるカインクロウ。席につくのはその取り巻き、家来たちだろう。

全員ロデム人だった。

すぐに彼らは私に気が付き、凍りついた。

「あなたは」一人がいった。

「私が誰だかわからんのか？」私はいった。

「カインクロウと話したいのだが、他の奴らは部屋から出ていってくれるか？」

何人かが様子を窺《うかが》うように、カインクロウに視線を向けたが、結局はみな動かなかった。

カインクロウの指示を待っているのだ。

カインクロウは他の連中に退室の指示をださずに、じっと私を見ながらいった。

「出ていったのは――あなただ」

「そうだな」

「戻ってくるとはいわなかった」

「うん、いわなかった」

「よくない部分は直せとあなたは仰《おつしや》った。後はおまえたちでやっていけとも」

「そうだ」

「それならば、私たちはこうなる。仮に私がソリア人を殺していなければ、ソリア人が私たちを殺しはじめていただろう」

私は溜息《ためいき》をついて、少し穏やかな口調でいった。

「だが、駄目なんだよ。それじゃ。イストレイヤと戦争になるだろうが」

「それこそ本望です。ゆくゆくはここを最後の砦《とりで》に、ロデム解放戦となる最大規模の聖戦を起こす所存」

「おまえな、何百万人死ぬと思ってるんだ？　イストレイヤが見たままの国ならまだ滅ぼせるかもしれんが、二十四神が守護している国を相手にして勝てると思うか」

カルメルドがスタープレイヤーである可能性は高い。私が〈課題〉を終えて帰ってきたとき、宿にスターボードを持ってきたのだが、その手つきはボードが見えない人間のものとは思えなかった。もちろん彼がそうなら、他の二十四神の中にもスタープレイヤーがいてもおかしくない。

そもそもバベルはロデム人が穏やかに暮らすために作ったものなのだ。イストレイヤとの交渉に、オルファンドたちが活躍してようやく認可されたのだ。

私がそれをいおうとすると、カインクロウはまっすぐな視線を向けていった。

「師よ。勝てるから、負けるから、は私の頭の中にはありません。道は一つ。奪わなければ奪われる。全てはそうなるようにできているのです。私がここにいるのもそうです。水が高きから低きに流れるように。私の意志ではなく、過去に虐殺された膨大なロデム人の無念の魂が私をここに押し出し、立たせたのです」

カインクロウは腰から剣を抜いた。

「それ故、私はあなたを敬愛しておりますが、あなたが進ませぬというのなら、あなたを殺してでも、進まなくてはならない」

カインクロウが剣を構える。

「話が通じないということがよくわかった」

私は手にしていた視えざる剣を、カインクロウの剣に叩《たた》きつけた。

カインクロウの剣は折れ、折れた刀身が地面に転がった。部屋中の幹部が蒼白《そうはく》な面持ちで視線を向けている。

「イストレイヤはまだしも、ヘブンに喧嘩を売れといったか？　善良な人間だと書いただろう。ヘブンの使者を殺しやがって」

「彼ら、異郷の民はレビ殿を殺したからです！　私は場を鎮めただけだ」

殺されたヘブンの使者その人であった私は憤慨した。

思想の異なるレビの帰還を邪魔に思ったこの男は、レビを殺した。しかし、レビはか

★

っての一番弟子であり、またロデム人の間で人気の高い男であったため、その罪を異郷の民になすりつけたのだ。

「嘘をつくな。レビを殺したのはおまえだろう。おまえが出迎えて、両方とも拳銃《けんじゅう》で撃ち殺したんだ」

カインクロウは呆然とした顔を見せた。

「憶測でものをいわないでいただきたい。私が大恩あるレビ殿をなぜ」

「憶測ではなく、一部始終を見ていた。おまえは嘘をつくタイプではなかったと思ったが、ああ、本当だよ。大恩あるレビ殿をなぜ、だ」

カインクロウの顔が歪《ゆが》んだ。

なにしろ目の前の相手は超越的能力を持つサージ様だ。本当に千里眼か何かで事実を見ていたのではないかと思い始めているのだろう。

「サージ様」カインクロウの脇から、彼の参謀であろう男が一歩進み出て、床に膝《ひざ》と頭をこすりつけた。「サージ様。今は全てを堪《こら》えてロデムの王におなりくださいませ。全てのロデム人を救う、救世主になってくださいませ。もうあなた様はそういう道を半ばまできている。我々をお導きください。咎《とが》めならば後からいくらでも受けますので、どうか、どうか。同じロデム人ではないですか」

私はうんざりしながらいった。

「私はロデム人ではない。見てわからんのか。日本人だ」

私は広間をでた。

★

3

バベルには数万の部屋がある。そのほとんどが無人であり、また、私しか知らない隠し部屋もできたばかりなので、容易には見つからない自信がある。無数にある。

カインクロウとその手下がどれほど捜そうとも、容易には見つからない自信がある。

私は十層にある秘密の小部屋に入ると、そこのベッドに腰掛けた。

スターボードをとりだし、小百合を呼び出した。

「お呼びでございますか？」

さあ、私は何をすべきなのだろう。

頭の芯《しん》には、絶望がひたひたと寄せてきていた。

考えがまとまらない。

たとえば、最後の願いを使えば、革命前の状態に戻すことはできる。オルファンドその他を復活させて。

だがそれは根本的解決ではない。私が再びバベルを離れれば、ほどなくして、もう一度同じことが起こるか、あるいは逆の革命、ソリア人のロデム人排斥が起こるだろう。

そのとき私にはもうスターはないのだ。

かといってそのままカインクロウに天下をとらせ、指揮権を握らせているというのも、胃が痛くなるような状態だ。

カインクロウにはどんな罰を？

考えれば考えるほど沼のように思考が重くなる。もう疲れた。

私は小百合にいった。

「第十の願いを使おうと思う」

「ついにそこまできたんですね」

「スターボードを他人が使えるようにすることはできるか？」

「場合によりますわ。誰に？」

「ヘブンの全員にだ」

ヘブンの全員に、スターボードを配付。

小百合はきょとんとした顔で私を見た。

私はもうすこし具体的にいった。

「スターボードを約三千百七十個に増殖させ、それを私が死者の町に呼びだした人々全てに与える」

「星を増殖する願いはいかなる方法であっても通りませんのよ」

「これは星を増殖する願いじゃないだろう。ボードの増殖が目的で、願望成就の機能はなくていい」

「あら、スターはなしでボードだけ？」

「そうボードだけだ」

願いを叶《かな》える力以外の機能は欲しい。

地図機能や、通信機能。そして私がつけ加えた、ボードリタン機能や形状変化機能。

「わたくしは、あなた一人の案内人で、増やすことはできません」

「じゃあ、案内人機能もつけなくていいよ」

小百合の瞳《ひとみ》が大きくなった。

「なるほど。その願いの審査が通るには、条件があります」

「条件？」

「スターボードの所有者が、佐伯様からヘブン住民に移るため、もう佐伯様がボードを視ることや、扱うことはできなくなります」

私も他人もみんながボードを使えるようにする、はダメ。

「最後の願いを叶えると、佐伯様はボードが視えない人間になります。新所有者のヘブンの住民みんなが使えるのに、元所有者の佐伯様は使えない――ということですがそれでもいいのなら、審査を通してみてください」

ああ、それで構わない。私は思った。

★

これを読んでいるヘブンの諸君。

敬愛する世界探究会の皆様方。

自分たちは何故ここにいるのか。

その問いの答えの詳細が、この文書のつもりだ。

宇宙最大のチャンスとやらを与えられた、平凡な大学生が創造者だ。ガールフレンドの話に触発され、後先考えず、慈善的気まぐれで呼んだのがあなたたちだ。

私があなただったら、脱力するかもしれない。

ああ、自分たちが生き返ったのは、こんな下らない話だったのか。こんな身勝手な若者の仕業だったのか。

もっと理由と意味があるはずだ。特別な神の摂理が働いたといってくれ、と。

だが、私は生命のはじまりに理由と意味は必要ないと思う。

狸が糞《ふん》を落とす。

なぜそこに？

ただそのとき、糞がしたくなったからだ。

しかし、それだけのことなのに、その糞から、種が芽吹く。時を経て、千歳の巨木にまでなり、その森の象徴的樹木になる。その枝葉や、木陰が、千年の間、無数の生物を育《はぐく》む場所になる。

それは紛《まが》うことなき神秘というものだが、その始まりは、「狸が便意を催したから」なのだ。

あなたたちは、私の気まぐれによって呼ばれた。

だが、そんなことはこの先連綿と続き花開いていくだろうヘブン文化と、誇り高きあなたたちの人生とその子孫を貶《おとし》めることには決してなりえない。

★

あなたは、今日何かをしていただろう。

家事？　農作業？　平海老《ひらえび》釣り？　それとも腕立て伏せ？

ふいに、ゴトリ、とあなたの前に、青地に黒渦巻きのボードが現れたはずだ。

そしてあなたは、ピカピカと光って合図している〈文書ファイル〉に指で触れ、サージイッキクロニクルをここまで読み進んだ。

そうだね？

もうおわかりだろう。

これはスターボード。

そう、このスターボードは、あなたのものなのだ。

もっともスターは使えないし、審査機能もないから、これからは別の名前がいいかもしれない。

ヘブンボード？

〈青渦巻き〉

これがパスワード。

機能については別のファイルがある。熟読してくれたまえ。

不安をとりのぞくために、あなたたちの頭痛についても記しておきたい。

ボードの出現と共に、町の三分の一ほどの人々が、原因不明の頭痛をおぼえる。そして一、二日後にはイザヤ語を習得する。

大丈夫。風邪みたいなもので立っていられないほどではない。

三日遅れて、次の三分の一の番だ。

時間をずらすのは、みなが一斉に頭痛に苦しんでしまっては、万が一のときに困るだろうという私の配慮だ。

そんな言語いらない？

まあ、そういわないで。

最終的には全員がマスターする。

最後の願いには、それ以外にも、多くを含めた。たとえば私が把握できた限りのヘブンの死者は、坂上隊長をはじめ、復活させた。

レビもだ。

あえて全ては書かないが、思いついたことはやった。何かおかしなことが起こっていれば、それは私の仕業だ。

バベルをどうにかすることは私にはできない。仮にどうにかしたところで、問題は半永久的に起こり続ける。十年後には十年後の問題が。二十年後には二十年後の問題が。

だから——よろしく頼む。

あなたたちは、私がどうがんばってもできないことができる人たちだ。

★

さて、そろそろお別れだ。

私はいなくなる。

これについては、どう解釈してもらってもかまわない。

佐伯逸輝は、あなたたちと出会えて最高だった。

だが私が、あなたたちと顔を合わせることは、やはりないのだ。

さようなら。

手に入れたもの、失ったもの

1

〈鐘松孝平〉

亀人間だらけの部屋で、鐘松孝平は、薄い眠りから目を覚ました。
もうバベル内に何日いるかわからない。
ひたすら逃げまどい、路上の果樹や泉で飢えや渇きを癒《いや》した。
たまたま壁のスイッチに肩が触れてしまい、開いたのがこの空間だった。
中に入ると、亀の甲羅がいくつか壁にたてかけられていた。
そして、階段を下りていくと、うようよと無数の亀人間たちが土の上を這《は》っていた。
智美から話をきいていた亀の間だ。

不潔な空間だった。

あちこちに排泄物《はいせつぶつ》があり、亀はみな泥にまみれていた。

ただ、水だけは水道がいくつもあって、亀用の飲料水であろう桶《おけ》に流されっぱなしになっていたので、そこから飲むことができた。

亀が這っている領域に下りるつもりはなく、壁から張り出た場所——体育館の二階ギャラリーのような場所に腰かけた。もっとも亀の這う地面との高度差は二メートルほどしかなかった。

のそのそと亀女が這ってきて見上げた。

孝平も見下ろした。

亀女がいった。

「ちょっとお、最近、草が全然なくって、もっと持ってきてくださらないと困るんですよお」

「草って、あの、あなたがたが食べる……？」

「あれ？」女はいった。「あなた日本語しゃべれるの」

「う、うんまあ、日本人なんで」

孝平は女の甲羅を見た。

教師と友人と面識のない老人を毒殺したようなことが書いてあった。

亀女はじっと孝平を見つめてからいった。

「あなた、何者？」

孝平は囁《ささや》き声でいった。

「逃げている人です。ここは安全ですか？」

「さあ」亀女は途方に暮れたようにいった。

「最近こないのよ。殺しにくる人も、食べ物を運んでくる人も。あなた呼んできてくださらない。二本足で歩けるみたいだし。食べ物がないってそりゃ一大事よ、忘れているのよ、絶対。とっとと草を補給しろっての。飢えて共食いした馬鹿もいるのよ、ねえ？」

見ると亀女の口元は真っ赤だった。

「ああ、うん、それは、まずいですね」

孝平はその場を離れ、座りこんだ。

さきほど話した亀女が追いかけてくる。

「もしも〜し。もしも〜し」

「はい？」

「ねえ、あなた、さっき呼んできてといったでしょう。お食事を運ぶ人を呼んできてって頼んだじゃない。それはどうなったの？　どうなったの？　どうして呼んでこないの？　呼べないの？　死ねっていってんの？　死ねっていうなら殺すぞオラア、てめえ、こっちはせっぱつまってんだ、クソガキ一匹殺すなんてわけねえんだぞ、オラア！　と

「もはや女性的言葉遣いは消滅していた。

「ごめんよ。呼びにいけないんだ。ぼくはその、追われて隠れているんだ」

女は一息吸い込んだ。そして金切り声で叫んだ。

「おおおいい、ここに逃げている人がいますよおおお‼　おおおおい、誰かあ！　先生！　センセエ！　センセエエエ！　キテクダサイ！　脱走者ああああ」

孝平は亀牧場のギャラリーを走った。

亀牧場は広かった。壁の周囲を一キロも走っただろうか。やがて乾草が積んである一角にたどりついた。

もしやこれが彼らの食事か。

どんどん下の牧場へと落した。

そしてさらに走る。

柱があったのでその陰に隠れた。

その時、唐突に頭の中が真っ白になった。

今まで一度も味わったことのない頭痛がした。

吐き気と眩暈《めまい》。

しばらく何も考えられずに孝平は身を横たえた。

気を失ったのかもしれない。

薄い眠りと覚醒《かくせい》を繰り返した。

何時間が経っただろう。一度暗くなり、また明るくなった。

ふと自分の胸元を見ると、青い板があった。

孝平はさっとあたりを見回した。

自分が眠る前にはなかったものだ。

たった今、誰かがここにきて、落していった——と感じたのだが、周囲には誰もいなかった。

頭痛は少し引いてきたが、まだ残っている。

不思議な板にはこんなことが書いてあった。


〈鐘松孝平君へ〉

まず最初に文書を開いて読んでください。


孝平は唾《つば》を呑《の》んだ。

日本語だ。なぜ、自分の名前が？

光っているアイコンがある。

孝平が指で触れると、縦書きの文章がずらりと現れた。

〈サージイッキクロニクル〉

ヘブンの諸君。

これはとあるインチキ聖人の放蕩《ほうとう》の記録である。

〈遥《はる》かな過去。

夏の予感を孕《はら》んだ五月の風が、開かれた窓から教室に舞いこんでカーテンを微《かす》かに動かしていた。

神奈川県藤沢市の中学校だった。

美術教師は〈日本〉か〈平和〉のどちらか、もしくは両方をテーマにした絵を描くようにいった〉

なんだこれは？

タイトルはサージイッキクロニクル？

読めと書いてあるのだから、読むより他はない。

鐘松孝平は読み始めた。

孝平は、佐伯逸輝を知っていた。小学校の時に友人だったからだ。

(いっちゃん)

いっちゃん――は、小学六年生のとき長崎から転校してきたばかりの孝平とすぐに仲良くなった。

本を貸し借りしたり、一緒に公園にいって自転車で走りまわったりした。

転校先にいっちゃんがいて良かったと心の底から思ったものだ。

昼時に、てんぷらを御馳走《ごちそう》したこともある。〈てんぷら作る小学生男子は、神奈川にはたぶん君しかいないよ〉といっちゃんはいった。

校区の関係で中学校は同じではなかった。

そのため孝平の記憶にあるいっちゃんは、あどけない子供で、どうしても文中の佐伯逸輝と重ならない。

いっちゃんは――宇宙が好きで、月とか、太陽とか、太陽系の惑星とか、地球外惑星の話をよくしていた――そう、もちろんＳＦも好きだ。だから、葉山卓郎に少し似ている。

鐘松孝平が文書を全て読み終えた頃、ボードに通信が入った。

孝平は点滅しているマイクマークに指で触れた。

ボードから声が聞こえてくる。

「智美だけど」

「え？」

「あ、通じた？　やった。孝平君？　もしもし。生きているの？」

「もしもし」

確かに智美の声だ。

「やったやった。今どこよ」

声の後ろでわっとはしゃぐ声がした。智美は、バー・ナポリ待機班である。仲間たちが周囲にいるのだろう。

「バベルの中だけど」

孝平は呆然《ぼうぜん》としながらいった。

「あれ？　これ電話？　電話はどうやってかけてるの？」

「なにぼけてるのよ。バー・ナポリから私のボードでかけてるのよ。孝平君、さっきね、たぶん全員にこれが出現したの」

「全員って」

確かにサージイッキクロニクルの最後の頁には、そんなことが書いてあった。

「ヘブンの方からも連絡あったから。高尾さんから。ボードが出現したって」

ヘブン人、約三千百数十名各々のところにひとつずつ、三千百数十個のボードが出現した。

そして、それは電波、電話線関係なく、通話ができる。

「サージイッキクロニクル読んだ？」

「うん。たった今」

「あれが……本当なら、葉山君が、創造者だったんだね」

それについてはまだ受け入れがたいものがある。

「とにかく、無事でよかった。機能頁も読みなよ。凄《すご》いんだよ」

智美と話している途中に、スターボードに表示がでた。

画面に〈坂上直久から通信が入っています〉と表示される。

「ちょっと待って、他の人からもかかってきた」

「わかった。いったん切る。生きて帰ってきて。みんな待っているよ」

「約束する」

孝平は慣れない操作にあたふたとしながら電話と化したボードを操作した。

「もしもし坂上です」

「隊長？」

死んだのではなかったのか。

「信じられない」

「信じられないかもしれないが、私はついさっき例の藤沢市で目を覚ましたんだ。レビさんと一緒に。信じられなくとも、そういうことだ」

「本当に生き返って？」

「うん、君を救わないと。今はどこ？」

「バベル内の亀牧場です。敵には捕まっていませんけど、隠れています」

「サージイッキクロニクルは読んだ？」

智美と同じことをきいてくる。確かにあれを読んでいないと話は通じない。

「はい」

沈黙がおりた。

葉山卓郎は数日前まで一緒にいた。ぼくたちにとって大切な――。

「でもぼくは、葉山がそんな」

「うん」坂上直久はいった。「私もそう思うさ。機能頁は見た？」

「いや、それはこれから」

「機能頁の、〈通信〉を見ると、名簿がある。三千百数十人の名が連なっていて、かけたい相手と通信できる。そして、クロニクルにもでてくる〈形状変化〉だ」

坂上直久からの通信を切ってから、孝平は機能頁を確認した。名簿に葉山卓郎の名はなかった。

孝平は亀牧場が静まっていることに気がついた。

音がない。

見渡すと、亀人間たちは消え去り、そこにあるのは抜けがらの甲羅だけだった。

鐘松孝平はゆっくりと歩いた。

罪状を書いた甲羅のみがあちこちに散らばる亀牧場を、高窓から差し込むいくつもの光の筋が照らしていた。

孝平はバベルの通路を歩いた。

前方から女がやってくる。五十歳以上に見える。灰色の肌である。

怪しい動きをしないほうがいい。

孝平はあえて足取りを変えずにそのまま歩いた。

すれ違いざまである。老女がいった。

「ウルグレ、ヒラブレイヌ、オレイアン」と話しかけてきた。

孝平は足をとめた。

彼女は、「あなたは迷っているように見えるけど、力になれる?」といったのだ。

孝平は息を呑んだ。

彼らの言葉がわかる。ボードによれば、これがイザヤ語なのだろう。

それならば、つまり、自分も喋《しゃべ》れるのでは?

なんというのだ?

「ここから出たいんです」は、イザヤ語で。

自然に口もとが動いた。

「ワ、ラァナンクゥー、チュルメ」

イザヤ語ではこういう、はずだ。

「ここから？」

女は特に訝《いぶか》しむこともなくいった。

「そうです。バベルから」

「中央階段でいくか、エレベーターかね。ここは第六層。本当、ここって迷うわよね、私も息子がこいっていうから、一ヵ月前にきたばかりだけど迷ってね。だってあなた、そのときは、もとの場所に戻るのに三日もさ迷い歩いたのよ！」

「それはきつい」

孝平はいった。笑いすらこみあげてくる。言葉がわかるというのはこういうことか。普通のおばさんじゃないか。

「あなたソリア人とは関係のない人よね。ソリア人と関わると大変なんだから」

「はい。ぼくお腹が減ってしまって」

「あら、それは大変ね。いつから食べていないの？　食料だけは溢《あふ》れるほどあるのに。ちょっとじゃあ私についてきなさい」

孝平はおばさんの案内でパンと豆と果実をごちそうになった。

兵に囲まれたのは一度だけだった。

一層まで下り、外に出る扉に向かう途中だった。

「そこの男、とまれ」

おそらく門番だった。

「今はバベルの入出場は自由にはできない。戻りなさい」

孝平は兵たちの顔を見ながらイザヤ語でいった。

「でもぼくは、ここから出たいんだ」

兵は三人いた。

「青渦巻き、ボードリタン」孝平は左手をだした。手にボードが収まる。「青渦巻き、形状変化、ソード」

兵たちは顔を見合わせた。

決着はすぐについた。

〈放電〉の威力は相当なもので、目の前にいる三人はすぐに倒れてうめき声をあげた。

孝平は坂上隊長に連絡をいれる。


一時間後、とぼとぼとアスファルトを歩く彼の視界に、前方から車が現れた。

スカイラインだった。

バベル調査班後続部隊が、車を整備して迎えにきてくれたのだ。

2

〈カインクロウ〉

鐘松孝平がバベルを抜けだしたちょうどその頃、カインクロウ・ザルディールは、夢を見ていた。

黄昏《たそがれ》の貧民窟《ひんみんくつ》に、死んだ母がいた。

その翡翠《ひすい》のような瞳《ひとみ》は、カインクロウを困惑したように見ていた。

母さん。お母さん。

母は踵《きびす》を返し、背を向けて去っていく。影が本体を追い越せないように、どれほど走っても、同じ速度で遠ざかっていく。

かつて父を磔《はりつけ》にされ、報復として役人の家を焼き払った母。もうとうに病気で死んでいたが、その魂をいつも感じていた。

なぜか見捨てられたような気がする。

戦争を起こさなくては。

カインクロウは夢の中で母の背を追いながら決意した。

まず異郷の民を潰《つぶ》し、屈服させる。

そして彼らが持っている技術、武器を全て吸収し、次にはレイバード侵攻。当地のロデム人全てを吸収し、一つの矢となる。

この矢をディヴァインに打ち込んでやる。

サージイッキがなんだろうと、それしかないのだ。

自室にて、もんどり打つような悪夢を見続け、吐き気と共に目を覚ました。

頭が痛い。

これはただごとではない。

寝台から降り立ったとき、猛烈な違和感に襲われた。

部屋が一回り大きい。家具のサイズが、壁のブロックが、窓が。

いや、そうではない。己が小さくなっているのだ。

カインクロウはふと自分の手を見た。

皮膚が――灰色ではなくなっていた。褐色である。

ソリア人の色だ。

肌の色だけではない。

腕は信じがたいほど細く、指は小さい。

カインクロウはすぐに隣室に飛び込んだ。

衣裳《いしょう》部屋だった。

大きな鏡がある。

カインクロウは自分の姿を見て呆然とした。

そこに映っているのはソリア人の女の子だった。

年の頃は十歳ぐらいだろうか。

背丈は小さい。たとえば椅子に座っても足が床に届かない。

顔立ちの全てが変わったわけではない。屈強な男、戦士だったカインクロウの面影は若干だが残っている。

試しに鏡の中の自分にいってみた。

「私はカインクロウ・ザルディール」

か細い女児の声だった。

思わず失笑した。涙が滲《にじ》む。

ゴン、ゴン、とドアの外の金属のノッカーが鳴った。

配下の者にちがいなかった。

ソリア人の少女が今、バベルで何を意味するか知っている。見つけ次第殺せと他ならぬ自分が命じている。

——呪いにかけられたのだと説明すれば、どうであろう。

おそらく、何をいっても無駄だ。

カインクロウは素早く紙に書いた。

カインクロウから命令を下す。

即刻、バベル内外のソリア人排斥を停止せよ。特に女子供への暴行を行ったものは死罪とする。

また、私は理由あってここを離れる。

いずれ必ず戻ってくるが、そのときまで争いを起こさず待て。


カインクロウは答えなかった。声をだすわけにはいかない。

「カインクロウ殿、武器庫と弾薬庫が、一晩にして空になりました」

扉の向こうで息を呑みこむ間があった。

カインクロウは何もいわずに、ドアの下の隙間から紙をだした。

「カインクロウ殿！　おられぬのですか？　あけてください！」


九日後。

カインクロウは、フードを被《かぶ》り夜明けのアスファルトの道路脇を歩いていた。

バベル中の武器庫が空になった報《しら》せはきいたが、己の拳銃《けんじゅう》と弾薬も消えていた。

姿は相変わらず十歳のソリア人少女だった。己のだした「ソリア人排斥停止令」が、己の身を守るのにどのぐらいの効力をもつものか信用できなかった。そもそもそれがき

ちんと発令されたのかもわからない。

カインクロウはあらゆる脱出路を検討して、真夜中にフードを被り、通風孔経由でようやく外に出たのだった。

少女の姿になってから、闘争への欲求もほとんどなくなってしまっていた。

抜け殻のような気持ちだった。

レイバードに向かう木漏れ日の道を進んでいけば、イストレイヤまで逃走できなくもないが、ロデム人だらけのレイバードを、果たしてソリア人少女の姿で通過できるだろうか。

仮に抜け出たとして、一生をソリア人の女として暮らしていけるのか。

一方、アスファルトの道は、その先に廃墟《はいきょ》の町があるという他は謎に包まれている。

カインクロウはアスファルトを選んだ。

照りつける日差しのなかで、どのぐらい歩いただろうか。

気分が悪い。

熱が出ているのはわかっていた。

カインクロウは一本の樹木を見つけると、そこの木陰で目を瞑《つむ》った。とたんに意識を失った。

朦朧《もうろう》とした意識のなかで声をきいた。

——大丈夫だよ、もう少しだから。しかしよく生きていたものだ。これが本当の命拾いだな。

はっと目を覚ますと誰かが自分を背負っていた。

大きな背中だ。

汗の臭い。だが、不快感はない。

相手の肌の色が目に入った。ソリア人の男だった。

「畜生」

背負われたまま、掠《かす》れ声でカインクロウはいった。

「お。よかった。目が覚めて。すぐに水のあるところに連れていってあげる」

「もう大丈夫、自分で歩ける」

カインクロウは男の背中から下りた。

「へえ。意外に元気だったか」

カインクロウは男を見上げた。大きな男でもないが、今の自分の背丈からすれば、大きい。

「バベルのソリア人は皆殺しにされたはずだが」

「そうさ、こっち側に逃げた仲間がいくらかいるんだ。もう大丈夫。虐殺が始まったのはちょうど一年前だけど、君はよくいままで生きていたね。バベル内にもうソリア人は

いないと思っていたよ」

「ああ」カインクロウはそっけなくいった。

そりゃいないだろうさ。

「大きなお世話だった」

「なんだって？」

「私は死ぬときは、黙って死ぬ。ソリア人に助けてもらおうなどとは思わぬ」

「なんだ、なんだ、これは変な娘を助けちゃったな」

「助けられてなどいない！」カインクロウは叫んだ。

頭に血が上った。

「仕方がない。教えてやろう。私の名は、カインクロウ・ザルディール。この姿は真実のものではないのだ」

男は笑いだした。

笑うな！

叫ぶと気を失った。


次に目を覚ましたのはベッドの上だった。

部屋は薄暗く、カーテンの隙間から淡い光が入っている。

ベッド脇に水差しがあった。起きあがり、ぬるい水を口に含んだ。

窓の外を見ると、しん、と静まった雑然とした街並みがある。

どうも廃墟の町まで運ばれたらしい。

虐殺を逃れたソリア人たちの隠れ家か。

なぜサージイッキは自分を殺さずに、この姿にしたのか。

カインクロウは考えた。

意図があるようにも、面白半分にやられたようにも思える。

誰かが階段を上がってくる。カインクロウは身構えた。

ドアを開いたのは自分を背負ってきた男と、二人のソリア人女性だった。三十代前後とみられるソリア人女性がいった。

「あ、目が覚めた？　スープができているよ。よかったよかった。奇跡だよ、あんた、たった一人であそこから逃げてきたんだろう？　地獄から」

女は熊のぬいぐるみをカインクロウに渡した。

「これ、プレゼント。この町にはいろいろ子供のおもちゃがあってさ、枕元においたらかわいいんじゃないかって。冗談いえるぐらい気丈だけど、クマちゃんも好きでしょう？」

「冗談ではない！　クマちゃんなど好きではない！」

カインクロウは熊のぬいぐるみを壁に投げつけた。

ふと自分の両目から涙がぼろぼろと零《こぼ》れ落ちているのに気がついた。

すみませんが——と声が聞こえた。

女の後ろから、部屋に一人の男が入ってくる。灰色の肌だ。

女たちは目礼して、男を通した。

カインクロウは目をみはった。

「レビ殿……」

広間で殺したはずだ。

幽霊のような気もする。

カインクロウは呻《うめ》いた。

「すみませんが、二人にさせてください」

レビは三人のソリア人を部屋からだした。

二人はお互いの顔をじっと見た。

「己をカインクロウと名乗る少女がいると聞き、まさかと思いましたが」

レビはいった。

「本当のようだ。顔に面影があります。それに私を一目みて誰だかわかったのも」

「死んだはずでは？」

「生き返ったのです」レビは頷《うなず》いた。「まるで眠りから覚めるように、この廃墟の町で目を覚ましました。師は私を生き返らせ、あなたをその姿にし、更には異郷の者たちにも力を授けたようです」

「今はどちらに」

「何処かに行ってしまわれました」

残念ながら、とレビはいった。カインクロウは少しきつい口調でいった。

「レビ殿。あなたはバベルを出た後、ここでソリア人の避難者たちと暮らしていた——ということなのですか」

「お察しの通りです。ここのソリア人は私がバベル内乱時に手引きして匿《かくま》ったものたちです」

レビは申し訳なさそうにいった。

「何故そんなことを」

やはりソリア人と通じていたか。

「ソリア人の味方をしてレビ殿に益はないはずだ。少なくともあの当時の時勢では」

「誰かがやらねばならない」レビはぼそりと呟《つぶや》いた。「革命を起こしたとき、カインクロウ殿はそう思ったのではないですか？」

カインクロウはぎょっとして頷いた。

その通りだった。

「部屋で泣いているソリア人の子供を見たとき、私も思ったのです。誰かがやらなくてはならない、と。益はなくとも」

不意にカインクロウはレビに飲まれそうになっている自分に気が付き、それを打ち消

すようにいった。

「私はあなたを認めない。敵は敵であるべきだ」

レビは頷いた。

「カインクロウ殿。明日も話しましょう。今の我々にできるのはそれだけだ。あなたが思っていることは事実です。私は臆病者《おくびょう》だ」


翌朝まだ暗いうちに、カインクロウは部屋をでた。

監視はついていなかった。

静まった町をひたひたと歩いた。

大きな湖にでた。

師が何をもって自分をこの姿に変えたのか。この姿で生きて、これまでの己の思想の間違いを正せというのだろう。

新しい考え方を獲得しやり直すことはおそらくできる。運がよければソリア人として生きることもできる。

わかっている。

だが、できたところで私はやらない――。

ロデムの魂を貫いて死んでいった数多《あまた》の同胞に顔向けできない。私は死ぬまでロデム人だ。それ以外の生は必要ない。裁かれるつもりもない。

カインクロウは、帯につけていた小刀をとりだした。そしてそれをそっと持ち上げたところで、背後から腕を掴《つか》まれた。少女の力では抗《あらが》いようもなかった。カインクロウは小刀を落すと、小さくいった。

誰なのか、カインクロウは振り返らずともわかった。

「レビ殿、私は敗者にしてこの姿だ。あなたにはすべきことがある。バベルに入城し、あそこの混乱を鎮めなさい。あなたは敗者にかまっている時間などないはずだ」

レビは静かにいった。

「誰もが敗者なのです。そして私にすべきことがあるなら、あなたにも、すべきことがあるはずだ。あなたは自分のすべきことを途中で投げ出す男ではなかった」

レビは小刀を拾いあげ、湖に放り投げた。

この期に及んですべきことがある？　でたらめをいうな——カインクロウは笑いながらいった。

「何をすべきだと」

「よくないと思ったことは正せ、よいと思ったことは取り入れろ。ここを世界の中心にして、よりよい世界を作れ」レビはいった。「末代まで見果てぬ夢を作るのが私たちの責務のはず」

カインクロウは舌打ちし、それからゆっくりと考えはじめた。

3　〈ニッカ〉

ヘブンにやってきた亀男にもっともよくしてくれたのは、探検部の葉山卓郎と鐘松孝平だった。

しかしそんな彼らも、バベルを目指して旅立ってしまった。

他のほとんどの住民はニッカが話しかけてもそそくさと逃げてしまう。中には彼をひっくり返して笑って逃げた若者もいた。

探索隊がヘブンを出立してから数日後、ニッカはぼんやりと孤独を噛《か》みしめていた。

バベルのような孤独もあるが、人が大勢いるからこそ味わう孤独もある。

葉山の言葉――サージイッキにあったら俺が頼んでやる――には期待していなかった。

所詮《しょせん》は口だけのことだ。

結局のところ、全てを受け入れてやっていくか――あるいは。

誰もいない石畳の坂道だった。

ふと目の前に、女が立っていた。

帽子を被っている。白く長いスカートに黒い手袋をしている。

「二階堂恭一さん。わたくし、主人に頼まれてここにいますの。これから二つの選択肢を提示しますわね。あなたの選んだ通りになりますから、お選びになってください」

誰だこの人――？　ニッカは訝しげに眼を細めた。妙に存在感のない女だった。

「この世界から消滅するか、そのままでいるか、の二つですわ。消滅を選んだ場合、一切の痛みを伴わず、あなたの存在は府中刑務所にいるもう一人のあなたに収束します。つまり〈全てを忘れて刑務所に帰る〉と解釈していただいてもいいですわね。そのままでいることを選んだ場合、このまま亀男の人生を続けてください」

「ぼくは、サージイッキ様を捜している」

ニッカはいった。急速に動悸《どうき》が激しくなった。まさか葉山たちは彼に会ったのか？

「あなたが誰を捜していても、そんなことはわたくしの知ったことではありませんわ。三十秒以内にどちらかを選んでください」

「選ばなかったら」

「その場合、あなたはこの世界から消滅します」

亀として生き続けるか。

消滅するか。

「三十秒では選べない！」

「あと二十秒でございます」

ニッカは目を見開いた。

府中刑務所に戻りたいと、バベルでサージイッキに願ったではないか——それが叶《かな》うというのだ。記憶？　屈辱と地獄の記憶など消えてかまわない。

「ぼくは」消滅を選びます。

ふいに暗闇で美幸と握り合った手の感触を思い出した。

——二階堂君、生きて。

美幸の声が脳裏に聞こえた。

「ぼくは」

美幸、君の妹に会って伝えた。だからぼくはもう——いや、ぼくが美幸を生き返らせなくては誰が彼女を復活させるんだ？

「あと十秒」

——私にはサージなんとかじゃなくて、あなたが神様だったよ。

もう時間がない。

思わず大きな声でいった。

「この世界に残ることを選ぶ」

不思議な女は微笑むと、白昼夢のように消えた。

ニッカはとぼとぼと石畳を這い、ふいに気を失った。

後に彼はバベル中の亀人間が、この時刻に消滅したことを知る。

目を覚ましたとき、彼の甲羅は消滅していた。

帰還

〈一九八一年〉　神奈川県　五月。

身長二メートルはある真っ白な男が砂の上に立っている。
空は白んできていて、もう星は残っていない。
「終わった」
青年は呟《つぶや》いた。
大道芸人の姿がゆっくりとかすれていき、夜明けの空に溶け消えていった。
月が水平線に沈んでいく。
青年はくしゃみをした。
不意に灰色の肌の心配そうな顔の男が目に浮かんだ。
――レビ、さよなら。
青年は呟いた。

君を尊敬している。貴重な人間だ。きっとバベルを上手《うま》く導けると思う。

異世界で出会った人々の顔が浮かんでは消えていく。

荒野に立つ鐘松孝平。

——孝平よ。小学校時代の親友と大冒険ができて楽しかった。まさかあっちでも親友になるとはな。きっと世界を切り拓けよ。

そして灰色の肌の厳しい顔つきの若者。

——カインクロウ。おまえが今後どう生きるか見ものだが、それが見られないのが残念だよ。できるだけ長く生きてくれ。

亀男ニッカ。

——他の亀は全員消したが、おまえにだけ二択を提示した。あの世界で生きることを選べば甲羅はとれたはずだ。

そして華屋。

青年のなかには何も思い浮かばなかった。

哀しみも、痛みも、愛情も何も。

華屋律子という存在は、名だけを残して空虚なものになっていた。

浜に面した道路を、爆音のオートバイが走り抜けていく音が聞こえた。

青年は浜辺から振り返った。

生きている町がそこにあった。

自分が召喚したものなどとは全く違う。

生命が宿り、光が点滅し、車が行きかう。

〈一九八一年〉を〈一九八二年〉へと動かす時計が、確かに時を刻み続けている世界。

青年の眼に涙が滲《にじ》む。

「これが本物だ」

その次に、坂上隊長、と呟いたが、その人物がどんな人間でどのように自分と関わったのか思い出せなかった。

記憶が崩れ落ちはじめている。

不意に猛烈な恐怖と後悔が青年を襲った。

青年は砂地に膝《ひざ》をついた。

忘れたくない。

青年は頭を抱えてうめき声をあげ、嗚咽《おえつ》をはじめた。

彼ら全てのことを、彼らと過ごした時間の全てを忘れたくない。かつて一度忘れたときはなんともなかったのに——。

ボードを失っても、あの世界に居続けるべきだった。

最後の願いに、帰還を含めるべきではなかった。

なんでもできたのに——やはり、最後まで間違い続けた。俺は今からかけがえのない全てを本当に失う。

俺はなぜ戻った？　俺は何を願った？　もう思い出せない。

青年は星のない夜明けの空を見上げ、完全に途方にくれる。

エピローグ　始まりの邂逅

〈ヘブン暦三一年〉

夏の夕方だった。桃色に染まった雲間に、一番星が輝いている。

鐘松孝平は見晴らしのいい湖にほど近い小屋にいた。

孝平は今年で四十七歳になる。

智美との間に娘が二人いる。

普段はヘブンで料理屋コーヘーズのオーナーシェフをしているが、時折、強烈な漂泊の欲望にとりつかれる。

孝平は数年前から、この湖畔に自家用ヘリコプターで通うようになった。

まずマツタケがとれる。大量にである。日本のマツタケとほとんど味が変わらない。

次に湖から大型の鱒《ます》がとれる。

さらにはライボルグという名の、イストレイヤでは非常に高級な食材である鳥の営巣

地がある。

孝平は湖畔にきて魚を釣り、ライフルで鳥獣を狩る。休暇といえば休暇だ。良い食材がとれれば、クーラーボックスにいれて持ち帰る。

孝平は読んでいた本をサイドテーブルに置くと、小屋の外にでた。

道の先に馬に乗った女が現れた。

馬の嘶《いなな》きが聞こえた。

「レイクイ！」

馬上の女は微笑んでいった。

「レイクイ」孝平は返した。

レイクイはキトパ語だ。

ということはキトパ語圏から草原をわたってきた女ということか。

サングラスをして腰には二丁拳銃《けんじゅう》。

これは地球人だ。

二丁拳銃の女は馬から下りるといった。

「ヘブンってとこにいきたいんですけど、ここはどのあたりでしょうか？」

「ヘブン」

孝平は驚いていった。

「遠いよ。ここから馬なら二週間以上かかるんじゃないかな。しかし、いったいあなたはどこからきたんですか」

「あっちのほうです」

女は指差した。

「でもその方向、人住んでいないでしょ」

その通りです、といった風に女は頷《うなず》いた。

孝平は女を小屋に招き入れた。

地球人だろうと出身をきくと、東京だという。

「ぼくは長崎出身だよ！」孝平は日本語でいった。

「え、本当！」

女は喜んだ。

「それで、どういう経緯でここまできたんですか」

「はい。まあ、私はいろいろあって、ラズナ王国の南のほうからはじまったんですけど」

「ラズナ」孝平は繰り返した。

「え、知らない？」

「トレグの属国かなんかだっけ？」

女は溜息《ためいき》をついた。

「遠くまできたなって感じしますわ」

「遠くからきた人なんだなってぼくも思うよ。このあたりから先はイストレイヤだけど、あなたがきた原野を越えてどこかに行く人あんまりいないからな」

「イストレイヤ！　初入国ですよ。なんか楽しみ。どんなところですか」

「う〜ん。一口にはいえない」

孝平が料理を作っている間、女は小屋の片隅にある本棚から雑誌を持ってきた。

ヘブンニュース・第千百八十九号
青渦巻き！　ヘブンボードの意外な使い方
特集・サージイッキとはなんだったのか？
インタビュー・バベル王レビ・グレイブ
徹底鼎談《ていだん》・華屋律子・高尾道心・カインクロウ

「何ですかこれは！　日本語の雑誌じゃないですか。ヘブンニュースだって！」

「はいはい、ちょっと古いねそれは」

七年ほど前のものだ。現在のヘブンニュースは週刊誌で、もう完全に雑誌の体裁になっている。イザヤ語版もでている。

「すごいすごいすごい」

「興奮しすぎ」

「雑誌があるって、かなり文明が進んでいますよね」

「いや、そうでもないよ」

日が暮れてしばらくするとぼたぼたと雨が降ってきた。

やがて豪雨になる。

女は窓から外を見て溜息をついた。


三十分後、孝平は女に皿をだした。

「ボーモウダのキノコシチューです。それからこちらが、イストレイヤのカーシス地方で飲まれているルッカ茶」

美味《おい》しい、というに決まっている。孝平は思った。女は次の瞬間「美味しい」といったので孝平は頷いた。

「というか、美味しすぎないですか？　え、これがイストレイヤ料理なの？」

「ヘブン料理。ぼくね、普段はヘブンで料理屋を開いているんですよ。この湖畔にいるときは、休暇兼、食材調達みたいなかんじ」

「……え、じゃあ、まさかおじさんヘブンの人？」

「そう。ヘブン出身。第一世代です。ヘブンに行ったらお店にきてよ。コーヘーズ」

ヘブンでは、ヘブンボードを持つ最初の三千二百人弱のことを第一世代と呼ぶ。

「ヘブンについてものすごく興味があるんですけど、教えてください。どんなところなんですか？」

「いいけど、どこから話したらいいのかな？」

「最初からですよ。もちろん！」

「君はスタープレイヤーって存在知っている？　知らなければ、まずそこから話そうか」

「あ、それについては」女は少し黙ってからいった。「だいたい知ってます。私もこちらの人間ですから。願いを叶《かな》える人ですよね？」

「そう、理不尽な！」

「本当に！」女は大げさに頷いた。「理不尽ですよ、本当に」

「まあ、ぼくなんかはちょっと一言でいえない感情を抱いているけどね。ヘブンを作ったスタープレイヤーにはさ。最初はさ、目が覚めたら――」

孝平は三十年前のはじまり――十七歳の頃からの話をした。

そしてせがまれるままに話し続け、バベル脱出まで話したところで、夜更けになった。

「そして、ぼくは抜けだした後、仲間に拾われて、おしまい」

孝平はコーヒーを淹《い》れた。

「葉山卓郎は、ぼくのなかにあの荒野に立つ姿のままずっと残っているんだ。サージイッキは、クロニクルを読むと性格なんか、まるっきりの別人で」

旅の女は溜息をついた。

「第十の願いの後、その佐伯さんはどうなったんですか?」

「ヘブンボードが出現してから数ヵ月後にレオナルド氏がきたんだ。ヘリでね。もちろんぼくたちヘブン住民は熱狂的に歓迎した。なにしろ、物語の中の人物だからさ。で、ヘブン住民は、レオナルド氏にサージイッキの生死の確認を頼んだ」

孝平はそのときのことを思い出しながらいった。

レオナルドはスポーツでもしていそうな精悍《せいかん》な二十代だったが、やはりどこかしら老成した雰囲気が漂っていた。フランス語が話せる住民もヘブンにはいたが、イザヤ語が通じたのでコミュニケーションは楽だった。なにしろ全員がイザヤ語を話せる。

「スターボードの〈願い〉の審査を使えばわかるのではないかって」

〈サージイッキを生き返らせる〉審査をして通るなら、彼は死んでいる。

「ところが、レオナルド氏が、やってみてくれたけどダメだったんだ」

「ダメというのは?」

「ブロックされているんだと。とにかく彼の名をいれて審査をしようとすると、そういう表示がでるらしい」

佐伯逸輝（サージイッキ）に関与、干渉する願いの審査の回答は、全てブロックされていますので、表示不能です。


「え？　なにそれ。ブロック？」

「可能性としては、自分の情報が知られないように、本人があらかじめ願っておいたのではないかって。〈もし誰かが自分について願ったら審査不能にするように〉みたいに」

女は、そんなことができるんだ、と呟《つぶや》いた。

「彼に関する願いは全部ブロックされているんで、行方は調べられないし、地球からスターでもう一度呼びだしたり、あるいは死んでいたら復活させたりすることは審査の段階からできないんだ」

「なんでそんなことをしたのかしらね」

「なんでだろうね？　推測するしかない。ただそのおかげで、行方は完全に謎になった。バベルのことを考えてそうしたんじゃないかっていうのが、まあ定説」

存在するのか、しないのか、わからない。

あえて不可知のベールをまとっておくことで、暴走しがちなバベル民――かつてのカインクロウのような者たち――にはなんらかの抑止になる。

誰もが、常にサージィッキの存在とその思想を意識し続けることになるのだから。

「もう一切、関わりたくなかったからってのもあるんじゃない。誰かのスターで呼びだ

されたりしないように」

「かもね。それで、君はどうしてヘブンを目指してるんだっけ？」

「好奇心です。すごくいいところだって聞いたんで」

好奇心。いい響きだ。それこそ世界を開く原動力。

「いいところか。うん。確かに引力あるよ。どんどん人口増えているから。昔はよかったなってのもなんだけど、今の思い出話のイメージでいくとびっくりすると思うよ。三十年ですごく発展したから」

探検部の時代は終わった。

レオナルドの訪問以降、すぐにヘブン住民はヘリでレゾナ島や、あちこちにいくようになった。

その後三十年、全世界からの膨大な移住者により、ヘブンは今や人口が百万まで膨れあがっている。現在「サージイッキ設計」と呼ばれる中心部は人気があって滅多に空きがでない。かつて孝平と葉山がラウンバーを追いかけまわしていた野原は、今や開発されて住宅街ができている。

ヘブンニュースの第一号は、プレミアがついて一万オクス以上する。コレクターの間で取引されている。

そして何人かのスタープレイヤーが住んでいる。

「楽しみ。ついにヘブン出身者に会うなんて、いよいよ近づいてきたわ」女はいった。

翌朝早く、孝平が外に出ると、女は馬の世話をしていた。

雨は止んでいる。

小屋の前の緑は水滴をつけ、薄《うっす》らと霧がでていた。

「ヘブンまでいくならヘリで送ってあげてもいいよ。ぼくはまだ小屋の整理があるから今日はダメだけど、明日《あした》なら出発できる。午前中にでれば夕方までに到着する」

孝平はいった。

「本当！」

女は馬に視線を向けていった。

「でもいいわ。この子を置いて、私だけってわけにはいかないよ。後少しなわけだし」

「そうか」

決して後少しではないと思ったが、孝平は頷いた。

「そういえば、名前きいていなかった」

「斉藤《さいとう》です。斉藤夕月《ゆづき》。夕がたの夕に月。そちらさまは？」

「鐘松孝平」

朝の風が孝平の頬を撫《な》で、周囲の霧をとばした。

「いい朝だね」

この娘はヘブンまでいけるだろうか？

二丁拳銃もある。危険の多い陸路だが、遥《はる》かな土地からここまできた人間に、お節介がすぎるのもよくない。

孝平にとって、探検部の先陣として葉山たちと旅をしたあの危険な日々は、今や胸の底で、言葉にできぬほどの輝かしい記憶になっている。

「ヘブンは、ここからずっとずっと東にいくんだ」孝平は指をさした。女はその方向に視線を向ける。

「やがて道がでてくる。その道をずっとまっすぐいけば、やがてとんでもなくでかい建物が遠くに見える。遠くからでも目立つからすぐわかる」

「それがヘブンね！」

「違う。それは昨日話したバベルってところ。ヘブンはまだそのずっと先さ。でもそのあたりまでいけば、日本語通じる人もけっこういるから、訊《き》けば教えてくれるはずだよ。今なら鉄道もできてるし」

孝平はしばらく説明した。やがて周囲から完全に霧が晴れた。

「ついたら必ずお店に寄るわ、あのこれ、昨晩の宿泊の御礼です」

女は孝平に包みを渡すと、颯爽《さっそう》と去っていった。

包みを開くと、ダイヤモンドだった。

翌日、小屋の整理を終えた孝平はヘリコプターに乗るとエンジンをかけ、空に舞いあ

がった。
クーラーボックスには目当ての鳥も入っている。
家族の待つ町へ。
眼下の原野を走る白馬の女を発見した。
大丈夫、方向はあっている。よくわかるものだ。まだ道もないのに。
まさか、彼女もボードを持っているのか。
一瞬、孝平は思った。
まあ、ヘブンで再会したらきいてみよう。
——旅運あれ。
孝平は呟き、そしてヘリコプターの高度をあげた。

了

☆スタープレイヤーの掟《おきて》

一、スタープレイヤーは、スターボードを使用し〈十の願い〉という力を与えられる。
一、ただし、元の世界に戻るという願いは、スタートより百日後でないと叶《かな》えられない。
一、元の世界に戻る、と願ったら、残りの願いの数にかかわらず終了する。
一、願いはスターボードで文章の形にする必要がある。
一、文章を送るとフルムメアが審査し、それが通れば、願いを確定させることができる。
一、抽象的だったり、観念的だったり、物理法則の土台を変えてしまうような願い、また十の制限をとったり、矛盾をはらんだ願いは却下される。
一、願いを叶えられるのはこの惑星のなかだけであり、スターボードの地図に記入されていない場所には何もできない。

解説

大森《おおもり》 望《のぞみ》

現代日本で暮らす冴えない主人公が、ある日とつぜん異世界に転移し、常人にはない力の持ち主として、新たな人生を切り拓《ひら》く……。

〝異世界転生もの〟とか〝異世界チート〟と総称されるこのタイプのファンタジーは、ここ数年、ウェブ小説を中心に爆発的にヒット。とくに、大手小説投稿サイト「小説家になろう」で圧倒的な人気を呼び、アマチュア作家が書いた数万作（もしくは十万作以上）が、数十万の読者を集めている（そのため、異世界転生ファンタジーを指して〝なろう系〟と呼ぶ場合もある）。二〇一〇年代の日本は、まちがいなく、人類史上もっともたくさん異世界転生ものが書かれた時代・地域だろう。

ちなみに、チートというのは、詐欺、いかさま、ズル、カンニングなどを意味する英単語のcheatから生まれた言葉。コンピュータ・ゲームの裏技や改造みたいに、システムを騙《だま》す行為を指す用語だったが、そこから転じて、とくに理由もなく（努力して獲得したわけではなく）ものすごい力を持つ主人公が活躍する物語をチートものと呼ぶようになった。またの名を、〝俺TUEEEE〟（オレ強《つ》えええ！）。

こういう願望充足ファンタジーは、もちろん、最近になって生まれたわけではない。古典的な例は、いまから百年前に出版されたエドガー・ライス・バローズ『火星のプリンセス』(一九一七年刊)。南軍騎兵大尉だったジョン・カーターはアパッチ族に襲われて逃げ込んだアリゾナの洞窟で幽体離脱し、火星に転生。地球より重力の小さな火星で抜群の身体能力を発揮し、ぐんぐんのし上がって、火星の王女である絶世の美女、デジャー・ソリスの愛を獲得する。これが大ヒットしてシリーズ化され、合計十一作も書かれている(二〇一二年には、『ジョン・カーター』のタイトルでハリウッド映画化された)。異世界チートは、洋の東西を問わず、昔から人気が高かったのである。

……と、すっかり前置きが長くなったが、『スタープレイヤー』『ヘブンメイカー』と続く恒川光太郎《つねかわこうたろう》《スタープレイヤー》シリーズの設定は、まさしく異世界転生チートもの。

地球そっくりの異世界に転移した主人公には、使用者以外には見えないタブレット、〝スターボード〟が与えられ、〝スタープレイヤー〟と呼ばれる特権的な存在になる。スタープレイヤーは、自身のスターボードを通じて、十個の願いを叶《かな》えてもらうことができる。具体的でありさえすれば、願いごとの内容はほぼ無制限。ひとつの都市や国をまるごとつくることもできるし、もといた地球から親兄弟や友人、憧《あこが》れのアイドルやハリウッドスターを呼び出すこともできる(そうやって呼ばれてきた人々は生身の存在なので、たとえスタープレイヤー自身が命を落としても、そのままこちらの世界で生きつづ

けるため、この世界には、先住民の他に、地球からのこうした〝移民〟が多数存在している）。しかも、ひとつの願いの中に、オプションとして別の願いを含められるので、一度にたくさんの願いを叶えてもらうことが可能。

　また、スターボード自体にも、〈十の願い〉を消費することなく案内人を呼び出したり、地図を表示したりと、さまざまな便利機能が搭載されている。著者によると、これは、「何でもできる魔法のスマートフォンのようなイメージ」だったらしい。いわく、「文字が打ち込めて、メールや電話ができて、地図も見られる。僕はスマートフォンを持っていないので、人が使っているのを見て、いいなあと思っていたんです（笑）」（ダ・ヴィンチ二〇一四年十月号掲載のインタビューより）

　いやしかし、このスターボードはいくらなんでもチートすぎるんじゃないの……と思うところだが、だからといってそう簡単にハッピーにはなれないところにこのシリーズの面白さがある。昔話の「三つの願い」ほど単純な教訓ではないにしろ、願いを叶えてもらうことには一定のリスクがつきまとう。願いが叶ったからといって、思い通りの結果が得られるとは限らない。

　未読の方や、読んだけど内容を忘れてしまったという方のために簡単に説明しておくと、二〇一四年八月に出た前作『スタープレイヤー』の主人公は、東京都小金井《こがねい》市に住む三十四歳無職の〝私〟こと斉藤《さいとう》夕月《ゆづき》。買物帰りに住宅街で籤《くじ》を引いたら一等が当たり、スタープレイヤーとして異世界に転移する。最初のうちはとまどっていた彼女も、先輩

格にあたるスタープレイヤーとの出会いを通じて、スターボードの高度な使い方や願いの方向性について学んでいく。やがて、民族間の争いに否応《いやおう》なく巻き込まれた挙げ句、あっと驚く〝願い〟をひねりだすことになる。

その結末近くにちらっと出てきた〝ヘブン〟の来歴とその後について記されたのが本書。といっても、主人公は違うし、話はまったく独立しているので、前作を未読の方もご心配なく。いきなり『ヘブンメイカー』から読みはじめても、とまどうことはありません。

さて、あらためて紹介すると、本書『ヘブンメイカー』は、〈小説 野性時代〉二〇一五年十一月号に一挙掲載された「サージイッキクロニクル」に大幅に加筆して（というか、孝平《こうへい》パートを追加して）、二〇一五年十一月に四六判ソフトカバー単行本『ヘブンメイカー スタープレイヤーⅡ』として刊行された長編。

小説の前半は、高校二年生の鐘松《かねまつ》孝平と、大学生の佐伯逸輝《さえきいつき》、ふたりの転生者の物語を交互に（前者は三人称、後者は一人称で）語るかたちで進んでゆく。一人称パートの逸輝のほうは、前作の斉藤夕月と同じく、籤引きによってこちらの世界に転生したスタープレイヤーだが、孝平のほうは事情が違う。

鐘松孝平は、横須賀《よこすか》に向かってバイクを飛ばしている最中、トラックに幅寄せされ、記憶が途切れる。次に気がつくと、そこは見知らぬ家の見知らぬ部屋。外に出てみると、

異国風の町が広がり、《ようこそ、死者の町へ》というメッセージに迎えられる……。

というわけで、孝平パートは典型的な〝トラ転〟（トラック転生）もの。前述の異世界転生ファンタジーの中で、主人公がトラックに轢《ひ》かれて転生するパターンがあまりに多いので、ネット上でこう呼ばれるようになったらしい。流行《はや》り出したのは二〇〇九年ごろからで、〝転生トラック〟（略して〝転トラ〟）とも呼ばれる。それを踏まえたうえで、あえて狙ったのかどうかはともかく、幻想的なホラー小説で知られる恒川光太郎が、いまの日本でもっともたくさん書かれているファンタジーに、真っ向から挑戦状を叩《たた》きつけた格好だ。宮部《みやべ》みゆきが『ブレイブ・ストーリー』や『英雄の書』で異世界往還型のファンタジーに挑戦したのと似ていなくもないが、長い導入部をつけて自分の土俵（現代日本の日常描写）から出発した宮部みゆきに対し、恒川光太郎は自分の得意技を封印して、いきなり相手の土俵に上がり、相手のルールで勝負する。デビュー作の『夜市』や『秋の牢獄』、『南の子供が夜いくところ』でファンになった読者は驚くだろうが（僕もはじめて『スタープレイヤー』を読んだときは唖然《あぜん》としました）、それでも最後はかならず読者を満足させてみせるという、著者の自信の表れだとも言える。実際、よくあるパターンだなとタカをくくって読みはじめると、著者の術中にハマり、豪快なすくい投げを食らって天を仰ぐことになる。

もうちょっと詳しく説明すると、孝平が転生した〝死者の町〟には、さまざまな時代（一九五〇年～一九八一年）、日本のさまざまな土地で死んだ人々がおおぜい（三千人以

上）集められていて、孝平と同時に目を覚ましたらしい。見知らぬ者同士だった彼らは、すこしずつ社会を構築し、ルールをつくり、世界を探究しはじめる。このパートは、ものすごくスケールの大きな〝漂流もの〟と言ってもいいだろう。

一方、「サージイッキクロニクル」と題された逸輝パートは、語り手の〝私〟こと佐伯逸輝の回想から始まる。中学時代の同級生で片思いの相手だった華屋律子《はなやりつこ》に死なれて生きる気力を失った〝私〟は、大学に休学届を出し、神奈川県藤沢《ふじさわ》市の実家に帰る。ある晩、やみくもにほっつき歩いた挙げ句、江の島《えのしま》の明かりが見える夜明け前の砂浜にすわっていたとき、長身の奇妙な男と出会い、薦められるままに籤を引く……。

というわけで、こちらのパートの出だしは、切ないラブ・ストーリー。〝どんな願いも叶うとしたら、失った恋人をとりもどすことはできるか？〟という問いが出発点になる。逸輝は内省的な思索家タイプなので、じっくり考えてから、最善と思われる願いを選択する。だがしかし……。

小説全体の通しテーマは、理想と現実。二つのパートはやがて思いがけないかたちで合流し、意外な真実が明かされる。さんざん書かれてきた設定、手垢《てあか》のついた材料から、これほど独創的な物語を紡ぎ出す手腕には脱帽するしかない。

著者は、『スタープレイヤー』刊行時のインタビューで、〈十の願い〉についてこんなふうに語っている。

〈完成してから、自分は人間の欲望について書いていたんだと気づきました。スターボ

ードがあれば欲望をそのまま実現して非道なこともできるわけですから。でも、そういう物語にはしたくなかった。人間はやっぱりダメな存在なのだ、ではなく、思考と知恵の使い方で道はいくらでも開けると描きたかったんです〉（女性自身二〇一四年十月十四日号「今週の著者の告白」より）

　このポジティブな姿勢は、本書にもしっかり貫かれている。人間にはダメな部分がたくさんあるし、理想を実現することは困難だが、しかし不可能ではない。「サージイッキクロニクル」は、ある意味、佐伯逸輝が〈十の願い〉を通じて、人間について学んでゆく物語でもある。その学びの結果、人々の運命はどう変わったのか。〝魔法のスマートフォン〟に導かれた長い長い旅の果てにたどりつく結論が深く胸に沁《し》みる。自分がスターボードを与えられたらいったい何を願うだろう。そんなことを考えながら、まだ書かれざる『スタープレイヤーⅢ』を気長に待ちたい。

本書は二〇一五年十一月に小社より刊行された単行本『ヘブンメイカー　スタープレイヤーⅡ』を文庫化したものです。

ヘブンメイカー

恒《つね》川《かわ》光《こう》太《た》郎《ろう》

平成29年 10月25日　初版発行
令和6年 11月25日　6版発行

発行者●山下直久

発行●株式会社KADOKAWA
〒102-8177　東京都千代田区富士見2-13-3
電話　0570-002-301（ナビダイヤル）

角川文庫 20585

印刷所●株式会社KADOKAWA
製本所●株式会社KADOKAWA

表紙画●和田三造

●お問い合わせ
https://www.kadokawa.co.jp/（「お問い合わせ」へお進みください）
※内容によっては、お答えできない場合があります。
※サポートは日本国内のみとさせていただきます。
※Japanese text only

ISBN978-4-04-106164-0　C0193

◆◇◇